U0750795

狄更斯：

为人道而战的伟大作家

赖干坚 ◎ 著

厦门大学出版社 国家一级出版社
XIAMEN UNIVERSITY PRESS 全国百佳图书出版单位

图书在版编目(CIP)数据

狄更斯:为人道而战的伟大作家/赖干坚著.—厦门:厦门大学出版社,2015.3
ISBN 978-7-5615-5373-2

Ⅰ.①狄… Ⅱ.①赖… Ⅲ.①狄更斯,C.(1812～1870)-人物研究②狄更斯,C.(1812～1870)-文学研究 Ⅳ.①K835.615.6②I561.064

中国版本图书馆CIP数据核字(2014)第308160号

官方合作网络销售商:

厦门大学出版社出版发行

(地址:厦门市软件园二期望海路39号 邮编:361008)
总 编 办 电 话:0592-2182177 传真:0592-2181253
营销中心电话:0592-2184458 传真:0592-2181365
网址:http://www.xmupress.com
邮箱:xmup @ xmupress.com
厦门集大印刷厂印刷
2015年3月第1版 2015年3月第1次印刷
开本:720×970 1/16 印张:18.5 插页:2
字数:328千字
定价:45.00元
本书如有印装质量问题请直接寄承印厂调换

目　录

1

第一章　绪　论

一、狄更斯人道主义思想的内涵与特点

作为一个人道主义者，狄更斯不仅继承了欧洲传统的资产阶级人道主义思想，而且改造、吸收了基督教的人道主义思想。可以说，狄更斯的人道主义思想是世俗的人道主义与宗教的人道主义的融合。

我们知道，狄更斯是个虔诚的基督教徒，但他像托尔斯泰一样，不相信官办教会，尤其厌恶宗教的派系之争，他把《新约全书》的精神奉为立身处世的圭臬，不仅自己身体力行，而且谆谆嘱咐儿女要按照它的教诲做人。所以，实际上，"狄更斯是以宗教信仰为精神支柱的道德家。英国基督教传统对他的幻想的形成有巨大的影响。可是，作为一个人道主义者，狄更斯吸收并改造了他的宗教思想，使之成为完全不同于正统的神学或作为一种仪式来行使的东西。正是宗教的冲动驱使他试图把基督教的人道主义精神加以升华，把它注入到他虚构的一个更有人性的世界的渴望中去"。到了晚年，狄更斯清醒地认识到："要是没有成为个人的心灵的善良仁慈，单有社会性的善良仁慈是 不够的。心灵必须受到陶冶,使它变得仁慈,这个过程就是从奇里伯们的

慈善发展到自我的认知和领悟。"①

人道主义与宗教思想的融合，"从更为客观的角度来看……狄更斯所表达的是宗教感情与作为维多利亚时期道德思想基本面的人文关怀的结合"。②

那么，人道主义与宗教思想在狄更斯那里如何结合呢？狄更斯吸收了宗教思想中哪些成分，又改造了它的什么呢？

显然，作为一个人道主义者，狄更斯是以西方世俗的资产阶级人道主义作为他的精神支柱的，也就是说资产阶级人道主义对人的善良本性、人的理性精神和高贵品德的肯定，关于人应有同情心、自由是人的天赋权利、反对人对人的压迫奴役的观念，成为狄更斯思想的基本成分和主导精神。在这基础上，他吸收了基督教倡导的仁慈、博爱思想，并且把耶稣基督当作一个完美的人来崇敬，认为基督为拯救世界牺牲自我的精神令人敬佩，值得仿效。但是，狄更斯摒弃了基督教关于"人性恶"的"原罪说"，而像维多利亚时期的许多英国知识分子一样，遵从法国启蒙思想家卢梭的"自然人性"说，认为人的本性是善良的，邪恶是人类腐败的文明的产物。

狄更斯的人道主义思想具有时代的特点和个人的特点。

狄更斯所处的时代，英国正处于从农业社会转向工业社会的过渡时期。这是新旧交替时期。在农村，自耕农的土地不断被大地主和农场主兼并，失去土地的农民涌进城市，成为工业无产阶级的后备军。在伦敦，这个当时的世界大都会里，城市贫民、流浪者激增，东区的贫民窟成为疾病和犯罪的滋生地。日益兴盛的煤矿业大量雇用童工，成为当时矿业的一大问题。随着经济的发达，科学技术突飞猛进，1851 年伦敦举办了世界首届科学技术博览会。

---

① 约瑟夫·戈尔德《查尔斯·狄更斯——激进的道德家》，明尼苏达大学出版社，第 276 页。引文中所说的"奇里伯们"指的是狄更斯早期的长篇小说《尼古拉斯·尼克尔贝》中那对心地善良的富商奇里伯孪生兄弟。他们原先很穷苦，经过多年艰苦打拼，挣得一份可观的家业，开了一家大公司。他们发财后，仍保持早年纯朴善良的本色，乐于助人，热心慈善事业，并且富于正义感，敢于和邪恶势力做斗争——笔者。

② 丹尼斯·沃尔德《狄更斯与宗教》，伦敦：乔治·艾伦与昂温出版公司，1881 年，第 6 页。

陆地交通出现了火车，但马车并未绝迹。江河和海洋上出现了汽船，但还有帆船在行驶。

经济和科学技术的发展，改变了人们的观念，新思潮，特别是达尔文的进化论，对宗教思想产生了巨大的冲击，动摇了宗教的统治地位。这时期，虽然封建贵族在经济上、政治上还有强大的势力，但是，随着资本主义经济的迅猛发展，资产阶级的力量日益壮大。1832 年实施的议会改革法案，使工商业资产者的代表进入了议院，分得了政治权力的一杯羹。随着资本主义制度的确立、巩固，资产阶级的壮大，财富迅速集中，社会两极分化日益严重，社会矛盾错综复杂。繁荣富裕的景象伴随着衰败的局面和层出不穷的社会问题。这是新与旧交替的年代，是挑战与机遇、希望与危机、新生与衰亡并存的年代，也是催生文学巨人的年代。狄更斯就是应运而生的文学巨人。他肩负着时代赋予的神圣使命，以宗教的虔敬情怀，直面人生，以其独特的浪漫与写实融合的艺术方法，鞭挞邪恶与腐败，讴歌善良与美德，既揭示社会的阴暗面，又展现其光明的前景。总之，狄更斯恪尽一个人道主义作家的职责，把时代的危难与希望、苍生的痛苦与福祉尽收笔底，以其栩栩如生、勾魂摄魄的艺术画卷展现了一个新旧交替的动荡不安的时代，表达了人民大众的痛苦与希望。

狄更斯的人道主义思想又具有独特的鲜明的个性。

首先，狄更斯的人道主义带有激进主义和民主主义特点。狄更斯从小经受生活的磨难，年纪轻轻就有丰富的阅历，他对社会情况，特别是下层民众的苦难有比较广泛、深切的了解，和劳苦大众有着天然的、密切的感情。他不仅真诚地同情他们的苦难，而且自觉地充当他们的代言人，向压迫他们、剥削他们的贵族资产阶级发出强烈的抗议。

其次，狄更斯的人道主义具有鲜明的理想主义色彩。狄更斯不仅怀着强烈的义愤揭露社会黑暗，批判邪恶、残暴，而且以巨大的热情展现光明，讴歌善良仁慈。狄更斯绝不是个虚无主义者，他从没把社会现实看得漆黑一团。

哪怕是在他的晚年，当他面对极其黑暗腐败的现实，被险恶的环境逼得几乎走投无路的时候，他仍看到人们心灵中善良的火花和生活中美好的一面，对未来并没有完全丧失信心。

再次，狄更斯的人道主义带有实践性，他绝不是把善良、仁慈只挂在嘴上，写在纸上的空谈家，他努力把自己的人道主义主张付诸实践。他是个著名的慈善家和社会公益事业积极的倡导者、参与者。他是善良、富裕的贵族后裔库茨小姐的挚友，是她的慈善事业热心的合伙人和谋士。他协助库茨小姐创办"失足妇女感化院"，并且参与库茨小姐创办的贫民子弟免费学校的管理工作，努力改善学校的设施；他还参与了库茨小姐关于清除伦敦贫民窟、建造大批廉价出租房的宏伟计划。他又和朋友一道组建了文艺家协会，并且筹集资金，为事业有成、生活拮据的作家、艺术家提供生活保障。有一次，狄更斯出外旅游，在火车上听到一位正在看报的绅士和他的同伴谈论作家道格拉斯·杰罗尔德死亡的消息。杰罗尔德是狄更斯的朋友，狄更斯知道这位作家平日生活极其困难，死后不可能留给家属什么钱。于是，他立即行动起来，通过演说、戏剧义演，筹集了 2000 英镑，赠给杰罗尔德的家属。据狄更斯的传记作家透露，狄更斯平时经常向医院和慈善机构捐款，可他从不向外界张扬，甚至对自己的家属也不说。狄更斯作为一个人道主义者的高尚情怀由此可见一斑。

作为一个人道主义者，狄更斯的可贵之处主要不在于他在社会公益事业和慈善事业上的辉煌业绩，而在于他把人道主义化为自己的血脉、人格力量，贯注于他的创作之中，将其作为小说创作的灵魂和特质。

二、人道主义是狄更斯批判现实的思想武器

作为伟大的批判现实主义小说家，狄更斯批判现实的唯一武器就是人道主义。他之所以要批判现实，是因为他认定，自己面对的是一个非人道的、

黑暗的现实，他希望通过创作对黑暗现实进行批判，使社会变得符合人道主义精神。

随着狄更斯对社会认识的逐渐深入，他的人道主义思想变得越来越深刻、丰富，他对现实的批判也就越来越尖锐。

早在狄更斯刚开始创作时，他就在一系列社会小说中揭露了种种触目惊心的社会问题。在他的第一部小说《匹克威克外传》（1836—1837年）中，他揭露了诉讼律师如何玩弄司法、胡作非为，并且描写穷人因还不起欠债而在负债人监狱里受罪的惨状。在《雾都孤儿》（1837—1839年）中，他揭露了贫民习艺所虐待孤儿的可怕情景以及伦敦东区贫民窟令人震惊的状况。在《老古玩店》（1840—1841年）中，他揭露了高利贷者如何丧心病狂，迫使古玩店的店主和他的外孙女家破人亡的残忍行径。在《尼古拉斯·尼克尔贝》（1838—1839年）中，他揭露了私立学校办学牟利、摧残儿童身心健康的黑暗内幕。

狄更斯在上述作品中，以极大的义愤控诉现实的黑暗，揭示了种种令人发指的败行恶德，对受苦受难的下层民众表现出深切的关怀、同情。若问狄更斯揭露的这些黑暗现象是怎么产生的，作者在作品中提供了答案：首先是社会机构的腐败。比如贫民习艺所的可悲状况，是由于这个机构本身是英国资产阶级议会通过的新济贫法的产物。这个新济贫法完全是压制、迫害穷人的法律，它表面上是救济穷人，实际上让穷人在贫民习艺所里吃不饱，却要干沉重的活，迫使他们在这种形同慢性自杀的生活中消亡。其次，狄更斯认为，种种黑暗现象也是邪恶之徒的败行恶德造成的。比如，贫民习艺所本是迫害穷人的机构，而主持这个机构的大小官员和工作人员又个个像是凶神恶煞，与习艺所里的穷人、孤儿为敌，并且处心积虑地通过克扣他们的生活费自肥。若问狄更斯：这些人怎么会这么狠心、这么残忍呢？狄更斯并不认为人的本性是邪恶的，他倒相信，人的本性是善良的，坏蛋不是天生的，而是在腐败的社会环境中形成的，是沾染了社会恶习，善良的天性受到侵害、扭曲的结果。这表明，狄更斯的人道主义思想的核心是性善说的人性观。明确这点很重要。因为狄更斯不仅以他的性善说人性观为准绳去观察、表现社会上的种种违背人的本性的败行恶德，而且他要让"浪子回头"，让那些可能挽救的邪恶之徒迷途知返，回归人的本性，以达到改善社会、实现道德理想、重塑民族精神的目的。

早期的狄更斯可以说是以抽象的人性观去观察现实、表现现实的。所以难怪我们读了他早期的作品之后，总觉得这些作品虽然揭露了种种丑恶现象，提出了若干重要的社会问题，但是似乎没有揭示资本主义的实质问题，没有挖到社会的病根。

狄更斯中后期的作品，情况就不同了。从 19 世纪 40 年代开始，狄更斯创作的批判锋芒主要指向贵族资产阶级及其统治机构。狄更斯发现，资本主义的发展、资本主义制度的确立，使金钱势力成为主宰英国社会的力量。资产阶级的拜金主义、利己主义像毒菌一样在社会上蔓延开来，侵蚀着善良的人性，使原本富于诗意、美好的人类感情淹没在利己主义、拜金主义的污泥浊水之中。狄更斯意识到，资产阶级推行的商业主义是英国社会道德沦丧、社会日益非人性化的根源，社会现实离他的人道主义理想已越来越远。这一时期，他接连创作了《马丁·瞿述伟》（1842—1844 年）、《圣诞颂歌》（1843年）和《董贝父子》（1846—1848 年），集中揭露批判资产阶级的拜金主义和利己主义。这些作品表明，资本主义经济已使资产者的人格资本化，使他们丧失了正常的、健康的人性；对金钱的强烈贪欲和疯狂的利己主义不仅毁了他们的生活，毁了他们的家庭，而且使人与人之间的关系变得尔虞我诈。

狄更斯 19 世纪 50 年代的几部作品进一步深化了对资本主义制度的批判。

《艰难时世》（1854 年）第一次反映了尖锐的劳资矛盾。作品中的工厂主、银行家庞得贝完全不把工人当人看待，他称工人为"人手"，就像古希腊的奴隶主把奴隶称作"会说话的工具"一样，庞得贝只把工人看作给他的资本增值的工具。他残酷地剥削工人，完全不顾工人的死活，却口口声声说他给予工人的待遇够好了；工人稍有不满，他就责怪他们不知足。作品中的另一位资产者，五金商人兼国会议员葛擂梗更把资产者的拜金主义、利己主义上升为"事实哲学"。在他眼里，凡是和买卖无关的东西，比如情感、幻想之类都是要不得的，人生最重要的是能带来利益的"事实"，就是买卖以及和买卖相关的科学，等等。他认为，一个人从出生到死所有关系就是隔着柜台的买卖关系。假如天堂里没有和买卖相关的政治经济学，那么，这个天堂也不是他们所要的。另两部作品《荒凉山庄》（1852—1853 年）和《小杜丽》（1855—1857 年）则进一步揭示了英国贵族资产阶级统治机构反人民、反人道的实质。《荒凉山庄》揭露了英国司法机构如何为贵族阶级利益服务，残害人民大众，导致整个社会暗无天日的恶行。《小杜丽》则进一步揭示了英国负债人监狱对人的灵魂的腐蚀；最高统治机构惊人的官僚主义、文牍主义，对民众利益漠不关心；资产阶级头面人物和统治者如何里外勾结，欺骗、压榨广大人民，使整个社会像一座大监狱。这两部小说是狄更斯创作中对贵族资产阶级揭露最深刻、批判最尖锐的作品。

三、人道主义是狄更斯追求道德理想、社会理想的精神动力

狄更斯不仅从人道原则出发，揭露批判反人性、反人道的黑暗现实，而且在人道主义精神鼓舞下，积极追求道德理想，探寻精神家园，希望实现符合人道原则的、人性化的社会。

他对道德理想的追求，对精神家园的探寻，大概经历了三个阶段。

第一阶段，也就是创作早期（19 世纪 30 年代后半期），狄更斯着眼于善恶对立的原则，表现以善良的富人为首的正直的人们与冷酷自私的邪恶之徒之间的斗争，结果是，为非作歹的恶棍受到惩罚，受磨难的无辜者为善良的富人所拯救，过上幸福的生活。表现这一人道主义理想最突出的是他的富于浪漫气息的长篇小说《尼古拉斯·尼克尔贝》。作品主人公尼古拉斯·尼克尔

贝是个破落乡绅的儿子，他父亲去世后，兄妹俩陪伴母亲来到伦敦，投奔伯父拉尔夫。拉尔夫是个贪婪自私的商人，不念亲情，对他们极其冷漠。尼古拉斯被安排到乡下一所私立的儿童寄宿学校当助理教师。校长斯奎尔斯是个奸诈自私、不学无术的商人，他把办学当作牟利的事业，用各种办法向学生的家长敲诈钱财，却给学生提供极其恶劣的生活条件和低劣的教学，并且动辄打骂学生。校长的妻子和女儿也很粗俗野蛮。尼古拉斯反对他们虐待学生的行径，和他们恶斗了一场，随后离开了这间私立学校。他先是在伦敦，然后到外地流浪谋生，在一个剧团里混得很不错。因他妹妹在伦敦遭到几个心怀叵测的贵族的纠缠，他不得不离开剧团，回到伦敦，解救妹妹。正当他陷入生活无着、求职无门的困境时，遇到善良的富商奇里伯孪生兄弟。他们原本是穷苦出身，经过多年打拼，挣得一份可观的家业。尼古拉斯被安排在他们的公司工作，还得到一座租金低廉的住房，从此一家人过上安定、舒适的生活。尼古拉斯爱上一位才貌双全的姑娘。姑娘的父亲疾病缠身，又欠了犹太高利贷者一笔债。那个又老又丑的犹太商人，要他以女儿抵债，还串通尼古拉斯的伯父拉尔夫逼姑娘的父亲答应。其实，犹太老头并不好色，而是想霸占姑娘将要继承的一份可观遗产，那是姑娘的外祖父遗留给她当嫁妆的。对这份遗产，不仅姑娘本人，而且连她的父亲也一无所知。犹太老头窃取了遗嘱和有关的法律附件。尼古拉斯劝姑娘别答应这门婚事，但她为了挽救父亲，违心地答应了。临近婚期时，存放遗嘱和文件的盒子被犹太老头的女管家偷走了。在善良的商人奇里伯兄弟支持下，尼古拉斯等人识破了犹太商人和拉尔夫的阴谋，不仅夺回了遗产证书，而且把犹太商人和他的合谋者告上法庭。尼古拉斯还救出了受迫害的姑娘，和她结为夫妇，并把妻子名下的那份遗产当作投资的股金，从此成为奇里伯公司的合伙人。

从上述故事看出，在第一阶段，狄更斯不仅把善良的富人看作社会贤达、道德楷模，而且认为他们是弱势群体的救助者、社会正义的主持者。这表明，在狄更斯眼里，中产阶级的优秀人物是他实现人道主义道德理想的擎天柱。

第二阶段是 19 世纪 40 年代，也就是狄更斯创作的转折时期。如前所述，这时期狄更斯认识到，资产阶级推行的商业主义是滋生拜金主义和利己主义的温床，是造成社会非人性化的根源。所以，在 40 年代以后，尽管他对中产阶级的优秀分子仍存希望，但他的目光已逐渐转向下层民众。他认为，尚未受到拜金主义和利己主义毒害的下层劳苦大众，仍保持善良的天性。他说："只要对穷人稍有了解的人，没有一个不深为他们的忍耐精神，不为他们在劳动中，在苦难的日子里，以及死神降临他们头上的时候所表现出来的那种毫不犹豫地帮助别人的美德所感动。"①

狄更斯把中产阶级优秀人物的善良、同情心和社会正义感以及下层劳苦大众的忍耐精神、乐于助人、大公无私的优良品质汇集成一种积极乐观的人生哲学。因为它很切合圣诞节那天基督教所倡导的乐观、开朗、和谐、仁慈、宽容的圣诞情怀，所以，这种人生哲学被称为"圣诞精神"。它和重物质、重金钱、重个人利益、轻感情的"商业主义"相对立。在狄更斯看来，商业主义使人沦为金钱的奴隶，败坏了人与人之间的关系；而圣诞精神则使人向善、心灵净化，使人与人之间的关系变得和谐融洽。寓言式的中篇小说《圣诞颂歌》和带有家庭小说特点的长篇小说《董贝父子》便展现了圣诞精神与商业主义的对立较量，凸显了沦为金钱奴隶的金融资本家斯克鲁奇和商业巨子董贝是如何在圣诞精神的感召下实现人性的复归的。

第三阶段是 19 世纪 50 年代和 60 年代，也就是狄更斯创作的后期和晚期。面对人欲横流、贵族资产阶级的统治极端腐败黑暗的情境，狄更斯倡导的"圣诞精神"表现为"独善其身"或"舍己为人"的处世态度。在《艰难时世》中，纺织工人斯蒂芬反对老板庞得贝对工人残酷无情的态度，同时又反对工会领袖煽动工人对老板展开斗争、实行罢工的做法，主张劳资双方要互相谅解，彼此要以仁爱之心对待对方。在《双城记》（1859 年）中，法国贵

---

① K. J. 菲尔丁编《狄更斯的演说辞》，牛津：克拉兰顿出版社，1960 年，第 24 页。

族后裔达奈反对父亲和叔父对农民的残酷压迫、剥削，主动放弃贵族爵号和财产继承权，流亡英国，过自食其力的生活。在《远大前程》（1861 年）中，铁匠乔·葛吉瑞和穷苦出身、自学成才的农村姑娘碧蒂，不赞成匹普一心要成为绅士、努力往上爬的生活态度，自甘淡泊，过着自食其力的纯朴生活。斯蒂芬、达奈、葛吉瑞、碧蒂都是独善其身的典型，他们既无力，也不敢反抗邪恶势力，又不愿和它同流合污，只得独善其身，以保持自己善良的本性。而《双城记》中的律师卡顿，《荒凉山庄》中品德高尚、才能出众的私生女伊丝特·萨姆森则是舍己为人的典型。法国革命者不放过贵族后裔达奈，把他当作流亡贵族判处死刑。相貌和他酷似的律师卡顿热烈地爱着达奈的妻子露丝，这种爱是无私的、纯洁的。他为了成全自己所爱的女子的幸福，主动顶替她的丈夫上断头台。私生女萨姆森心地极其善良，同情无家可归的流浪儿乔的不幸遭遇，在乔患病无处安身时，把他带回家，让保姆查理服侍他。乔不愿给他们增添麻烦，悄悄逃走了，但查理已染上了他的病。萨姆森细心照料查理，待她病愈，她的病又传染给了萨姆森。这病虽没要萨姆森的命，却毁了她的美丽容颜。可是，萨姆森对自己的慈善行为一点不后悔。

不管是"独善其身"，还是"舍己为人"，都是圣诞精神的延续，是坚持道德理想、固守精神家园的表现。这些形象表明，即使在面临重重黑暗的包围，遭受严重的挫折时，狄更斯也没有放弃人道主义理想。

四、人道主义赋予狄更斯创作张力和魅力

人道主义思想不仅赋予狄更斯创作难以消解的张力，而且赋予狄更斯创作不朽的魅力。

狄更斯创作中难以消解的张力，源于狄更斯的人道主义理想与现实之间的矛盾。

狄更斯希望按照自己的人道主义理想来重塑人们的道德面貌和民族精神。

这体现了一位伟大的人道主义者和文学大师的开阔胸襟和远大抱负，但是，由于他的人道主义理想带有一定的主观性和某种虚幻性，难免与现实发生矛盾；这种矛盾从某种意义上说是极其尖锐、难以调和的。比如，狄更斯希望通过富人的善举消除社会灾难，拯救奥利弗·特威斯特（《雾都孤儿》）和乔（《荒凉山庄》）一类可怜无告的孤儿，但是作品中的善良绅士布朗洛只救了奥利弗，而无法让贫民习艺所中在死亡线上挣扎的孤儿获得解放。《荒凉山庄》中仁慈的女管家伊丝特·萨姆森只能缓解流浪儿乔一时的痛苦，而无法改变乔和千千万万流浪儿的悲惨命运。又如狄更斯幻想通过冷酷自私的资产者个人的挫折和善良人士的情感教育使他们幡然醒悟、洗心革面，实现人性的复归。但是，《圣诞颂歌》中的斯克鲁奇和《董贝父子》的董贝的转变只能说是特定的文学氛围中想象的产物，很难说是客观现实的真实反映；真正具有现实意义的倒是《艰难时世》中那个谎称自己白手起家，鼓吹自由竞争、机会均等的工厂主、银行家庞得贝。他是个"硬心肠、铁拳头"的资本家，尽管工人斯蒂芬向他陈述工人的苦难，恳求他对工人要有仁爱之心和谅解精神，但是，庞得贝不但不为他的诉苦和苦口婆心的劝说所打动，反而把他当作居心不良的家伙解雇了。

狄更斯在创作中展现的人道主义理想和丑恶现实是泾渭分明的、对立的两个世界。尽管作者以幻想手法竭力消除二者之间的壁垒，让读者觉得从黑暗走向光明不仅是可能的，而且是必然的，世界是充满希望的，但是，虚幻的、灿烂的霞光难以掩盖刺眼的、丑恶的现实，二者之间难以调和的紧张关系实际上显示了狄更斯心灵深处的困惑、迷茫和无奈。

尽管如此，狄更斯的人道主义思想赋予狄更斯创作不朽的魅力。正如英国著名的狄更斯研究专家汉弗雷·豪斯所说："毫无疑问，狄更斯的仁慈和愤激的情绪迎合了时代的需要，深深地影响了千千万万人对社会问题的情绪和态度，尤其是在 40 年代。他是被纯朴的人民广泛阅读的唯一伟大的英国小说家。他的仁慈的特殊形式是他的时代造就的。看来很可能，他的作品现在被阅读，将来还要被阅读。"①

　　豪斯说，狄更斯的创作"迎合了时代的需要"，这是切中肯綮之论。我们知道，狄更斯正处在资本主义蓬勃发展时期，资本主义经济带来的负面影响造成人们精神上的失落、心灵的空虚、道德的衰退、信仰的危机。在一些人的心目中，金钱已经代替了宗教的上帝。尽管狄更斯缺乏系统的理论，但他对时代的发展有敏锐而准确的领悟，他自觉地肩负时代的使命，明确意识到："提升他的国家的人民的精神面貌是他的创作伟大的、最后的目的。"②

　　狄更斯高举人道主义大旗，成为他那个时代英国民众的精神导师、引路人。这是狄更斯和他的创作永远不朽的根本原因，也是他超越了同时代的作家和后继者，成为继莎士比亚之后英国最伟大的作家的奥秘所在。

　　正是这个缘故，狄更斯的创作在 21 世纪的中国也受到广大读者的欢迎。它不仅给我们提供丰富的历史知识、人生经验和美的享受，而且有利于培养我们的道德情操，抵御拜金主义和利己主义的侵袭。特别是搞创作的朋友，更可以从狄更斯的创作中获得有益的启示和借鉴，增强自己的社会责任感和对社会的人文关怀，创作出既贴近现实，又富于理想精神，受到人民大众欢迎的，无愧于我们这个伟大时代的作品来。

---

① 汉弗雷·豪斯《狄更斯的世界》（第二版），牛津大学出版社，1942 年，第 222～224 页。
② W. 沃尔特·克罗奇《狄更斯的秘密》，纽约：赫斯凯尔·豪斯有限出版公司，1972 年，第166 页。

第二章　狄更斯创作的主导精神

一、聚焦道德的社会批判

狄更斯作为批判现实主义作家，毫无疑问，对社会现实是持批判态度的。而对社会现实的批评可以有不同的出发点和目的，因而有政治批评、历史批评和道德批评等的区别。狄更斯踏上文学道路以后，赋予自己一项重大的历史使命，"他想要匡正（社会的）错误，改革陋习，清除罪恶，想使他的创作对他生活时代的有益变化产生影响"①。从这样的创作宗旨出发，不难理解，"狄更斯的社会批评都是道德批评"②。事实上，"狄更斯对社会的每次批判，其意向经常是精神的变化，而不是社会结构的变化"③。

为什么狄更斯钟情于道德批评呢？这大概有以下几方面的原因：

首先是社会原因。狄更斯从事创作的时期，正是维多利亚女王统治的前期和中期（1830—1870 年）。这时期英国已从农业国发展成为世界头等的工业国。随着资本主义经济的迅速发展，中产阶级的势力已变得十分强大，"一

① 埃弗尔·布朗《狄更斯所处的时代》，伦敦：托马斯·纳尔逊父子有限出版公司，1963 年，第 16 页。

② 乔治·奥威尔《查尔斯·狄更斯的批评意图》，伦敦：萨科尔与瓦尔堡出版公司，1946 年，第 9 页。

③ 乔治·奥威尔《查尔斯·狄更斯的批评意图》，伦敦：萨科尔与瓦尔堡出版公司，1946 年，第 21 页。

旦中产阶级政治上、经济上获得优势，他们的影响就变为决定性的。维多利亚时期的思想状态，在很大程度上就是由他们的富于特征的思想方式、情感方式构成的"①。资本主义发展后形成的经济法则和与之相应的功利主义哲学破坏了农业社会形成的已成为传统的伦理关系和行为准则。因此这时期，物质文明与精神文明之间的矛盾及其引起的混乱显得很突出。加上财富的迅速集中，贫富之间差距的日益扩大，社会矛盾的日趋复杂、尖锐，繁荣的景象难以掩盖现实的阴暗面。社会的诡异情形的确颇像狄更斯在《双城记》开头所描写的那样："那是最好的年月，那是最坏的年月，那是智慧的时代，那是愚蠢的时代，那是信仰的新纪元，那是怀疑的新纪元，那是光明的季节，那是黑暗的季节，那是希望的春天，那是绝望的冬天，我们将拥有一切，我们将一无所有，我们直接上天堂，我们直接下地狱——简言之，那个时代跟现代十分相似……"② 这种光明与黑暗共存、善良与邪恶交搏的局面使狄更斯把尖锐的社会问题归结为道德问题，于是，"对（社会）偏离人性的原因和解决办法的探寻越来越成为狄更斯创作的主导思想"③。

其次，狄更斯偏向道德批评，和英国的民族特性有关。法国美学家、批评家丹纳曾把狄更斯和巴尔扎克加以比较，他指出，"狄更斯太注重道德宗教，这是英国民族性使然"，在他看来，"狄更斯的人物只是某种德行或罪恶的图解，而牺牲了真正的艺术。巴尔扎克却置道德于不顾，而专注于描写某种热情"④。丹纳的分析不无道理，不过，他说狄更斯的人物描写只是对某种德行或罪恶的图解，未免有失偏颇，至于狄更斯注重道德宗教，何以是英国民族性使然，则语焉不详。笔者不揣冒昧，认为狄更斯偏重道德宗教，和英

---

① 沃尔特·E. 豪顿《维多利亚时期的思想状态（1830—1870）》，耶鲁大学出版社，1957 年，"序言"第 17 页。

② 《双城记》，石永礼、赵文娟译，人民文学出版社，2004 年，第 1 页。

③ 约瑟夫·戈尔德《查尔斯·狄更斯——激进的道德家》，明尼苏达大学出版社，第 173 页。

④ 约翰·福斯特《查尔斯·狄更斯传》（第二卷），伦敦：查普曼与霍尔出版社，1911 年，第 298 页。

国民族重视实际，而不追求抽象的理论，重视宗教的实用价值，把宗教当作维持个人与社会关系的必需的工具这种精神有关。重现实际，便注重人们的行为及其与社会的关系；重视宗教的使用价值，则把宗教的仁爱、宽恕精神当作维持社会的稳定与秩序的精神原则。

再次，狄更斯偏向道德批评，也是狄更斯的个性使然。狄更斯是个具有浪漫气质，易冲动，感情极其丰富，而欠缺系统思想的作家。他兼有诗人的气质和实干家的才具。年轻时遭遇的苦难，使他了解社会的黑暗，富于正义感。走上文学道路以后，他便勇于面对惨淡的人生，憎恶邪恶，崇尚善良、仁慈。这种性格、气质，加上他所处的时代环境以及民族性的影响，决定了他倾向于用道德的眼光观察现实中纷纭复杂的矛盾。

狄更斯的道德批评涉及他的人性观和道德观。英国学者布朗指出，狄更斯"不相信（基督教的）原罪说；儿童的天真无邪蕴含着他的人性观"[①]。豪顿探讨了这种"性善说"的思想渊源，认为"维多利亚时代的人继承了浪漫派对高贵情感的崇拜，也继承了卢梭的人性善和道德情操的自然本色的信念。只要这种自然人性和道德情操没有受到文明的邪恶影响和独裁主义的戒律的约束，它们就是好的"[②]。总之，在狄更斯看来，人的本性是善的，邪恶的人是因为沾染了恶习，也就是受到人类文明腐败因素影响的结果。所以，狄更斯作品中的人物分为善良和邪恶两个对立的阵营：在善良人物中，有的被他当作模范来崇奉，而在邪恶人物中邪恶的程度自然也有差别。

狄更斯小说中的人物，一般说来，好就是绝对的好，坏就是绝对的坏，很少有亦好亦坏的人物。这可能是宗教思想影响的结果，在思想方法上则犯了形而上学的毛病。不过，这不是他个人独有的特性，而是他那个时代的人的共性。"维多利亚时代的人看问题比较片面、单纯，在他们眼里，人和世界

---

① 埃弗尔·布朗《狄更斯所处的时代》，伦敦：托马斯·纳尔逊父子有限出版公司，1963 年，第 178 页。

② 沃尔特·E. 豪顿《维多利亚时期的思想状态（1830—1870）》，耶鲁大学出版社，1957 年，第 267 页。

万物只有善恶、好坏之分；好就是绝对的好，坏就是绝对的坏，不存在中间状态。"① 但是，话又得说回来，狄更斯小说中的人物不是绝对一成不变的，也就是说，好人不一定一好到底，而坏人也不一定是一坏到底。这种例子不少，例如早期作品《匹克威克外传》中的坏蛋金格尔，最后在匹克威克的感召下，走上了改过自新的道路。再如后期作品《远大前程》的主人公匹普，原先是个淳朴善良的孤儿，在不良的环境影响下，变成了一个追求虚荣、势利自私的人。后来，他遭受了生活的打击，醒悟过来，重新打造自己的人生。

狄更斯是从他的人性观、道德观出发来揭露批判社会现实的。创作初期，他较多停留在对社会表面现象的描写上，作品中的好人和坏人与社会经济结构没有什么联系，他们所干的好事或坏事都不过是个别的、孤立的现象，和整个社会没有实质性关系。因此，小说的喜剧结局，即善良对邪恶的胜利，带有明显的浪漫色彩，往往偶然性多于必然性，主观性多于客观性，幻想性多于现实性。

从19世纪40年代起，狄更斯开始注意到邪恶势力的肆虐和蔓延与资本主义经济有着内在的关系，他甚至把邪恶势力看作工业文明的产物。他通过塑造一系列资产者的形象，例如斯克鲁奇、董贝、葛擂梗、庞得贝，等等，表明这些人物的邪恶品格源于商业主义的经济法则和与之相应的功利主义哲学。狄更斯后期的作品，例如《荒凉山庄》、《小杜丽》、《远大前程》和《我们共同的朋友》（1864—1865年），也都把种种社会罪恶和拜金主义联系起来。特别值得注意的是，狄更斯不仅把现实中的种种丑恶现象看作是资本主义金钱关系造成的，而且尖锐地揭示了国家机构和司法制度的反人民本质。这说明，随着社会的发展变化和狄更斯对现实观察的逐渐深入，他后期某些作品的社会批判已变得越来越深刻尖锐，越来越从表面现象深入到社会的实

---

① 沃尔特·E. 豪顿《维多利亚时期的思想状态（1830—1870）》，耶鲁大学出版社，1957年，第161～162页。

质问题，因而在某种程度上超出了道德批评范畴，带有政治批评或历史批评的色彩了。

还有一点应该特别指出，那就是狄更斯的道德批评始终置于他所勾画的人性化世界与非人性化世界的对立互动上。这是说，狄更斯不仅关注社会的黑暗面，把邪恶势力的嚣张看作社会黑暗的表征，而且还看到社会的光明面，努力表现善良人物所代表的人性化世界。与此相应的是，狄更斯的道德批评不仅致力于对邪恶世界的揭露批判，而且努力表现善良人物对邪恶势力的斗争及其所产生的积极影响，表现光明战胜黑暗的趋势。

二、追求人生理想的执着精神

狄更斯不同于一般现实主义作家之处在于，他的艺术视野极其广阔，他不仅关注社会的黑暗、丑恶，而且还看到社会的光明面，看到人性中尚未泯灭的美好因素。他不息地追求人生理想，通过艺术手段把人性中的美好因素表现为与邪恶势力相抗衡的、令人鼓舞的理想境界。不管是他的社会批判，还是他的人生理想追求，都离不开他的终极目标，那就是把"提升他的国家的人民的精神面貌"当作"他的伟大的最后的目的"。①

狄更斯的道德理想是以他的"性善说"的人性观为基础的。这是说，狄更斯心目中的道德理想就是"没有受到文明的邪恶影响"的"自然人性"的体现。因此，毫不奇怪，"狄更斯一向把希望寄托在人性本身的健康上"②。

狄更斯的道德理想是他的人生理想的基础，或者说是他的人生理想的核心部分。因此，脱离了他的道德理想，就难以理解他的人生理想。

---

① W. 沃尔特·克罗奇《狄更斯的秘密》，纽约：赫斯凯尔·豪斯有限出版公司，1972年，第232页。

② 埃德加·约翰逊《狄更斯——他的悲剧与胜利》，林筠因、石幼珊译，天津人民出版社，1992年，第733～734页。

在狄更斯的世界里，尽管邪恶横行，但是始终存在着既富裕，而又乐善好施的善良人物。他们秉性善良、仁慈，富于同情心，常常成为弱势群体的扶助者或拯救者。从早期作品中的匹克威克、布朗洛、奇里伯兄弟到晚期作品中的波芬，他们无不是给混沌世界带来秩序和希望的"神仙教父"。

这些充当受难者的救星的"神仙教父"，有个共通的特性，那就是"善良、仁慈"。例如匹克威克，历经磨难仍不改他的善良本性，即使对加害于他的骗子金格尔，他也心慈手软。当匹克威克看到金格尔落难入狱，濒于倒毙时，他大发慈悲，不仅不计前嫌，反而出钱给他治病，待他身体复原后，又解救他出狱，还给他一笔钱，让他到海外谋生。不过，匹克威克并不是对一切坏蛋都讲恕道，比如他对狡诈的、为非作歹的律师道孙和福格就始终怒目相向，与其势不两立。

匹克威克如此天真善良，就好像他是从上帝身边来到苦难的人世间的耶稣基督似的。但是，必须注意，"狄更斯的具有博爱心的人物在对他人行善时，并不是严格的基督教的品性，而多半是善良人性的自然表现"[1]。

不用说这些乐善好施的"神仙教父"的极端善良品格是"天性使然"，即使在贫民习艺所出生、长大，后来又与盗贼为伍的奥利弗也出淤泥而不染，始终保持善良的天性。我们看到，狄更斯的人性观明显和表现"典型环境中的典型人物"的现实主义原则发生了冲突。

不过，随着现实的发展和狄更斯本人阅历的丰富，狄更斯的浪漫激情有所减弱，对现实的观察更加深刻了，作为转折性标志的作品便是《圣诞颂歌》和《董贝父子》。从这两部作品可以看出，作者对现实的批判比先前深刻得多，他的理想也得到提升——不仅表现得更清晰，而且更富于生活气息，更具有现实性。先前狄更斯只对个别善良的资产者寄托希望，现在他从圣诞节寻找理想的源泉，并且以下层社会的民众作为他的道德理想的依托。

---

[1]　丹尼斯·沃尔德《狄更斯与宗教》，伦敦：乔治·艾伦与昂温出版公司，1881年，第44页。

早在《博兹特写集》"人物"篇第二章"圣诞晚餐"中，年轻的狄更斯便对"圣诞精神"作了精彩的描述：

> ……不要在三百六十五天中挑出最欢乐的那一天来回忆悲哀的事，还是把你的椅子朝热乎乎的火炉拉得更近些，斟满酒杯，开个头，使大家跟着都唱起歌来……你的孩子们围炉而坐的时候，瞧瞧他们一个个快乐的脸蛋儿。……别把过去的事老挂在心上……想想你目前的幸福吧——每个人都有很多这种幸福——而别去想过去的不幸，每个人都有些不幸。带着愉快的表情，心满意足地再给自己斟一杯酒。保证你会过一个快乐的圣诞节，在新的一年里你会幸福！

> 面对一年中这个到处洋溢着友爱、相互真诚地表达深情的时令，谁又能无动于衷呢？一次圣诞节家宴！人世间再也没有比它使人更愉快的事了！圣诞节这个词的本身就似乎具有魔力。偏狭的猜忌与不和忘怀了；合群的感情在……内心被唤醒；……过去彼此怀念的和蔼的心，曾经由于傲慢和自尊的谬误见解的阻碍，如今又结合了，到处洋溢着友善和仁慈！但愿圣诞节从年首延续到年末（应当如此），使损坏了我们较好方面的性格的那些偏见和怒气，永久不对那些理应与之无缘的人起作用！①

英国学者豪斯指出："圣诞精神不限于圣诞作品、圣诞故事或小说中描写的圣诞节，它表现于把行善当作社会理想的每种尝试中。"②确实如此，19 世纪 40 年代以后，狄更斯有意识地以这种"圣诞精神"来和资产阶级的商业主义经济法则及功利主义哲学相抗衡，并且据此营造一个和人欲横流、尔虞我诈、拜金主义猖獗的非人性化世界相对立的精神家园。

在狄更斯看来，作为一种崇高的人生理想，圣诞精神不仅对向善的人们有强大的吸引力，即使对于被资本主义魔力缠住的人，也有感召力，因为狄

---

① 《博兹特写集》，陈漪、西海译，上海译文出版社，1992 年，第 276～277 页。
② 汉弗雷·豪斯《狄更斯的世界》（第二版），牛津大学出版社，1942 年，第 52 页。

更斯坚信，人的本性是善良的。这就不难理解，在《圣诞颂歌》中，狄更斯何以表现斯克鲁奇在三个圣诞精灵的引导下，受到自己过去、现在和将来的处境的启迪，接受了圣诞精神的洗礼，摈弃了生意人的自私、吝啬、不通人情的恶习，回归人的善良本性，愉快地融入周围的人群。而在《董贝父子》中，傲慢的董贝在儿子去世、公司破产、妻子出走，落得穷困潦倒之后，幡然悔悟，接受了女儿弗洛伦斯的爱，融入祥和、温馨的家庭生活中，度过幸福的晚年。

狄更斯甚至以圣诞精神的核心思想——善良、仁慈的精神来处理阶级矛盾。在《艰难时世》中，工人斯蒂芬表达了狄更斯自己的这种思想。面对老板和工人之间的尖锐矛盾，斯蒂芬主张工人与老板双方都要有仁爱之心，彼此互相体谅、相互宽容、精诚合作，而不应该相互仇视、激烈对抗。与此同时，狄更斯在作品里还特意安排了史里锐马戏团的故事。马戏团的成员虽然没有受过多少教育，但是他们秉性善良，人人都有仁爱之心，彼此互相关心、互相爱护、和衷共济。他们富于幻想的创造性表演给人们带来欢乐，与焦煤镇里工人们单调的、机械的劳动形成鲜明的对照。马戏团丑角的女儿西丝以善良人性的光辉照亮了葛擂梗的阴暗的石屋，让葛擂梗的女儿露易莎鼓起了生活的勇气，甚至使葛擂梗也承认自己的功利主义哲学的失败，从此变得通情达理了。

狄更斯希望以善良、仁慈的态度处理雇主与雇员之间的矛盾，虽然多半只是良好的愿望，实际上不一定行得通，但是，狄更斯希望让世界充满爱，人们相互尊重、相互关爱、和衷共济的理想是可贵的；这种理想即使一时难以实现，也有助于推动人们为实现一个更人性化的、和谐的世界而斗争。

三、贯彻始终的乐观主义

狄更斯不仅是个理想主义者，而且是个乐观主义者。理想主义与乐观主义本是一对孪生兄弟，但是二者却不一定完全一致。有的人有理想，却不相信这理想可以实现。例如 20 世纪的小说大师卡夫卡相信真理是存在的（我们不妨认为相信真理的存在也是一种理想），但是他却认为，通向真理的路找不到。于是，在他眼里，真理是既真实又虚幻的东西，他未完成的长篇小说《城堡》实际上就是他这个带有悖论的观念的外化。小说的主人公约瑟夫·K 要进城堡去晋见那里的官员，眼见城堡就在前面，却找不到通向它的道路。K 疲于奔命，想尽一切办法，就是进不了城堡，最后抑郁而终。这个故事极妙地诠释了卡夫卡和一些现代派作家陷入悲观主义的原因。狄更斯却不同。他的理想主义与乐观主义是一致的，因为他的理想是实在的，而不是玄奥的、虚幻的，是可以实现的，而不是可望而不可即的，最根本的原因是"狄更斯对这个世界所抱的唯一真正的希望是人民"①。如前所述，狄更斯的人生理想就是弘扬圣诞精神，建设一个人性化的、和谐的世界。人民大众不仅是激发、催生他的人生理想的主要因素，而且是实现他的人生理想的依靠力量。正因为狄更斯的理想是基于对人民的坚定信念，所以狄更斯成为真正的乐观主义者。

狄更斯是个富于浪漫气质的作家。他开始从事文学创作时，英国和欧洲大陆的浪漫主义思潮刚刚退去，余波未平，余威犹在。狄更斯与浪漫主义思潮真可以说是心有灵犀一点通，他不仅承继了卢梭的自然人性观，而且在气质上也是与浪漫主义相通的。"乐观主义作为一种独特的道德品质，源于浪漫主义对 18 世纪表现于歌德笔下的靡菲斯特这一极端形式的批判与怀疑气质的反动……浪漫主义的反应意味着对人性中庄严的、高贵的和有价值的因素的再确认，对人的善良和伟大的再确认；这些为批判的理智所否定，却为敏感

---

① 埃德加·约翰逊《狄更斯——他的悲剧与胜利》，林筠因、石幼珊译，天津人民出版社，1992 年，第 739 页。

的心灵、富于同情心的想象所确认。"① 这表明，狄更斯的乐观主义不仅与他个人的浪漫气质有关，而且有其深远的思想渊源。

再从狄更斯所处的时代来看，尽管在维多利亚时代，英国社会矛盾重重，但是，富裕、繁荣、生气勃勃毕竟是当日大英帝国的主要特征。这样的年代，与其说容易催生悲观主义，不如说容易催生乐观主义。

既然狄更斯的理想主义与乐观主义具有一致性，那么，它们自然就相生相长，沉浮与共，随着英国社会的发展和狄更斯本人的生活和思想的变化，经历了从高昂到低落的过程。

19 世纪 30 年代，英国社会相对说来比较平静，年轻的狄更斯怀着浪漫的激情刚踏上文学道路。虽然他敏锐的眼光捕捉到繁荣表象下的丑恶现实，像《匹克威克外传》、《雾都孤儿》、《尼古拉斯·尼克尔贝》和《老古玩店》这些早期作品对社会现实都有不同程度的揭露批判，表现善与恶的对立、较量成为这些作品的基本主题。但是，"社会没被看作一个整体，虽然罪恶存在于它的各个方面，善良和邪恶依然主要是私人的事情，行动仅凭自己的良心，行动作用于近邻"② 而且 "他经常把邪恶势力看作个人的道德问题，而不是现存的社会经济结构不可避免的结果"③。因此，这些作品中善恶之间的冲突还停留在生活的表面，矛盾的解决也比较容易，结局总是以喜剧收场。加上这些作品的情节较有喜剧性和传奇色彩，叙事轻松幽默，因此乐观主义情调显得极其高昂。但是，这些作品所表现的乐观主义，正如同它们的理想主义一样，带有较强的主观性和幻想性。

19 世纪 40 年代，席卷欧洲大陆的资产阶级民主革命浪潮也波及英国。虽然 30 年代议会改革法案实施后，英国资产阶级分享到更多政治权利，但是，

① 沃尔特·E. 豪顿《维多利亚时期的思想状态（1830—1870）》，耶鲁大学出版社，1957 年，第 297 页。

② 汉弗雷·豪斯《狄更斯的世界》（第二版），牛津大学出版社，1942 年，第 19 页。

③ 汉弗雷·豪斯《狄更斯的世界》（第二版），牛津大学出版社，1942 年，第 212 页。

贵族阶级仍旧把持社会生活的各个方面。经济力量日益雄厚的资产阶级显然不甘心屈居从属的地位，其代表人物要求政治改革和社会改革的呼声日益高涨。而这时，工人阶级争取选举权的宪章运动也如荼地展开。英国社会矛盾日趋复杂尖锐。狄更斯访问美国后，对资本主义实质加深了认识。这时期他的浪漫激情有所减弱，而对现实的分析更冷静、更深入了。他在《圣诞颂歌》、《董贝父子》、《马丁·瞿述伟》等作品中，在揭露批判资产者的拜金主义、利己主义的同时，大力表现下层人民的优秀品质，彰显资本主义阴影笼罩下的社会生机和活力，借此表现自己对生活的信念和希望。特别是这时期创作的一系列圣诞故事，突出表现了自己的道德理想和人生理想。所以总的说来，狄更斯在40年代的创作，仍包含高涨的乐观主义精神，而且比起30年代的作品来，显得更实在、更可信。这是因为这时期狄更斯开始把目光转向下层社会，把他的人生理想和下层人民的优秀品质联系起来。也正由于这个缘故，这时期的作品带有更强的民主色彩，这使狄更斯在众多文学大师中显得十分突出。

19世纪50年代，无论对英国还是对狄更斯个人而言，都是多事之秋。一波三折的宪章运动虽然已被统治阶级平息下去，但是，工人的罢工运动时有发生。虽然英国是克里米亚战争的战胜国之一，但是，在战争中，英国统治机构的腐败无能暴露无遗，加上瘟疫连年，人民群众的不满情绪高涨，社会矛盾尖锐，危机四伏，简直到了一触即发的地步。狄更斯对英国统治者深感失望，社会的黑暗使他无比愤怒，长年累月紧张的创作也使他深感身心交瘁，婚姻悲剧更加剧了他内心的烦躁不安。这一切使他生活在重重的阴影之中；虽然他奋力拼搏，努力驱散这些阴影，但是越来越费力，越来越困难。这种情势对他的理想主义和乐观主义都是严重的挑战。读者可明显感到，狄更斯这时期的作品，除了50年代初出版的带有自传意味的《大卫·科波菲尔》之外，其他作品如《荒凉山庄》、《小杜丽》、《艰难时世》和《双城记》，都呈现出阴暗色调。早期作品中那种轻松幽默的情调，已让位给严峻凌厉的气氛，特别是《双城记》显得尤其突出。

尽管在这时期的作品中，乐观主义调子已不如先前响亮，但是，"狄更斯对生活、对人类所坚持的信念是他高举的一面旗帜"[①]。他在《艰难时世》和《双城记》中，不仅无情揭露批判资产阶级和贵族的极端利己主义、残暴专横，而且一如既往地颂扬善良、仁慈的美德，表明具有这些美德的人虽死犹生，只有他们才能缔造人类的和平与幸福。而在《荒凉山庄》和《小杜丽》中，狄更斯在严厉批判司法制度和国家行政机构的腐败黑暗的同时，热情歌颂伊丝特·萨姆森（《荒凉山庄》）、小杜丽和克莱南（《小杜丽》）这些洁身自好的年轻人热情地追求自由和光明、主持正义的精神。这表明，即使在阴暗的50年代，狄更斯仍旧保持对人类和生活的信念。尽管在这时期的作品中，喜剧色彩淡了，也难得有欢乐的气氛，但是作者通过光明与黑暗的较量，表明希望和未来总是属于善良的人们。

19世纪60年代，也就是狄更斯生活的最后十年，虽然他外表显得平静，但内心仍旧烦躁不安，他以写作和朗诵来摆脱内心的困惑。这时期的作品最值得注意的是《远大前程》。

这部作品通过郝薇香小姐的爱情悲剧（她从一个受害者转变为施害者的奇特身世）、逃犯玛格韦契的辛酸经历（他与恶棍康佩生之间的矛盾），以及出身贫寒的孤儿匹普的经历（他从一个纯朴的穷孩子演变为一个势利的"准绅士"），勾画了一个在资本主义金钱关系主宰下人欲横流、尔虞我诈的世界。而和这个污浊的世界形成鲜明对照的是与世无争的"教书匠"朴凯特的充满温情、带点喜剧色彩的家庭生活，律师事务所职员文米克在远离尘嚣的城堡式住宅里所过的世外桃源般的"业余"生活，特别是乔·葛吉瑞和他那间打铁铺所显示的质朴、温馨的生活情趣。乔是那样善良，纯朴得甚至带点傻气。

---

① 埃德加·约翰逊《狄更斯——他的悲剧与胜利》，林筠因、石幼珊译，天津人民出版社，1992年，第744页。

正是他那种可贵的品格使遭受人生大挫折之后的匹普深深感到愧疚，促使匹普重新打造自己的人生。

在狄更斯看来，虽然商业主义与功利主义哲学日益使社会偏离人性，但是，善良人性是摧不垮的；在混沌的世界里总会有一片圣洁的净土，在你争我斗的喧嚣声中总会听到悦耳的圣诞祝福声。

四、心系民众的博大情怀

狄更斯的另一个显著特点，是他对人民大众的关心、热爱和尊重。特别值得注意的是他对穷苦人的真挚、深厚的感情，可以说，"尊敬、热爱和同情就是他对穷苦人的基本态度"[①]。狄更斯不仅诚挚地同情他们的苦难，表达他们的期望和抗争，而且热情地歌颂他们的优秀品质。英国作家杰斯特顿指出："狄更斯对穷人抱有最真实意义上的同情。他全心全意地跟穷人一起遭受苦难，凡是引起他们愤怒的东西，也就引起他的愤怒。但这完全不意味着，他只可怜他们或者单纯地喜爱他们。并非如此。他把自己看作是人民权利的捍卫者，感觉到他与人民是血肉相连的。在我们文学上，他不仅是最低社会阶层唯一的代言人，甚至是他们潜在意识倾向的唯一的表达者，他的口道出了穷人内心的委屈。他把无知识阶级的人民对于文化人所想到的但不敢讲出来的，或者只是模糊地感觉到对他们有关的东西大声疾呼地说出来。"[②]

在反映下层人民的苦难方面，狄更斯的确做得非常出色。试看他的作品所描写的负债人监狱里因无力偿还债务，年复一年地在监牢里忍受非人待遇的穷人的惨状，贫民习艺所里孤苦穷困者吃不饱、饿不死的非人生活，以及

---

① 格雷汉姆·史密斯《查尔斯·狄更斯的文学生涯》，圣·马丁出版社，1996年，第147页。
② 转引自阿尼克斯特《英国文学史纲》，戴镏龄等译，人民文学出版社，1980年，第397页。引文略有改动。

被称作"人手"的工人的悲惨处境，的确洋溢着一种感同身受的情愫。狄更斯对下层人民的同情，不是那种居高临下、作为恩赐的怜悯，而是他和受难者站在一起的诚挚的兄弟之情。这是一种和他的民主主义政治思想紧密相连的阶级情谊。他在一次谈话中公开表示："我对统治者的信任，总的说来，是微乎其微的；而对于被统治者的信任，总的说来，是无限大的。"① 类似的话，狄更斯先前也说过。狄更斯心系人民大众的情怀可以说是一贯的，特别是到了晚年，眼见社会矛盾越来越尖锐，英国统治者腐败无能，社会改革雷声大雨点小，狄更斯越发感到，他只能寄希望于人民大众。

他对人民大众寄托什么希望呢？显然，他不希望人民大众起来革命，成立人民自己的政府。一般说来，他是反对暴力革命的。虽然在《双城记》中，他肯定法国大革命的正义性，但对革命的残酷做了许多渲染，表现以"暴"抗"暴"的危害性。例如在《艰难时世》中，狄更斯对煽动阶级仇恨、组织罢工斗争的工会领导者斯拉克布瑞奇便加以讽刺、揶揄。在实际生活中，尽管狄更斯同情宪章运动，但是对于它的领导层中的暴力派有微词。狄更斯是主张阶级调和的，希望雇主与雇员之间相互谅解、相互包容、精诚合作。

在狄更斯生活的年代，人们称狄更斯为"激进派"。"激进"这个词在当时还是挺新鲜的。狄更斯被称作"激进派"大概有两层意思。第一层意思指的是狄更斯的政治倾向，即认为狄更斯是站在人民大众一边的作家。对于狄更斯一生的政治倾向，他的同时代作家安东尼·特洛罗普作过基本上公正而精确的表述。特洛罗普认为，狄更斯"在内心上是激进的——他完全相信人民，为他们而创作，替他们说话，总是站在他们一边"②。狄更斯被称为"激进派"的第二层意思，指的是他是激进的道德家。约瑟夫·戈尔德评论狄更斯的一部专著，书名就是《查尔斯·狄更斯——激进的道德家》。

① K. J. 菲尔丁编《狄更斯的演说辞》，牛津：克拉兰顿出版社，1960年，第407页。
② 格雷汉姆·史密斯《查尔斯·狄更斯的文学生涯》，圣·马丁出版社，1996年，第148页。

总之，不管是在政治上还是在伦理道德上，狄更斯都是坚定地站在人民大众一边的。他要求统治者执政为民，要多为人民大众的利益着想。在对待劳资关系上，他要求雇主对雇工要有仁爱之心。面对无情的利己主义和冷酷的功利主义，他主张"要有正义感、宽大为怀的精神、同情的美德、助人的愿望，不仅为了解决个别人的灾难，也为了解决社会问题"①。

虽然狄更斯一再呼吁统治者对人民大众要有仁爱之心，但是，他并没有把人民大众看作消极的、等待恩赐的受惠者，相反，他认为人民大众是社会精神生活的积极推动者。因为在狄更斯眼里，人民大众，尤其是下层社会中的优秀人物，在道德上远比上流社会的人物优越，他曾形象地说："德行更经常寄寓在僻街陋巷，而较少光顾宫廷豪宅。"② 他希望人民大众"以怜悯和仁慈软化上流社会的冷酷、漠然的心和葛擂梗那种严厉的、凶巴巴的冷漠无情，依靠这种精神激励私人施舍行为的积极生活"③。

我们在狄更斯的作品中看到，他所描写的下层社会的优秀人物虽然穷困，受教育不多，但是他们善良，富于同情心和正义感，具有扶危济困的精神和宽广的胸怀。这绝对不是狄更斯心造的幻想，而是他根据生活体验描画的。事实上，这也完全符合狄更斯的人道主义人性观。在狄更斯看来，这些下层人物较少受到现代资本主义文明的毒害，较多保留朴素的生活形态和思想形态。而且他们是社会的弱势群体，备尝生活的艰辛，能推己及人，自然对他人较有同情心。狄更斯的作品表明，尽管贵族、资产者常常歧视、压迫下层人民，但是当这些养尊处优的上层人物处于危难时，下层人民常常以德报怨，向他们伸出同情、援助的手，给予他们精神上的安慰和鼓励，让他们获得新

---

① 埃德加·约翰逊《狄更斯——他的悲剧与胜利》，林筠因、石幼珊译，天津人民出版社，1992年，第281页。

② O. F. 克里斯蒂《狄更斯与他的时代》，伦敦：赫斯·克兰顿有限出版公司，第112页。

③ 沃尔特·E. 豪顿《维多利亚时期的思想状态（1830—1870）》，耶鲁大学出版社，1957年，第275页。

生。例如在《董贝父子》中，火车司炉工图德尔的妻子波莉丢下自己正在哺乳的孩子，去董贝家当奶妈。她把失去母亲的小保罗当作亲生儿子来抚养，使这个婴儿健康成长，感受到母爱的温暖。但是由于波莉一时疏忽，带着小保罗和弗洛伦斯回到自己家去与家人聚会，结果被董贝以违背合约为名解雇了。董贝有言在先，波莉和董贝家的关系不过是雇佣关系，不带任何感情色彩；一旦雇佣关系结束，他们之间便没有必要来往了。可是当董贝遭受破产和妻子出走等一连串的沉重打击病倒后，波莉却来探望他、慰问他。董贝的女儿弗洛伦斯天性温良，加上受到下层民众的影响，也成为仁爱哲学的实践者。尽管董贝从不把她当亲生孩子看待，从未给过她半点父爱的温暖，也从不接受她向自己释出的爱的善意，但是，当董贝身处绝境时，她向董贝表示了浓厚的亲情，使董贝增强了生活的勇气和力量，在晚年享受到天伦之乐。又如在《艰难时世》中，一心推行功利主义哲学的五金商人葛擂梗也是在家庭遭受沉重打击，眼见自己信奉的人生哲学破产之后，在马戏团丑角的女儿西丝的安抚之下，重新踏上健康的人生道路。

　　尽管上述动人的故事幻想多于现实，但是，它们具有审美的震撼力，产生过，并且将会继续产生巨大的社会影响。英国学者豪斯指出："毫无疑问，狄更斯的仁慈和愤激的全部情绪迎合了时代的需要，深深地影响了千千万万人对社会问题的情绪和态度，尤其是在40年代。"[①]

　　狄更斯小说巨大的社会影响力，离不开他描写的人性化的下层社会和众多具有优秀品德的下层人物形象。正是这些形象生动地体现了他所倡导的"圣诞精神"。

---

① 汉弗雷·豪斯《狄更斯的世界》（第二版），牛津大学出版社，1942年，第222页。

第三章　人道眼光审视下的二元对立世界

　　狄更斯追随浪漫派的先驱卢梭的自然人性论，认为人的本性是善良的，但是人类自身创造的文明却使人变得邪恶；为了抵御邪恶，人必须返璞归真。

　　在狄更斯看来，有些人能固守善良的本性，另一些人则受到文明的侵害，变得邪恶。因此，社会中的人们不管哪个行业、哪个阶层，若从人性上看，只有善良与邪恶两类。大千世界便由善与恶两极所支撑，物以类聚，人以群分，非善即恶，非白即黑，没有中间的灰色地带。

　　随着时间的推移、社会的发展，以及狄更斯对现实观察的深入，虽然狄更斯的善恶观和他心目中体现善恶的人群有所变化，但是善恶两极及其核心观念不变。他把一切社会矛盾都归结为善与恶的斗争。在狄更斯看来，社会之所以变得混乱无序、矛盾丛生、是非颠倒，都是邪恶势力在兴妖作怪之故。他便不断揭露批判邪恶势力的败行恶德。这样，狄更斯的社会批评自然就成为道德批评。

　　狄更斯坚信善良人性的威力和价值，相信在善与恶的对立较量中，善良必胜，邪恶必败。他这样描写现实，也是出于鼓舞读者的生活信心的需要；作为一名人道主义者和小说家，他把这种处置矛盾的办法看作一种社会责任。

　　狄更斯不仅表现形形色色的善与恶的矛盾对立，而且努力探寻邪恶产生的根源和拯救社会的办法。在这过程中，狄更斯不仅展现了一个黑暗的、邪恶势力肆虐的混沌世界，而且营造了一个人性化的、温馨的、体现了人道主义道德理想的精神家园。因此，狄更斯不仅是个批判现实主义者，更是一个理想主义者；现实主义与理想主义的结合便成为狄更斯小说创作的一个重要特征。

一、善良与邪恶的较量

狄更斯早期的创作，从《雾都孤儿》开始便注意揭示社会问题。固然其中涉及一些行政机构，但他关注的主要是隐藏在这些机构里的邪恶势力，例如贫民习艺所里那些冷酷的管理委员会的委员们和教区干事班布尔（《雾都孤儿》）、儿童膳宿学校多西伯义斯堂的野蛮校长瓦克福·斯奎尔斯（《尼古拉斯·尼克尔贝》），以及这类邪恶之徒如何给他们的受害者带来痛苦和灾难，他们如何把自己管辖的小天地变成人间地狱。同时他描写有正义感的善良人士反对他们的野蛮行径，对受他们欺压的无辜者表示同情，努力解救他们。

狄更斯的挚友，他所崇敬的激进的思想家卡莱尔曾批评狄更斯的小说创作于解决实际问题毫无作用。这有一定的道理。因为狄更斯只是以人道主义眼光去观察、表现实际生活中的问题，把现实中存在的问题提到人性的高度，以道德的准则予以评判。事实上，狄更斯在《雾都孤儿》和《尼古拉斯·尼克尔贝》两部作品中所揭露批判的问题，在小说发表后相当长的一段时期，一个都没有解决。虽然奥利弗得救了，可留在贫民习艺所里的孤儿们继续过着水深火热的痛苦生活，多西伯义斯堂也并没有被尼古拉斯整治好，直到校长斯奎尔斯犯了罪，被判处七年流放，学生们起来造反，管理者作鸟兽散，学堂才倒闭。在现实生活中，狄更斯所揭示的问题过了许久才逐步解决。英国的社会改革经历了一个漫长过程。比如教育问题，狄更斯生活的年代，绝大部分学校是私立的，问题很多，极少数质量好的公立学校是为贵族、上层阶级子女开设的，一般平民百姓的子女进不了。直到狄更斯逝世那年（1870年），英国的国家教育制度才确立，议会通过法令，规定义务教育免费，并带有强制性。

实际上，狄更斯揭示社会弊端，不只是为了解决教育、贫民救济等实际问题，更主要的是要解决精神问题、道德问题。他根据对现实的观察认识到，在现实生活中，不管人们的性别、职业、身份、地位，也不管教育程度、习惯、性格有多大差别，他们立身处世的态度和道德倾向只有两种：冷酷自私或善良仁爱。在他看来，拥有善良仁爱品格的人保存了人的善良本性，而冷酷自私的人，则部分或完全丧失了人的善良天性，走向它的对立面——邪恶那一端了。狄更斯认为，尽管现实中的矛盾五花八门、错综复杂，实际上不外乎就是善良与邪恶的对立、斗争。

他的第一部号称"严肃小说"的《雾都孤儿》便展现了善良与邪恶的对立，并且有意识地表现善良对邪恶的胜利。

小说中的人物善恶阵线分明。属于"恶"的一方的，首先是贫民习艺所的理事们、教区干事班布尔和某些工作人员（主要是给孤儿们分稀饭的凶神恶煞似的大师傅和寄养所里那个克扣孤儿伙食费的贪婪的曼太太）。他们以冷酷的心肠、敌视的态度对待那些可怜的孤儿，让他们担负沉重的劳动，受慢性饥饿的煎熬。这些孤儿一个个被逼得几乎发疯。抽中签，作为饥饿孤儿代表的奥利弗向分粥的凶巴巴的大师傅无奈地恳求，"我还要添一点"。

属于邪恶一方的还有贼窟的头头费金、赛克斯以及奥利弗的同父异母哥哥蒙克斯。老犹太人费金外表显得温良，言谈举止甚至让人觉得有点诙谐幽默，实际上他无比狠毒残忍。哪个小喽啰若胆敢偷懒，不好好"干活"，他就让他挨饿，甚至把他毒打一顿。奥利弗刚到贼窟第二天早上醒来时，发现他独自一人在欣赏自己收藏的赃物。费金发现奥利弗在注视他，便恶狠狠地操起切面包的刀子走到他跟前，责问他为什么不好好睡觉，却在偷看。听奥利弗解释说他刚醒来，不经意地瞄了一眼，费金才放心，阴阳怪气地笑了笑，玩弄了一下手中的刀子，像是和奥利弗开个玩笑似的。奥利弗第一次偷窃不成功，被善良的绅士布朗洛收养。他在为布朗洛送书途中被南希和赛克斯拦住带回贼窟。费金把他毒打了一顿，后经南希抗议才罢手。奥利弗被拉去参与入室盗窃受挫，负了枪伤，遭他们袭击的那家主人梅丽太太收养了他。费金和赛克斯找到他住的乡间别墅，想要劫持他。总之，费金是奥利弗的灾星，是他的不幸和痛苦的制造者。而赛克斯是费金的得力助手、帮凶。蒙克斯则为了独吞他父亲的遗产，和费金等人策划陷害奥利弗的阴谋。

　　善良一方，首先是奥利弗本人，他的善良天性"通过种种逆境而仍然存在，并且终于胜利"。其次是拯救他、善待他、收养他的布朗洛、梅丽太太和梅丽小姐，还有良心未泯的女贼南希。南希本是比尔·赛克斯的情妇，费金一伙的帮凶。在她身上却保留了一点善良的天性，虽然她帮助赛克斯把奥利弗抓回贼窟，但当奥利弗试图逃跑，赛克斯要放狗出去咬死他时，南希制止了赛克斯。接下来，奥利弗遭到了费金的鞭打。眼看犹太老头要把奥利弗往死里打，南希挺身而出，制止了费金的暴行。她对奥利弗萌生了怜爱的感情。当她得知费金一伙和蒙克斯要陷害奥利弗时，毅然把这秘密透露给梅丽小姐。布朗洛等人经过精心策划，粉碎了费金一伙的阴谋，而南希则因泄露秘密而惨遭赛克斯杀害。赛克斯的暴行终于招来这伙盗贼的覆灭。赛克斯在逃亡中死于非命，费金则受到法律的严惩。善良一方不仅在道义上，而且在实际上取得了胜利。

　　在这部小说中，尽管班布尔只是区区一个教区干事，但从他对待奥利弗的专横残暴、对待贫民习艺所的理事们卑躬屈膝的态度，便可见当日英国行政机构办事人员精神面貌之一斑。正如英国著名的狄更斯研究专家 K. J. 菲尔丁所说："这部小说所抨击的决不只是行政机构，而是隐藏在其后一直普遍存在的精神。而且二十余年之后，狄更斯在《我们共同的朋友》的'序言'中还提到《柳叶刀》杂志报道的贫民习艺所里发生的事情，问题很清楚，班布尔时代的那帮人仍在执掌大权。'事实上'，作者写道：'早年贫民习艺所的委员们那令人遗憾的传统的影响仍顽固不化地散布着.'"① 可见，狄更斯不只是要通过奥利弗的悲惨童年，暴露贫民习艺所令人发指的黑幕，也不只是抨击个别人的恶习，而是要揭示隐藏在它们之后一直普遍存在的精神。

狄更斯在抨击邪恶之徒的暴行时，把眼光投向了中产阶级。他要从这个阶层中寻找道德理想的化身。事实上，在狄更斯生活的年代，在虔诚的基督教徒中的确不乏抱有济世情怀的绅士淑女，他们同情下层社会遭遇不幸的人们，对他们伸出救援之手。布朗洛先生和梅丽太太就是这些善良的绅士、淑女的写照。诚然，在作品中，狄更斯把布朗洛、他的管家，还有梅丽太太、露丝小姐都理想化了。他们对一个来自贫民习艺所、陷入贼窟的孤儿不仅毫无歧视或戒备之心，而且像对待自己的亲人一样细心呵护，极其信任，极其关心。更令人惊奇的是，奥利弗出淤泥而不染，那么善良，那么纯洁；他也的确配受绅士淑女们对他的礼遇、宠爱。显然，狄更斯要通过这些善良人物值得仿效的优良品质，给读者发布一个福音：班布尔、费金之流固然可憎，但是，世界上还存在像布朗洛先生和梅丽太太这样善良的绅士淑女，他们是可怜无告者的救星。

如果说奥利弗命运的巨变，带有悲喜剧性质和较浓厚的理想主义色彩的话，那么，在随后的《尼古拉斯·尼克尔贝》中，主人公尼古拉斯从逆境到顺境的变化不仅显得更自然，也更带喜剧色彩。尽管它也含有理想主义成分，但不如《雾都孤儿》浓厚，而它对现实的揭露、批评却不及《雾都孤儿》深刻、尖锐。这是因为《尼古拉斯·尼克尔贝》本质上是一部浪漫传奇，它主要表现主人公的流浪经历，并且通过主人公的流浪经历，展现善良与邪恶两个世界的对立、斗争。

这部小说贯穿始终的矛盾是主人公尼古拉斯与他的伯父拉尔夫之间的不和、对立。拉尔夫是个唯利是图、薄情寡义的商人，对前来投奔他的弟媳、

① K. J. 菲尔丁《狄更斯评传》，伦敦：朗曼斯与格林出版公司，1958 年，第 36 页。

侄儿、侄女极其冷淡。而尼古拉斯是个热血青年，他对他伯父为人处世的那套办法打心里厌恶，但是他刚来到伦敦这个大都会，人地生疏，起初不得不依靠伯父帮忙找工作。拉尔夫财力雄厚，又诡计多端，在商界结交了一些和他品性差不多的人，其中一位便是在乡下开办儿童膳宿学校多西伯义斯堂的瓦克福·斯奎尔斯。经拉尔夫引荐，尼古拉斯到那所学校当一名助理教师。小说便通过尼古拉斯在多西伯义斯堂的经历，揭露了当日英国私立学校的黑暗内幕和借办学大发不义之财的校长斯奎尔斯的恶劣品质。且不说学校设备如何简陋，斯奎尔斯如何不学无术，令人发指的是他以奴隶主对待奴隶的方式对待学生，动辄打骂学生，给他们吃的是猪狗食。可对外他却吹嘘他的学校如何好，说他们对待学生赛过亲生父母。尼古拉斯同情那些备受奴役的学生，特别为一个年龄稍大似有智障、受迫害最严重的名叫斯麦克的男孩打抱不平，结果和斯奎尔斯以及他的老婆、子女发生了冲突，然后愤然离开了这所学校。随后，为了生活，尼古拉斯四处流浪，干过多种职业，甚至在外地一个剧团里当过剧本翻译、编剧、演员。最后，为了营救受不良贵族欺辱的妹妹，尼古拉斯回到伦敦。他在寻找工作过程中认识了心地善良、待人极其热情的商人查尔斯·奇里伯。他让尼古拉斯进他的商行工作，让他一家过上安定、舒适的生活。

接着，围绕尼古拉斯与家道中落、多才多艺的少女马德琳之间的爱情、婚姻，以商人查尔斯·奇里伯为首的、以尼古拉斯为主干的善良的人们和以拉尔夫为首的、以老犹太高利贷者亚瑟·格赖德为主干的一伙邪恶之徒之间展开了一场恶斗。斗争起因是，马德琳的父亲瓦尔特·布雷欠了高利贷者亚瑟·格赖德一笔债，无法偿还。格赖德便讹诈他，让拉尔夫出面，强求布雷把女儿嫁给他，以抵偿债务。迫于无奈，布雷和他的女儿都同意了，其实格赖德并不好色，而是贪财。他知道，马德琳的外祖父留下一笔可观的遗产给马德琳，充当她的嫁妆。格赖德通过非法手段窃取了这份遗嘱和相关文件。这点连马德琳父女都一无所知。尼古拉斯得知格赖德要强娶马德琳后，十分焦急，立即去劝说马德琳和她的父亲千万不能答应这门亲事，可他们迫于债务无法拒绝。尼古拉斯又劝说格赖德放弃这门亲事，答应补偿他的损失，可格赖德坚决不答应。尼古拉斯只好设计在格赖德和拉尔夫要把马德琳带走时，强行救出已昏厥的马德琳（因她父亲突然去世）。不久格赖德的女管家窃取了他存放遗嘱和相关文件的木盒子逃跑了。格赖德与拉夫尔商量，派斯奎尔斯去追寻女管家。这时，奇里伯等人也得知此事。奇里伯找到拉尔夫，劝说他别参与这桩犯法的事（因格赖德以非法手段占有他人遗嘱），可拉尔夫很强硬，不理睬奇里伯。奇里伯已派人找到格赖德的女管家藏身之处，正当斯奎尔斯要夺取木盒里的遗嘱时，头上突然遭了一闷棍。遗嘱和相关文件落到了奇里伯等人手里。他们把斯奎尔斯一伙告到官府，斯奎尔斯被判处七年流放，格赖德的女管家也被判处流放。虽然格赖德躲过了这一劫，但他已人财两空。随后，他惨遭横祸——入室抢劫的歹徒没拿到钱财，发狠心一刀把他刺死了。拉尔夫虽没吃官司，但这次事件对他的打击很大，更糟糕的是他投资失败，家财全打了水漂；他又得知在多西伯义斯堂惨遭斯奎尔斯迫害的斯麦克原来就是他的私生子，这孩子一直受到他的眼中钉尼古拉斯的保护，最近去世了。他受不了这一连串打击，在自家阁楼上悬梁自缢身亡了。

在这部作品中，邪恶的一方个个没有好下场，要么因触犯刑律，遭流放，要么遭遇杀身之祸或自戕。而善良的一方则皆大欢喜：尼古拉斯与他心仪的姑娘马德琳缔结了良缘，还继承了一笔遗产，他把这笔钱作为投资的股金，成为奇里伯商行的股东。其他年轻人也与自己的意中人建立了美满幸福的家庭。奇里伯孪生兄弟像是降福女神，为人们带来祥和、幸福的生活。

上述表明，狄更斯早期创作既体现了鲜明的现实主义精神，又带有强烈的理想主义色彩；而他的人道主义精神便蕴含于现实主义与理想主义的结合之中。他的现实主义与理想主义的结合，又充分体现了浪漫—写实风格的特点。在这些方面，上述两部作品既有共同之处，又呈现出某些差异。

我们看到，在上述两部作品中，现实批判与理想展现都是通过善与恶的对立、斗争来表现的，而斗争的焦点都落在可怜无告者身上。在《雾都孤儿》中是奥利弗·特威斯特；而在《尼古拉斯·尼克尔贝》中则是多西伯义斯堂的学生，特别是弱智少年斯麦克，还有便是处于困窘中的才貌双全的姑娘马德琳。前者揭露批判了贫民习艺所的黑暗、管理人员的残酷自私以及盗贼头目的毫无人性，后者则主要揭露经营私立学校的狠心商人的贪婪、狡诈。这两部作品对现实的抨击尽管针对的问题不同，但都从人性出发，归结到道德层面上来批判。而在理想主义方面，则凸显善良的富人的仁慈精神，他们对弱小者、可怜无告者的同情和救助，展现了善良人性的光辉，揭示了善良压倒邪恶的必然趋势。狄更斯无论对现实的批判还是对理想的展现都落在人性、伦理道德上，而没涉及经济结构和社会制度。因而尽管狄更斯早期创作体现了他关爱人生、心系大众的精神，开创了现实主义小说揭示社会问题的风气，让人感到面目一新，但又不能不让人觉得美中不足：这些作品似乎没有揭示问题的实质。社会上的种种败行恶德是怎么产生的？邪恶从何而来？而且善良战胜邪恶，无论从道德层面上看，还是从现实生活看，都没有必然性，不过是作者主观愿望的表现、理想的畅想而已。从作品本身来看，它们也没有从道德层面上展示善良战胜邪恶的必然性。斯奎尔斯的"学店"多西伯义斯堂的倒闭，并不是尼古拉斯向斯奎尔斯展开斗争的结果，而是斯奎尔斯卷入了遗嘱盗窃案，触犯了刑律，被判处流放外地而造成的。因为"猫儿不在了，老鼠才闹翻天"，没了斯奎尔斯这凶神恶煞坐镇学堂，受他虐待的孩子们才敢起来造反。而在《雾都孤儿》中，不管奥利弗的命运如何，班布尔之流照样执掌贫民习艺所，而且按照狄更斯自己所说，他那邪恶的精神传统还遍布于随后二十余年的英国各地，而贼窟头头费金和赛克斯也并没有为布朗洛的善良精神所击垮，他们之所以落得可耻的结局是因为他们的所作所为为法律所不容的缘故。如此看来，狄更斯的理想主义虽然表达了他的人道情怀，感人至深，但说到底带有相当程度的幻想性，这说明了狄更斯的理想主义与他艺术上的浪漫主义是相通的，或者说是互为表里的。理想主义精神必然要通过想象或幻想的形式表现出来；象征、隐喻、夸张、变形等手法，也更有利于它的展示。这样，现实主义与理想主义的结合便意味着现实主义与浪漫主义的结合。这是狄更斯创作，特别是他早期的创作所彰显的一个重要特征。

从现实主义和理想主义结合的情况来看，《雾都孤儿》与《尼古拉斯·尼克尔贝》略有不同。就前者而言，可以说理想超越了现实，因为作者为了凸显善良战胜邪恶的理念，把主人公奥利弗当作善良的象征，表现他出淤泥而不染。而在《尼古拉斯·尼克尔贝》中，现实主义与理想主义相对说来较为协调，因为它所描写的现实原就带有相当浓厚的传奇色彩，它所表现的理想不过使它的传奇色彩变得更浓厚罢了。

值得注意的是，上述两部作品无论是现实批判，还是理想展现，都围绕一个中心：对下层社会的关注、对可怜无告者的同情和救助。

二、人性化世界与金钱世界的对立互动

到了19世纪40年代，狄更斯对现实的观察、感受更深刻了。他摆脱了早期孤立、抽象的善恶观，开始从人的社会地位、经济状况和生活环境来考察善与恶的内涵，这样，他的善恶观便带有更强烈的社会内容和阶级色彩；与此相关的是，出现在这时期作品中的善良人物多半是中下层社会人士，特别是劳苦大众，而邪恶人物基本上是资产者。值得注意的是，有些资产者固然是拜金主义者，但是为人处世不那么凶悍，例如《董贝父子》中的董贝、《艰难时世》中的托马斯·葛擂梗，他们和卡克尔（《董贝父子》）、约那斯·瞿述伟（《马丁·瞿述伟》）以及庞得贝（《艰难时世》）之流多少还有区别。真正称得上"邪恶"的是像约那斯·瞿述伟、卡克尔和庞得贝这类狠心的利己主义者。

狄更斯发现，资本主义是拜金主义、利己主义产生的社会根源，资产者对金钱的崇拜几乎胜于对上帝的崇拜。拜金主义和利己主义已玷污了人类一

切圣洁的情感。但是，他也欣喜地看到，处于社会底层的劳苦大众却保留了善良的天性和纯洁的感情。狄更斯在其 40 年代的作品中所表现的善良与邪恶的对立，实际上是资产者的拜金主义、利己主义与下层民众善良纯朴的思想情感的对立。

到了 50 年代，狄更斯进一步认识到，资产者的拜金主义、利己主义已成为他们的一种精神纲领，即所谓"事实哲学"。他们只注重与金钱有关系的"事实"，其他与金钱无关的东西，例如情感、幻想之类通统为他们所排斥。这种"事实哲学"不仅使资产者自己沦为金钱的奴隶，而且使整个社会日益非人性化。这时期，狄更斯的创作越来越注意"对偏离人性的原因和解决办法的探寻"①，他展示情感世界与金钱世界的对立，就是要表现下层民众善良纯朴的思想情感对金钱势力的抗衡作用。这是狄更斯中后期创作所彰显的一种人道精神。

（一）《马丁·瞿述伟》（1842—1844 年）

1. 金钱势力统治下利己主义的猖獗

"在探寻罪恶的源头和性质的过程中，狄更斯集中精力关注人类的一个特殊的罪恶：自私。"②狄更斯在谈到《马丁·瞿述伟》的创作目的时也曾坦言："我这部小说的主要目的，是展现一切邪恶中最常见的五花八门方面；表现自私如何蔓延，怎样从细枝末节发展成为可憎的庞然大物。"③

小说描写老马丁外出旅行时，病倒在旅馆，消息一经传出，所有沾亲带故的人都蜂拥到旅馆来探询他的病情。那些人表面上对他极其热情关心，骨子里却隐藏着一个不可告人的动机：想得到家财殷实的老马丁的青睐，在他的遗产里分得一杯羹。在这些人中，最显眼的便是号称建筑师的老马丁的一个远房亲戚裴斯匿夫。他第一个来到旅馆，对老马丁竭尽逢迎拍马之能事，

---

① 约瑟夫·戈尔德《查尔斯·狄更斯：激进的道德家》，明尼苏达大学出版社，第 173 页。
② 约瑟夫·戈尔德《查尔斯·狄更斯：激进的道德家》，明尼苏达大学出版社，第 131 页。
③ 狄更斯《马丁·瞿述伟》1849 年廉价版序言。

只为了使老头子对他特别开恩。他自己明明是利欲熏心，却装得很清高的样子，指责他人只知巴结财神爷，贪若豺狼，真是太可怕了。

除了裴斯匿夫这个"伪君子"形象之外，小说着重揭示了瞿述伟家族成员所表现的形形色色的利己主义。

首先要提到的是老马丁。他对家族成员和亲戚觊觎他的遗产的行为极其厌恶、痛恨，悲叹金钱的贪婪损害了正常的人际关系。可他自己也不是道德的楷模。他自恃家财殷实，财大气粗，在待人接物上极其霸道，甚至对自己唯一的亲人——孙子小马丁也是这样。小马丁因违背他的意愿，私下与他收养的孤女玛丽·葛兰相爱，他就狠心地把小马丁赶出家门，让他在社会上独自漂泊。

在瞿述伟家族中，自私心最严重的是约那斯·瞿述伟。他从小受到他父亲金钱哲学的教育："从摇篮时期起，就以个人利益为天经地义，必须严格遵守，不得有半点差池。学拼音的时候，首先得学会'利'字是怎么个拼法，其次呢（在学到拼两个音节的时候），就是'金钱'那个词儿。"[1]

约那斯是他父亲安敦尼·瞿述伟完全按照商业法则培养塑造的。他的品性有两个鲜明的特点：其一，把追求金钱、积累财富看作是人生的第一要义；其二，遵循自我中心、自我至上的生活原则，把自我看作生活的主宰者，其他任何人都必须为自我的利益服务，顺我者昌，逆我者亡。以上两个特征构成了约那斯利己主义的人生哲学。这种人生哲学导致他的家庭悲剧，也促使他走向自我毁灭的道路。

为了早日夺取他父亲的财产，约那斯狠心地毒死了他的父亲。然后他装出一副孝子的模样，把父亲的丧事办得盛大隆重。他受骗投资蒙太古·提格的空头保险公司，成为它的一个股东。提格答应他，若能动员他的岳父裴斯匿夫投资入股，他就可以成为公司的一名董事。约那斯按照提格的吩咐，怂

---

[1] 狄更斯《马丁·瞿述伟》，叶维之译，上海译文出版社，1983 年，第 171 页。

恶裴斯匿夫倾其所有积蓄投资提格的保险公司。约那斯名义上已成为公司的一名董事，可是毫无实权，也没有得到什么好处，于是忍不住口出怨言。提格任他抱怨，用好话、空话安慰他，装出一副淡定的样子，因为提格已掌握约那斯串通药剂师害死他父亲的绝密隐私，不怕跟他闹翻，准备到时候收拾公司的一点家底，溜之大吉。可约那斯也不是个好惹的人。他气愤难忍，经过精心策划，选定适当时机，埋伏在郊外丛林里，待提格穿过树林时，跳出来用大棒结果了提格的性命。约那斯满以为这事干得极其秘密，不会出问题，不料事情终于败露。当法警把他押解上车时，他暗中服毒自杀了。

约那斯死后，他妻子慈悲获得自由的喜悦压倒了丧夫之痛。因为她嫁给约那斯之后，过着备受折磨、痛苦的生活。原先，她是个生性活泼、大胆泼辣的姑娘，说话口无遮拦，常常讽刺、挖苦约那斯。她姐姐慈善倒是个温柔、娴静的姑娘，对约那斯颇有情意，可约那斯偏偏看中慈悲，对她的揶揄戏弄一直隐忍，反而装出很欣赏她的活泼个性的神态，频频向她示好。工于心计的裴斯匿夫深知以老二的个性，难以择婿。所以当约那斯向二女儿正式求婚时，裴斯匿夫万分高兴，但约那斯私下对他明言，他做父亲的应该给女儿一笔特别丰厚的嫁资。待婚礼办过后，约那斯便开始一步步施展他"训悍"的计谋，不久便把这个原先趾高气扬、大胆泼辣、无忧无虑的姑娘折磨得成了一个满面愁容、无精打采、对丈夫服服帖帖的少妇。新婚蜜月变成了她苦难的开端。约那斯自杀身亡后，虽然她从被奴役中解脱出来，但苦难并没有就此结束，因为约那斯的家财和她父亲名下的财产已全被提格的公司侵吞了。她从此不得不忍受生活的煎熬。

在自私自利方面，比约那斯有过之而无不及的是大英孟加拉公司的董事长蒙太古·提格。虽然约那斯心狠手辣，但他毕竟是商场上的新手，不谙商场上那套尔虞我诈、诡计多端的路数。而提格是个奸诈狡猾、诡计多端的冒险家，他设下了一个个圈套，让约那斯和裴斯匿夫钻。提格本是个穿得破破烂烂的小混混。早些时候，他得知老马丁旅途生病在客店停歇，作为马丁亲戚的一个朋友，他也赶到客店，挤在众亲友中，只求老马丁开恩，施舍给他十五英镑。不料，没过多久，他竟发迹了，不仅衣着时髦气派，而且住高楼大院，家里的陈设极其豪华。可想而知，他的发迹不是走正当的渠道，而是靠蒙拐欺骗、非法聚敛钱财达到的。小说以极其真实、有说服力的细节，描写提格如何一步步让精明过人的约那斯钻进他的圈套，上当受骗。但是，提格搬起石头砸自己的脚，他自以为得计，却在得意洋洋准备甩开约那斯逃之夭夭时，倒在了约那斯的棍棒下。

小说通过瞿述伟家族及其亲友所表演的形形色色的丑剧、闹剧和悲剧，表明资本主义是利己主义猖獗的社会根源。

2. 与利己主义者迥然不同的人们

在《马丁·瞿述伟》中，狄更斯不仅刻画了形形色色的利己主义者的形象，而且塑造了像马可·塔里普和汤姆·贫掐及其妹妹露丝这类来自社会下层，具有感人的优秀品质，而且真实可信的正面形象。尽管狄更斯的笔锋所向主要是揭露批判利己主义，主要篇幅用于塑造利己主义者的反面形象（相对而言，用在塑造正面形象的篇幅少得多），但是能在有限的篇幅里塑造出像马可·塔里普这样鲜明突出、感人至深的正面形象实属不易。

马可是小马丁赴美国寻找黄金梦的忠实伴侣和得力助手。在赴美国的航海途中，几乎人人都受到晕船的煎熬，连身强力壮的马可也难以幸免。但是他振作精神，始终显得乐观开朗，热心帮助有困难的旅伴，特别是对一对孤立无助的母子，给予无微不至的照料，直至轮船抵达美国。到了美国后，小马丁受骗，买了西部一块号称"伊甸园"的土地，到了那里才知道，那简直是死亡之地。小马丁自知受骗，垂头丧气，悲观失望，但是马可却勇敢面对现实，他振作精神，想方设法克服困难，鼓励安慰既骄傲又软弱的小马丁。小马丁病倒后，马可一面悉心照料他，一面忙于生活和工作，他几乎一个人顶了两个人的活。在他的悉心照料下，小马丁终于战胜了病魔。可是不久，过于劳累的马可也病倒了，轮到小马丁来照顾他了。在马可的顽强、乐观精神鼓舞下，小马丁比先前坚强乐观了。马可毕竟身体更强壮，比小马丁恢复得快。开拓西部这场鏖战，对他们来说是一场非凡的磨炼，这段生活不仅使他们的友谊经受了考验，而且使小马丁在马可的影响下，克服了自己身上的自私和娇气，心灵获得了新生。

从《马丁·瞿述伟》可以看出，狄更斯把下层群众的纯朴善良、毫不利己的可贵品质当作和资产阶级的利己主义相对抗的一种精神力量来表现，以期改变社会的道德风尚。

（二）《董贝父子》（1846—1848 年）

1. 董贝的金钱世界

（1）董贝的拜金主义与他的傲慢

董贝的形象富于英国大资产阶级的特征：傲慢、冷酷、倔强，而傲慢是他的性格核心。董贝的傲慢不仅是他的雄厚的财力和崇高的社会地位造成的，而且是他迷信金钱的魔力的结果。可以说，董贝就是资本的人格化。在他眼里，世间万物都只因董贝父子公司而存在，而且他非常迷信金钱的魔力。有一次，他对他的小儿子保罗说：“钱可以使人家尊敬、害怕、敬重、奉承和崇拜我们，使我们在所有人的心目中变得强大和光荣，常常甚至还可以长期避开死亡。”①

狄更斯的高明之处就在于，他把董贝的傲慢表现为资本的人格化，也就是说，董贝的傲慢是他占有雄厚的资本，并且迷信金钱的魔力的结果。董贝的傲慢也可以说是当时大英帝国霸权思想的折射。因此，董贝的形象具有高度的典型性。

（2）拜金主义扼杀了亲情

在董贝眼里，伦理关系是由金钱关系支配的，没有什么纯粹的亲情。亲属只有能为董贝父子公司增进利益时，才值得他重视、关心。他妻子第一胎

---

① 狄更斯《董贝父子》，祝庆英译，上海译文出版社，1998 年，第 121 页。

生下一个女孩，这使他深感失望，因为在他眼里，"女孩不过是一个不能用来投资的货币"。待妻子第二胎生下男孩，使董贝父子公司有了真正的继承人，他才抑制不住内心的兴奋，一向对妻子冷冰冰的他，竟打破习惯，讷讷地对妻子叫了一声"我的宝贝"。不过话刚出口就觉得挺别扭的。他的妻子极端衰弱，产后不久就去世了。失去了妻子，他多少有些难过，但是，妻子在他心中的地位充其量也只像一件看惯了的摆设，没了，难免有些可惜而已。中年丧妻的痛苦，他是没有的；他也不为年幼的儿女失去母亲感到难过。只有儿子保罗，因是公司未来的继承人，是他的命运所系，才在他心里占有重要的地位。

董贝对儿子保罗的确十分珍爱。但是，董贝对保罗的珍爱，有别于一般父子间的亲情。在董贝心里，根本不存在骨肉间真挚、纯洁的情感。他爱儿子，是因为儿子使董贝父子公司获得实在的意义，儿子代表公司的未来和希望。因此，董贝恨不得以最短的时间把保罗培养成为公司的接班人。他完全无视儿子身心的健康发展，采取揠苗助长的办法，把儿子送到收费昂贵的贵族式学校里，接受有损儿童身心健康的所谓"严格教育"。小保罗起先被送到妖魔似的寡妇皮普钦太太那里接受非人的教育。这位心地邪恶的老妇人对儿童的教育方式是："凡是他们不爱的东西都要给他们，凡是他们爱的都一样也不给——据说这样做，使他们的性格变得可爱得多。"保罗在皮普钦太太那里待了十二个月，已到六岁。为了把保罗和他姐姐弗洛伦斯分开，避免他把太多情感集中在他姐姐弗洛伦斯身上，董贝断然把保罗转到勃林勃尔博士的学校去学习，让他在那里过另一种生活——一种更枯燥、更艰苦的生活。保罗在勃林勃尔博士学校学习期间，在烦琐乏味的功课重压下变得毫无生气，越来越古派，身体也越来越虚弱，终于一病不起，不久便死了。保罗一死，董贝父子公司又变得和过去一样有名无实，董贝发展、壮大公司的宏愿终于成为泡影。对董贝说来，丧失儿子的痛苦是和公司的利益受损联系在一起的。尽管他有女儿，但因为女儿与经济利益无关，在他眼里女孩"是一个不能用来投资的货币"，所以女儿弗洛伦斯一直成为他情感的盲点。尽管弗洛伦斯很想亲近他，特别是在保罗去世之后，她很想尽女儿的职责，去安慰父亲，但是董贝不让她有亲近的机会，对她始终冷若冰霜，仿佛她是自己不共戴天的死敌。董贝对女儿如此冷酷无情，表明商业主义和拜金主义已灭绝一切健康的情感，扭曲了人与人之间的正常关系。这种畸形的父女关系，揭示了19世纪中叶英国资本主义的繁荣发展导致社会非人性化的可悲状况，因为"董贝的个人主义不只是个人问题，它反映了改革之后商业社会的一种人生态度"①。

失去母爱和父爱的弗洛伦斯与孤儿无异。她生活在董贝身边，董贝一看见她的影子就觉得腻烦。但是，她却赢得周围人们的好感和喜欢。这越发使董贝讨厌她，排斥她。保罗在世时，对这位热情、温厚的姐姐极其依恋。这种令人感动的手足之情却使董贝深为反感，因为这让他觉得，小保罗喜欢她姐姐，而不喜欢他。为了离间他们姐弟的关系，董贝才决定把保罗送到勃林勃尔博士的学院去学习，从而促使保罗夭折。

（3）金钱关系支配下的婚姻

前面说过，董贝的前妻在世时，董贝是用经济利益的眼光看待夫妻关系的。妻子第一胎生下女儿，这使他扫兴。因为女儿对他公司毫无裨益，也就使他对妻子格外冷淡。待到妻子第二胎生下男孩，让他的公司有了继承人，他才对妻子表现出些许温存，但这种温存没保留多久，因为他妻子分娩过后很快就去世了。董贝并没有被丧妻之痛所压倒，因为妻子对他说来充其量不过是他的一个摆设，没了也就罢了。只要他高兴，以他的身份、地位，不愁娶不到妻子。果然，他妻子死去几年后，他就续弦了。他的第二个妻子是个才貌双全、心高气傲的年轻寡妇。

这位非凡的女子，是董贝在保罗去世后，到一个疗养胜地排遣心头的痛苦时认识的。经旅伴乔伊·巴格斯托克少校牵线搭桥，董贝结识了没落贵族

---

① 丹尼斯·沃尔德《狄更斯与宗教》，伦敦：乔治·艾伦与昂温出版公司，1981年，第126页。

斯丘顿夫人和她的守寡的女儿伊迪丝。巴格斯托克少校在向董贝介绍斯丘顿母女的情况时，特别表明伊迪丝的年纪不满三十岁，是个"举世无双的女人"。他还简略介绍了她的身世：她早先嫁给富裕而且极其漂亮的格兰杰上校，可惜上校在婚后的第二年就去世了。她有个男孩，四岁那年因保姆照顾不周淹死了。他着重表明，要不是她那高傲的个性，早已结了二十次婚了。伊迪丝擅长绘画、音乐，气质非凡，但在待人接物上，总流露出抑郁不得志、冷若冰霜的神情。董贝听了巴格斯托克少校的介绍，加上和伊迪丝本人短暂的接触，像看中一个珍奇的古玩似的，马上成交。他闪电般向伊迪丝求婚。这个迫于贫穷（她的前夫还未继承到家产就去世了，因此她也就没从前夫那里得到什么遗产）、难违母命的美丽才女违心地接受了董贝的求婚。

这宗基于金钱关系的婚姻注定是不幸的。在董贝向伊迪丝正式求婚的前一个晚上，只剩她们母女两人时，伊迪丝向母亲倾诉了自己内心的痛苦和屈辱："你知道他买下了我，或者说，他明天将买下我。他考虑了他的这笔交易……他认为它中他的意，也许是够便宜的；他明天就要买下来。上帝啊，我活着竟然是为了这个，我竟然受这个苦!"①

如果说十年前，她迫于母命嫁给一个她并不喜欢的军官的话，那么，现在她又将嫁给她并不爱的有万贯家财的资产者董贝！虽然为了顺从母亲对金钱、地位的追求，伊迪丝不得不屈服于没有爱情的婚姻，但是她绝不放弃自由的意志和人格的独立、尊严，因此她不能不以高傲的态度对抗使她深感屈辱的处境。对她说来，高傲也许就是她维护自由意志和人格的独立、尊严的一种手段，一种处世态度。这是她作为没落贵族后裔的最后一道防线。但是，她面对的是如日中天，视个人利益为最高原则，把自己的意志看作法律的资产者董贝！因此，这对新婚夫妇之间的冲突、斗争是不可避免的，他们的婚姻不能不成为埋葬他们幸福的坟墓。

① 狄更斯《董贝父子》，祝庆英译，上海译文出版社，1998年，第487页。

婚后不久，他们举行了一场暖宅宴，宴会的客人是双方的亲朋好友。宴会结束后，董贝当着他的岳母斯丘顿夫人和他的经理卡克尔的面，指责伊迪丝故意对他的客人表示冷淡。伊迪丝感到，董贝故意在下属面前指责她，明显是要让她难堪，于是，"她在看了他一会儿以后，流露出极度强烈的、难以形容的、咄咄逼人的轻蔑，垂下眼帘，仿佛他在她眼里一文不值、无关紧要，她不屑用一句话来向他挑战……"①

此后，笼罩在董贝和伊迪丝头上的阴云越来越浓密。他们之间不断较劲。董贝以其罕见的傲慢和固执，想迫使伊迪丝就范。但是，董贝越是对她施展淫威，她越是不肯屈服。董贝把自己看作是对方的幸福和荣耀的缔造者，认为她沾了他的光，只能为他而感到骄傲，而不能为她自己而骄傲；他的意志就是她的行动指南，她应该百分之百服从。至于她爱不爱他，是另一回事，他并不为此费心伤神。伊迪丝却认为，她和董贝的婚姻纯粹是一宗买卖，她只是他的家庭的装饰品。这种生活对她而言，是无比屈辱和痛苦的。她除了反抗，没有别的出路。

董贝与伊迪丝之间的矛盾日益激化。当董贝委托他的经理卡克尔做他们夫妇之间讯息沟通的中间人的时候，他们之间的矛盾便趋于白热化了。而到了他们结婚两周年时，他们的婚姻终于破裂了。

2. 与金钱世界对立互动的人性化世界

有些读者和狄更斯研究者不大注意弗洛伦斯这个人物，只把她看作董贝的拜金主义的牺牲品和可怜虫。其实，她是联结以董贝为核心的金钱世界和以航海仪器制作商吉尔斯为中心的人性化世界的关键人物。她自己也在与下层社会密切交往中，思想感情发生了巨大的变化。

最初给予弗洛伦斯以母爱般柔情的是保罗的奶妈波莉——火车司炉工图德尔的妻子，一个善良、温柔的劳动妇女。弗洛伦斯从她那里获得深情的呵

---

① 狄更斯《董贝父子》，祝庆英译，上海译文出版社，1998年，第643页。

护，从此把这位善良的奶妈当作自己的母亲。但好景不长，没多久，波莉因触犯了董贝的禁令而被解雇了。还有一位给予弗洛伦斯关爱的是她的小保姆苏珊·聂伯尔。她来自农家，生性善良正直，但性子急躁，讲话直来直去。她才十四岁，虽然她对弗洛伦斯不像奶妈波莉那样温存体贴，但是，她真诚地爱弗洛伦斯。她有一种天不怕地不怕的火暴性子。在董贝府里，上上下下，从来还没有人敢对董贝说句略带责备的话，唯有苏珊敢闯进董贝房间，指责董贝对女儿冷酷无情，甚至说，这是"可耻的犯罪"。结果她被辞退了，不得不回到乡下去投靠亲戚，但她一点不后悔。当苏珊得知弗洛伦斯将和沃尔特·盖依结婚时，特地赶来，为她缝制嫁衣。她和弗洛伦斯不像主仆关系，更像是一对知心朋友。特别值得注意的是航海仪器制作商所罗门·吉尔斯、他的外甥沃尔特·盖依和吉尔斯的挚友爱德华·柯特船长，他们代表了与董贝的金钱世界迥异的人性化的世界，从他们那里，孤苦伶仃的弗洛伦斯感受到人间的温暖。

弗洛伦斯进入这个温馨的世界说来有点偶然。那是她小时候遭到穷酸老婆子布朗太太的绑架劫掠后，回家时迷了路，幸好遇见善良、热心的沃尔特·盖依，把她带到那个航海仪器店里，给了她照料和抚慰，然后又护送她回家。从此以后，他们成为好朋友，互相关心，互相爱护。所罗门·吉尔斯的航海仪器店，因赶不上时代，缺乏竞争力，生意萧条，一天没几个人来光顾，因此他收入有限，日子过得极其清苦，并且欠了一笔债，期限已到，若不能还债，店面就要被拍卖。在董贝父子公司担任跑腿职务的沃尔特，请求老板贷给他一笔款。董贝竟让小保罗做主。沃尔特深得保罗喜欢，保罗便要求父亲给他贷款。所罗门的好友柯特船长得知朋友陷入经济困境，立即拿出他珍藏的三件宝——银匙、怀表和一只银制糖夹子，去向董贝请求收下这三件东西，用来抵押贷款。这三件东西虽然值不了几个钱，但他为朋友排忧解难的情谊可嘉。沃尔特不见容于卡克尔，被派往西印度群岛任职。人们传说沃尔特所乘的船已沉没，所罗门担心沃尔特的安全，独自出海去寻找他。

尽管他知道海途风险极大，但他毅然前行。而弗洛伦斯遭她父亲抛弃后，便在航海器具店里住下来，与替所罗门看店的柯特船长情同父女，相依为命，直到沃尔特安然归来。狄更斯笔下的这些下层人物人穷志不短，都是些有情有义、助人为乐的人。他们之间这种互相关心爱护，洋溢着真挚、深厚情谊的人际关系与董贝世界唯金钱是瞻、薄情寡义的人际关系形成鲜明的对比。董贝瞧不起这些人，不准女儿和他们往来；他万万没有想到，这些下层人物有着金子般的心，真正爱护弗洛伦斯的是这些人，而且当董贝陷入灭顶之灾时，真正给予他无私帮助的也是这些人。

在人性化的世界里，还有一个来自中产阶级的人物值得注意，他就是勃林勃尔博士学校里年龄最大的学生图茨。这个出身富裕人家、穿着考究的年轻人智商不高，行为古怪可笑。他和小保罗是好朋友，因弗洛伦斯常来学校接送弟弟保罗，便结识了她，对她一见倾心，情深意切。保罗夭折后，弗洛伦斯陷入摧心裂肺的悲痛之中，他想尽一切办法安慰她，细心地把小保罗的爱犬第欧根尼送给弗洛伦斯做伴。在弗洛伦斯受邀到斯开特斯爵士的夏季别墅小住期间，图茨几乎天天驾船来到她的窗下，只为见她一面。可见了她，他又没有表白爱情的勇气，也不知道该说什么好，只是一味朝她痴痴地傻笑。因为常跟弗洛伦斯接触，他又结识了她的保姆苏珊·聂伯尔，非常赏识她的优秀品质，和她成了好朋友。他知道，苏珊和弗洛伦斯是对知心朋友，有一次他试探地问苏珊，他有没有可能赢得弗洛伦斯的爱情，苏珊坦率地告诉他："永远不可能！"固然听了她的判断他很伤心，但他却显得不在乎的样子，喃喃地说："这不要紧，这不要紧。"好像是怕伤了苏珊的心似的，反倒安慰起她来。苏珊被逐出董贝府后，得到图茨细心的照料。最后，他不顾两人之间社会地位的悬殊，毅然和苏珊结为夫妇。婚后，他坦率地对苏珊说，在他的心目中，弗洛伦斯仍然是最美丽、最善良的天使。苏珊毫无妒意地说："你说得对，我心里也是这样想的。"当弗洛伦斯和沃尔特结婚时，图茨特地前去向他们表示诚挚的祝福，显示出他的宽厚和高尚的情怀。图茨的善良天性和豁达的、富于人情味的处世态度与董贝的经理卡克尔的阴险狡诈以及董贝的金钱至上的人生哲学形成鲜明的对比。

三、圣诞精神对商业精神的胜利

——《圣诞颂歌》展现的两个对立互动的世界

（一）圣诞精神：狄更斯营造的精神家园凸显的精神境界

什么是圣诞精神？

在狄更斯的第一个"圣诞故事"《圣诞颂歌》中，斯克鲁奇的外甥弗利德在回答他舅舅关于圣诞节给了他什么好处的质询时，这样说："也许，有许多事情，虽然我没有从它们那儿得到过进款，可是我也许从它们那儿得到了好处。""圣诞节就是这类事情中的一种。……每当圣诞节期来临的时候，我一直认为这是一个好时候。……一个仁爱、宽恕、慈善、快乐的节期。在长长一年的光阴里，据我所知，唯有这个时候男男女女似乎不约而同地把他们紧闭的心扉无拘无束地打开，并且想到比他们低微的人们，就好像那些人的确是一同向坟墓走去的旅伴，而不是在另外的行程上的另外一种生物。"[①]

这段话也许传达了狄更斯本人对圣诞精神的理解。在他看来，一年中，在圣诞节的时候，人们最容易向他人敞开心扉，表达仁爱、宽恕、慈善和快乐的精神，特别是对比自己低微的人，能够以同命运的心情去对待他们。这是狄更斯一心要弘扬的人道主义道德理想和处世态度。

前面说过，狄更斯在揭露鞭挞邪恶势力，批判资产者的拜金主义、利己主义时，还塑造了体现他的道德理想的善良、富于同情心、急公好义的富人和品德优秀的下层人物形象。但是，狄更斯不只是以善良对抗邪恶，以优秀

---

① 狄更斯《圣诞颂歌》，吴钧陶译，见《圣诞故事集》，江西人民出版社，1983年，第8页。

品德对抗败行恶德，他还要营造一个能让人们的心灵有所依托，让人们企慕的精神家园。他相信，在这个精神家园的感召、推动下，社会有望回归和谐与人性化。而要构建具有普世意义的精神家园，必须营造一个崇高而富于感召力的精神境界。诚然，以往他通过正面人物、理想人物所表达的道德理想都是这种精神境界的体现，但只有在《圣诞颂歌》里，这种精神境界才以更富于概括性和表现力，而又更具通俗性的形态表现出来——这就是它所彰显的"圣诞精神"！

我们在《圣诞颂歌》里看到，真正开心地迎接圣诞节的是穷苦的市民。他们在节日里不一定能吃到美味佳肴，甚至连火鸡都买不起，但是只要能以淡酒互相祝福，一家人开开心心、和和睦睦、快快乐乐地聚会，大家就心满意足了。人们欣赏的是这个节期拥有的快乐、和谐、乐观的氛围，人与人之间诚挚、友爱的关系。这正显示了狄更斯所向往的生活氛围和人际关系，这是圣诞精神的第一要义。

圣诞精神的另一个更重要的内涵，便是对人道主义价值观和基督教的博爱思想、济世精神的凸显，那就是为人处世要以善良为本，对他人要有同情心，要乐于助人。小说中表现穷苦市民之所以那么看重圣诞节，正是因为他们真正领会了圣诞精神的要义、圣诞节弘扬的伟大精神。小说中一大早来向斯克鲁奇募捐的两位绅士也正是在实践这一精神。

（二）圣诞精神与商业精神的碰撞

小说主人公埃比尼泽·斯克鲁奇是十足的商业精神的代表。他开了个金融事务所，合伙人马莱七年前去世了，现在剩下他独自经营这个事务所。他聘了个办事员，名叫鲍勃·克拉契。搜刮金钱是斯克鲁奇唯一的生活目的。他对世界和人生的看法以金钱为转移。在他看来，所有不从事金钱积累的人都是些没头脑的人；与金钱无关的事，都不值得操心；谁丢开对金钱的追求，空谈人生的快乐，那就是十足的胡闹。

斯克鲁奇生活在搜刮金钱的欲望和行动中，他紧闭自己的心扉，堵塞了一切情感的泉眼。他不仅对任何人没有半点同情心和爱心，也感受不到亲友对他的关切和爱。年轻时，他因为一心钻在钱眼里，女友不得不离开了他。他一直过着独身生活。对金钱的欲望占据了他的整个心灵，使他的心沉浸在现金交易的冰水之中，扼杀了一切人世的生机和生活的乐趣，以致他的事务所和宿舍像中世纪苦行僧的修炼场所一样肃杀枯燥。在平安夜，斯克鲁奇"在他经常去的阴沉沉的酒菜馆里，吃着他阴沉沉的晚饭。他看完了所有的报纸，然后欣赏一下他的银行存折，以消磨余下的夜晚就回家去睡觉了"①。

斯克鲁奇在搜刮金钱方面特别工于心计。他对下属极端刻薄，让办事员待在冷冰冰的、箱子似的小隔房里抄写，隆冬季节，也不让煤炉生得稍旺一些。临下班时，他对办事员明天圣诞节不来上班的声明很不高兴，说这是"每年十二月二十五日扒人家的口袋的无聊借口而已"。他要求办事员"后天早上可要来得更早一些"②！

斯克鲁奇"像他之前的老马丁·瞿述伟，他之后的董贝一样，为商业精神所主宰，他是古典经济学家所论断的人的关系基本上是以自我为中心的、不论个人的情感的、一心一意只为获得财富的那种'经济人'的典型"③。也就是说，斯克鲁奇的思想行为显示了商业主义的负面特征：重物轻情，自私自利，以金钱衡量人的价值，排斥仁爱和宽恕精神，因此它和强调"仁爱、宽恕、慈善、快乐"的圣诞精神是水火不相容的。斯克鲁奇本是一个穷苦纯朴的小孩，长大后因从事商业活动而蜕变为势利刻薄的商人。这表明：一个人一旦沦为商业主义的奴隶，他身上的善良人性就会逐渐被侵蚀，最后沦为物的奴隶、金钱的奴隶。

小说以极其经济的手法，通过圣诞节早晨斯克鲁奇和接二连三来访的亲友、客人的会面，展现圣诞精神与商业精神的冲突。

---

① 狄更斯《圣诞故事集》，江西人民出版社，1983 年，第 16 页。
② 狄更斯《圣诞故事集》，江西人民出版社，1983 年，第 15 页。
③ 丹尼斯·沃尔德《狄更斯与宗教》，伦敦：乔治·艾伦与昂温出版公司，1981 年，第 121 页。

先是斯克鲁奇的外甥弗利德兴冲冲地祝贺他"圣诞快乐"，可斯克鲁奇"呸"了一声，说他"胡闹"。

"圣诞节是胡闹吗，舅舅？"斯克鲁奇的外甥说，"我确信，你并不是这个意思。"

"我就是这个意思，"斯克鲁奇说，"什么圣诞节快乐？你有什么权利快乐？你有什么理由快乐？你是够穷的啦！"

…… ……

"不要生气呀，舅舅。"外甥说。

"不生气怎么行？"斯克鲁奇反问。"我生活在这样一个充满像你这样的呆子的世界上！什么圣诞节快乐！滚它的圣诞节快乐！圣诞节对你有什么好处？只不过是这样的时候：你得付欠账却没有钱；你发现自己长大一岁，却不是更能多活一个小时；你得结清各项账目，可是整整一打的月份里的每一项都表明你无利可图。要是我能够照我的心意办，"斯克鲁奇愤慨地说，"每一个嘴上挂着'圣诞节快乐'到处乱跑的白痴，我一定要把他和他自己的布丁一起煮，然后拿一枝冬青刺穿他的心脏，把他埋葬。一定要这么办！"①

斯克鲁奇和他的外甥各执一词，互不妥协。最后，斯克鲁奇说："……它一向给过你许多好处吧！""也许，有许多事情，虽然我没有从它们那儿得到过进款，可是我也许已经从它们那儿得到了好处。"外甥回答说，"圣诞就是这类事情中的一种……"②

斯克鲁奇和他的外甥之间这段关于圣诞节意义舌剑唇枪的激辩，反映了圣诞精神与商业精神的碰撞，这实际上显示了人道与反人道两种人生观、两种处世态度的冲突。斯克鲁奇的外甥弗利德是圣诞精神的捍卫者，他可以说

---

① 狄更斯《圣诞故事集》，江西人民出版社，1983年，第7页。
② 引文见本节开头，此处不赘。

就是狄更斯的人道精神的代言人。他对斯克鲁奇的一连串谬论的辩驳，传达了作者对非人道的商业主义的批判。

在斯克鲁奇的外甥告辞之后，斯克鲁奇和两位前来募捐的绅士之间冗长的激辩、他的拒绝募捐、他对门外给他献上"圣诞颂歌"的年轻歌手凶巴巴的态度以及他对下班离去的办事员的刻薄态度，只不过是之前舅甥之间暴发的圣诞精神与商业主义之间碰撞的延续。

（三）圣诞精神对商业精神的胜利

小说不仅表现维护并实践圣诞精神的人们与斯克鲁奇之间的冲突，而且进一步表现了斯克鲁奇的觉醒、转变，即从一个商业主义的忠实信徒、一点不通人情的守财奴转变为圣诞精神的信徒和积极的实践者。这一转变是通过梦幻形式，以隐喻、象征手法来表现的。

当斯克鲁奇吃完燕麦粥点心，准备就寝的时候，他先前的合伙人，七年前去世的雅各·马莱的鬼魂破门而入，出现在他面前。马莱戴着脚镣手铐，身上缠着又长又沉的链条。斯克鲁奇惊讶地问他为什么会落得这个样子，马莱回答说，这是他自己"生前锻造的链条"，是生前"心甘情愿地把它缠绕在身上，心甘情愿地佩戴着它"。马莱告诉斯克鲁奇，生前，他一直把自己关在事务所里，可死后七年来，"没有休息，没有安宁，受到永无休止的悔恨的折磨"。

马莱以他自己为例警告斯克鲁奇，别再过这种造孽的生活了。但斯克鲁奇提醒他：他过去一直是一位很好的生意人。他这样评价马莱，实际上也是把这句话用到他自己身上。不料马莱反驳他："生意！"鬼魂叫喊着，又搓起双手来。"人类才是我的生意，公众福利才是我的生意，慈善、怜悯、宽厚和仁爱，这一切才是我的生意。我在行业中的交易在我的生意的汪洋大海中只不过是一滴水而已！"[①] 这表明，虽然马莱身缠铁链，还在赎罪，但他已服膺

---

① 狄更斯《圣诞故事集》，江西人民出版社，1983年，第27页。

圣诞精神了。他明确地对斯克鲁奇说："我今晚到这儿来是警告你，你还有机会和希望，埃比尼泽。"马莱还告诉斯克鲁奇，他将要被三位精灵缠着。要是没有它们来访问，他就不能避免马莱正在走的道路。

果然，代表过去、现在、将来的三位圣诞精灵，先后在每晚的十二点来到斯克鲁奇身边。过去圣诞精灵让斯克鲁奇看到自己贫困，但纯洁的童年、少年和已开始蜕变的青年。他是在金钱的诱惑下才走向唯利是图的歧路的。斯克鲁奇看到自己的过去，联想到现在的自己，他那颗僵硬的心开始软化了。正因为斯克鲁奇是在商业主义侵蚀下失去原先纯洁的自我的，所以，斯克鲁奇的转变，意味着他回归原先的自我。

接着，现在圣诞精灵带领斯克鲁奇来到他的办事员鲍勃·克拉契和他的外甥弗利德的家。这两家的情况虽然有些区别，但有一点是相同的：他们都在欢天喜地地过圣诞节，家庭成员之间洋溢着浓郁的亲情，彼此相互关心、爱护、体谅；虽然他们日子过得紧巴巴的，但他们热爱生活，对未来充满信心。他们在生活中遇到种种困难，但不抱怨，不忧伤，而以勤勉和努力来改善自己的处境。而且他们待人温厚宽容。总之，这两个家庭虽然在经济上是穷困的，但他们在精神上却是富有的，因为他们真正领悟，并且实践着圣诞精神的精髓。

看到这番情景后，斯克鲁奇开始领会了圣诞节的意义，知道穷人是怎么对待生活的。有一点给他留下深刻的印象：虽然他们都鄙弃斯克鲁奇的处世之道，但对他仍关心爱护；他们在祝酒时，还不忘为他祝福，这使他深深感动。

最后，将来圣诞精灵来到斯克鲁奇身旁，要让他预先看到他即将面临的可悲的下场。他看到，在一个阴暗的房间里的光秃秃的、没有帐子的床上，一条破旧的被单下面，躺着他的被遮盖的尸体——一个遭人洗劫、被人遗弃、无人守护、没人哭泣、缺人照料的人的尸体。房间里的东西被人搜罗走了，被送到废物收购站拍卖了。空荡荡的房间里，只有一只猫在抓着门，还有壁炉砖下面老鼠在咬啮的声音。接着，鬼魂把他领到坟场，让他看看即将停放他尸体的坟墓。斯克鲁奇看到这凄惨的情景，心灵剧烈地颤抖着，他向鬼魂保证：他一定要在心里崇敬圣诞节，一定要生活在"过去"、"现在"和"未来"之中。他一定要把三位精灵给他的教训放在心上。

斯克鲁奇经过三位精灵的引导，作了一次梦幻的游历之后，幡然悔悟，获得了新生。以前他不愿做或不屑做的事，现在他全做了。在圣诞节早晨，他买了一只特大的火鸡，派人送去给他的办事员，他还和他的外甥一家人一同过了个愉快的圣诞节。圣诞节第二天，他不仅没有责备迟到的办事员（据办事员说，昨天和家人玩得太痛快了），还答应给他加薪……总之，他全身心地实践着"圣诞精神"。所以，斯克鲁奇的转变，意味着圣诞精神对商业精神的胜利。

斯克鲁奇转变的意义已远远超出了对个人的挽救和对圣诞精神的弘扬，它宣示了一个社会福音：社会非人性化的趋势或可得到遏止，因为即使像斯克鲁奇这样满身铜臭的生意人都能变好，还有谁自甘沉沦、不思悔改呢？那就是说，"斯克鲁奇转变的象征力量与我们由于认识到自己也能改变、新生（因为在我们身上也存在斯克鲁奇的因素）而产生的欣慰感有关"①。由于这个缘故，《圣诞颂歌》成为"拯救社会的亦庄亦谐的寓言，斯克鲁奇的转变就是狄更斯寄希望于全人类的转变"②。

---

① 哈里·斯东《狄更斯与看不见的世界——童话、幻想与小说创作》，印第安纳大学出版社，1979年，第125页。

② 埃德加·约翰逊《狄更斯——他的悲剧与胜利》，林筠因、石幼珊译，天津人民出版社，1992年，第347页。

四、正义与邪恶的交搏
——《小杜丽》的人文意涵

到了 19 世纪 50 年代，狄更斯面对更为严峻、复杂的现实，对社会非人性化的严重性和补救的艰巨性有了更深刻的理解。这时期，他心目中的善良与邪恶，既不是早期所理解的纯属个人的品德，也远远超出了 40 年代所表现的未受金钱势力侵蚀的下层社会的人性化世界与资产者的金钱世界的对立，而具有更为丰富、复杂、深邃的内涵。

他感到，善良的人们生活在一个由各种反人道的邪恶势力所主宰的混沌世界里。固然善良的人们仍坚守着圣诞精神，但是由于环境变得更为险恶，面对的邪恶势力更为隐蔽、复杂，因此要实践圣诞精神就变得更为困难，更为艰巨了。但是，狄更斯坚信，邪恶的阴霾终究不能遮蔽善良人性的光辉。这时期作品中的一些正面形象或理想形象仍表现出感人的向邪恶势力抗争、追求光明与幸福的精神和拳拳的济世情怀。

正因为这时期狄更斯所要表现的现实更为复杂，他内心的感受也更为丰富、深邃，所以毫不奇怪，擅长幻想、想象的狄更斯这时更常采用写实与象征联用的手法来展现他心目中那个正义与邪恶交搏的世界。从这个意义上说，《小杜丽》是这时期很有代表性的一部作品。

（一）监狱作为邪恶的象征

这部小说在艺术构思上有个独特之处：它一开始就凸显了监狱作为邪恶象征的意味。

小说开头写意大利走私犯卡瓦列托和谋杀案嫌犯里高一同被关在马赛的一座监狱里，作者这样描写这座令人厌恶的监狱：

> 监狱像一口井，像一座地下教堂的墓穴，像一座坟墓，从不曾见识过外界的光明；仿佛它的污染了的空气即便是在印度洋上的香料岛上，

也会原封不动地滞留着。①

与此相对应的是，一群由于隔离检疫而延缓登陆的旅客在马赛熙熙攘攘地上岸。弥格尔斯夫妇和亚瑟·克莱南、韦德小姐等人走出隔离检疫站后，像走出监狱一样，沉浸在"重新获得了自由的新的喜悦之中"。弥格尔斯说："……我敢说，一个囚犯释放之后也会对他蹲过的监狱宽厚心软起来的。"可是韦德小姐却说："假如我被囚禁在那个地方，受煎熬、受折磨，那我会始终憎恨那个地方，要放火烧了它，或把它夷为平地。我不知道还有什么别的做法。"②

亚瑟·克莱南回到阔别二十年的伦敦。在克莱南的记忆里，童年的生活就像监狱犯人的生活，而眼下，呈现在他面前的伦敦城"一座紧挨着一座的房屋，绵延数英里，东南西北，朝远处伸展，在这仿佛深井、深坑的房屋里，居民们挤得透不过气来"。克莱南凝视着窗外黑乎乎的房屋，心里想："倘若先前的居住者的游魂还能感觉到这些房屋的存在，它们必定会因为过去曾经住过这样的牢笼而多么地伤心。"③

以上这些描写似乎与小说的中心事件无关，但是实际上，这些描写为揭示马夏尔西负债人监狱的邪恶、腐败作了极其重要的铺垫。马夏尔西监狱的邪恶、腐败似乎无迹可寻，实际上，它是通过囚犯威廉·杜丽的畸变显示出来的，因为威廉·杜丽的畸变就是监狱的邪恶、腐败侵蚀的结果。

1. 马夏尔西监狱的腐败、邪恶和威廉·杜丽的畸变

威廉·杜丽原来是个相貌端庄、和蔼可亲，生性胆怯，说话语气温和，不善交际的绅士。他的文化素养不错，能说法语、意大利语，善弹钢琴。他因与人合股投资负了债，无力偿还，被关进马夏尔西负债人监狱。他起初因不能马上出狱，悲观绝望，简直一蹶不振。狱中给他小女儿艾米·杜丽接生

① 狄更斯《小杜丽》，金绍禹译，上海译文出版社，1998年，第6页。
② 狄更斯《小杜丽》，金绍禹译，上海译文出版社，1998年，第34页。
③ 狄更斯《小杜丽》，金绍禹译，上海译文出版社，1998年，第45页。

的同监犯人哈葛奇大夫却对监狱生活自有一套旷达的见解，他对杜丽说：

> ……我们在这里清清静静的，这里我们没有烦恼。这里没有门环可以让讨债人来敲，不会弄得人心惊肉跳的……也不会有人为了钞票的事写威吓信到这个地方来。这就是自由，先生，这就是自由！……我们到了地底下，不会再跌到哪里去了，那我们找到了什么？"太平"。这两个字眼再恰当不过了："太平"。[①]

把负债人监狱的生活概括为"自由"和"太平"，这是无力与现实抗争，只能苟且偷生的人的庸人哲学。威廉·杜丽便接受了这套哲学。作者这样解释威廉·杜丽的蜕变：

> 起初，他由于被投进监狱受到打击而一蹶不振，不过他不久便在监狱生活中找到了一种隐约的安慰。不错，他是被铁锁禁锢着，然而，铁门将他关在里面，而把他的许多烦恼关在外面了。倘若他是一个能正视烦恼，并且与之斗争的有意志力的人，他也许不是早已破网而获得新生，便是心碎而毁灭了。然而，他不过是这样的一种人，所以，他便慢慢地在这光滑的下坡路上滑下来了，而且从此也并没有再往上爬出过一步。[②]

监狱的堕落、腐败毒菌腐蚀着这个有教养、温文尔雅、懦弱的绅士的心灵，使他一步步蜕变为一个爱慕虚荣、贪婪、势利、自私、虚伪的庸人。作者对威廉·杜丽的堕落加以尖锐的讽刺。

在一个冬天的晚上，看守的门房里炉火通红，围了一大群人，老看守鲍勃对杜丽说道："我跟你是这里住得最久的人啦，你来这里之前，我只不过在这里待了六七年，我活不了多久啦。到了我再也不来管这把锁的时候，你就是马夏尔西狱之父。"[③] 从此，"马夏尔西狱之父"便成为威廉·杜丽的尊称。

对于这个称号，他渐渐感到骄傲了。倘若有哪个骗子站出来说这个

---

① 狄更斯《小杜丽》，金绍禹译，上海译文出版社，1998年，第88页。
② 狄更斯《小杜丽》，金绍禹译，上海译文出版社，1998年，第89页。
③ 狄更斯《小杜丽》，金绍禹译，上海译文出版社，1998年，第91页。

称号不是他的，他会因为有人要剥夺他的权利感到气愤而流下眼泪。人们渐渐发现他有了一个脾气，即他常把他在监狱里待的时间多说几年。所以，人们一般都说，你必须将他说的时间减去几年；那些匆匆来去的一代代债务人说，他有虚荣心。[①]

哀莫大于心死。威廉·杜丽不以蹲监狱为耻，反以此为荣。他把蹲监狱的资历看作一种荣耀，真是荒唐至极！对杜丽说来，"马夏尔西狱之父"不仅是一个受人尊敬的称号，而且是一种特权的象征，他因此而被赋予了接受新老犯人膜拜和进贡的权利。

　　凡是新来了人，都要被带去见他。他对于接见新来的人，在礼节上一丝不苟，极其拘泥。……他接见新来的人是在他那破烂的房子里进行的……而且带有几分屈尊俯就的慈善。他们到马夏尔西狱来是很受欢迎的，他常常这样对他们说。是的，他是马夏尔西狱之父。

　　犯人在晚上从他房门下面塞进一封信来，信封里夹一枚或者两枚半克朗的硬币，甚至间或还夹上半镑金币，送给马夏尔西狱之父，这已不是什么稀罕的事……他收下礼物，把礼物看作是崇敬者对于一个知名人士表示的敬意。[②]

这种收受礼物的方式后来发展为告别仪式中不可或缺的一项内容。一般情况下，"马夏尔西狱之父"陪同出监的犯人到门口，那出狱的犯人像是突然想起来似的，回过头来招呼他，递给他装有钱的小纸包。他收下后，手里拿着，把手塞进口袋里，暂时不抽出来，在院子里转悠一阵，免得这笔交易在同监犯人中太张扬。有一次，一个出狱的老实穷苦的泥水匠竟只给他半便士的硬币。"你竟敢这样！"他对泥水匠说，涌出了无力的泪水。待泥水匠表明这是自己的好意，并不是有意要侮慢他，他这才表示感谢，并收下了微薄的

---

① 狄更斯《小杜丽》，金绍禹译，上海译文出版社，1998年，第91页。
② 狄更斯《小杜丽》，金绍禹译，上海译文出版社，1998年，第91~92页。

礼物。

威廉·杜丽以同监犯人的首领和保护人自居。而在家里，他没忘记自己是一家之主。但是，实际上，真正的一家之主是他的小女儿艾米·杜丽。他靠小杜丽在克莱南太太家做针线活挣来的钱过活，但他并不知道她在外面干活。反正女儿供养他，在他看来是理所当然的事。稍不如意，他便对女儿发脾气。小杜丽秉着对他的同情和尊敬，总是刻意奉承他，含辛茹苦地伺候他。可威廉·杜丽只为自己着想，很少体谅女儿的苦衷。监狱看守的儿子约翰·奇弗利向小杜丽求爱不成，看守便变得对威廉·杜丽冷漠了。他得知其中缘故后，对艾米表示不满，暗示她不应该拒绝这门亲事，要和看守一家搞好关系，要不然，他就保不住在狱中的优越地位了。

上述表明，威廉·杜丽在监狱腐败、堕落的环境腐蚀下一步步往下沉，终于，这个"马夏尔西狱之父"成为监狱邪恶的标记。

2. 世界是一座大监狱

《小杜丽》的深刻之处在于，它不仅通过威廉·杜丽在囚禁期间的畸变，揭示监狱的邪恶，而且表明邪恶弥漫于整个社会，世界就是一座大监狱。

作者运用写实与象征并用的手法，来揭示世界这座大监狱的邪恶。

首先，小说通过亚瑟·克莱南与"拖拖拉拉部"的交往，揭示了国家机构的腐败实质。

亚瑟·克莱南同情杜丽一家的遭遇，想方设法帮助威廉·杜丽出狱，想以此改变小杜丽的悲惨处境。他了解到威廉·杜丽的主要债权人是"拖拖拉拉部"的一名重要官员泰特·巴纳克尔。于是，他毅然到"拖拖拉拉部"去拜见这位官员。在亚瑟·克莱南接连碰钉子之前，作者对"拖拖拉拉部"作了概要的介绍，从中看出亚瑟面临的困难。作者介绍说，"拖拖拉拉部"是"行政管理的最重要的一个部门"，"倘若没有拖拖拉拉部"的同意，任何一类公共事务，任何时候，都不可能办成。所以，实际上，"拖拖拉拉部"是大权在握的国家行政机构的象征，而不是操办具体事务的一个职能部门。它管理国家的方法，一言以蔽之，就是"如何不了了之"。作者把"不了了之"
看作是上自国王陛下，下至上、下院的议员和政府各部门机构努力贯彻的治
理国家的秘术：

> 如何不了了之，这是拖拖拉拉部周围所有其他政府部门与职业政客
> 所重点研究的对象与追求的目标。每一位新当选的首相，每一届新组成
> 的政府，他们参加选举是因为他们认为某一件事必须去办，而一旦当选
> 并组成了新政府之后，他们便竭尽全力去探索：如何不了了之。每一位
> 当选的议员，他们曾因为上届政府没有办过事而到处作竞选演说……他
> 们曾经宣称，事情必须要办……然而，一旦大选宣告结束，他们便开始
> 想方设法：该如何不了了之。……英王陛下，在这种会议的开幕致辞中
> 的确说过，上院与下院的议员先生们，你们有相当多的工作要做，请你
> 们回到各自的议院，讨论一下：如何不了了之……[①]

小说表明，控制"拖拖拉拉部"的是巴纳克尔这个贵族世家。这个家族
的成员被安排在国内外的各个要害部门，从英国的财政部长、印度总督，到
驻中国的使节，都由这个家族的成员把持。

到这样一个以不了了之为办事宗旨的政府机关去办事，肯定是会碰壁的。
果然，亚瑟·克莱南去了"拖拖拉拉部"，要求见主管的官员泰特·巴纳克
尔，一连几回都没见着。最后，一位年轻的巴纳克尔告诉克莱南，他父亲在
家里，他可以去求见。克莱南好不容易见到了泰特·巴纳克尔，问他在杜丽
的债务人中是否有人享有某种影响特大的股权，他所了解的情况是否属实。
根据"拖拖拉拉部"奉行的一项重要原则——无论如何，绝对不给人一个直
截了当的答复，于是巴纳克尔先生答道"可能的"。当克莱南再追问时，巴纳
克尔便叫他去请示一下"适当的部门"。克莱南问道："适当的部门是哪一个
部的？"巴纳克尔回答说，这必须到该部门去问一问才知道。待克莱南想要再

---

① 狄更斯《小杜丽》，金绍禹译，上海译文出版社，1998年，第145页。

追问清楚时，对方已把他拒之于门外了。克莱南只好再回到"拖拖拉拉部"。办事的官员互相推诿，甲把他推给乙，乙又把他推给丙。到最后，一位小官员交给他一大沓表格，要求他填写好之后，与有关部门联系。有的官员警告他，最好别管闲事，否则是不会有好结果的。这样折腾了半天，"拖拖拉拉部"对他的询问，结果是"不了了之"。他从"拖拖拉拉部"出来时，遇见他在旅行中认识的朋友弥格尔斯和发明家丹尼尔·多伊斯。后者来向"拖拖拉拉部"申请发明专利权，结果碰了一鼻子灰。事情没办成也罢，官员竟诬赖他是社会捣乱分子。

狄更斯笔下的"拖拖拉拉部"就是当时腐败、无能、极不负责任的英国国家机构的写照。作者把"拖拖拉拉部"作为反人民的、非人道的官僚机构的象征，对它进行极具夸张、漫画化的描述，只为达到讽刺、鞭挞现实中的英国政府这一目的。作品中出现的这个"拖拖拉拉部"，不是某个具体的政府机构，而是英国腐败无能、反人民的政府机构的象征。而"拖拖拉拉部"中许多官吏都是巴纳克尔家族成员，不过是一种隐喻，暗示现实中的统治者都是一丘之貉。正因为这些官员只是一种隐喻，所以他们没有什么个性，而是模式化的。这种抽象化、虚幻化的手法，既达到针砭时弊的目的，又具有疏离作品与现实之间关系的效果。所以，即使作品中以讽刺笔调写到英王陛下，也无攻讦维多利亚女王之嫌，何况作者把小说中事件发生的时间提前了三十年。

其次，小说通过金融巨头莫多尔这个形象，揭露英国官商勾结搜刮民脂民膏的黑暗内幕。

莫多尔是企业界、金融界举足轻重的人物。他经营银行和制造业等一切有利可图的事业。他的财富据说可以买下整个"拖拖拉拉部"。政府的高官都把他看作是对国家作出重大贡献的杰出人物。上层社会的名流和政府官员经常是莫多尔家豪华宴会的座上客。他妻子与前夫生的儿子斯巴克勒除了追逐漂亮女人，一无所能。但经莫多尔宴请了一次那些贵族和高官之后，斯巴克勒便不声不响地成为"拖拖拉拉部"的一名官员。这样一个白痴般的窝囊废竟成为政府的一名大臣，在社会上引起不小的轰动。人们本来把莫多尔看作一个神通广大的了不起的人物，这下更觉得他是个通天的能人。他的公开身份是议会议员，许多公司的主席、董事和经理。他和军界、政界、宗教界的首脑交往密切。人们只知道他是个巨富，但是谁也说不清他究竟拥有多少资产；人们只知道他是金融界、企业界的巨子，但是谁也不知道他究竟干的是什么买卖。由于他享有盛名，是个炙手可热的人物，人们便争先恐后地向他的企业投资。一时间向莫多尔企业投资的狂潮像瘟疫般蔓延开来。威廉·杜丽认为投资莫多尔企业是最可靠的，能和他拉上关系是件幸事。他不仅力促大女儿芬妮嫁给莫多尔太太的儿子斯巴克勒，而且特地从意大利返回英国，把自己的全部资产投进莫多尔的企业。连一向精明的潘克斯也动员亚瑟·克莱南把拥有的资金拿来向莫多尔企业投资。"伤心园"的居民，只要稍有点资产的，也向莫多尔企业投资。可是人们万万没有料到，有一天传出消息：莫多尔竟在一所公共浴室里割断气管身亡了。真是晴天霹雳！向他的企业投资的人们顿时都破产了。这时人们才清楚，这个所谓金融界的巨头实际上是个身无分文的骗子，他是靠欺骗和投机取巧的手段，聚敛了对他迷信盲从的那些人的资产成为巨富的。他因为再也无法维持骗局才割颈自杀。

莫多尔这个人物虽有现实中的原型为依据，但是经过作者的艺术处理，莫多尔形象的象征意味胜于现实的意义。这个人物通过欺骗和投机手段，吸取民脂民膏以自肥，以至登上了荣誉的高峰。但是，他经不起良心的审判，做贼心虚，惶惶不可终日。作者对这个人物着墨不多，每次写到这个人物时，都突出他做贼心虚的表情和具有象征意味的动作。作者以虚虚实实的笔法表现莫多尔的巨富有如海市蜃楼，一旦这幻影破灭，被它弄得目眩神迷的人们就得面对破产的惨境。

再次，小说通过克里斯托弗·卡斯贝的虚伪骗局，揭露吸穷人的血以自肥的地产商的丑恶嘴脸。

卡斯贝是"拖拖拉拉部"的巴纳克尔所任命的城市代理人。他是"伤心园"房产的主人，靠压榨穷人的血汗致富。他表面上装得很体贴穷人，逢人总是笑眯眯的，摆出一副关心、同情穷人的面孔。但暗地里他通过房产管理人潘克斯用凶狠的手段向"伤心园"的住户催租、逼租，一个便士也不能少。而他给这位总管的佣金却少得可怜。有一天，潘克斯终于忍无可忍，趁卡斯贝在"伤心园"逍遥自在地漫步时，走到他身边，打掉他的帽子，当着众人的面揭穿这个所谓德高望重的大好人的虚伪面目。潘克斯的反戈一击博得"伤心园"居民热烈的喝彩声。

从上述可以看出，小说所展现的监狱之外的社会，从政府机构到为人们膜拜的金融巨头，再到经营贫民窟房产的商人，无一不是靠欺骗维持自身地位的，这个社会就像马夏尔西监狱一样，散发出腐败、堕落的气息。正是基于这点，《小杜丽》被认为是狄更斯"最伟大的社会讽刺，是狄更斯最阴暗的一部小说……是一个被眼前的一切打破了幻想，对传统惯例进行嘲弄、剥开一切假面具的作品"①。

为了使实质性的监狱和监狱之外的社会——象征性的"监狱"，融合成一体，也为了加强对现实的批判，深化作品的主题，作者凸显了"监狱"作为象征的意象，让它贯穿于整个作品之中。

如前所述，小说开头描写了马赛令人厌恶的监狱，接着写了克莱南等人在离开检疫所时有如走出监狱的感觉，再下来写当克莱南回到阔别二十年的伦敦时，回想起儿时像监狱犯人的生活，看到栉比鳞次、绵延数英里的房屋，想象曾在这里住过的人们的游魂会有身陷牢笼的伤心感觉。这表明，作者在描写马夏尔西负债人监狱里人们的生活和精神面貌之前，已预先营造了"社会是一座监狱"的意象和氛围。

威廉·杜丽意外地获得了一笔遗产，偿清了债务，走出了马夏尔西狱之

---

① K. J. 菲尔丁《狄更斯评传》，伦敦：朗曼斯与格林出版公司，1958 年，第 145～146 页。

后，满以为从此与监狱永别了。殊不知，他进入由金钱、门第和权势主宰的社会，实际上就是进入一座更大的监狱。社会如同监狱的感觉，不仅通过一连串触目惊心的景象表现出来，而且为走出监狱的人们心头挥之不去的监狱阴影所增强。当杜丽一家前往意大利旅游时，小杜丽乍一看阿尔卑斯山顶上的修道院就像一座与世隔绝的监狱。小杜丽上了修道院的楼上，一路走去，"只见一处处光溜溜的白墙上都有一扇铁栅门，她一面走一面在心中想，这个地方颇有点像一座监狱"[①]。而且在小杜丽眼里，她姐姐跳舞的剧院也颇像一座监狱，剧院门口闲坐的人"模样与狱中人也没有什么不同"。

如前所述，莫多尔的管家在莫多尔和威廉·杜丽眼里，像是监狱的看守。莫多尔先生在他面前老是心惊肉跳。而威廉·杜丽在访问莫多尔时，总觉得那个管家对他虎视眈眈，仿佛在哪里见过他，却又想不起来。杜丽生怕自己不光彩的身世被他发现。而杜丽回到意大利后，终于被幽灵般的监狱阴影压倒了。

小说还描写克莱南太太的卧室也像是监狱。她在这间监狱似的屋子里已待了十余年，而她因禁在心灵的监狱里则已数十年。[②] 而对亚瑟·克莱南来说，这个家更像一座监狱，因为克莱南太太待他一直那么严酷、冷淡，哪怕他已到中年，阔别二十年后回到她身边，她对他的态度还是那样。

这个统领全书的"监狱"意象表明，世界就是一座监狱。监狱这一象征意象讽喻社会的腐败与堕落、虚伪与欺骗，以及与之密切相关的金钱与权势。实际上，金钱与权势是孳生腐败与堕落、虚伪与欺骗的根源。小说中有几处通过人物的口点破了社会的症结所在："我们人人都在自己欺骗自己——这就是说，就人的行为动机而言，除了我们的内心深处之外，人们普遍都是在自

---

① 狄更斯《小杜丽》，金绍禹译，上海译文出版社，1998 年，第 614 页。

② 克莱南太太因患病下半身瘫痪，坐在轮椅里，关在如同监狱的房间里。这样的生活，待她的养子亚瑟·克莱南回来时已过了十一年。"心灵的监狱"指的是，克莱南太太一直隐瞒亚瑟·克莱南的身世，并非法占有亚瑟·克莱南叔祖留下的该给小杜丽的一份遗产。为此，克莱南太太一直忍受着良心的谴责。——笔者

己欺骗自己。"① 巴纳克尔家族年轻一代的代表人物费迪南德说得更为露骨："我们少不了欺骗，我们大家都喜欢欺骗，没有欺骗，我们就过不了日子。"② 但是，导致腐败与堕落、虚伪与欺骗的是什么呢？是金钱与权势。人们为了追求金钱与权势，不惜出卖自己的灵魂，不惜采取伪装和欺骗手段，所以才变得腐败与堕落。人们也慑于有钱有势的人的淫威，拜倒在他们的脚下。

正是在金钱与权势的欲望驱使下，马夏尔西狱和它外面的世界都沉浸在腐败与堕落、虚伪与欺骗的污秽之中，从而使人感到，即使走出了马夏尔西狱大门，也仍旧像待在监狱里一样。这样，监狱这一象征意象不仅使小说对马夏尔西狱中生活的描写与对监狱外纷纷扰扰的社会生活的描写这两部分联结成统一的、有机的整体，而且使这部作品对现实的多方面揭露批判归结到一点：世界是一座监狱。这无疑使这部作品的主题变得更为深广，也使它成为狄更斯创作中最为阴暗低沉的作品之一。

（二）面对邪恶：自甘沉沦或自救、救人

尽管《小杜丽》展现了一个二元对立的世界，但是，不管从对立的内涵来看，还是从对立的结果来看，《小杜丽》都和狄更斯先前的作品不同。从对立的内涵来看，《小杜丽》不像早期的作品那样单纯表现善与恶的对立，也不像中期作品那样表现人性化世界与金钱世界的对立，而是表现正义与邪恶的对立。正义一方是人民大众，邪恶一方则是掌握国家政治经济命脉的金钱势力和统治集团，二者的对立不见刀光剑影，只是精神上的搏斗。这部小说的独特之处就在于，它不仅通过正义与邪恶的对立撕开了邪恶势力的伪装，暴露了它的丑恶实质，而且表现受奴役者面对邪恶截然不同的态度：或自甘沉沦，与邪恶势力同流合污；或坚守"圣诞精神"，自救并救助他人。

---

① 狄更斯《小杜丽》，金绍禹译，上海译文出版社，1998年，第198页。
② 狄更斯《小杜丽》，金绍禹译，上海译文出版社，1998年，第1029页。

1. 威廉·杜丽——自甘沉沦，为邪恶势力击倒的典型

威廉·杜丽原先是个颇有文化教养的绅士，只因与人合伙投资失败，无力清偿债务，才被投入马夏尔西负债人监狱。他万万没想到，他在监狱一蹲下来，就是二十余年。起初他因没能出狱，感到悲观绝望，后来竟因在监狱里能享受太平与自由感到心安理得，对鲍勃封给他的"马夏尔西狱之父"的"雅号"，沾沾自喜；他因自己成为同监犯人的"首领"，受到他们的膜拜和尊敬而觉得荣耀，以至于他不以蹲监狱为耻，反以资深犯人的身份为荣。杜丽的蜕变，显示了一个无力与邪恶抗争、自甘沉沦者的悲剧。

杜丽的悲剧不只是他欣然接受"马夏尔西狱之父"的"雅号"，以耻辱为荣耀，更在于他得了一笔可观的遗产，偿清债务，走出了马夏尔西狱之后，开始意识到这段牢狱生活的耻辱，却在心灵深处割不断与这段漫长的不光彩的历史的干系。监狱的阴影一直伴随着他，他越是想割断自己与那段耻辱的生活的关系，就越觉得监狱的阴影无处不在。为什么呢？

原因在于，杜丽不懂得，监狱之外的世界外表虽与监狱不同，实质却是一样的，这是一个由金钱门第和权势所统治的，充满腐败与堕落、虚伪与欺骗的世界；比起马夏尔西狱来，它是一座巨大无比的监狱。不过杜丽能感受到，在监狱之外的社会中金钱、门第与权势的威力。而身陷马夏尔西狱的人们恰恰是为这三种势力所击败的人；在那里，腐败与堕落、虚伪与欺骗是和贫穷、困苦联结在一起的。因此，由监狱之外的权势眼光来看，马夏尔西狱的生活是耻辱的标志。这就是威廉·杜丽千方百计要割断自己与马夏尔西狱那段历史的干系的原委。但是悲剧在于，他的实际行动却与主观动机背道而驰。实际上，那段历史之所以是耻辱的，就在于它带有监狱的腐败与堕落、虚伪与欺骗的气息。但是，威廉·杜丽离开马夏尔西狱，回归社会之后，不仅没有洗刷掉监狱生活赋予他的邪恶气息，反而在监狱之外的社会里以另一种方式使监狱赋予他的邪恶气息变得更加强烈。因为他获得了可观的遗产，过上奢侈豪华的生活之后，变得比先前更加势利、冷酷、自私、忘恩负义。

他告诫小杜丽，从此以后不能再和穷困的、社会地位比他们家低下的人们继续往来，其中包括曾无私帮助过他们的亚瑟·克莱南。先前他曾竭力巴结的监狱看守之子约翰·奇弗利得知他返回伦敦，特地带了一捆他从前爱抽的雪茄到旅馆来探望他，却遭到他严词叱喝，认为这有损他的尊严。他广交权贵，竭力促成他的大女儿芬妮与金融巨头莫多尔的寄子斯巴克勒的婚事，并且把自己的全部家产投资莫多尔的企业。

威廉·杜丽的下场带有悲喜剧性质。杜丽在出席莫多尔太太在罗马举行的告别宴会时，当着全场上层社会宾客的面突然病倒。这样的描写是有深刻寓意的。这表明，虽然现在杜丽的身份和处境改变了，但是实质却没变：他的内心深处仍然是"马夏尔西狱之父"。作者通过杜丽的形象表明，在邪恶的世界里，一个人若不在思想上和邪恶对抗，而自甘沉沦，就必然与邪恶势力同流合污。

2. 克莱南太太在对抗邪恶中获得新生

如果说威廉·杜丽是受到马夏尔西狱腐败、堕落气息的侵蚀而陷入悲剧命运的话，那么克莱南太太则是在自设的监狱里心灵长期遭受痛苦的煎熬。

克莱南太太自小接受加尔文教派偏激的宗教信条的影响，加上婚姻的不如意，她为自己构筑了一座心灵的监狱。她是个偏激的宗教狂，自以为秉承上帝的意旨，与邪恶作坚决的、毫不容情的斗争。她和亚瑟·克莱南的父亲结婚后，得知他曾和一个女演员有私情并且和她生了一个儿子，就是亚瑟·克莱南。可是，他在结婚后一直对她隐瞒这事。她发现这秘密后，决心报复，"当上帝的惩恶之手"。她强迫那位演员把儿子交给她，当作她的亲生儿子来抚养，并强令演员和自己的丈夫断绝关系，永远不再见他的面。这些对方都答应了，并且做到了。不久，亚瑟·克莱南的生母终于伤心地死去。克莱南太太亲自对亚瑟·克莱南进行严厉、苛刻的管教。亚瑟·克莱南从小就过着郁郁寡欢的生活，敬畏"母亲"，从未得到母爱的温暖。长大后，他爱上"伤心园"的房产主人克里斯托弗·卡斯贝的女儿弗罗拉。但是，这对初恋的情人硬是被那个严酷的"母亲"拆散了。亚瑟·克莱南二十岁时到中国去，和在那里经商的父亲一道生活。他在中国一待就是二十年，直到父亲病逝才返回英国。克莱南太太患病后，身体陷于半瘫痪状态，整天坐在轮椅里。待到亚瑟·克莱南回来时，她这样成天关在房间里的生活已过了十一年。她的家形同监狱，更因为她的心里藏着一个不可告人的秘密，她的身心都遭受难言的痛苦。那个锁在心头的秘密，说穿了就是，亚瑟·克莱南是她从他的生母那里夺过来的，可她一直对亚瑟隐瞒他的身世。而且克莱南太太夺取了亚瑟·克莱南叔祖的遗嘱；窃取了理应归小杜丽的一份遗产。这事让她难免受到良心的谴责。她想补救自己的过错，于是，趁小杜丽借用善良的泥水匠普洛尼希的住址发布寻找职业的启事之机，克莱南太太雇用了她，让她每天来家里干些针线活之类的家务，给她一些工钱，让她维持一家的生活。

一个从法国来的亡命之徒里高窃取了亚瑟·克莱南叔祖的遗嘱和它的附件，以此敲诈克莱南太太。她下决心挣脱心灵的枷锁。似乎是得了天助之力，十余年来足不出户的她竟然能站起身来，像个幽灵似的直奔马夏尔西狱。一向高傲的她竟跪在小杜丽面前，乞求她的宽恕，把她名下的遗产归还她。然后，克莱南太太在小杜丽的陪伴下，奔回她那个破旧的监狱似的家，因为里高还在那里等待她。但是当她们来到房子跟前时，仿佛又是天意，楼房轰然倒塌了，里高葬身于瓦砾堆下。此后克莱南太太像尊石象似的呆坐在椅子里，这样再活了好几年。

作者通过克莱南太太神话般的奇异遭遇表明，当一个人心怀邪恶的意念，企图伤害他人时，就无异于让自己背上了精神枷锁；一旦觉醒过来，弃恶从善，就会挣脱枷锁，让心灵获得解放，精神上获得新生。

若把克莱南太太和威廉·杜丽两人的命运加以比照，就更清楚看出作者以夸张手法描写克莱南太太从身体到精神获得新生的用意。

威廉·杜丽身陷囹圄二十余年，克莱南太太处于瘫痪状态十余年，而背上精神枷锁则长达几十年。虽然他们所处的"监狱"性质不同，但从身心受禁锢这层意义上说，他们都遭受牢狱之苦。由于威廉·杜丽深受监狱的腐败、堕落气息的毒害，他所背负的精神枷锁远比克莱南太太的沉重。更重要的是，尽管克莱南太太的宗教思想过于偏激，但她毕竟痛恨邪恶；只是她以极端的手段报复违背宗教信条的行为，从而使自己走向反面——陷入邪恶。但是，正因为她痛恨邪恶，本意向善，所以才对自己的极端行为渐渐有愧悔之意，以致最后克服了自己的傲气，跪在年轻的小杜丽面前，乞求她的宽恕。作者描写瘫痪多年的她刹那间手脚都变得灵活了，竟能快步长途行走。表面看来，确是荒诞不经，但这奇异的行为不过是一种隐喻，表示克莱南太太获得了新生。她先打破精神的枷锁，然后才挣脱肉体的禁锢。最后，她那幢如同监狱般长期禁锢她的破旧房子倒塌了，意味着克莱南太太完全摆脱了让她忍受了几十年的禁锢。而那个作恶多端的里高虽然走出了马赛的监狱，但最终葬身于象征性的监狱里。

威廉·杜丽与克莱南太太迥然有别。他不仅没从监狱的阴影里走出来，反而在获得遗产之后，心灵邪恶的一面膨胀起来。尽管他的肉体摆脱了监狱的囚禁，但精神上却没能打破监狱的枷锁，因此，监狱的阴影挥之不去，最终被它击倒。

3. 小杜丽与亚瑟·克莱南：对抗邪恶，自救与救人

在《小杜丽》中，真正代表善良与正义，对抗邪恶世界，获得精神的自由、人格的独立的，是艾米·杜丽和亚瑟·克莱南这对心心相印的青年男女。

狄更斯始终坚信，爱与同情是善良人性的一个最重要的特征。在《小杜丽》中，这也是作者用以区分正义与邪恶的一个重要标记。

在狄更斯看来，"马夏尔西狱之父"威廉·杜丽所欠缺的正是爱与同情心。他非常自私，在监狱里不仅没担负起一家之主的职责，反而靠柔弱的女儿艾米·杜丽养活、伺候。他一点不体谅小杜丽生活的艰辛，反而动辄对她加以指责。他被金钱与权势的欲望迷住了心窍，在监狱里竟以自己囚禁的资历为荣，心安理得地享受同监犯人的"进贡"。他出了监狱之后，因获得了一

笔遗产，有了财富，势利心反而膨胀起来，一心攀附权贵，蔑视穷困、身份低微的人们。结果他与邪恶世界同流合污，成为它的牺牲品。

克莱南太太也曾在金钱与权势欲的驱使下，失去了爱与同情心。她像个复仇女神似的，专给他人制造灾难。后来她受到良心的谴责，冲破了精神枷锁，让爱与同情心重新占有她的心灵，因而从肉体到精神都获得新生。

作品中真正奉行爱与同情的是小杜丽和亚瑟·克莱南，只有他们给作品中阴沉沉的混沌的世界带来一抹亮色和希望。

亚瑟·克莱南在养母克莱南太太冷酷、严厉的管教下，失去了母爱的温暖、青春的浪漫和自由恋爱的权利，从小过着郁郁寡欢的、监狱似的生活。所以他打从心里痛恨、厌恶这个如同牢狱的邪恶的世界。但是他没灰心、绝望，更没沉沦。正因为他没获得爱与同情，所以更懂得爱与同情的宝贵。他回到阔别二十年的伦敦，进入如同监狱的"家"之后，首先引起他关注和同情的是为他的养母帮佣的那个柔弱的姑娘。他的一向待人严厉、冷漠的养母竟对这个沉静、内敛的姑娘如此和善，这不能不引起他的猜疑。为了弄清楚这姑娘的身世，在姑娘下工后，他悄悄地尾随她前往她的住处，探访她的"家"。得知威廉·杜丽的主要债权人是"拖拖拉拉部"的一位重要官员后，出于对小杜丽和她父亲命运的深切同情，亚瑟·克莱南以极大的耐心，几度探访"拖拖拉拉部"，终于找到那位主要债权人，但因为"拖拖拉拉部"以"不了了之"的处事方式对待他，结果亚瑟·克莱南的努力白费了。亚瑟·克莱南对不幸者的同情是有原则的。他对威廉·杜丽经济上求助的要求欣然应允，而对他儿子的要求则断然拒绝。通过和小杜丽的多次交往，他发现她是个不平凡的女孩。渐渐地"小杜丽代表着亚瑟·克莱南生活中最宝贵、最美好的东西"。对小杜丽的尊敬和爱慕，促使亚瑟·克莱南努力去改变她和她的家庭的命运。他在"伤心园"房产主人的总管、一个名叫潘克斯的性格古怪的能人和他的房东、身为会计师和律师的拉格的协助下，终于使威廉·杜丽获得一笔本该属于他的可观的遗产。威廉·杜丽一家的命运从此发生了天翻地覆的变化。威廉·杜丽却对谁使他的命运发生巨变并不知情，他成为巨富后，对曾经同情、帮助过他的亚瑟·克莱南采取疏远的态度。亚瑟·克莱南对此并不计较，更丝毫不想去沾这位暴发户的光，也不想进一步结交家境改善后的小杜丽，虽然他一直非常珍视他们之间的友谊。小杜丽从国外的来信却表明，她一直惦念着他，并且对他心怀感激与敬意。这使亚瑟·克莱南极度惊喜。先前由于彼此年龄的差异，虽然他尊敬、同情、爱慕小杜丽，但一直没把这位外表柔弱的小姑娘当情人看待，只将他们之间的关系看作亲密的忘年之交；而现在她已是富贵之家的千金，他不敢对她心存奢望，尽管小杜丽在信中对他表露了亲密的感情。

但是，他们各自坎坷的遭遇促使他们的心灵贴得更紧。亚瑟·克莱南与发明家多伊斯合作，投资办厂。在社会上刮起的投资莫多尔企业的狂潮推动下，亚瑟·克莱南经不起诱惑，把办厂的资金向莫多尔企业投资。莫多尔破产后，这项投资血本无归。面对债权人的追讨债务，他主动承担责任，进了马夏尔西负债人监狱。在他陷于绝望之际，父亲亡故，家产因投资莫多尔企业荡然无存，孑然一身的小杜丽来到他身边，守护着这位马夏尔西狱新来的弟子。

促使小杜丽和亚瑟·克莱南互相亲近的，主要是彼此相同的人生理念与信仰。亚瑟·克莱南由同情小杜丽的处境开始，逐渐了解到小杜丽不平凡的品格，进而对她产生了敬意；而她对他的不由自主的依恋，激发了他的无意识的爱慕情愫。小杜丽则由于亚瑟·克莱南对她一家的同情和无私的帮助，对他产生了感激之情；进一步的交往，小杜丽更由对他人格的敬重进而产生了依恋和爱慕。

小杜丽这个马夏尔西狱之女，与其说是监狱的腐败、堕落的土壤培育的一朵奇葩，不如说是富于幻想的狄更斯想象力绽放的一朵浪漫之花。现实主义者依据朴素的唯物论认为人物的思想性格离不开人物的生活环境，而浪漫主义者却倾向于化腐朽为神奇，通过塑造与环境对立的性格，表现作者的人生理想。无论是奥利弗·特威斯特的善良天性，还是艾米·杜丽的忍辱负重和罕见的同情心，都是作者想象的产物，是作者用来和丑恶的现实相抗衡的一种人生理想。所以，我们不必学究式地去追究出生、成长于监狱中，从小与世隔绝的艾米·杜丽怎么会有如此贤惠的品格：

> 她还是一个很小的孩子的时候，就开始用一种同情与悲哀的目光去注视她的父亲。在她出生之后的八年里，这个马夏尔西狱之女……其实就是带着这种同情与悲哀的目光来对待一切人和事的，不过在对待他的时候，目光中还带有仿佛保护之类的成分。[①]

> 在那个幼年时期，在她父亲身上，在她哥哥身上，在她姐姐身上，在这牢房里，她那同情的目光，看到了什么，以及承蒙上帝恩典能让她看到多少不幸的事实真相，答案却隐蔽在难解之谜中。不过她受到了激发，成了与众不同的人；为了其余的人的利益，成了那种与众不同、手脚勤快的人。

> 她总是不停地干呀，干呀，终于人们认为她是有用的，少不了的人，……她是这个落拓家庭之主，在她自己心头，承受着这个家庭的忧虑与耻辱。[②]

大概作者也担心读者不相信小杜丽的惊人的完美品格，所以才添上一句：她在小时候到底从父亲、哥哥、姐姐身上"看到了什么……看到多少不幸的事实真相，答案却隐蔽在难解之谜中"。也就是说，小杜丽何以会成为与她的家人截然不同的人，是个"谜"。她的父亲、哥哥、姐姐全是那么势利、自私、庸俗，唯独小杜丽卓尔不群，她是那么善良，那么有同情心，那么懂事，那么无私、忍辱负重、任劳任怨。在作者看来，这只能是天性使然。而读者在理性的拷问下，却心存疑虑。

---

① 狄更斯《小杜丽》，金绍禹译，上海译文出版社，1998年，第96页。
② 狄更斯《小杜丽》，金绍禹译，上海译文出版社，1998年，第99~100页。

　　依笔者管见，我们不必拘泥于现实主义的理念，去否定小杜丽形象的真
实性。我们不妨把小杜丽看作是狄更斯在浪漫激情驱动下的人道情怀和道德
理想的化身。她对穷人特别关爱、同情。她像对待亲人一样关心泥水匠普洛
尼希的岳父——那个住在贫民习艺所的老南迪。她成为残疾姑娘玛吉的挚友、
"小妈妈"。她父亲继承了遗产，走出监狱之后，一家人都变得势利、俗气，
唯独她保持原来的思想和生活态度，依旧穿着过去的破旧衣裳，对穷苦人依
然那样关心、爱护，和他们亲密交往。她看不惯父亲、哥哥、姐姐爱富嫌贫、
趋炎附势、以上流人自居的鄙俗作风。尽管她姐姐和父亲把她喜欢与下层社
会的人们交往看作是有失体统、自我鄙薄的行为，责怪小杜丽"自轻自贱"
的习气，但她对他们的谴责总是不置一词，我行我素。她不仅不因为家庭的
地位变了，和克莱南疏远起来，反而一心眷恋着他，经常从国外写信给他，
向他倾吐心曲。起先她担心亚瑟·克莱南会因为两人经济地位的悬殊而疏远
她，及至她父亲破产、病故，她又复归贫穷，反倒心安理得地带着唯一的财
富——一颗金子似的心和对心上人的满腔热爱，来到因投资破产、负债入狱，
成为马夏尔西狱弟子的亚瑟·克莱南身旁。他们都蔑视财富和权势，贫穷反
而使他们的心贴得更紧。亚瑟·克莱南原先只是同情、敬重这个有一颗不平
凡的心、外表像小姑娘似的小杜丽，后来渐渐发现自己深深地爱上了她。小
杜丽也向他倾吐自己的心声，希望永远和他在一起，至死不分离。

　　克莱南太太把小杜丽应得的遗产还给了她，她又变得富有了。可是她让
克莱南把遗产的证书烧了。她要变得和他一样贫穷，只把他们之间诚挚而热
烈的爱情当作无价之宝，于是他们上车前往教堂举行婚礼。作者以饱含诗意
的语言赞颂这对品格非凡的新人，赞颂他们摆脱了世俗的羁绊，走出了牢狱
的阴影，奔向充满阳光和希望的未来。

　　亚瑟·克莱南和艾米·杜丽富于浪漫意味的结局，的确给阴沉灰暗的世
界平添一抹亮丽的玫瑰色。

第四章　苦难与救赎母题彰显的救世情怀

狄更斯的人道主义思想含有基督教的博爱主义和救世主义成分。基督教关于上帝派其子耶稣来教导启迪人类，帮助人类走出苦难，使人类得到拯救的神话，激发了狄更斯的救世情怀。

苦难与救赎这一西方文化传统中古老的母题，作为一种集体潜意识在狄更斯的小说创作中得到强有力的表现，它正切合狄更斯彰显其救世情怀的需要。

狄更斯不自觉地扮演了耶稣基督的角色。他通过自己创造的人物，时而表现为拯救无辜者的神仙教父，时而表现为协调不同阶层、不同社会势力之间关系的人道说教者，时而表现为昭示上帝意志、引导迷途者回归正道的牧师角色。

苦难包含处境的危难和精神上的蒙昧与迷茫。救赎便是把无辜者从危难的处境中解救出来，或引导其走出蒙昧与迷茫的精神状态，使其精神上获得新生。

一、对可怜无告者的关爱与拯救

狄更斯小时候曾有过痛苦的磨难，他从自身不幸的经历出发，对中下层社会中遭遇悲惨的儿童和青少年特别同情、关注，所以在《雾都孤儿》、《大卫·科波菲尔》和《荒凉山庄》等作品中，表现了对年轻的可怜无告者的关爱和拯救。

（一）《雾都孤儿》：对可怜无告者的关爱与拯救，彰显人的价值与尊严

《雾都孤儿》是狄更斯第一部表现其关注苦难儿童命运的作品，也是最早彰显其救世情怀的力作。狄更斯选择贫民习艺所的孤儿奥利弗·特威斯特作为小说的主人公，足见其心系大众、关注下层社会民众命运的民主精神。而把贫民习艺所和贼窟当作主人公奥利弗苦难经历的背景，是为了凸显主人公苦难的普遍意义和主人公善良天性的坚定。

狄更斯通过奥利弗所受的长期的慢性饥饿、繁重的劳动和残酷的体罚，对贫民习艺所反人道的体制提出强烈的抗议，这也是这部作品把贫民习艺所当作一个重要的社会问题来揭示的一个重要原因。由此可知，狄更斯是以人道的眼光来揭示社会问题的。作者同样以人道的眼光来表现奥利弗身陷贼窟后的经历。费金和赛克斯一伙的邪恶品性决定了他们对奥利弗的态度是残酷的、反人道的。奥利弗成为他们非法掠夺他人财富、危害社会安全的工具。为此目的，他们以软硬兼施的手段把奥利弗引向邪恶的道路。他们对待贼窟中其他成员的态度也是如此。奥利弗看到，每当"溜得快"和哈利·贝茨这两个年轻的盗贼空手回来时，费金便要慷慨激昂地大谈好逸恶劳之害，向他们灌输勤勉做人的道理，办法是不让他们吃晚饭，叫他们饿着肚子睡觉。有一次，他甚至把他们打得从楼梯上滚下去。奥利弗自己几次也险些送命。他第一次出外"干活"失利，被偷窃的对象、善良的绅士布朗洛收养。他在为布朗洛送书途中，被赛克斯和南希抓回去。奥利弗试图逃跑，赛克斯竟要放狗出去咬死他，幸好被南希制止。随后，奥利弗遭到费金毒打，也是被南希出面制止。最后，南希因"吃里扒外"，协助布朗洛和梅丽小姐等人拯救奥利弗而惨遭赛克斯杀害。

狄更斯之所以从人道角度来揭示贫民习艺所和盗贼问题，是因为贫民习艺所的体制、它的大小官员以及盗贼头目无视人的价值，践踏人的尊严，不

把人当人看待，而把人当作物、当作工具看待。对此，作者以人道主义者的极大义愤，以嬉笑怒骂的笔法，揭露这伙无人性的社会蠹贼的胡作非为。

在《雾都孤儿》的第一章，作者开宗明义地以幽默而又略带辛酸的笔调描写贫民习艺所的孤儿注定的悲惨命运：

> 在说明服装的巨大作用方面，小奥利弗・特威斯特可真是一个绝妙的例证！刚才仅仅只捂在一条毛毯里，他可以是一位贵族或一个乞丐的孩子；一个最冒失的陌生人也很难说出他属于社会中的哪一个阶层。但是现在他被裹在一件因多次使用而颜色已发黄的白布袍中，他便立即被贴上标签，归入他所应属的门类——一个教区收养儿——一个贫民习艺所的孤儿——一个下贱的饿不死的苦力一类了——这类人一生到处遭人殴打、欺凌——人人厌恶，却无人怜悯。

> 奥利弗大声地哭着。如果他能知道他是一个只能任凭教堂执事和监察员们的善心给予照顾的孤儿，他定会哭得更响亮。①

出于偶然的机会，奥利弗先后遇到善良的布朗洛和梅丽太太。他们把他从非人的境地里解救出来。所谓"解救"，不仅指让奥利弗脱离了危难的境地，从此生活在一个安全的、生活有保障的环境里，而且指让奥利弗结束了受侮辱的非人的日子，从此过上有尊严的生活。作为贫民习艺所的孤儿，盗贼团伙中的一员，奥利弗不仅没受到布朗洛先生和梅丽太太的鄙视，反而为他们所接纳，受到热情的对待和悉心的照料，就好像他是他们家庭里的一个成员一样。奥利弗平生第一次真正过上人的生活。不仅如此，奥利弗还受到绝对的信任和尊重，这使他的幼小的心灵深切感受到人的尊严。一个细节值得注意。奥利弗被布朗洛带回家不久，布朗洛的一位性格乖僻的朋友来访。布朗洛让奥利弗把几本贵重的书送还给书商，并且顺便带上还他的几英镑欠款。当那位朋友得知奥利弗的底细时，他对布朗洛说，书和钱肯定到不了书

---

① 狄更斯《雾都孤儿》，黄雨石译，人民文学出版社，2001年，第3页。

商手里，这小家伙肯定逃之夭夭。布朗洛一笑置之。他也许想冒一次险，对奥利弗进行一次人格的考验。不管怎样，布朗洛把小奥利弗当作一个值得信任的人来对待，就是对人的尊严的尊重，尽管奥利弗是他刚认识的一个盗窃嫌犯、来路不明的小家伙。后来的事实似乎应验了布朗洛那位朋友的预言，书和钱的确没送到书商那里，但这不是因为小奥利弗带着书和钱逃跑了，而是他不幸撞上了赛克斯和南希，被他们劫持回贼窟去了的缘故。但在布朗洛等人的努力下，奥利弗终于得到解救。

让一个备受轻视和凌辱、过着非人生活的孤儿过上健康、幸福的生活，获得人格的独立和人的尊严，这是狄更斯的救世情怀的第一次表现，也是他的乐观主义、理想主义的胜利。

（二）《大卫·科波菲尔》：在善与恶的较量中塑造自我

如果说狄更斯早期的作品《雾都孤儿》为可怜无告者的悲惨遭遇鸣不平，为其争取做人的权利而呼号的话，那么，中期带有自传成分的名作《大卫·科波菲尔》则不仅要为可怜无告者争取做人的权利而呼号，而且进一步提出要让其经受善与恶较量的磨炼，塑造自我，使其成为有用之才。

有评论指出，"大卫看他生活的世界是分裂的——他生活在摩德斯通的世界与多佛他姨婆的世界之间"①。事实上，大卫生活的世界本来就是分裂的——一边是他的母亲、保姆裴果提和她的兄弟一家、大卫的姨婆贝西·特洛乌德，以及他的当律师的老同学特拉德和大卫的女友艾妮斯等人组成的善良的世界；另一边则是由摩德斯通姐弟、大卫的老同学斯蒂福以及尤里亚·希普等人组成的邪恶世界。大卫从小到大就生活在这两个世界之间，在它们的对立较量中历练人生，塑造自我。

大卫是个遗腹子，自幼只从母亲和保姆裴果提那里得到关爱和抚慰。他

---

① 格拉汉·戴尔德雷《查尔斯·狄更斯与小说的形式：狄更斯创作中的虚构与叙述》，新泽西：巴恩斯与诺布尔出版社，1986年，第140页。

母亲是个美丽、善良、温柔的女子，她不仅极其疼爱大卫，而且教他学会拼写和阅读。当大卫和他母亲以及那个肥胖、慈祥的保姆欢聚在一起时，总是说说笑笑，其乐融融。但是，这种快乐的时光很快就结束了，大卫再也享受不到温馨的、刻骨铭心的母爱了，因为不久，大卫的母亲克拉拉又结婚了。在他母亲准备再婚期间，大卫跟随裴果提到雅茅斯海滨她娘家做客。在那里，大卫第一次接触到纯朴的渔民家庭。裴果提先生和哈姆虽然外表略显粗犷，但待人真诚、热情、温厚。特别是美丽、天真的小姑娘艾米丽，给大卫留下难以磨灭的美好回忆。但在雅茅斯"船屋"做客的日子结束后，大卫的生活便进入了苦难阶段。大卫的母亲克拉拉嫁了摩德斯通之后，摩德斯通和他的姐姐便像一对恶魔一样统治这个家。他们厌恶、仇视大卫。每当克拉拉对大卫稍表示关爱时，摩德斯通便声色俱厉地呼唤她，以示警告。他不让克拉拉对自己的孩子流露半点母爱的柔情，认为这样会惯坏孩子。有一次他无缘无故地把大卫带到楼上的房间里，关起门来厉声训斥他、打他。大卫忍无可忍，咬了他的手掌一口，结果遭到摩德斯通更凶狠的毒打。大卫被锁在房间里，摩德斯通不让克拉拉走近房间。善良的保姆裴果提趁他们姐弟没防备时，悄悄给大卫送去食物，还安慰他。通过家庭变故，大卫第一次懂得了世上有好人，也有坏人，有爱，也有恨。大卫的母亲再婚后又生了一个男孩。但新生儿不能带给她欢乐，因为在摩德斯通姐弟的家庭暴政下，她不仅丧失了爱自己的亲生儿子大卫的权利，而且丧失了独立自主做人的权利。她内心的痛苦无处诉说。大卫因敢于反抗，咬了继父一口，他继父和大卫求学的萨伦学堂的野蛮校长克里克尔串通，在大卫胸前挂上一个耻辱的牌子，上面写道："小心，他咬人。"没多久，大卫从校长太太那里得知，他母亲去世了。大卫真正成了一个孤儿，他心灵遭受的打击，内心的辛酸、痛苦，只有他自己知道。

　　大卫上学的时间不长，在萨伦学堂里，他也看出有好人、坏人之分。出身贫苦家庭的梅尔老师待人和善，对大卫无比亲切。校长克里克尔和他的助手藤盖是专制魔王，以鞭打学生为乐事。梅尔老师因贫穷，不得不把他母亲送进收容所，因此受到富家子弟斯蒂福的嘲笑。克里克尔媚富欺贫，竟袒护斯蒂福，以梅尔有损学校名誉为由辞退了他。这引起有正义感的学生汤米·特拉德的愤愤不平，他向学校提出抗议，结果遭到学校惩罚。大卫从心里钦佩特拉德，但他对斯蒂福痛恨不起来。因为斯蒂福比他年长几岁，长得帅，又有才智谋略，担任班长，从一开始，他就以大卫的保护人自居，大卫甚至把零花钱也交给他保管。每晚大卫还以讲故事取悦斯蒂福和其他同学。不过，大卫上学期间也有不少让他感到快乐的事，他除了向同学们施展他讲故事的本领之外，也和同学有亲善的交往。有的同学养小兔、小鸟的本领使他钦羡，但他身体虚弱，课余从不参加同学们的剧烈的运动、游戏，只当观众，或独自躲在房间里看书。

母亲去世之后，大卫辍学了，他被继父送到经营酒类的摩德斯通的格林伯公司做工。大卫每日做工，都受到管理员昆宁的监视。他受不了这种囚徒般屈辱的生活，决计逃离这监牢似的场所。于是他向保姆裴果提（她已被摩德斯通姐弟辞退）借了点钱，独自一人贸然前往多佛，向他的姨婆贝西·特洛乌德求助。

逃离摩德斯通的压迫，受到贝西姨婆的庇护——这是大卫人生经历的大转折。实际上，大卫就是在他姨婆贝西小姐的庇护下成长起来的。贝西小姐不仅提供他上学和之后在律师事务所当学徒的全部费用，而且在为人处世上给了他切实的教导、指点。当大卫要去坎特伯雷上斯特朗博士的学校时，贝西小姐谆谆嘱咐他，做人"千万不要吝啬，千万不要虚伪，千万不要残忍"[1]。三年后，大卫从斯特朗博士的学校毕业了，面临选择职业关头时，贝西姨婆又语重心长地教导他："特洛……我希望你成为一个坚强的人，一个善良的坚强的人，有独立的意志，有自己的决心……"[2] 身教重于言教，特洛乌德小姐

---

① 狄更斯《大卫·科波菲尔》，庄绎传译，人民文学出版社，2000 年，第 227 页。

② 狄更斯《大卫·科波菲尔》，庄绎传译，人民文学出版社，2000 年，第 278 页。

本人就是这样的人。她的优良品格无疑对大卫的成长起到潜移默化的影响。不过，在大卫的成长过程中，他注定还要经受一连串善与恶较量的洗礼。

大卫在斯特朗博士的学校上学期间，住在他姨婆的朋友威克菲尔律师家里，既和律师的出色女儿艾妮斯成为情同手足般的挚友，又对律师的徒弟尤里亚·希普的虚伪作风从内心感到厌恶。后来，希普虚伪面目的暴露给大卫上了人生深刻的一课。

不过，对大卫心灵产生重大影响的莫过于艾妮斯和斯蒂福。艾妮斯是和大卫一起长大的。他们的年龄相仿，但艾妮斯似乎比大卫早熟。早在大卫刚住进威克菲尔家时，艾妮斯就像是大卫的大姐。在大卫眼里，艾妮斯是姐妹型的、他的人生航程的引领者，而不是性感型的、吸引他去求爱的女子。所以，他从没想到，日后他们会成为夫妻。大卫在生活中遇到什么问题，都会向她求助，而她总能向他提供明智的、可靠的办法。哪怕是大卫和朵拉的婚姻碰到障碍时，也是经艾妮斯的点拨，大卫打通了朵拉两个独身的姑姑的关节，他们最终才结为伉俪。

有一次，大卫接待久别重逢的好友斯蒂福，两人一起喝酒、上戏院，大声喧哗，行为有点放荡。艾妮斯得知后，立即写信告诫他，说斯蒂福是躲在他身边的魔鬼。但是，当时大卫并没把这位天使的警告放心上，因为斯蒂福在他心头已占有一个坚固的位子。他带领斯蒂福到雅茅斯海滨裴果提的船屋做客，善于交际、仪表堂堂的斯蒂福深得裴果提一家的好感。那天恰好是艾米丽和哈姆订婚的日子。斯蒂福很快便赢得艾米丽的芳心。不久，这个爱慕虚荣、一心想摆脱贫困、做阔太太的艾米丽终于经不起斯蒂福的引诱和他私奔了。大卫得知这不幸的消息后，万般悲痛，因为是他把斯蒂福引到裴果提家里才导致这场不幸的悲剧，他觉得自己无异于一名同谋犯。这件事擦亮了大卫的眼睛，让他开始看到斯蒂福心灵邪恶的一面。裴果提毅然只身奔赴欧洲大陆寻找外甥女的决心，又让大卫深深体会到劳苦大众亲情的可贵。而哈姆无限悲愤的表情，又像是对大卫无声的谴责。更令大卫难受的是，他得知，斯蒂福把艾米丽玩弄够了之后竟抛弃了她。裴果提历经千辛万苦，才找到心碎的艾米丽。就在这事过后不久，大卫最后一次探访雅茅斯，恰逢暴风雨袭来。一艘遭难的船驶近海岸时，哈姆竟为营救船上那个曾让他蒙受不幸的斯蒂福而丧生。这事对大卫心灵的冲击，比这场暴风雨还激烈。

大卫最后成为一位知名的作家，首先就因为他有丰富的人生历练，在善与恶较量的洗礼中，塑造了健全的自我，练就了一双观察事物的慧眼。而这一切都始于贝西·特洛乌德小姐对他的救助，是她把大卫引上人生征程的。

（三）《荒凉山庄》：对可怜无告者不幸命运的无奈哀悼

尽管《荒凉山庄》的批判锋芒主要指向大法官庭，但围绕这一中心主题，还有一些分主题。表现下层民众的苦难，表达他们不满的心声，就是其中一个重要的分主题。

作者通过善良、有正义感的约翰·贾迪斯和伊丝特·萨姆森的视角，展现了"钟楼大院"里曾充当密探的涅克特去世后留下的几个孩子的惨状：一个五六岁的小男孩抱着一个一岁半的沉重的小女孩，正哄着她，叫她别哭。这两个一大一小的孩子被锁在屋子里，他们的大姐夏洛蒂，一个十三岁的小女孩帮人家洗衣服去了。他们的父母都已死去，靠夏洛蒂一人维持生活。房东太太可怜他们，不收他们的房租，那个脾气暴躁的希普罗郡人格里德利也常来照顾他们。以上情况完全是用写实手法展现的。紧接着，作者又用浪漫手法描写贫民窟托姆独院的孤儿乔（见小说第16章）。这个少年靠扫街道挣几个钱缴交房租，购买食物。他没有文化，不认得字，在上层人士眼里，他不算是个"人"，而是跟牛、马、狗一样愚蠢无知的"动物"。作者这样描写乔所居住的托姆独院和周围的情景：

> 这是一条很不像样的街道，房屋破烂倒塌，而且被煤烟熏得污黑，
> 体面的人都绕道而行。在这里，有些大胆的无业游民趁那些房子破烂不
> 堪的时候，搬了进去，把它们据为己有，并且出租给别人。现在，这些
> 摇摇欲坠的房子到了晚间便住满了穷苦无告的人。正如穷人身上长虱子

那样，这些破房子也住满倒霉的家伙，他们从那些石头墙和木板墙的裂口爬进爬出；三五成群地在透风漏雨的地方缩成一团睡觉；他们来来去去，不仅染上了而且也传播了流行病，到处撒下罪恶的种子，使库都尔勋爵、托马斯·杜都尔爵士、富都尔公爵以及所有当权的优秀人物（一直到茹都尔）花上五百年工夫也不能把这些罪恶完全消除干净——尽管那些大人先生们生来就是干这一行的。①

有意思的是，托姆独院的房产是归大法官庭管理的，这表明它和贾迪斯控贾迪斯案有关。更有意思的是，高贵的德洛克夫人有一天竟换上女仆的衣服，来和乔打交道。因为自从她从家庭法律顾问图金霍恩向他们展示的法律文件中认出她昔日情人霍顿队长的笔迹之后，便一直打听他的下落。她得知，他已死去，而他生前曾善待乔；他死后，地保曾带乔去认证他的形貌，而且乔知道他的埋葬场所。于是，她让乔带她去看了库克大院（抄写文件的霍顿队长曾住在克鲁克的破烂收购站所在的那幢房子的楼上）。最后，乔带她去看了霍顿队长的葬身之地。临别，德洛克夫人给了乔一块金币，作为他替她当向导的报酬。

自从乔被牵扯进德洛克夫人的事情里去以后，他就被侦探长布克特看作惹麻烦的人了。侦探长担心他也许已经知道德洛克夫人的秘密，所以不让乔待在托姆独院，一直赶他走。乔从此便不得不躲躲闪闪地过日子。

托姆独院是瘟疫的滋生地。乔终于染上了传染病，他无安身之处。伊丝特·萨姆森和她的小女仆查理把他带回荒凉山庄，安置在空马厩上面的小阁楼里。可是半夜，他逃跑了，从此好长一段时间都不曾露面。查理因和他接触较多，染上了他的病。伊丝特一直照料她，不久，查理康复了，可伊丝特被传染了。伊丝特痊愈后，面孔被毁容了，但她对自己所做的事，毫不后悔。

伊丝特的朋友、善良热情的阿伦·伍德科特医生刚从印度回来。一天清

---

① 狄更斯《荒凉山庄》，黄邦杰等译，上海译文出版社，1979年，第288页。

晨，他路过贫民窟时发现了乔，好不容易才追上他，发现他生病了，并且病得不轻。经他的病人弗莱德老小姐建议，他在乔治的射击场找到让乔安身的场所。乔说，他是被侦探长撵走的，在外地流浪了许多天，因无处安身，又找不到工作，整天挨饿，只好硬着头皮回到托姆独院，想找个工作做，但害怕被侦探长发现，又要赶他走，现在他总算有个地方安身了。但是，他已走到生命的尽头。他临死时，给阿伦·伍德科特留下一个遗嘱："他（指霍顿队长——引者注）待我很好，真好。现在我该到那个坟地去了，先生，让我躺在他旁边。我要到那儿去，埋在那里。"① 作者以悲愤的语气哀叹道："死了，陛下。死了，王公贵卿。死了，尊敬的和不值得尊敬的牧师们。死了，生来就带着上帝那种慈悲心肠的男女们。在我们周围，每天都有这样死去的人。"②

　　除了乔之外，小说还描述了烧砖工人家庭的凄惨情况：他们住在低矮、狭小、肮脏的小平屋里，男人经常酗酒，他们的老婆含辛茹苦地照料孩子，忙家务活，还常挨丈夫殴打。她们常常被打得遍体鳞伤、眼圈发黑，还遮遮掩掩不让外人知道她们的悲惨遭遇。孩子一个个生下来，可是没吃没穿，喝的是极不卫生，甚至发臭的水。孩子病了没钱医治，便一个个夭折了。面对这种悲惨的情况，资产阶级慈善家们却夸夸其谈，光说不做，拿不出切实的措施来改善穷苦大众的处境。作者借主人公约翰·贾迪斯的话说："他们的善举只是装点门面，实际上他们都是专门包揽慈善事业的投机者；这种人卑鄙无耻，声名狼藉，说起话来慷慨激昂，做起事来手忙脚乱，虚有其表，对大人物则极尽奴颜婢膝之能事，彼此之间更是互相吹捧，还使得那些喜欢不声不响地扶危济困，而不愿意给人帮了点小忙就大肆吹嘘的人，感到难以忍受。"③

　　小说刻画了两个活生生的慈善事业投机者的形象。一个是帕迪戈尔太太，

① 狄更斯《荒凉山庄》，黄邦杰等译，上海译文出版社，1979 年，第 830 页。
② 狄更斯《荒凉山庄》，黄邦杰等译，上海译文出版社，1979 年，第 831 页。
③ 狄更斯《荒凉山庄》，黄邦杰等译，上海译文出版社，1979 年，第 266 页。

她对伊丝特和娜达夸夸其谈，说她如何不辞劳苦从事慈善事业，不仅她自己这么干，她还让她的几个孩子跟着她做，他们都把零花钱捐给穷人和美洲的印第安人（实际上只有几先令、几便士，她的孩子非常愤怒，因为他们的母亲给了他们零花钱后又抢回去了），而她的丈夫也带头捐了一英镑。她邀请伊丝特和娜达去访问烧砖工人。这两位年轻纯朴的女士看见烧砖工人的悲惨生活都非常震惊，深表同情，可帕迪戈尔太太却滔滔不绝地数落这里的人没有整洁的习惯。见到住在屋里的工人和他的家属，帕迪戈尔太太装模作样地说："善良的人们，你们不能使我感到疲倦，""我喜欢艰苦的工作；你们把我的工作弄得越艰苦，我就越高兴。"这话立刻招来房主人一顿怒斥："我要结束你这件工作。我不要别人随便到我家里来。我不要像一头畜生那样被人摆弄。现在你又来要你那一套，问这问那——我知道你打算干什么。哼！这一回你可不行了。我可以让你不必操这个心……"① 这位烧砖工人的一席话一针见血地戳穿了慈善事业投机者的伪善和骗局。

另一个慈善事业的投机者是杰利比太太。她一天到晚向她女儿口授信件，教导非洲黑人如何种植咖啡，她把非洲的殖民事业当作她的慈善行为，而对身边贫民窟里的穷人则不闻不问。她一天到晚忙于不着边际的事，对自己的孩子都不关照，把一个家弄得乱七八糟。

作者通过以上两个负面形象，鞭辟入里地揭露了慈善事业投机者的虚伪面目。相比之下，约翰·贾迪斯和伊丝特却不声不响地尽力帮助身边有困难的人。作者表明，他们才是穷人真正的贴心人。但是，从作品看得很清楚，即使像约翰·贾迪斯和伊丝特这些真心实意同情穷人，一心要帮助他们的善良人士，面对贫民窟里的凄惨情景，也爱莫能助，万般无奈。这表明，这时候狄更斯已意识到资本主义发展所带来的社会两极分化、劳苦大众的贫困化，的确不是几个善心人士可以解决的。由此可以看出，狄更斯的救世情怀到了

---

① 狄更斯《荒凉山庄》，黄邦杰等译，上海译文出版社，1979 年，第 141 页。

后期已陷入困境，他的乐观主义、理想主义正面临危机。

二、对受压迫的劳苦大众的关爱与拯救

如前所述，狄更斯对下层民众的苦难深表同情。他一方面寄希望于善良的、有正义感的富人对可怜无告者予以同情和帮助，另一方面也要求陷于苦难中的人们要有自爱、自强、自立的精神。不过，当他面对堆积如山、积重难返的社会问题时，不能不陷于爱莫能助的无奈状态。

狄更斯生活、创作的后期，英国社会矛盾更尖锐，无产阶级与资产阶级的矛盾已成为社会的主要矛盾。狄更斯是一向勇于面对严酷的现实、惨淡的人生的。尖锐的社会矛盾对狄更斯的人道主义是场严峻的考验。这是多年来狄更斯的研究者特别关注，并且在评论中见仁见智的问题。

狄更斯猛烈批判英国政府的腐败无能、漠视人民大众的疾苦、社会改革不力，同时猛烈批判资产阶级对工人群众的残酷压迫、剥削。他对日益尖锐的社会矛盾忧心忡忡，担心激烈的社会斗争一旦爆发，将给整个国家造成巨大的灾难。他并不像托尔斯泰一样主张"勿以暴力抗恶"，他承认革命的正义性，但是他担心革命一旦爆发，会给社会造成巨大损失。所以，他主张统治者应满足人民大众的正当要求，主动采取积极的措施，解决社会矛盾。他还认为，矛盾双方都应有仁爱、宽容的精神，彼此协调合作。

但是，狄更斯毕竟是个清醒的现实主义者。从他高峰时期和晚期的创作来看，他的人道主义理想与严峻的现实的确存在尖锐的矛盾，他的仁爱的说教对顽固的、冷酷的剥削者、统治者不起作用。难以解决的理想与现实的矛盾使狄更斯的乐观主义遭受沉重的挫折。

最能表现狄更斯的人道主义理想与丑恶现实之间的矛盾的，显然是狄更斯创作高峰时期的两部作品：《艰难时世》和《双城记》。

（一）《艰难时世》：仁爱精神难以改变"一团糟"的严峻现实

《艰难时世》在狄更斯的创作中有其独特的地位，因为唯独它正面反映了尖锐、激烈的劳资矛盾并表现了作者对解决劳资矛盾的态度、观点。作者以极其经济的手法勾勒了资产者庞得贝的穷凶极恶、顽固不化的丑恶面目，表现了以斯蒂芬为代表的产业工人的悲惨处境以及劳资双方难以调和的尖锐矛盾。

小说通过工厂主庞得贝和工人之间的矛盾，揭露批判了曼彻斯特经济学派提出的"自由竞争、机会均等"主张的虚伪性、欺骗性。因为正是在"自由竞争"的口号下，资产阶级肆无忌惮地剥削工人，全然不顾工人的死活。庞得贝就是这种自由竞争学说的信徒。在他眼里，工人不是"有爱情和喜悦、有灵魂"的人，而是"人手"，是给他带来金钱利益的"许多匹马的马力"，"加法中的数字"或机器，总之，是古代奴隶主所说的"会说话的工具"。他以奴隶主对待奴隶的野蛮态度对待工人，污蔑工人爱抱怨，不肯安分守己；工人最起码的生活要求也被他看作是奢望，是"希望坐六匹马的车子，用金汤匙喝甲鱼汤吃鹿肉"。他把污染环境、损害镇上居民健康的煤烟看成是"衣食父母"，"世界上最有利于健康的东西，特别是对于肺部"。他恬不知耻地把榨取工人血汗的计件活儿说成是"世界上最惬意的工作，最轻松的工作，也是报酬最好的工作"。如果谁要干预他为所欲为的野蛮行径，他和镇上其他资本家就威胁说，宁可把财产扔到大西洋去。

狄更斯不仅愤怒地揭露庞得贝之流残酷掠夺、压榨工人的野蛮行径，而且带着深厚的同情描写工人的苦难生活。工人斯蒂芬向老板痛陈自己和其他工人兄弟"一团糟"的生活状况时说："看看我们是怎样生活的，我们住在什么地方，我们生存的概念又是怎样，而生活的方式又是多么单调；再看看那些纺织厂是多么兴隆发达，它们总是逼着我们趋向于一个遥远的目标——死亡，总是一定的。看看你们对于我们又有怎样的想法，怎样写我们，怎样谈我们，怎样派你们的代表团跟政府各部门的大臣讲我们的事，不论怎样说，你们总是对的，而我们总是错的，我们从生下来以后就是没有理性可言的。看看这种情况日甚一日，东家，越来越庞大，越来越使人难堪，一年又一年，一代又一代。东家，谁看到了这种情形能公公道道地告诉别人说，这不是一团糟呢！"①

作者以细致的写实笔触描写焦煤镇工人住宅区的情况：窄院连着窄院，狭街紧靠着狭街，犹如"迷宫"。一幢幢简陋的房子紧挨着，拥挤不堪。住房不通风，光线昏暗，空气污浊。只要看一看恩格斯的《英国工人阶级状况》便知道，狄更斯的描写是多么真实！斯蒂芬就是住在这贫民窟中的一个苦难深重的工人。由于生活一直很苦，他才四十岁，看起来却像个老头。这个敦厚诚实、"善操机器织机的好织工"，一生中吃尽苦头，"碰到的烦恼车载斗量"。残酷的法律又使他无法摆脱酗酒、半疯狂的妻子，跟他所钟情的女工瑞茄结合。他抱怨生活一团糟，可庞得贝毫无心肝地指责说，这是那个"金汤匙"的思想在作怪。当斯蒂芬从庞得贝口里得知，他若要和酗酒、疯狂的妻子离婚，再结婚，就得花上十万到十五万英镑，或许还要加上一倍的钱时，他感到绝望了，他说："这真是一团糟。简直糟透了，我越死得快越好。"庞得贝教训他"不要把国家的制度说作一团糟，要不然，就有那么一个晴朗的早上，你一爬起来就会糟糕了。"他还说："……从你讲的这些话看来，我想又是'甲鱼汤、鹿肉和金调羹在那里作怪吧'。"②

从斯蒂芬的情况可知，工人的生活状况确实糟透了，劳资矛盾已经很尖锐。那么，工人的出路在哪里？小说写到，面对尖锐的劳资矛盾和工人的不幸处境，工人中有两种很有代表性的、截然不同的态度：一种是以工会领导人斯拉克布瑞奇为代表的激进派，（据斯蒂芬说："他们当中最多不到一打人……简直连六个人都不到。"）他们主张和老板斗，斯拉克布瑞奇声嘶力竭地

---

① 狄更斯《艰难时世》，全增嘏、胡文淑译，上海译文出版社，1978 年，第 182 页。
② 狄更斯《艰难时世》，全增嘏、胡文淑译，上海译文出版社，1978 年，第 92 ~ 93 页。

号召工人兄弟起来进行罢工斗争。另一种便是以斯蒂芬为代表的温和派。斯蒂芬反对工人兄弟采取激烈的、粗暴的方式和老板进行斗争，认为这样只会使他们的处境变得更糟糕，因此他拒绝加入斯拉克布瑞奇倡导的工会。可是当庞得贝恶狠狠地表示要把这半打主张罢工斗争的人判罪，用船把他们装到充军地去时，斯蒂芬则提出抗辩，声称："用强硬手段是绝对不行的。用战胜和征服的办法是绝对不行的。置之不理也是绝对不行的。让成千累万的人老是那样生活着，老是搞得那样一团糟，结果他们站在一边而你们站在另一边；只要有这种不幸的情况存在着，不管是短期或是长期，就会有一个漆黑的、不可超越的世界把你们和我们隔离开来。不想法子去接近一般的人，不用慈悲心和耐心去对待他们，鼓舞他们，而他们呢，虽然困难重重，却是相亲相爱，只要有一个人陷入困难之中，他们就会把自己需要的东西分给他们表示友爱……不以这种精神去接近人，也是绝对不行的。……最糟糕的是把他们当作许多匹马的马力……认为他们没有爱情和喜悦……不会厌倦什么，希望什么……好像他们没有上面所说的那种人性似的；等到整个大闹起来的时候，却去责备他们跟你们打交道时，缺乏那种人性——东家……这样是绝对不行的。"[1]

庞得贝见斯蒂芬反对他处置"闹事"工人的办法，还褒扬他们的种种优点，便火冒三丈："你真是个大马蜂似的，专门刺激人，品质恶劣的家伙！"庞得贝先生说："你看，就是你自己的工会，就是知道你最清楚的那些人，也不愿意跟你再有任何关系了。……作为一件奇事来说，在这方面，我竟跟他们志同道合了，以后，我也决不会同你再有任何关系了。"[2]

因反对罢工、拒绝加入工会受到伙伴们冷遇的斯蒂芬，现在又被老板看作和他的伙伴一样的"坏种"，不仅被开除出厂，而且被看成是银行失窃案的

---

① 狄更斯《艰难时世》，全增嘏、胡文淑译，上海译文出版社，1978年，第183~184页。
② 狄更斯《艰难时世》，全增嘏、胡文淑译，上海译文出版社，1978年，第185页。

嫌犯。斯蒂芬在焦煤镇再无立足之地，不得不到外地谋生，在途中不慎掉进废矿井里受重伤致死。狄更斯通过斯蒂芬的悲剧，有力地控诉了资产阶级的血腥罪行，他不愧是"捍卫着下层阶级，向上层阶级进行斗争，向虚假与伪善进行讨伐的战士"①。

斯蒂芬是作者同情、褒扬的人物，从斯拉克布瑞奇和斯蒂芬的对立便不难看出作者处理劳资矛盾的态度和他关于无产阶级摆脱苦难境遇的观点。

斯拉克布瑞奇是工会的领导者。作者写他以浮夸的语言煽动工人群众联合起来和狠心的老板进行斗争。当斯蒂芬表示不愿意参与这一激进的行动时，他便煽动工人们和斯蒂芬断绝往来。作者对斯拉克布瑞奇的言行加以讽刺，暴露其丑恶的灵魂，说他和工人们比较起来远在他们之下，"他不是那么诚实，他不是那么有丈夫气概，他不是那么和善，他以奸猾代替了他们的率真，他以激情代替了他们的实事求是和可靠的辨别力"②。同时作者对这个人物的外表竭力加以丑化，说他"身材难看，两肩高耸，眉毛低垂，五官挤在一道"。显然，作者对斯拉克布瑞奇的丑化、讽刺，是和贬损其激进的斗争方式相关的。不过，作者借斯蒂芬的口驳斥了资产者庞得贝把工人反对老板的风潮说成是斯拉克布瑞奇这些"为非作歹的生人"造成的，表明工人和老板的矛盾是客观存在的，问题在于如何处理这个矛盾。

在如何处理劳资矛盾，如何拯救工人兄弟方面，斯蒂芬的确充当了作者的"传声筒"。从前面引述的斯蒂芬与老板庞得贝的大段谈话可以看出，狄更斯反对劳资双方以强硬的、敌对的态度对待对方，主张彼此应以仁爱之心、宽容、理解的态度对待对方，相互协调合作，创造和谐、友好的关系。但是，事与愿违。斯蒂芬的恳切陈辞，并不能打动老板庞得贝顽固、冷酷的心，他对斯蒂芬的诚挚、温和态度一点不领情，反而把他看成是以另一副面孔出现

---

① 这是俄国革命民主主义美学家车尔尼雪夫斯基对狄更斯的称誉，转引自伊瓦肖娃《〈狄更斯的创作〉序言》，载《文史译丛》，1956年创刊号。

② 狄更斯《艰难时世》，全增嘏、胡文淑译，上海译文出版社，1978年，第168页。

的危险分子，毫不留情地予以打击。

斯蒂芬的悲剧宣告了狄更斯希图以人道方式处理劳资矛盾、解救处于水深火热中的劳苦大众的善良愿望的破灭！

（二）《双城记》：在革命精神与人道精神的纠结中探寻劳苦大众的自由解放之路

《双城记》绝不是严格意义上的历史小说，它是历史事件与幻想融合的历史寓言。它的寓意可以从两方面来看：一方面它为当时的英国统治者提供如何维护社会稳定的"殷鉴"，告诫统治者应从法国大革命中吸取历史教训，正视现实矛盾，努力解决社会问题，尽量满足人民大众的正当诉求；若对社会矛盾置之不理，与人民大众为敌，那么当社会矛盾激化、爆发时，就不可收拾了。另一方面它对劳苦大众如何得到拯救的问题，也提出了看法。作者从人道主义立场出发审视法国大革命的经验教训，既肯定它的正确一面，也揭示它的弱点和错误；在革命精神与人道精神的纠结中探索劳苦大众自由解放的道路。

狄更斯第一次访问美国时，曾对一位奴隶主说："残酷和专制势力是人性中两种恶劣的激情。"[①] 狄更斯便以人性中这两种恶劣的激情为参照系来表现法国大革命的前因后果。

1. 对抗封建贵族的专制暴虐：苦难与救赎的第一回合

从狄更斯的人道主义眼光看来，法国大革命的酝酿、准备、爆发是苦难与救赎的第一回合。

在这一回合中，反对的对象是封建专制政权和它赖以存在的封建经济制度和贵族阶级。特别是独霸一方的封建贵族，像小说中描写的艾弗勒蒙德侯爵兄弟那样是农民直接的压迫者、剥削者。对于封建贵族的残暴，小说描写了富于典型性的几桩事件。

---

① G. K. 杰斯特顿《狄更斯创作欣赏与评论》，肯尼凯特股份出版社，1966 年，第 195 页。

　　第一件事是革命爆发之前二十余年，艾弗勒蒙德侯爵孪生兄弟中的老二糟蹋了年轻美貌的农妇，使她身心遭受严重的伤害致死，同时这对兄弟还害死了她的丈夫、弟弟、父亲，她的妹妹被转移到海滨渔民亲戚家抚养，才得免于难。农妇的妹妹长大后，嫁了巴黎近郊贫民区的酒吧老板德法日，革命爆发后她成为一名能干而勇敢的革命者、凶悍的复仇者。

　　第二件事是革命爆发前夕，艾弗勒蒙德侯爵参加宫廷的宴会回家时，马车在近郊横冲直撞，压死了贫民加斯帕德的小孩。加斯帕德悲痛欲绝，责备贵族老爷草菅人命，可侯爵反而责怪做父亲的没管好孩子，丢给他一个金币作为补偿了事。

　　第三件事是侯爵的马车驶近他的府邸时，一位农妇跪倒在他的车前，求他赐给她丈夫一块小石板或木板充作墓碑，因为荒草丛中坟墓太多，若不竖一块墓碑，日子久了，亲人的坟墓就认不出来了。这个凄惨的细节反映了当时法国农民在封建势力的残酷统治下的悲惨生活。

　　上述事件表明，封建贵族与人民大众的矛盾是何等尖锐，法国大革命已到了一触即发的程度。在这背景下，小说描写了反对封建贵族暴虐统治的三种人：

　　第一种人是有良知、有正义感、怀有人道情怀的马内特医生。他是个医术精湛的年轻医生，被年轻的艾弗勒蒙德侯爵兄弟俩叫去给年轻的、病危的农妇诊治，然后又给她的胸前受了致命创伤、生命垂危的兄弟诊治。他发现他们的性命都已无可挽回，不久他们便都死了。马内特医生得知这一家子的悲惨命运都是侯爵兄弟造成的。他们为了封住他的口，两次给他送钱来，都被他拒绝了。马内特医生对农妇一家的悲惨遭遇感到震惊，出于义愤，他上书朝廷，揭发艾弗勒蒙德侯爵兄弟的暴行。没想到控诉书刚寄出，他就遭侯爵兄弟绑架。他们利用手中掌握的空白拘票，立即把医生投进巴士底狱，关在北楼105号，长达十八年之久。直到侯爵在朝廷失宠势力衰落，医生才被释放。

第二种人是封建贵族的叛逆者，艾弗勒蒙德侯爵（老大）的妻子和受她影响的独生子查尔斯·达奈。艾弗勒蒙德侯爵夫人是个贤惠的贵族女子，不幸嫁给了霸道的侯爵，她因丈夫和小叔的暴行而深感愧疚。她教导儿子别学父辈样子，长大后远离这个家，去过清贫的日子。达奈遵照母亲的遗愿，放弃贵族头衔、姓氏和财产继承权，来到海峡对岸的英国，过自食其力的生活。他因法律手续问题，经常往返于海峡两岸，最后一次，就是他叔父乘车回家途中马车碾死一个小孩那天，达奈也回到侯爵在乡下的府邸。叔侄俩长谈了一番，唇枪舌剑，因道不同，不欢而散。

以上两种人都出于人道原则反对贵族残酷统治，虽然对劳苦大众的翻身解放，没有直接的作用，但在道义上对贵族统治进行了抨击。

第三种人就是以德法日太太为代表的遭受贵族阶级压迫、剥削的劳苦大众，他们以"第三等级"的身份，组成强大的革命群体，以武装斗争的方式，推翻了贵族阶级的统治，把国王路易十六送上了断头台，成立了共和政府。

作为激进的人道主义者，狄更斯以同样的激情表现上述三种人以不同方式进行的反封建斗争。

作者以生动的细节表现马内特医生正直的品格、不畏豪强的斗争精神和深切同情受难农妇一家的人道情怀。作为一名专业人士，马内特医生不了解封建专制统治的腐败黑暗，满以为一纸控诉状就能告倒为非作歹的贵族，为受难农民伸张正义，他万万没想到，侯爵兄弟和宫廷中的权贵是一丘之貉，他不仅没能为受难者鸣冤报仇，自己反倒成为受难者。他在狱中用血和泪写成的对反动贵族艾弗勒蒙德兄弟的控诉书倾诉了郁结心头的满腔义愤；对贵族恶霸的仇恨、愤怒，对妻子的眷恋、担忧（事实上，他妻子在他入狱后不久便抑郁而死）以及极度的孤寂使他身心遭受巨大的摧残，他只能以做鞋这种单调的劳作来缓解内心的痛苦，打发难熬的光阴。十八年的牢狱煎熬，使他变得满头白发、神情麻木，他忘却了自己的姓名和真实身份，只知道自己是"北楼 105 号"。作者似乎有意要把马内特医生写成耶稣式的苦难与救赎的英雄。他后来的情况更凸显了他悲天悯人的救世情怀。

　　查尔斯·达奈因频繁往返于海峡两岸，以致被心怀叵测的密探约翰·巴塞诬告为法国奸细。达奈以法庭审判为契机，结识了马内特父女，终于成为马内特的女婿。后来他被法国共和政府当作逃亡贵族逮捕，几番捉放，险些成为革命祭坛上的祭品。这些无疑使这个人物和他的经历带有浓厚的传奇色彩。狄更斯有意彰显达奈反叛封建贵族家庭行为的人道意涵。达奈不只是要独善其身，而且想说服叔父改邪归正，无奈他叔父是个死硬派，决心和封建制度共存亡，结果，达奈的叔父在贵族阶级被推翻之前就被自己的施虐对象——贫民加斯帕德一刀结束了罪恶的一生。达奈和他的岳父马内特医生一样是个悲剧式人物。他的反叛行为使他远离了邪恶，却无法制止邪恶。他只是让水深火热的劳苦大众少了一个压迫者。他的悲剧在于，他对本阶级的反叛没能获得共和政府的认可，甚至被德法日太太等人当作逃亡贵族来处理。

　　小说以大量篇幅描写革命的酝酿、准备和爆发过程。作者以饱满的热情讴歌以德法日太太为代表的革命者的耐心、机敏、坚毅、勇敢以及对胜利的坚信等优秀品格和可贵精神。德法日太太以编织来记录统治阶级罪行这一细节是狄更斯的天才创造。这一细节凸显了革命者的耐心和坚毅精神，表明德法日太太和她的同志们时刻关注敌人的一举一动，时刻把革命的神圣使命牢记心头。她对敌人的强烈憎恨、对敌斗争的坚定源于她家的苦大仇深；尤其可贵的是，她对革命怀有必胜的信心。小说写道：有一天晚上，德法日夫妇在他们的酒店里私下谈论他们从事的斗争事业。德法日先生认为，他们所期待的胜利，"在我们有生之年，它可能不会来"。"嗯！那又怎么样？"太太问道，一边打另一个结，仿佛又有一个敌人被勒死。"喏！"德法日半抱怨半解释地耸耸肩，说道："我们见不到胜利！""我们要促成胜利！"太太伸出手有力地挥动着。她委婉地批评丈夫有时候信心不强、不坚定。① 德法日心悦诚服

---

　　① 狄更斯《双城记》，石永礼、赵文娟译，人民文学出版社，1993 年，第 153～154 页。

地称赞他的妻子是个"伟大的女人""一个坚强的女人,一个了不起的女人,一个非常了不起的女人"①!

小说以生动的情节表明,法国大革命是一场以人民大众为主体的、反抗封建反动统治的正义斗争。这场革命虽然由资产阶级领导,但它的力量的源泉却是广大苦难深重的农民和城市贫民。小说以富于典型性的细节表现法国革命前封建贵族的罪恶、人民大众的苦难,就是为了揭示这场革命深厚的群众基础,揭示它的必然性、正义性和无坚不摧的气势。在小说的第二部第二十一章,作者以诗一般的语言,简练明快地展现了1789年7月14日法国革命群众攻打巴士底狱的壮烈情景,显示了这些衣衫褴褛的革命者——男人和女人——的英雄气概和无畏精神,特别是德法日太太率领的一群女革命者表现出巾帼不逊须眉的飒爽英姿。不管狄更斯是否意识到,革命者的节日也是受压迫最深重的妇女自由解放的节日,他能以赞颂的笔调生动地表现这一群革命妇女的英雄气概,确实难能可贵。

狄更斯以简练、急促的语句概括地描写了革命者攻打巴士底狱的场面,凸显了战斗的紧张、革命者豪迈的激情,其中有一段是这样的:

> 大炮,火枪,炮火和硝烟;但是,深壕,单座吊桥,巨大的石头墙,八座大塔楼,仍在。由于受伤者倒下,这人海稍稍移动了一下。武器闪着火光,火把熊熊燃烧,一大车一大车湿草冒着气,附近各处的掩体里在奋战,尖叫、齐射、咒骂,无限的勇气,轰隆声、碎裂声和嘎吱声,对这人海的深度进行着猛烈的试探。但是,深壕,单座吊桥,巨大的石头墙,八座大塔楼,仍在,而开酒店的德法日仍在开枪,经过四个小时的激战,大炮加倍烫了。②

作者在赞颂革命者的英雄气概和无坚不摧的力量时,也言简意赅地揭示

---

① 狄更斯《双城记》,石永礼、赵文娟译,人民文学出版社,1993年,第161页。
② 狄更斯《双城记》,石永礼、赵文娟译,人民文学出版社,1993年,第188页。

了革命者力量的源泉：饥饿和复仇。他们要向统治者讨回公道。正因为这些革命群众受到了强烈的复仇情绪的驱动，他们的革命行动便容易走向非理性，甚至变得疯狂。由此不难理解，作者所描写的这群革命者何以后来成为嗜血成性的暴徒。

但是，狄更斯并不认为法国革命是场悲剧。英国评论家杰斯特顿说得好："狄更斯在此书中以完美的、极致的笔触涉及了单纯的反叛和单纯的人性的整个观念。卡莱尔写了法国革命的故事，而把这故事写成单纯的悲剧；狄更斯也写了法国革命的故事，但完全不把革命理解为悲剧。狄更斯懂得，革命的爆发极少是悲剧，一般地说，它是对悲剧的避免。"①

2. 谴责革命者的残暴——苦难与救赎的第二回合

我们发现，作者在描写革命的后期时，先前兴奋、昂扬的情绪消失了，代之以阴郁、沉重、忧伤的情调。这是因为昔日救赎的对象——苦难深重的人们已扬眉吐气，摆脱了被奴役的地位，已成为社会的主人。诚然，革命还在继续，因为对敌斗争还未结束。但是，德法日太太和她的战友们与其说出于彻底革命的精神，不如说由复仇主义所驱使，要把贵族阶级斩尽杀绝，直至他们的末代子孙，哪怕是贵族阶级的叛逆者也不放过。更有甚者，他们滥杀无辜，以杀人取乐。于是在狄更斯眼里，德法日太太由先前可敬的巾帼英豪蜕变为面目狰狞的复仇女神。实际上在小说中，先前受到赞扬的革命者现在都变成了可怕的角色。与其说他们发生了蜕变，不如说是他们的本色在新的情况下的显现。前面说过，在狄更斯看来，饥饿和复仇是这些革命者力量的源泉，所以在革命过程中，他们的行动趋向非理性化、情绪化是难以避免的。

非理性化、情绪化的结果是对血腥暴行的嗜好。小说写到，当财政大臣富隆被抓到的消息传来时，革命者们沸腾起来了：

---

① G. K. 杰斯特顿《狄更斯创作欣赏与评论》，肯尼凯特股份出版社，1966 年，第 196 页。

男人们怒气冲冲，恨不得要宰人，从窗口上望一下，便操起他所有的武器，冲上街道，很可怕。妇女们那股狂劲，最大胆的人见了也会胆寒……这个富隆向挨饿的人说，他们可以吃草。……啊，天哪，我们受多大的苦啊。听我说啊，我死去的婴儿，瘦得一把骨头的父亲；我跪在这石头路上发誓，我要为你们向富隆报仇！……有不少妇女，叫骂得陷入狂乱，旋来转去，抓住自己的朋友又厮又打，直到激动得晕倒。①

富隆落在这群愤怒得发狂的革命者手里自然备受折磨，最后被吊死在路灯上，他的头还被割下来，挑在长矛上。不久，他的女婿也落得同样可悲的下场。

如果说革命者对压迫人民的统治者施以暴行是情有可原的话，那么，他们草菅人命、滥杀无辜的疯狂行为就难以博得人们的同情和谅解了。越到后来，革命者们的非理性的、盲目的复仇行为就越厉害。

马内特医生因曾经在巴士底狱遭受十八年监禁而赢得革命者们的尊敬。他为了营救被监禁的女婿奔走了四天四夜。在这期间，他目睹了种种暴行，例如，有一千一百个无法为自己申辩的男女老幼囚徒被杀害；所有政治犯都有生命危险，有的被群众拖到街上杀害。马内特医生被恐怖的情景吓得"用手蒙住眼睛，昏了过去"。

在狄更斯看来，这动乱时代被扭曲了的人性的一个突出表现，便是善恶混淆，正邪不分。所以，才会有一度充当英国密探的所罗门·普洛斯摇身一变，成为法国共和政府的狱吏约翰·巴塞的怪现象。这也毫不奇怪，德法日夫妇紧盯住艾弗勒蒙德侯爵的后裔——已背弃贵族家庭，放弃爵位和家产，到英国过自食其力生活的查尔斯·达奈。最后，他们坚决要把他送上断头台，甚至连他的妻子、女儿也不放过。要不是西德尼·卡顿献身营救，这一家子便都成了刀下鬼。而卡顿成为冒名顶替的冤魂，还有那个女裁缝也莫名其妙

---

① 狄更斯《双城记》，石永礼、赵文娟译，人民文学出版社，1993年，第194页。

地成为革命祭坛上的祭品。作者通过这些无辜蒙难的冤魂来揭示法国革命反人道的一面，表现变了味的苦难与救赎。"在《双城记》中，我们明显看出，狄更斯把艺术纳入救赎和让人类的生存变得有意义是可能的这个易于领悟的幻想中去的意图显得越来越强烈。在这里，历史演绎为神话，内在心理被赋予深刻的道德意涵，并且借助神学被转换为人道主义。这一努力使狄更斯接近基督教的正统思想。……他似乎期望一种更为伟大的神与人的结合，把艺术的素材转换为拯救的现实，通过人世完全可能的虚构的事实体现出来。"①

　　在狄更斯眼里，法国封建专制统治下的现实是黑暗的，而法国革命在带给受压迫的人民自由解放的喜悦的同时，又造成社会的混乱、灾难。暴力革命消除了旧的痛苦，却又产生了新的痛苦。其根源在于对立的双方都只替自己着想，彼此缺乏爱与同情心，因此，作者在表现人民革命这一主线时，还通过马内特医生、查尔斯·达奈以及西德尼·卡顿的行为倡导以爱心化解矛盾的圣诞哲学和利他主义精神。

　　小说通过德法日太太、马内特医生、查尔斯·达奈和西德尼·卡顿之间的关系，凸显了革命精神与人道精神的纠结。马内特医生在狱中所写的控告书，控告侯爵整个家族，直至其末代子孙。事有凑巧，侯爵家族后裔达奈爱上马内特医生的女儿露丝。当马内特医生得知此事并明白达奈已脱离贵族家庭时，他接受了达奈的恳求，支持他们相爱，并答应替达奈的身份保守秘密。这表明，出于爱与同情，马内特医生宽恕了达奈。而且达奈被拘捕后，马内特医生以巴士底狱囚徒的身份，四处奔走为他求情。但是，德法日夫妇以马内特医生在狱中书写的控诉书为凭据，硬是把马内特医生和他们凑在一块，充当达奈的控告者，因而革命法庭判决达奈死刑。这样，达奈就成为革命精神（或者不如说"复仇主义"）与人道精神纠结碰撞的焦点。这就给了西德尼·卡顿充当替罪羊的机遇。这个在生活中找不到自己位子的厌世主义者为

————————————————

① 约瑟夫·戈尔德《查尔斯·狄更斯——激进的道德家》，明尼苏达大学出版社，第231页。

了成全他所钟情的女子的幸福，为了让她所爱的人能活下来，毫不犹豫地献出自己的生命——以他和达奈相貌酷似的特殊条件，代替他上断头台。作者赋予卡顿的利他主义以崇高的宗教意义："耶稣对他说，复活在我，生命也在我。信我的人，虽然死了，也必复活。凡活着信我的人，必永远不死。"① 作者引述这段经文，意在表明卡顿虽死犹生，因为他的自我牺牲精神换来了他所爱的人的幸福；他以他的生命为代价，解除了他所爱的人全家的苦难，他的伟大的精神将永远鼓舞着活着的人们，他的形象将永远活在人们心里。相比之下，德法日太太偏执的复仇主义显得多么渺小、卑下！

这样，《双城记》的主题就超出了历史的、政治的意义，而提升到宗教的、道德的层面，即以爱和同情对抗残暴，以利他主义对抗利己主义。在作者看来，革命绝非复仇；革命者若缺乏爱与同情心，单纯以暴抗暴，那么，苦难无尽头，救赎便变得虚妄，甚至成为对革命的否定。

三、迷途者的救赎

狄更斯晚期的代表作《远大前程》是一部描写迷途者救赎的作品。从这部作品看来，狄更斯对金钱世界与人性化世界的对立较量，已不像先前一样持乐观的态度了。在《董贝父子》中，甚至在《艰难时世》中，狄更斯极其重视下层社会人物善良、仁慈的品德对社会非人性化的抗衡作用，认为连深陷拜金主义的资产者在经受挫折之后，也能接受来自善良人物的情感教育，变得通情达理。而现在，他表现的是截然不同的情景：下层社会的年轻一代成为金钱势力的俘虏，变得势利自私，背弃穷困的亲人，一心往上爬。小说《远大前程》主人公匹普作为一个迷途者，受到作者的谴责，但同时也受到作者的怜惜和关爱。在狄更斯看来，匹普走上人生的歧途固然可悲、可叹，但

---

① 狄更斯《双城记》，石永礼、赵文娟译，人民文学出版社，1993 年，第 327 页。

他在碰壁后，迷途知返，却又是可喜的、可贵的。狄更斯对匹普迷途的揭示对年轻读者有警示作用，匹普的觉醒新生更予人以启示、鼓舞。

（一）匹普的蜕变

匹普出生在乡下一个贫困的家庭里，父母双亡，由年纪比他大许多、性情暴躁的姐姐一手拉扯大。他姐姐就像他的母亲，但她只关照他的生活，却没能给他母爱的温暖。倒是做铁匠的姐夫乔·葛吉瑞对他非常慈祥、关爱。当姐姐脾气发作起来，对匹普又骂又打时，乔总是护着匹普，因此常常免不了挨妻子的揍。匹普成长在这样的环境里，既善良、诚实，又变得有些忧伤、抑郁，甚至喜欢幻想。小时候，他在教堂墓地闲逛时，遇见饥肠辘辘、衣衫褴褛、戴着脚镣手铐的逃犯阿伯尔·玛格韦契。逃犯用恐吓、命令的口气责令匹普送食物和一把锉刀给他。匹普一一照办了，并且遵照逃犯的吩咐，绝对保守秘密。这件事对匹普后来的生活产生了重大的影响。

假如后来没有发生那些奇异的事件，匹普长大后，也许就跟姐夫干打铁的营生，成为一名敬业、善良的手艺人。可是造化捉弄人，在他成长过程中，发生了对他至关重要的两件事。

第一件事是镇上一个家境富裕、性格极其古怪、过着隐居生活的老小姐郝薇香雇佣匹普去当她的玩伴。这不仅让匹普见识了另一个世界——一个阴郁、孤寂，如同女巫居住地的世界，而且让匹普有机会结识郝薇香小姐的养女——一个年纪与他相仿，美丽、任性、泼辣的女孩艾丝黛拉。老小姐不仅让她接待匹普，还让她和他一起打牌、游戏。艾丝黛拉看似对他亲热，却不时揶揄地，嫌他粗俗，说他的一双手那么粗糙，穿的靴子那么笨重。有一次她甚至还甩他巴掌，弄得他伤心流泪之后，又嘲笑他哭鼻子。经过一段时间的接触以后，艾丝黛拉占有了匹普的心灵，唤醒了他的爱情，同时使他产生了揪心的自卑感。先前，匹普和邂逅的孤女碧蒂打交道时，从未有过这样的感觉。

为了赢得艾丝黛拉的芳心，匹普决计改变自己的面貌。首先，他决心学文化。本来他在教堂执事伍甫赛的姑奶奶办的夜校上学，可那位老太太一上起课来就打瞌睡，尽由学生们闹腾，所以匹普学了一阵也不见长进。倒是帮她经办小食杂店的那个小姑娘碧蒂还有点认字记账的本领。匹普要求碧蒂把她的本领教给他。在碧蒂耐心帮助下，匹普进步很快。他还是按照约定的时间，每星期都去沙堤斯庄屋给郝薇香小姐当玩伴。过了些日子，郝薇香小姐出面让匹普和匹普的姐夫签订师徒合同，并且给了乔一笔匹普的投师费，说那是匹普自己这几年挣下的。匹普以为郝薇香小姐有意撮合他和艾丝黛拉。一想到这点，他对自己作为铁匠学徒的身份就觉得委屈。打铁时，他每每担心艾丝黛拉会从铁匠铺的窗口探进头来，看他干活时的粗俗模样。他有时仿佛在炉火中看见艾丝黛拉俊俏的脸庞。他对自己的处境越来越不满。事有凑巧，在匹普给乔做学徒的第四年，有个星期六晚上，正当匹普跟着乔在村里的"三船仙酒家"听伍甫赛先生读报时，一个匹普曾在沙堤斯庄屋黑暗过道里遇见过的奇怪的陌生人——他自称是伦敦来的律师，说他受人之托，要匹普和乔解除师徒合约，到伦敦去接受绅士的教育，过绅士的生活。

匹普万万没有想到自己的梦想成真了，这喜讯简直让他高兴得晕晕乎乎，如入仙境。到了伦敦以后，一切事情都由他的匿名恩主的代理人贾格斯律师照应。他跟着一个为人忠厚善良、颇有学问，专给年轻学子教补习课的朴凯特先生学习文化知识。他和老师的儿子赫伯尔特一同住在巴那尔德旅馆里。

所谓绅士教育，除了学习文化知识之外，就是学习上流社会应酬娱乐之类的玩意儿。没多久，匹普就适应了这一套生活，简直如鱼得水，铁匠铺的生活，已恍如隔世。不料有一天，他接到碧蒂替乔写的一封信，说是乔不久要到伦敦来探望他。一想到彼此身份的悬殊，匹普就对这事感到非常为难、懊恼。乔来到他的公寓房后，感到局促不安，连帽子都不知道放在哪里好。见这情景，匹普也难免感到愧疚，意识到乔之所以惶恐不安，多半是因为自己待他不够随和的缘故。而乔待他却依然是一片至诚，乔说，他此番来伦敦只是替郝薇香小姐传话，她很乐意见见匹普。他临别时表示："你和我两个人在伦敦坐不到一块儿，在哪儿都坐不到一块儿，除非到了家里，大家就成了自己人，彼此都了解。"① 匹普为了见艾丝黛拉，特地回了一趟老家。他并没有住在乔家里，而是住在镇上的饭店里。他和艾丝黛拉会面后，艾丝黛拉对他说："……从前能和你做朋友的，现在你不能再去和他们做朋友啦。"果然，匹普没去见乔，不过事后他感到痛心，觉得"对乔避而不见是多么卑鄙无耻"。和艾丝黛拉会面后，匹普愈觉得，郝薇香小姐就是他的匿名恩主，她有意撮合他和艾丝黛拉。可是高傲的艾丝黛拉什么时候才会属意于他呢？眼下，匹普充其量是个"准绅士"，可他在奔向自己心目中的"远大前程"时，已和一向善待他、有如慈父的乔渐行渐远了。

（二）匹普的幻灭

匹普过了二十三岁生日之后，和朴凯特解除了师生关系。在一个狂风暴雨的晚上，他的匿名恩主来到他家，原来恩主就是匹普小时候提供过帮助的逃犯阿伯尔·玛格韦契。当年他被官兵捉拿归案后，判处终身流放澳大利亚。他决心挣上一笔钱，把曾经善待他的匹普培养成为上等人。如今看见匹普成了一个英俊的受过良好教育的绅士，他非常高兴。匹普看见他，先是感到惊恐，然后觉得耻辱、苦恼：原来自己的恩主是个逃犯！为了这个逃犯，他竟抛弃了乔和碧蒂，而郝薇香小姐不过在耍弄他，她并不是要把艾丝黛拉许配给他！玛格韦契要求留宿，并且声明，他判了终身流放，不许回国来；假若被官府发现，就得判处绞刑。匹普只好安排他住下。待赫伯尔特回来后，匹普和他商量，找一个既安全又僻静的处所安顿玛格韦契。真相大白后，匹普责问郝薇香小姐为何要捉弄他，一直故意引他往错里想。她竟说，是匹普自己做了圈套往里钻，她可没做圈套来害他。匹普曾公开向艾丝黛拉表白爱情，可被她拒绝了，她责怪他自作多情，她说，她并没有把他放在心上，不久她就要嫁给花花公子珠穆尔了，不过她绝不会让他幸福。这样，匹普的期望完

---

① 狄更斯《远大前程》，王科一译，上海译文出版社，1979年，第269页。

全破灭了，他的"远大前程"像美丽的肥皂泡般一下子化作乌有。

过不多久，匹普经过精心策划、苦心安排，准备把阿伯尔·玛格韦契送出国去。可是，他们的计划被玛格韦契的宿敌康佩生识破了。正当玛格韦契准备登上一艘外轮时，康佩生引来了法警，逮捕了玛格韦契。他被投进监狱，判了死罪，不久病死于狱中，他的财产全被没收充公。匹普从幸运的顶峰跌落下来，又成了穷光蛋。

（三）匹普的救赎

匹普的救赎既不同于得到善心的富人的拯救，脱离了苦海，过上幸福生活的奥利弗，也不同于在善良的、有钱的亲戚庇护下，得以摆脱孤苦伶仃的境遇，健康成长的大卫·科波菲尔。匹普的救赎，有其独特的方式和意义。

匹普从幸运的高峰上摔下来后，何去何从？有两种选择：一种是，从此一蹶不振，消极颓唐，沿着沉沦的路子一直滑下去，变得更加卑鄙无耻；另一种是觉醒过来，总结教训，振作精神，弃旧图新，打造新的健康的人生。匹普选择了后一种道路。狄更斯描写匹普的转变、新生，是符合人物性格发展规律的，是合情合理的。匹普秉性善良、纯朴，从小受到他的姐夫乔·葛吉瑞的调教、影响。他萌生嫌贫爱富和往上爬的思想，实属偶然，坏的环境对他的影响并不深，他往邪恶的路径走得不远；而且每往下滑一步，都引起良心的责备，说明他的善良本性还一直居于主导地位。所以，"发迹"的黄粱梦破灭后，回归原来的生活道路并不难。这在作品中可以找到有力的证据。狄更斯采用一贯的富于象征意味的手法，描写匹普在处理完玛格韦契的后事以后，已身心交瘁，大病了一场。这场病是一种合情合理的"事实"，又具有主人公弃旧图新、脱胎换骨的象征意味。匹普病倒后，乔赶来服侍他，还替他还清了一大笔到期的债务，直到匹普已基本复原时，乔才离去。乔从老家赶来照料匹普，既是一种合情合理的"事实"，又蕴含象征意味：正当匹普在灵魂中展开新与旧、善与恶的交搏时，善良、品德高尚的乔助了他一臂之力，不仅在物质上，而且在精神上给了匹普巨大的支持，无形中增强了匹普弃旧图新的决心和勇气。所以匹普在病愈后，才下决心，回老家寻找生活的归宿，准备与纯朴的碧蒂重续旧情。要不是碧蒂已先走了一步，和已成鳏夫的乔结为夫妇，悔悟后的匹普倒是和碧蒂般配呢。考虑到在老家难以立足，匹普便下决心到海外寻找出路：他毅然到东方去投奔事业有成的好友赫伯尔特。果然，若干年后，匹普成为一个品格高尚、财力雄厚的实业家。他重访故里时，和备受磨难，已成为寡妇的艾丝黛拉不期而遇，两人尽释前嫌。

匹普的救赎之所以不同于奥利弗的救赎，在于他的救赎不是生活境遇的改变，而是灵魂的拯救。要说匹普有一个拯救者，那就是乔·葛吉瑞。尽管匹普发迹后，受到邪恶环境的影响，滋长了不良思想，和乔生分了。但是，这个品德高尚的铁匠在他的心田里一直占据牢固的位置，乔是他的潜在的心灵导师。匹普从幸运的高峰上摔下来后，之所以没有沉沦，就因为乔在精神上支撑着他。诚然，客观环境的变化也促使他狠下决心，重新打造人生，但是，假如他的心灵没有依托的话，他不可能有那么大的决心和勇气。

正因为匹普的救赎是灵魂的救赎，关系到心灵的航向、生活的道路问题，所以，在社会非人性化日益严重的情况下，它具有特别重大的意义。也就是说，通过匹普的形象，狄更斯提出了拯救受拜金主义、利己主义思想侵蚀的年轻一代的问题。匹普的形象对中下层社会的年轻一代特别有警示作用：人们在为自己的前程奋斗时，一定要有自强、自立、自尊的精神，千万别使自己成为金钱势力的俘虏！

第五章　混沌世界的人生理想

——在现实与幻想的碰撞、融汇中探寻人生理想

作为一个人道主义者和浪漫现实主义小说家，狄更斯一生的创作留下了他探寻人生理想的踪迹；而在这踪迹中可以辨认出他走笔于现实与幻想之间的印记。狄更斯的人道主义理想与他的浪漫情怀互相激荡着，生发出种种绚丽的奇思妙想，但是对现实的执着使他的理想不至于成为虚无缥缈的幻想。我们在他的创作中，不仅清晰地看到一个有远大抱负的人道主义者在现实与幻想的碰撞、融汇中探寻人生理想的艰辛历程，而且感受到他的痛苦与欢乐。

一、匹克威克和布朗洛的世界：狄更斯早年营造的"乐园"

当狄更斯创作《匹克威克外传》和《雾都孤儿》时，还是个二十来岁的小伙子。年纪轻轻，他在事业上已有良好的开端，生活也已打下良好的基础，他对自己的才华和前途有充分的信心，正雄心勃勃地迈开大步往前冲。他不仅希望自己在文学事业上建功立业，而且想成为衣食无忧的中产阶级的一员。说实话，那时他还太年轻，虽然已具备广博的生活知识，了解伦敦各行各业和各阶层的生活，甚至对伦敦市的大街小巷、名胜古迹都了如指掌，但他毕

竟涉世不深，对社会发展的前景和现实的深层次矛盾还不很了解。尽管他也看到一些社会问题，但他对善良的资产者、中产阶级的优秀人士寄予厚望，不仅把他们看作快乐的、幸福的世界的缔造者，而且希望他们成为主持社会正义、替弱势群体排忧解难的神仙教父（母）。

（一）匹克威克和他的社友们

《匹克威克外传》主要描写退休商人、学者匹克威克和他领导的"匹克威克社"几个成员出外游历考察的故事。尽管作者以调侃、幽默的笔触描写这些绅士可笑的弱点和习性，表现他们在游历、考察过程中闹的种种笑话，但是，透过他们各人可笑的弱点和习性，我们看到他们都是有教养、有操守、善良可爱的绅士。正因为作者以喜剧的形式，亦庄亦谐地展现了这些绅士的言行举止中既可笑又可爱，甚至可敬之处，便让读者看到了中产阶级快乐、和谐生活的缩影。

在匹克威克社成员中，最引人注目的自然是社长匹克威克。这是个可敬、可爱而又可笑的形象，他五六十岁，胖乎乎的身子穿着紧身裤，圆滚滚的笑脸上架着闪光的眼镜。他因不熟悉世情，性格又比较直率，在平日生活里便经常闹笑话。但他不只是一个滑稽可笑的角色，他身上还有可敬、可爱的另一面。他正直无私，爱憎分明，疾恶如仇，非常善良，富于同情心。当他发现一度赢得他信任和尊敬的金格尔不过是个招摇撞骗、为非作歹的江湖戏子时，便毫不留情地和他做斗争。在金格尔引诱华德尔的妹子来雪尔私奔后，他立即义不容辞地与华德尔乘车前去追赶，即使半路上车子坏了，他们仍然坚持徒步前进，直到赶上金格尔，制止了这桩不名誉的婚姻。匹克威克不仅疾恶如仇，而且善良仁慈，很有同情心。当他在负债人监狱见到处于贫病交迫窘境，又有悔改之意的金格尔时，恻隐之心油然而生，不因他以前有过错而对他眼下的处境幸灾乐祸，反而帮他还清欠债、解除监禁。匹克威克又根据金格尔本人的意愿，帮助他前往西印度群岛另谋发展，重新做人。而当匹克威克得知诉讼律师道孙和福格利用巴德尔太太对他的误会，想从他身上榨取钱财时，他却毫不屈服，表示宁愿瘐死于狱中，也不给这帮家伙半便士！

匹克威克对待社友诚恳热情，而又严格。他对朋友的缺点决不姑息。年轻的社友文克尔爱出风头、华而不实，屡次出洋相，匹克威克便坦率而严厉地批评他。但当朋友遇到困难需要他帮忙时，他总是鼎力相助。当他得知文克尔的婚姻遭到父亲反对时，亲自去见老文克尔，劝他别对年轻人太专制，不料遭到老文克尔的粗暴拒绝。但匹克威克并不气馁，耐心等待他的转变。后来，老文克尔终于想通了，高兴地赶来参加儿子的婚礼。

匹克威克和他的社友们在游历考察过程中，尽管受到一些挫折，有的人甚至不时出乖露丑，闹了不少笑话，吃过不少苦头，但是，他们生活得很愉快，度过了快乐、幸福的时光，因为他们彼此坦诚相见，平等待人，互相尊重，互相关心。年轻的狄更斯在和出版商签订小说创作的合同时，原本要写一群绅士在游历中滑稽可笑的故事，可是他在不经意中展现了自己深层意识中所倾慕的中产阶级生活幸福、快乐的一面，这恐怕是他始料未及的。

（二）华德尔和他的快乐之乡——丁格莱谷

在匹克威克和他的社友们的游历考察中，最令人难以忘怀的是他们在丁格莱谷马诺庄园度过的快乐时光。庄园的主人是个商业化的地主乡绅，他热情好客，和匹克威克意趣相投，交谊甚笃。匹克威克和他的朋友们两度造访马诺庄园，快乐的气氛、喜剧的色彩一次比一次浓郁。

匹克威克和他的朋友第一次到庄园做客时，不仅受到主人热情的接待，而且被这里优美的环境深深吸引。当晚，大伙享受佳肴美酒之后，聚集在古旧的客厅里，围着火炉开心地交谈，和谐欢乐的气氛使宾主都感到心情舒畅。不过，在这田园诗般的情境里，发生了一件不愉快的事：第二天早晨丰人领大伙到村子里打猎时，文克尔不慎打伤了科普曼的左肩，伤势虽不重，但在庄园里引起了不小的轰动。而与匹克威克一行同来庄园做客的江湖戏子金格尔诱拐华德尔的大龄妹子来雪尔私奔，更是这快乐世界里一个不和谐的杂音。

匹克威克一行第二次造访丁格莱谷马诺庄园时，气氛更热烈，因为这时正赶上圣诞节，又恰逢华德尔的女儿举办婚礼的喜庆日子。宾主间深厚的友谊和新婚夫妇浓浓的情意使节日的气氛增添了迷人的情趣。

婚礼是圣诞节欢乐的前奏，而圣诞节那天，人们的欢乐情绪达到了高潮。庄园主人在宽敞的厨房的天花板中央挂上一株粗壮的槲寄生树枝。在平安夜，客人和主人，男士和女士，长者和年轻人全聚集在槲寄生树枝下面。男士选择自己中意的女士亲吻；那些对这风俗并不热衷的年轻女士，叫嚷着、挣扎着往角落里逃避，用尽一切方法拒绝男士的亲吻；不过她们并不离开厨房，当她们无法再抗拒时，就乖乖地让人吻了。一阵骚乱过后，几位年轻的女士冲到匹克威克跟前，争先恐后地用手臂搂着他的脖子，热烈地吻他的左颊；不待匹克威克回过神来，她们一个个都吻过他了。过了一会儿，匹克威克被人用丝手巾扎住眼睛，玩捉迷藏游戏。不光是他，其他人也参与这项活动。除了捉迷藏，大伙还玩别的游戏。人们玩腻了便停下来，在那烧着大块木材的大火炉旁坐下来，吃丰盛的晚餐、喝香槟酒。主人华德尔兴致勃勃地用圆润洪亮的嗓音毫不费力地唱起了圣诞颂歌。唱完歌，看大家意犹未尽，主人又讲了一个"妖怪带走教堂杂役"的故事。

把圣诞节的欢乐推向高潮的是圣诞节那天的滑雪运动。无论是老年人还是年轻人，都尽情地玩乐。在文克尔出洋相之后，匹克威克自己也出了问题。他滑雪倒是滑得挺不错，但不幸的是湖上的冰面坼裂了，他掉进了冰水中，人们费了很大的劲才把他捞上来。女士们争相递围巾给他披上。他遵照人们的嘱咐，一路快跑回家；一到家他便钻进暖融融的被窝里去。

当匹克威克掉进水里时，科普曼情急之下用最快的速度奔向田野向人们呼救，拼命大叫"失火了"！这类滑稽可笑的场面使人们对这欢愉的时刻留下更深刻、更美好的印象。英国批评家杰斯特顿认为，《匹克威克外传》"整部作品的情调是诙谐风趣"①,狄更斯要在这部作品中,"尽量展现他的品格和才华"②。事实确是如此。当年那个意气风发、豪情满怀,内心充满幻想和创造欲望的年轻作家,要表现快乐的英格兰,当然他不是迷恋历史上那个古老的英格兰,而是要表现一个令他心驰神往、生机勃勃、幽默风趣、快乐和谐,既富于传奇色彩,又充满喜剧精神的世界。匹克威克和他的社友们以及善良热情的乡绅华德尔和他那个快乐之乡丁格莱谷就是令他神往的传奇世界,是他心目中快乐的英格兰的缩影。

(三) 布朗洛先生和梅丽太太:救助呵护可怜无告者的神仙教父教母

在《匹克威克外传》之后问世的《雾都孤儿》,虽然是一部严肃的社会小说,在思想情调与风格上与前者迥异,但从追求人生理想方面来看,二者是紧密相连着的。因为《雾都孤儿》中的善良绅士布朗洛先生和梅丽太太是生长在贫民习艺所、被诱拐进贼窟的可怜无告的奥利弗的救助者,他们的舒适、温馨的家对这个在苦水中泡大的少年说来是人间天堂,是他做梦也不敢想的乐园。

从善良、仁慈、富于同情心、乐于助人方面说,布朗洛先生和梅丽太太与匹克威克是同一圈子里的人,他们都是狄更斯早期理想中的"乐园"的营造者。

布朗洛先生和梅丽太太对奥利弗的爱心是无与伦比的,就好像奥利弗是他们的亲生儿子似的。而布朗洛的女管家对奥利弗的慈爱也着实令人感动。布朗洛先生推己及人,以自己的善良、正直之心去猜度奥利弗,相信他是个善良、正直、值得信任的孩子,所以,才委派他送钱和几本宝贵的书给书商。布朗洛这一大胆的举措,体现了他对人的善良本性的坚信。这种人道情怀胜于对一个可怜无告者物质上的支持,情感上的抚慰、怜悯,因为那种关心、

---

① G. K. 杰斯特顿《狄更斯创作欣赏与评论》,肯尼凯特股份出版社,1966 年,第 23 页。
② G. K. 杰斯特顿《狄更斯创作欣赏与评论》,肯尼凯特股份出版社,1966 年,第 17 页。

抚慰，充其量只是设身处地产生的情感，而前一种情怀却基于把自己和对方都提升到大写的人的平等地位上。小说中这个细节，从不为狄更斯的研究者所注意，窃以为这是狄更斯基于伟大的人道情怀的神来之笔。

梅丽太太对奥利弗的同情、信任、尊重也是无与伦比的。试想，奥利弗身上的枪伤已确证他是入室盗窃的盗贼之一。奥利弗冒着九死一生的危险上门求助，梅丽太太收留了他，并且对他的身份严格保密，不让官府来捉拿他。梅丽太太明知奥利弗是一名窃贼仍善待他，并且对他毫无疑虑，不加提防。她像布朗洛先生一样，把奥利弗当作一个大写的人来信任、尊重。这是狄更斯理想中的神仙教父教母的高贵品格、伟大情怀。有了这种品格和情怀，他们就不仅为受难者提供了庇护，而且营造了精神的家园。

二、"乐园"的丧失：《老古玩店》的象征意味

稍后问世的《老古玩店》与前两部小说大异其趣。我们要把耐儿的命运放在狄更斯创作对人生理想探寻的轨迹上来加以探讨。

小耐儿和她的外祖父在带有神奇色彩的老古玩店里一直过着宁静、平和、安详的生活。这个老古玩店既是他们的居所，又是他们的心灵得以依托的乐园。如今，他们被蛮横的债权人奎尔普撵出居所，不得不逃亡、流浪，这意味着他们丧失了"乐园"。

在《老古玩店》之前的几部小说里，善良的资产者是拯救可怜无告者的神仙教父（母），他们营造了令人神往的"乐园"。如今，"乐园"被凶神恶煞似的妖魔霸占了，变成了令人胆寒的魔窟。小说中有个奎尔普在耐儿的绣床上得意洋洋地打滚的细节值得玩味，它表示昔日富于神奇意味、有如仙境的老古玩店被妖魔化了。

奎尔普这个人物是狄更斯驰骋于幻想世界的产物。"奎尔普被设想为耐儿所居住的梦幻世界的一分子；他酷似来自童话中的家伙……从他近乎魔术般

的活动能力和把握环境的力量来看，他是个超人。"① 奎尔普这个形象在狄更斯创作的人物画廊中的确是非常突出、耐人寻味的一个，是狄更斯具有超人的想象力和创造力的一个例证。问题是，狄更斯创造这个"超人"的动因是什么？是纯粹出于幻想的游戏，还是像有的批评家说的是"狄更斯自己的写照，是根据他的岳母的批评的眼光来勾画的"②？诚然，这些说法有一定的道理，不过，笔者倾向于认为，奎尔普形象是作者对社会非人性化势力一种戏谑式的表现。狄更斯以幻想、夸张、变形手法来描绘奎尔普的形象，把他塑造为一个既狠毒、狡猾、极端任性，又诙谐、滑稽、极端情绪化的家伙。他还是个虐待狂，常常像猫捉老鼠一样，恶作剧地折磨他的妻子和其他人。当他的诡计奏效，对方被折磨得极其痛苦时，他却高兴得在地上打滚。他具有超乎常人的能力和习性："吃煮鸡蛋，连蛋壳一齐吞；吃大龙虾，头尾都不掐掉；把烟草和水菫拿来一道嚼，而且特别津津有味；喝滚烫的热茶，眼睛都不眨一下；咬住叉子羹匙，一直把它们咬弯……"③ 由此看来，与其说奎尔普是个"超人"，不如说是个"非人"，因为从他身上看不到一丝人性。狄更斯塑造奎尔普这个形象，似乎是要表现资本主义发展所引发的非人性化现象。也就是说，他觉察到，资产者未必都像他先前看到或想象的那样善良、仁慈，相反，有的人是冷酷无情的恶棍。但是，他一时还不明白，何以有的资产者会变得那样冷酷无情。他便以戏谑的形式、夸张的手法，把他对现实的感受倾注于一个畸形、怪诞的人物身上。

无独有偶，有奎尔普这样一个恶魔式的非人性化形象，就有作为其对立面的像耐儿这样天使般善良的形象。因为《老古玩店》是"十足的虚构作品，而不是写实的作品，不管是奎尔普，还是耐儿都不是一般的人物，他们与其

---

① 格拉汉·戴尔德雷《查尔斯·狄更斯与小说的形式：狄更斯创作中的虚构与叙述》，新泽西，巴恩斯与诺布尔丛书，1986年，第44页。

② 约翰·卡雷《凶暴的肖像》，伦敦，1973年，第25页。

③ 狄更斯《老古玩店》，许君远译，上海译文出版社，1998年，第50页。

说是写实的，不如说是幻想的、寓言式小说的形象"①。

耐儿和她的外祖父的流浪带有《天路历程》（17 世纪英国作家约翰·班扬所著）所展现的朝圣式旅行的意味。不过，耐儿是在丧失了"乐园"之后，为了躲避那个迫害她的恶魔才流浪的。她的旅行只有一个目的：寻找一个安全、宁静的地方，让自己的身心有所依托。她的目的终于达到了，不过，在她达到这样一个理想的境地时，她永远安息了；他的外祖父也随她去了。小说描写的种种情景暗示：耐儿找到了新的"乐园"，不过那是在世界的彼岸。这是否意味着：人世间的"乐园"失落之后，就难以重建呢？看来，至少那时候狄更斯还不这么认为，因为他后来的创作表明，他不遗余力地探寻人生理想，目的就是要重建他想象中的"乐园"。

三、重建"乐园"的幻想与幻想的破灭

狄更斯在 19 世纪 40 年代已开始觉察到，资本主义是产生利己主义的根源。他还认识到，这种利己主义使人与人之间的互相信任和心灵的真诚交流成为不可能，因此在他看来，利己主义的猖獗是他早年所向往的"乐园"消解的根本原因。他在《马丁·瞿述伟》中便对利己主义的产生及其特点作了深刻的揭示。

狄更斯是个富于人道主义理想的现实主义者，他不仅要揭示社会偏离人性的原因，而且要探寻解决的办法。他在 40 年代初创作的圣诞故事《圣诞颂歌》就是他致力于"对偏离人性的原因和解决办法的探寻"最具有代表性的一部力作。

在《圣诞颂歌》中，作者对斯克鲁奇偏离人性的原因作了深刻的揭示。

---

① 格拉汉·戴尔德雷《查尔斯·狄更斯与小说的形式：狄更斯创作中的虚构与叙述》，新泽西，巴恩斯与诺布尔丛书，1986 年，第 44 页。

作者通过斯克鲁奇的"非人性化"表明，斯克鲁奇打从青年时代起就沉迷于发财的欲望，他的生活目的就是发财、攒钱，他的散发着铜臭味的思想性格和圣诞精神格格不入。他更不理解穷人为何对圣诞节怀有深厚的感情。"狄更斯一生在艺术上的奋斗就是在小说中表现个人拯救的形象，他把这看作实现更人道的社会的唯一希望。"①

在狄更斯看来，尽管斯克鲁奇大半生都一心钻在钱眼里，但他毕竟出身穷苦，年轻时是个自食其力的劳动者，只要对他动之以情、晓之以理，有可能让他醒悟过来。但是若采用写实手法表现斯克鲁奇思想上、情感上、心理上的转变，不仅费事，而且不容易写好。狄更斯便采用梦幻与象征手法，让斯克鲁奇以前的合伙人马莱的鬼魂对他现身说法，再让三个精灵在不同时间里，既让他重温小时候与亲人之间可贵的纯朴真挚的感情，也让他看一看眼下他的外甥和办事员同家人一同庆祝圣诞节的动人情景，再让他看一看他即将到来的晚年可悲的下场。小说通过这些梦幻的情景，对斯克鲁奇产生振聋发聩的作用，使他一觉醒来，心里豁然开朗，获得了新生。获得新生的斯克鲁奇实现了"人性的复归"，他现在是崇奉圣诞精神的善良仁慈的资产者。他想到的第一件事是买一只特大的火鸡送给他的办事员。圣诞节第二天，办事员上班迟到，他不仅不责备，还表示要给办事员提薪。显然，《圣诞颂歌》意在表明，资产者有可能在圣诞精神的感召下实现人性的复归，从而重建"乐园"。当然，这只是作者的主观愿望，甚至是幻想。正因为它是幻想，所以作者采用梦幻、象征的手法来表现。

当狄更斯稍后面对严峻的阶级斗争现实时，他的美好的幻想便像肥皂泡似的破灭了。

在《艰难时世》中，尽管资产者葛擂梗在遭受一连串的生活挫折后，不再那么呆板地坚持他的"事实哲学"，而表现出一定的灵活性，但这并不表明

---

① 约瑟夫·戈尔德《查尔斯·狄更斯：激进的道德家》，明尼苏达大学出版社，第16页。

他已放弃"事实哲学"，更没有实现人性的复归。而另一个资产者庞得贝，在听了工人斯蒂芬的诉求之后，不仅没对他厂里工人"一团糟"的生活表现半点同情，反而诬赖他不知足，对生活提出过分的要求，声称他厂里的计件活儿是最轻松的，报酬是最好的，对斯蒂芬的仁慈说教嗤之以鼻。尽管斯蒂芬不同意工会采取罢工斗争的方式，但庞得贝听了他对生活的抱怨和诉求之后，把他和主张罢工斗争的工人看作同样不安分的危险人物予以解雇，并且诬赖他偷窃银行里的钱，从而迫使斯蒂芬不得不离开焦煤镇，到外地谋生，结果途中不慎掉进废矿井身亡。斯蒂芬的悲剧宣告了狄更斯重建"乐园"的幻想的彻底破灭，并且表明，仁爱精神不能改变资产者的阶级本性，更不能消弭阶级矛盾。

四、独善其身：也算一种人生理想

到了19世纪50年代，狄更斯看到，贵族资产阶级政府拿不出像样的改革措施来，社会问题成堆，民怨沸腾，一场声势浩大的社会斗争随时都有可能爆发。他寄希望于社会改革，而不赞成用革命方式改造社会。但是他在现实中找不到力挽狂澜的改革英雄，所以，他后期的创作没有塑造具有震慑力的理想人物，他笔下的正面形象大多是偏安一隅，无可奈何地以"独善其身"作为自己的人生理想的人，这恐怕也是狄更斯自己心态的写照。

在《荒凉山庄》中，我们看到，大法官庭已使整个社会陷于混乱与灾难之中。贾迪斯控贾迪斯案马拉松式的审理过程，使无数希望能从审理结果获得利益、发财致富的人家破人亡，有的人不堪忍受遥遥无期的等待而发疯，甚至丢了性命。"荒凉山庄"的主人约翰·贾迪斯的叔祖早年就因投身诉讼失败而自杀，约翰·贾迪斯吸取了先辈的教训，采取不介入的态度，而且劝告他的年轻的亲戚也别介入，但那个年轻人不听劝告，积极投身诉讼，结果丢了性命。约翰·贾迪斯不仅对待家族的经济诉讼案件采取"明哲保身"的态度，而且在立身处世上心胸坦荡。他常在他称作"牢骚室"的小房间里和他的年轻的女管家伊丝特·萨姆森交流思想。他看出萨姆森对他无限敬爱，有意向他托付终身，他也敬重她、爱她。但由于年龄相差过大，他觉得他们不般配，便婉言暗示，他们宁可做亲密的忘年之交。他看不惯那些哗众取宠、招摇撞骗，却不做实事的慈善事业的投机分子。他关心周围的穷人，做一些力所能及的救助工作。

在立身处世方式上和贾迪斯相似的是伊丝特·萨姆森。她是德洛克夫人与她年轻时的情人霍顿队长的私生女。孩子出生后，便交由德洛克夫人的姐姐巴巴莉小姐抚养。从此母女咫尺天涯，未再谋面。巴巴莉小姐是个虔诚的基督教徒，认为这个私生女是罪恶的化身，宁可不生下来。孩子渐渐长大成人，做姨妈的有时含沙射影地说到她的可悲身世，却又不明说，萨姆森也不敢多问，但猜出几分自己的身世不光彩。她便老老实实做人，认认真真做事。她在女子学校里取得优异的成绩，毕业后一度成为助理教师，后经人推荐，到"荒凉山庄"做约翰·贾迪斯两位年轻的远房亲戚的伴友。

萨姆森的特点是善良仁慈、克己待人、乐于助人。住在"托姆独院"的孤儿乔得了病，又失去了工作，无处安身。她把他接到"荒凉山庄"，可乔只住了一个晚上便逃走了。接待乔的小女仆染上了乔的病，萨姆森细心照料她，直到她痊愈。可萨姆森从小女仆那里染上了病，不久虽然痊愈了，但已毁容。本来俊俏的脸庞留下点点疤痕，可萨姆森无怨无悔。一个偶然的机会，萨姆森在切斯尼山庄的树林里散步时，遇见她的生母德洛克夫人。母女相认，悲痛喜悦交加的心情自不待说。萨姆森对生母多年来从未关心照料自己，毫无责怪之意，倒同情她身为贵族夫人的为难处境。

在《荒凉山庄》里，能在大雾与泥泞的世界撑起一片蓝天的只有约翰·贾迪斯与伊丝特·萨姆森这两个心如明镜的善良人物。

第六章　人道眼光审视下的爱情与婚姻

　　维多利亚时代（1837—1901 年）的英国人都很注重家庭生活，家庭被看作是生活的中心，甚至被喻为“安全的港湾”①。所以，毫不奇怪，爱情与婚姻在狄更斯的创作中占有极其重要的地位。在狄更斯的人道主义眼光审视下，现实中形形色色的爱情与婚姻被表现为一出出人生悲喜剧，有的受到谴责，有的受到赞扬，有的受到哀怜。不管怎样，作者在维多利亚时代的社会风尚制约下，对爱情与婚姻中的种种问题做了大胆而深入的揭示，有的发人深省，有的则令人震慑、惊叹。

一、反人道的爱情与婚姻

（一）建立在金钱关系上的爱情与婚姻

　　狄更斯极其厌恶建立在金钱关系上的爱情与婚姻，在他看来，这是亵渎人性的、虚伪的爱情与婚姻。在《我们共同的朋友》这部小说的开头，狄更

---

　　① 沃尔特·E. 豪顿《维多利亚时代的思想状态——1830—1870》，耶鲁大学出版社，1957 年，第 341～343 页。

斯通过拉姆尔夫妇之间的婚姻闹剧、丑剧，批判资产阶级金钱至上的婚姻观。封建贵族一般通过联姻来提升自己的社会地位和门阀势力，所以他们注重联姻双方必须"门当户对"；而资产阶级则希望通过联姻来扩大自己的资产，所以他们注重对方的经济实力。拉姆尔夫妇之间的婚姻便活像一幕讽刺剧。在结婚之前，他们对彼此的底细摸得不很清楚，都误以为对方很有钱。结婚之后，他们才明白，对方不过是略有资产而已，谈不上富裕，大呼上当、冤屈。尽管他们出于怨愤，互相指责、谩骂，但冷静下来之后，觉得谁也没亏待谁，要说过错，双方都有份。拉姆尔先生对妻子说："拉姆尔太太，我俩都在骗人，而我们结果都被人骗了。我俩都在咬人，而我俩都被人咬了一口。"① 拉姆尔表示，双方要撇开怨恨，联合起来，通过欺骗别人获得利益。拉姆尔说："……我俩同意保守自己的秘密，再携起手来一齐干，推行我们自己的计划。""什么计划？""任何一种可以为我们弄到钱的计划。"②

在《董贝父子》中，狄更斯对董贝金钱至上主义批判的重要一点便是对他的金钱至上爱情观、婚姻观的批判。董贝认为，金钱万能，金钱可以买到一切，像伊迪丝这样才貌双全的女子，他想娶她做妻子便能娶到。在他看来，婚姻不过是一笔交易。但他万万没有想到，婚姻交易的是有血有肉、有思想、有情感、有复杂灵魂的人。实际上，董贝能买到的只是伊迪丝的肉体，而买不到她的心灵，也就是说，他所经历的是没有爱情的婚姻，纯粹就是"性交易"。但董贝要求伊迪丝在向他奉献她的肉体时，必须同时奉献她的心灵，而这是强调人格独立、人格尊严，有才华、有抱负的年轻女性绝对做不到的。董贝与伊迪丝关系的破裂，有力地证明了建立在金钱关系上的爱情与婚姻，是与和谐、幸福的家庭生活无缘的；这种两性关系已蜕变为赤裸裸的"性交易"。

狄更斯还在《远大前程》中，通过郝薇香小姐的形象，深刻揭示了这种

---

① 狄更斯《我们共同的朋友》，智量译，上海译文出版社，1986年，第182页。
② 狄更斯《我们共同的朋友》，智量译，上海译文出版社，1986年，第184页。

金钱至上的爱情观、婚姻观对受害者心灵的巨大伤害。郝薇香小姐是酿酒商人的女儿,她年轻时爱上花花公子康佩生。这个不谙世情的姑娘虽然从小过着娇生惯养的生活,但抱着对生活的美好憧憬,以一片至诚之心爱着男友。没想到,康佩生这个浪荡公子哥儿,只是以恋爱为名骗财骗色,他以甜言蜜语博得了女友的信任和欢心,骗够了钱财之后,便把女友像榨干了汁的柠檬一样扔掉。在本该喜结良缘的日子,郝薇香小姐却接到负心郎的绝交信。

狄更斯以浪漫的、夸张的手法,竭力渲染一个深情地爱着对方的女子,在爱情受了欺骗和亵渎之后心灵遭受的巨大的、永远无法愈合的创伤!郝薇香小姐的怪脾气,她的退隐的、自我封闭的生活,室内当年结婚喜筵原封不动的摆设,她身上已泛黄的婚纱,等等,无一不是为了凸显她受创的心灵和被扭曲了的人性。而她把养女艾丝黛拉培养成为报复天下男人的工具,也是她那受到巨创的心灵和扭曲了的人性的疯狂表现。

总之,不管作者描写郝薇香小姐的不幸也好,还是表现她的怪诞、疯狂也好,无一不是凸显建立在金钱关系上的爱情和婚姻所造成的悲剧性恶果。狄更斯的浪漫手法的确强化了他对反人道的金钱至上的爱情观、婚姻观的批判。

(二)玩世不恭者的爱情与婚姻

狄更斯不仅把金钱至上的爱情观、婚姻观看作是酿成爱情婚姻悲剧的祸根,是反人道的,而且竭力反对以玩世不恭的态度对待爱情与婚姻;在他看来,这种玩世不恭的爱情观、婚姻观也是不人道的。

在自传性小说《大卫·科波菲尔》中,狄更斯塑造了大卫·科波菲尔的同学、挚友,被艾妮斯称作他身边的"恶魔"的世家子弟斯蒂福的形象。斯蒂福早年丧父,被母亲宠坏了,长得仪表堂堂,却放荡不羁;他善于交际,待人热情,不计较功名利禄,声称他连牛津大学的学位也不放在心上,对名誉无所谓。他玩世不恭的处世哲学明显表现在他对待两性关系的态度上。他喜欢追逐漂亮的姑娘,纯粹出于满足自己情欲的需要,所以占有了对方之后就把她抛弃了。起先,他爱上母亲的使女——漂亮、性情火辣的罗莎·德特尔。在占有了她，并且把她的激情煽得火热之后，他抛弃了她，对她摆出一副冷漠的神态，弄得罗莎·德特尔对他爱恨交加，要死要活。

一个偶然的机会，大卫陪同斯蒂福前往雅茅斯海滨渔民丹尼尔·裴果提的"船屋"做客。那天，正好是裴果提的侄子哈姆与他的外甥女艾米丽订婚的日子。斯蒂福的风流倜傥、平易近人而又热情大方的举止立刻赢得这个纯朴厚道的渔民之家的好感，使他成为备受欢迎的客人。斯蒂福看上了迷人的小艾米丽，而后者也对这位漂亮富有的公子哥儿一见倾心。此后，斯蒂福还造访了雅茅斯海滨几次，与裴果提一家，特别是艾米丽混得很熟。终于有一天，小艾米丽失踪了。她曾放言，为了使她和她舅舅一家摆脱贫困，她要成为一位阔太太。显然，斯蒂福是以此来诱惑她和他一同私奔的。深爱外甥女的裴果提，毅然前往欧洲大陆寻找艾米丽，他声言，到天涯海角也要把她找回来。经过一段艰辛的寻觅，裴果提终于找到了伤心欲绝的艾米丽。原来斯蒂福和她玩腻了之后就抛弃她，打算把她嫁给他的仆人黎提摩。艾米丽不依，设法逃跑。经过这次事件，主人公大卫深感痛心；觉得自己无异于是斯蒂福的同谋犯，因为是他把斯蒂福带到雅茅斯做客才造成这祸害的。经历了这事，他彻底看清了斯蒂福的丑恶面目。

另一个以玩世不恭态度对待爱情、婚姻的突出人物是《马丁·瞿述伟》中的约那斯·瞿述伟。前面在论及资产阶级利己主义时，我们曾对这个人物作过一些分析，此处只想在玩世不恭的爱情观和婚姻观方面谈谈约那斯·瞿述伟与斯蒂福的同与异，以及作者对这两个人物的不同态度。从本质上说，这两个人物都是利己主义者，他们的玩世不恭的爱情观、婚姻观都源于他们的利己主义思想，只不过由于他们的利己主义程度不同，他们对异性的态度也不完全一样，因此他们的玩世不恭的爱情观和婚姻观也有些差别。

约那斯·瞿述伟是个极端利己主义者，为了实现个人的利益，满足自己的愿望，他可以置伦理道德于不顾。他的处世原则是"顺我者昌，逆我者亡"。约那斯·瞿述伟本对裴斯匿夫的大女儿慈善比较感兴趣。这姑娘比较内敛、温顺，对他也颇倾心。小女儿慈悲却是个桀骜不驯、刁钻古怪、口无遮拦的泼辣女孩。她常常对约那斯出言不逊，用刻毒的话戏弄他、揶揄他，弄得约那斯对她又气恼又感兴趣。使他气恼的是，这小丫头竟敢藐视他，对他毫不尊重；这是他难以忍受的。他必须出这口恶气。可是，这女孩敢说敢干的泼辣劲儿，又有点对他的口味，从而激使他对她感兴趣；相比之下，慈悲的泼辣个性比她姐姐的温顺个性对他更有刺激性。于是他决心娶慈悲做老婆。再说，通过这桩婚事，约那斯也可以向裴斯匿夫敲诈一笔可观的嫁资。他知道，裴斯匿夫这个"伪君子"、老鳏夫正为两个千金的婚事伤脑筋。本来，裴斯匿夫满以为约那斯看中了慈善——这大闺女品性好，出嫁不难，嫁资不必花费太多。伤脑筋的是二闺女慈悲，以她浑身长刺的个性，很难找到如意的夫婿。当约那斯向他说明要娶慈悲时，他吃惊不小。可约那斯不向他说出放弃慈善、选择慈悲的真实原因，只直截了当地说，他选中了叫裴斯匿夫发愁的老二，嫁资一定得特别丰厚。裴斯匿夫当下爽快答应了。当慈悲得知约那斯选中自己时，高兴得眉飞色舞，竟在姐姐面前摆出一副情场竞争优胜者的得意姿态。一向温顺厚道的慈善正为约那斯的见异思迁又气又恨，更被妹妹的无礼态度惹恼了，便把满腹的怨愤情绪都向她发泄，姐妹俩怄气斗嘴闹了一场。约那斯看在眼里，乐在心里。他们结婚后，约那斯觉得先前慈悲对他的种种恶行现在该算总账了。于是他对慈悲施展种种卑鄙的伎俩，把这个先前趾高气扬、大胆泼辣、无忧无虑的姑娘折磨得成了一个满面愁容、无精打采、对丈夫服服帖帖的少妇。他们的蜜月变成了她的苦难的开端。约那斯自杀身亡后，虽然她从被奴役中解脱出来，但苦难并没有结束，因为约那斯的家财和她父亲名下的财产全被提格的公司侵吞了，而提格被约那斯谋害后，他的公司也垮了，她从此不得不忍受生活的煎熬。

斯蒂福对爱情的态度和他"游戏人间"的消极生活态度有关。作者对这个人物持哀怜与谴责的态度，即哀其过于自我放纵，怒其无视他人幸福。而约那斯对爱情的态度，则完全植根于他的利己主义人生哲学，作者对这个人物的态度，除了谴责之外，还是谴责。

（三）没有爱情的婚姻

在狄更斯看来，没有爱情的婚姻，或者说貌合神离的婚姻，也是不人道
的，绝无幸福可言。

在《艰难时世》中，作者描写在五金商人、焦煤镇区域的国会议员葛擂
梗的功利主义思想毒害、摧残下，他的女儿露易莎不仅失去了童年的欢乐，
成为精神上畸形的人、病态的人，而且对社会现实一无所知，思想空虚，感
情贫乏，连生活的信心也丧失了，年纪轻轻便滋长了悲观厌世的思想。她的
性格脆弱得像一株弱柳。她默默地忍受着精神上的痛苦。在她眼里，生活毫
无意义，她也从未感受到生活的丝毫乐趣，只觉得生命像炉中的火花一样。
在精神生活极端贫乏的情况下，她把少女的柔情全部倾注在对弟弟的友爱之
中。她父亲把婚姻看作是一桩买卖，根本不考虑，也不询问女儿的意愿，私
下把她许配给了比她大三十岁的、粗鲁而且残暴的资本家庞得贝。当她父亲
向她宣布他的决定时，令人吃惊的是，她没有异议，而像羔羊般顺从。其实，
她对这桩婚姻从心底里感到厌恶，但她没有勇气说出自己的意见。自然，不
幸的婚姻加剧了她心灵的痛苦。正当她濒于绝望的时候，花花公子赫德豪士
结识了她，往她干涸的心田里播下爱情的种子。她体验到了从未有过的短暂
的幸福。可是，她太懦弱了，爱情刚萌芽，她就恐惧地将它摧折了。作者通
过露易莎的不幸经历，揭露了以金钱关系为基础的、没有爱情的婚姻的反人
道实质。

没有爱情的婚姻，往往是当事者由于各种原因，在婚姻中失去了主体的
独立性。像露易莎就是屈服于父亲的意志，被强嫁给她所不喜欢的庞得贝的。
她之所以陷入这个悲剧命运，就因为她无力，也不敢反抗父亲的意志。葛擂
梗撮合这桩婚姻，是出于经济利益的考虑。也有其他原因使婚姻当事者失去
自己的主体独立性的，譬如《小杜丽》中的克莱南夫妇的结合就是这种情况。

亚瑟的父亲是个孤儿，由个性倔强、严厉的叔叔吉尔伯特·克莱南抚养

成人。老克莱南要帮这个胆小、懦弱的侄子找一个性格坚强，具有坚韧的意志力，不知道可怜，不知道爱，不知道宽恕，一旦受侵害，就一心想报复，像石头一样冷淡，发起火来像烈火一样的女人做他的妻子。

亚瑟的父亲是在其叔叔严格的管束下长大的，家庭生活中充满苦难和折磨。那个家"一直是防止违反宗教原则和放荡行为毒害的庇护所"。但是，亚瑟的父亲长大后，偏偏不是个循规蹈矩的青年。他私下里爱上了一个演员，并且和她生了个儿子，就是亚瑟。可这事他结婚后瞒着妻子，后来被妻子发现了。"她满肚子的气愤，满肚子的醋劲"，决心报复，"当上帝的惩恶之手"。她强迫那位演员把儿子交给她，当作她的亲生儿子来抚养，并且强迫演员和自己的丈夫断绝关系，永远不再见他的面。这些对方都答应了，并且做到了。不久，亚瑟的生母终于伤心地死去。亚瑟的父亲自然与他的复仇女神似的妻子没有什么感情，他在这个形同监狱似的家里也丝毫感受不到家庭生活的温暖和愉快，婚后不久便到遥远的中国经商去了，最后老死在那里。所以，克莱南夫妇实际上只是名义上的夫妻。克莱南夫妇的婚姻悲剧表明，在极端的思想统治下，不可能有真正的爱情和幸福的婚姻。

（四）畸形的爱情与婚姻

前面所谈的几种爱情与婚姻都是非人道的、不正常的，都可以称作畸形的爱情和婚姻。但是，在《远大前程》中，艾丝黛拉与匹普及花花公子珠穆尔之间的爱情与婚姻却与前面所谈的几种情况既有相似之处，又有其自身的特点。相似之处在于，两性关系不平等，彼此并不互相尊重，彼此之间缺乏真挚的感情。但是，《远大前程》所描写的这组人物的爱情与婚姻却显得奇异、怪诞、超乎寻常。

先说艾丝黛拉这个人物。她可以说是资本主义金钱关系制约下的畸形爱情婚姻的牺牲品。她的养母郝薇香小姐被情人骗财骗色之后变得愤世嫉俗，决心与天下男人为敌。为了报复男人，她依靠圆滑能干的贾格斯律师的帮助，把被逃犯阿伯尔·玛格韦契遗弃的年幼女儿——美丽聪明的艾丝黛拉抱来抚养。她看出，这小姐是个情种，决计把她培养成为让钟情的青年男子丧魂失魄的"妖女"。果然，艾丝黛拉不负养母所望，才十几岁，就出落得美艳动人、伶牙俐齿、刁钻古怪。在养母的暗示、挑逗下，她主动向前来充当郝薇香小姐玩伴的匹普出击。匹普是来自农村劳动家庭的小孩，第一次遇见这个年龄和他相仿的天仙似的姑娘以居高临下的姿态对待他，有点目眩神迷了。郝薇香小姐指示他们玩牌，一起游戏，女孩对他似乎显得亲切可爱。但是，奚落起他来，她的嘴巴像一把锋利的刀子。她嫌他粗鲁，嫌他穿的靴子笨重、手掌粗糙。给他食物时，像喂狗一样：她把食物递给他后，就傲慢地转身走开了，看也不看他一眼。这使得匹普伤心极了，待她走后，他躲在酒坊的一扇门背后，大哭起来。他一边哭，一边踢着酒坊的墙壁，以此排解满腹的委屈情绪。不料这番情景被艾丝黛拉瞧见了，她送他出门时，以轻蔑的口吻嘲笑了他一番，然后把他推出门去，在他身后锁上了大门。他们的会面、交往，在匹普的人生旅程上翻开了新的一页：他第一次意识到，自己是个低三下四干粗活的小子，自己过的是下等人的生活。他决计改变自己的命运，要做一个被人看得起的上等人、绅士。他觉得，当务之急是要改变自己的无知状态，要认字、学文化。于是，他请为教堂执事伍甫赛的姑奶奶帮佣的姑娘碧蒂把她的一点看家本领教给他。

如果说匹普的绅士梦起初还是被艾丝黛拉的奚落、嘲弄激发出来的一种愿望的话，那么，随后，他的绅士梦就和他与艾丝黛拉之间的畸形爱情紧密相连了。

在随后相当长的日子里，匹普定期到沙堤斯庄屋充当老小姐的玩伴，和艾丝黛拉的交往就变得频繁、深入了。艾丝黛拉生气的时候可以甩他的巴掌，高兴的时候会让他吻自己的面颊。老小姐常常像个女巫似的，在她耳边轻声说："揉碎他的心！"老小姐有时把私藏的珠宝饰品让艾丝黛拉戴上，使她显得分外妖艳迷人。匹普在意识到自己粗俗的同时，他那颗童真的心在艾丝黛拉的挑逗下，受到激情的撞击，滋生了对异性朦胧的爱。他决意一定要赢得艾丝黛拉的芳心。他懂得，他只有做上等人、绅士才有资格赢得她的芳心。

于是，匹普的"春梦"与"绅士梦"搅和在一起了。可悲的是，他对艾丝黛拉一往情深，爱得既真挚又热烈，可是艾丝黛拉的心是铁石冰块，她从未对匹普有过一丝真正的爱情。不过，她看出，匹普和其他众多追逐她的年轻男子相比，显得比较纯朴、正直，她对他还有几分怜悯之情，不时向他吐露真言：别对她痴心妄想，她是不可能爱他的。但是，匹普一直不相信她的忠告，把她的话当成是戏言。这不怪匹普痴心，虽然艾丝黛拉口里说别对她枉费心机，可是行动上却不时对他释出亲密的情意，比如她特意要求他陪伴她去瑞溪芒的贵族夫人家，并且一路上和他谈得很投机。他觉得老小姐也似乎有意撮合他们，特别是当一位"匿名恩主"提出要资助匹普到伦敦接受绅士教育、过绅士生活时，他认定，这"匿名恩主"就是郝薇香小姐。可是，在匹普成为一名"准绅士"之后，艾丝黛拉仍旧对他不即不离。不仅如此，她还不时对匹普的死对头、花花公子珠穆尔卖弄风情，这使得匹普极其懊恼，不时醋劲大发。他要求艾丝黛拉中断和珠穆尔的关系，说此人的品格如何如何糟糕。可令匹普惊讶和伤心的是，她竟责怪匹普由于吃醋才故意把对方说得一无是处，匹普不是她的什么人，她和谁交往，他管不着。匹普表示，他是为她好才这么说的，不料艾丝黛拉说："你放心，我不会让他幸福的。"不久，消息传来，艾丝黛拉已和珠穆尔结婚，出国度蜜月去了。这下匹普的"春梦"破碎了。祸不单行，玛格韦契的露面让他明白，他的"匿名恩主"绝不是郝薇香小姐，而是他小时候曾帮助过的那个逃犯。这样，匹普的"绅士梦"也破灭了。

小说并没正面表现艾丝黛拉与珠穆尔婚后的生活情况，只在过了许多年之后，当匹普与艾丝黛拉在一个偶然的机会，在沙堤斯庄屋的废墟上重逢时，作者才交代：艾丝黛拉婚后备受虐待；珠穆尔在一次出行时摔下马来身亡了，她以寡妇身份和匹普重逢。事业有成，但心已破碎，仍旧单身的匹普，会不会和饱受沧桑的艾丝黛拉重叙旧情，演绎一出正常的爱情、婚姻戏剧呢？根据作者富于浪漫意味的暗示，有此可能。

像艾丝黛拉与匹普、珠穆尔之间的三角恋关系，在狄更斯的创作中并不罕见。可悲的是，艾丝黛拉因玩弄异性而葬送了自己的青春。她既害苦了像匹普这样纯朴的、实心眼的追求者，最后也给她自己带来不幸。她贪图富贵，又受到珠穆尔花言巧语的诱惑，轻率地投进了这个薄情的花花公子的怀抱。她曾对匹普明言，她不会让珠穆尔幸福，她要按照养母教唆她的那样去揉碎他的心。但是，她怎么斗得过凶狠毒辣、诡计多端的花花公子珠穆尔呢？结婚后她反被他揉在手心里，备受折磨、虐待。她搬起石头砸自己的脚，像《马丁·瞿述伟》中伪君子裴斯匿夫的二女儿慈悲一样，只有在恶魔似的丈夫身亡之后，才获得身心的解放。在《马丁·瞿述伟》中，作者批判在利己主义主导下的玩世不恭的爱情与婚姻；而在《远大前程》中，作者的批判重心却落在了卖弄风情的女性身上：艾丝黛拉以自己的姿色去引诱、折磨异性，把爱情婚姻当作摧残对方幸福的手段。在作者看来，基于这种变态心理的爱情、婚姻显然是不人道的。

二、情场失意者的悲剧

狄更斯在其创作中对情场失意的男子的各种情形作了生动的描写，作者对这些怀着热烈而执着的爱情，却遭到他们钟情的女子冷漠的拒绝的男子表示深切的同情。虽然他对这些情场失意者的某些过激的，甚至非理性的行为有所谴责，但对其情感的挫折、心灵的创伤在字里行间流露出怜悯之情。值得注意的是，这类人物几乎都出现在 19 世纪 50 年代至 60 年代狄更斯的作品里，难道这是偶然的吗？

我们知道，狄更斯一生经历过三次恋爱。对后来成为他妻子的凯瑟琳·霍格思的求爱是他的第二次恋爱经历。虽然他对凯瑟琳的情感真挚、热烈，但还没到刻骨铭心的程度，况且求爱很顺利，几乎没有遇到什么挫折。只有他的初恋和黄昏恋，那才是让其灵魂出窍的生命之火的闪耀。因为他对自己所爱的女子爱得那么真诚、那么热烈，却挫折重重，因此，甜蜜与苦涩参半。初恋无果而终，遗憾终生。黄昏恋虽然不能说不成功，但是不圆满，而且屡屡受挫。虽然他所钟情的爱伦·特南已委身于他，但狄更斯毕竟是有妇之夫，他与凯瑟琳只是分居，而没办理离婚的法律手续。在非常注重道德、名节的维多利亚时代，像狄更斯这样的著名作家，一举一动都引起社会舆论的关注。虽然爱伦·特南不时到盖茨山庄做客，但在公开场合，她很少与狄更斯一起露面。虽然狄更斯在伦敦和巴黎都筑有秘密的"爱巢"，他们曾在那里度过销魂的日子，但那只是隐蔽的"偷情"。他和爱伦·特南的恋情毕竟是"婚外恋"，只能秘密进行。这对狄更斯说来，是个遗憾。更使他觉得遗憾的是，爱伦·特南始终没有跨越他们之间年龄差异造成的障碍，她与狄更斯的次女凯特同龄，与狄更斯相识时才十八岁。爱伦虽因得到当代伟大作家的青睐而感到荣耀，但充当一个可以作自己父亲的名人的情妇毕竟不是滋味。她总不能一辈子在狄更斯的阴影下度过吧，她应该有自己的未来。这些思虑使爱伦·特南无法以轻松愉快、心花怒放的心态投入狄更斯的怀抱。敏感的狄更斯觉察到这点，意识到他们的心未能真正融合，他始终未获得爱伦·特南全身心的爱。这种遗憾使他对世间真诚而热烈地爱着自己所爱的人，却爱而不得的痛苦特别理解、同情。狄更斯的创作总是有感而发的，绝不是无病呻吟，或是纯粹为取得娱乐效果而设置动人的情节。他在后期创作中描写各种爱而不得的痛苦情状，实际上是推己及人的一种人道情怀的表现。

在表现"爱而不得的痛苦方面"，狄更斯晚年的三部小说，即《远大前程》、《我们共同的朋友》和《德鲁德疑案》值得注意。在前面论述畸形的爱情与婚姻时，已谈到匹普被艾丝黛拉捉弄、摆布的痛苦，此处不赘。现在要谈的是《我们共同的朋友》中的布拉德莱·海德斯东和《德鲁德疑案》中的贾斯泼这两个情场失意者。有意思的是，这两个失意者都对自己钟情的女子爱得发狂，结局都很惨烈。

布拉德莱·海德斯东是船工杰西·赫克塞姆的儿子查理的老师，他对查理的上进出了很大的力。在查理的引见下，海德斯东认识了查理的姐姐，一个内慧外秀的出色女子丽齐·赫克塞姆。他们乍一见面，海德斯东就被丽齐惊人的美貌和不俗的举止吸引住了，立刻对她产生了强烈的爱慕之情。海德斯东虽是名小学教师，但在性格上、心理素质上，他是个急躁、粗俗的人，也可以说是十足的书呆子。他不仅不了解女人，而且连起码的待人接物的礼数和要领也不懂。他又自视甚高，心想，自己好歹是个小学教员，对船工的女儿而言，社会地位高了许多，况且有恩于查理，只要他开口向丽齐求婚，没有不成的道理。可是，第一次见面，丽齐对他并不热情。他不甘心，暗自以为，这是因为女孩子害羞，没勇气表白自己的感情。他第二次造访丽齐时，预先想好了一番对策，打算单刀直入，要丽齐明确表态，爱不爱他。海德斯东根本不了解丽齐的心思，虽然这姑娘对弟弟的老师、恩人毕恭毕敬，但心里对他并无好感。他的急躁、火爆的性格和追求她时咄咄逼人的气势使她深为反感，甚至觉得可怕。所以当他穷追不舍、心急火燎地要她表态时，她明确表示，她不可能做他的妻子，要他死了这条心。海德斯东碰壁之后，内心极端痛苦、懊恼，仿佛面临天崩地裂的灭顶之灾。在极度忧伤、抑郁、愤懑之下，他用头撞墙壁。应该说海德斯东对丽齐的爱是真诚的、热烈的，但是这种爱是自私的，而且它多半是被她的美貌激起的。他不仅不了解丽齐的内心世界，而且追求她的方式方法失之粗暴，自然难以赢得丽齐的情感的回应。当他发现那个懒散的、古怪的律师尤金·瑞伯恩也在追求丽齐时，便把满腔的懊恼、悲愤向尤金发泄。他对尤金产生了强烈的妒意，以致萌发了非除掉尤金不可的念头。海德斯东很快就把这个恶念付诸行动：不仅把尤金打得半死不活，而且把他扔进河里去。若不是丽齐发现，奋力救起，尤金必死无疑。海德斯东后悔没有一下子结果了他，反而促使丽齐和尤金最后结合。这一勾当最后也毁了他自己，正如俗话所说：螳螂捕蝉，黄雀在后。他谋杀尤金的勾当被看管河闸的工人罗吉·赖德胡德发现了，后者便和他纠缠不休，决心狠狠地敲诈他。以海德斯东的暴烈性格，肯定不吃这一套，非反过来狠狠惩罚对手不可。他终于采取了和赖德胡德同归于尽的决绝办法。

如果说海德斯东因情场失意而丧失理智，采取一连串疯狂的行动的话，那么，在《德鲁德疑案》里，贾斯泼为了获得他渴望的爱，也采取了疯狂的行动。

《德鲁德疑案》是狄更斯的最后一部未竟之作，原计划写四十八章，现在我们看到的版本是狄更斯的挚友、狄更斯首部传记的作者约翰·福斯特根据狄更斯的遗稿整理而成的，共二十三章，几乎占原计划的一半。小说写的是一个带有乱伦意味的恋爱故事。主人公埃德温·德鲁德和罗莎自幼由双方父母做主，订立婚约。后来，他们的父母均已去世，他们各有自己的监护人。德鲁德的监护人就是他的舅舅约翰·贾斯泼。贾斯泼是伦敦附近的小镇修院城主教堂的唱诗班的领唱者、乐师。圣诞节前，德鲁德来到小镇，住在他舅舅家里，他准备与舅舅、未婚妻罗莎聚会之后，过了圣诞节便到外地去。他来到久违的小镇，不只是为了与亲人聚会，更重要的是，他要与罗莎商谈，解除婚约，从今往后，两人只以亲密朋友相待。这事，他在圣诞节前夕办了，并打算让罗莎的监护人转告舅舅。所以在圣诞节晚上他们欢聚时，贾斯泼还不晓得他的外甥已与罗莎解除了婚约。第二天，德鲁德不知去向，人们四处寻找，不见他的踪影。现在的版本，只写到这里。这就给读者留下若干疑窦：德鲁德是自动消失的，还是被谋杀了？若是自动消失，他为何要出走？若是被谋杀，那么，凶手是谁？这样，德鲁德的命运自然成为"疑案"。显然，尚未写成的后半部就是要揭示德鲁德命运的真相。这后半部既然未写成，德鲁德的结局自然就成为永远的疑案。

狄更斯逝世后，一些猎奇者纷纷抛出续作、补作、改作。这些带有炒作性的"补遗"之作，都是按照侦探小说的思路，抓住小说中的片言只语或个别情节，加以想象、发挥的。这样的续作只是狗尾续貂，背离了狄更斯原来的构思和创作意图。

我们根据狄更斯的挚友福斯特提供的材料，不难把握狄更斯的创作思路和脉络。1869 年 7 月中旬，狄更斯在给福斯特的信中说，他正在筹划一部新的创作，打算写"一个男孩和一个女孩，或者非常年轻的两个人，在多年订婚之后，怎样又逐渐疏远，最后终于分手"。他表示："我的兴趣在于描绘他们的不同的道路，说明不论做什么都无法阻止必然到来的命运。"同年 8 月 6 日，狄更斯又去信给福斯特，说他原来的构思已有些改变："我放弃了我告诉过你的原来的设想，对我的新小说有了一个非常有趣的新的构思。"福斯特解释说："不久我就知道，这故事是讲一个舅父怎样谋杀一个甥儿，它的新颖之处在于谋杀者回顾自己的谋杀行为，这时在他的想象中，罪犯已不是他，而是另一个受到诱惑的人。在巧妙的安排下，他像谈别人的事一般，说出了他所干的一切，因而被关进了死牢，小说的最后几章便是写这些的。在谋杀者发现这谋杀对实现他的目的根本没有必要之后，谋杀事件对他形成了沉重的精神负担；但案情之彻底暴露是在书末，因为这时发现了那只金戒指——凶手把尸体丢进了石灰中，戒指的抗腐性使它保存了下来，这样不仅认出了被害者，而且确定了犯罪的地点和犯罪的人。这就是在该书写作前，作者告诉我的一切。……"[1] 笔者之所以讲述福斯特提供的材料，是为了表明，我们从已出版的小说前半部找到几个确凿的线索，足以证明故事的发展，确实像福斯特转述的那样。[2] 这是说，贾斯泼爱着他的外甥德鲁德的未婚妻，为了占有罗莎，贾斯泼下狠心谋杀德鲁德。他不知道，在这之前，他外甥已和罗莎解除了婚约，所以当罗莎的监护人告诉他这消息时，他"发出了凄厉的叫声，然后像鬼魂一样冲出房子"。

比较而言，贾斯泼为了爱情采取疯狂的行动，有着远比布拉德莱·海德斯东复杂而深刻的原因。爱上外甥的未婚妻意味着乱伦，所以贾斯泼不喜欢

---

① 约翰·福斯特《查尔斯·狄更斯传》（纪念版），伦敦，查普曼与霍尔出版社，1911 年，第 12 卷，第 406~407 页（借用项星耀《疑案》译本序中的译文）。

② 赖干坚《狄更斯评传》，学林出版社，2012 年，第 296~297 页。

德鲁德称他舅舅。贾斯泼谋杀自己的外甥，到底出于什么动机呢？

在贾斯泼看来，生活充满了烦恼，他在吸食鸦片时，才暂时摆脱了这烦恼。但是毒品产生的幻觉毕竟是短暂的，他发觉，对异性美的追求，才足以使他忘却生活的烦恼和痛苦。在这点上，他和卡顿（《双城记》）、尤金（《我们共同的朋友》）有相似之处。但是，卡顿和尤金在爱的寻求中，心灵得到洗涤，情感得到升华，从而摆脱了颓唐的心态，感受到生活的意义。可是，贾斯泼连对爱的寻求也是自私的，他只要求对方成为他的附属品，以填补他心灵的空虚，而丝毫不为对方的幸福着想。所以他追求得越紧迫，越遭到异性的拒斥，而他的感情也因此变得越激烈。小说第十九章"日晷仪上的影子"便是专门描写贾斯泼和罗莎·布德之间的情感交锋的。那时他已犯下血腥的罪行，除掉了他追求罗莎的障碍——他的外甥德鲁德。他自以为从此可以专享罗莎的爱情了，于是他毫无顾忌地向罗莎表白他的情感：

　　　　我要让你知道，我怎样疯狂地爱着你。现在比以往任何时候更疯狂了……从今以后，我的生活除了你，已没有别的目标……应该知道，我已把我的一切呈献在你那双可爱的脚下，我可以跪在发臭的泥土中轻吻它们，我可以像可怜的野人一样，让它们踩在我的头上……只要你跟我在一起，哪怕你对我怀着不共戴天的仇恨也好！不要把今天的事告诉任何人，否则一定会给你带来不幸……①

这种疯狂的爱，像是要把对方吞噬似的激越的感情，使罗莎感到痛苦、害怕，就像在《我们共同的朋友》中，丽齐·赫克塞姆听到布拉德莱·海德斯东疯狂的爱的宣示之后，感到害怕一样。事实上，在这种疯狂的、激越的感情中，蕴含着极端的专横、自私和凶虐，它只能把对方吓跑，而绝不可能吸引对方，拉近彼此的距离。所以，毫不奇怪，罗莎在听了贾斯泼疯狂的爱情表白之后，立即收拾行李，连夜乘火车奔赴伦敦，到她的监护人格鲁吉斯

---

① 狄更斯《德鲁德疑案》，项星耀译，上海译文出版社，1998年，第257～258页。

家躲避。

贾斯泼和海德斯东都是因怀着强烈的、疯狂的爱而得不到回应，最终采取暴烈行动，促使自己走向毁灭的可怜虫。狄更斯对上述两个人物爱而不得的痛苦、疯狂，确实表现得淋漓尽致。应该说，作者对他们的遭遇有所同情，但是更多的是谴责：批判他们的爱出于自私的情欲，格调卑下，所以对他们的悲剧结局报以哀怜，认为那是咎由自取。相比之下，作者对匹普情场失意的痛苦，表现出更多的同情、怜悯，因为匹普对艾丝黛拉的爱相对来说较为纯洁，也更真诚。可以说，匹普在恋爱中的挫折、痛苦，体现了作者本人初恋的体验。这种纯洁、真诚、热烈的爱无果而终，也更能获得读者的同情。

三、情投意合的爱情与婚姻

值得注意的是，从 19 世纪 40 年代到 60 年代，狄更斯在他的创作中，不仅揭露批判建立在金钱关系上的种种畸形的、不人道的爱情与婚姻，而且通过他所肯定的正面形象，倡导符合人道精神的、理想的爱情与婚姻，即心灵相通、两情相依的爱情与和谐幸福的婚姻。

说实话，狄更斯倡导的理想的爱情与婚姻，仅是一种期望、追求的目标而已。虽然狄更斯是个理想主义者，但他更是个现实主义者。他的理想不是虚无缥缈、可望而不可即的，而是植根于现实，并受现实生活制约的。所以，毫不奇怪，在狄更斯的创作中，他所描写的即使符合人道精神的爱情与婚姻，也未必是十全十美的。

我们先来看被狄更斯喻为他"最疼爱的孩子"、带有相当大程度自传性的《大卫·科波菲尔》的主人公大卫与朵拉及艾妮斯的爱情与婚姻。

大卫对朵拉一见钟情式的狂恋使人想起狄更斯早年与玛丽亚·贝德奈尔热恋的情景。二者不仅对异性迷恋的狂热程度相似，而且在火热的感情压倒冷静的理智方面，也完全一致。不同的是，大卫终于与朵拉结合，而狄更斯与玛丽亚在经历数年悲喜交集的热恋之后分手了。作品中的朵拉凸显了玛丽亚迷人的外表、富于性感和爱撒娇的特征，但她比现实中的玛丽亚可爱得多，至少她比玛丽亚单纯，不会以卖弄风情来折磨求爱者。她和大卫虽然也有矛盾，但这是热恋中的青年情侣常有的事，不足为怪。朵拉是真诚地、全心全意地爱大卫的，这使大卫充分领略了爱情的甜蜜和诗意，而大卫也像当年的狄更斯爱玛丽亚那样全心全意地爱着朵拉。大卫与朵拉组建家庭之后，虽然感情依旧，但双方被生活琐事弄得焦头烂额。朵拉在操持家务方面一窍不通，又不屑于学习记账之类的事。大卫像狄更斯本人一样是个奋发有为的青年，日夜勤奋工作，每天五点便起床，朵拉对此深感疑惑，问他为何要这样折磨自己。大卫回答说，为了生活，为了这个家。关于大卫家庭生活细节的描写之所以如此生动感人，正是因为它基于狄更斯本人的亲身体验。

大卫与朵拉两人从恋爱到结合，虽然包含了作者本人的经历和体验，但是二者的意义却不同。大卫与朵拉的热恋是一见钟情的热恋，大卫除了迷恋朵拉的魅力和温柔的个性之外，我们看不出他们之间的爱情有什么坚实的思想基础。他们结合后，彼此的感情虽然不错，但共同的生活却陷入了混乱与不幸之中。事实证明，他们的婚姻是有严重缺陷的，实在无幸福可言。朵拉知道自己是个不称职的主妇，但是她无法弥补自己的缺陷。所以她的内心是抑郁的，她的早逝也许是心病所致。大卫回顾自己过往的生活时，也许已经认识到，他和朵拉的婚姻是由盲目的感情引导的婚姻。而大卫的第二场婚姻（与他儿时的女友艾妮斯的结合）恰恰是他的第一次婚姻的倒转——由理性引导的婚姻。艾妮斯正好与朵拉相反，她缺少朵拉的性感和柔情，十足是个理性的姑娘。大卫一直受她理性的指引。在大卫心目中，她向上指的手指永远代表智者的指引，就像但丁受他儿时的女友贝亚特丽齐的指引一样。大卫觉得，他与艾妮斯的结合才真正是幸福的。大卫的两次婚姻相隔数年，第二次婚姻标志着大卫已由一个感情易冲动的人转变为一个具有冷静理智的人。

其实，在艾妮斯的形象中隐含狄更斯的妻妹玛丽·霍格思的英姿。狄更斯对玛丽的爱是一种柏拉图式的爱，在狄更斯的心目中，玛丽是个美好的、品格完善的姑娘，他对她一直怀着钦佩敬仰之情，对她的早逝深感惋惜。大卫对艾妮斯的爱便寄托了狄更斯对玛丽的深厚感情，是他无缘与玛丽结合的一种幻想性补偿。总之，大卫这个形象是"狄更斯从自身出发，达到现实与幻想的结合"。在大卫的形象中，"真实与虚构极其复杂地交织在一起"①。

狄更斯最后一部完整的长篇小说《我们共同的朋友》，虽然不像《大卫·科波菲尔》一样在社会上引起轰动效应，但其中两组青年男女离奇的结合过程，却明显寄托了作者关于爱情婚姻的期望。

主人公约翰·哈蒙与贝拉·维尔弗之间的爱情纠葛是这部小说情节的主线。这对青年男女出身于不同的阶层，他们的结合经历了曲折的过程。

约翰的父亲老哈蒙本是一名清洁工人，他靠承包城市的垃圾发了财，成为伦敦的巨富。他的财产就是堆积成一座座小山似的垃圾堆。狄更斯采用他一贯爱用的象征手法，把金钱等同于垃圾。老哈蒙得了巨额财产之后，变得蛮横、颐指气使、刚愎自用，对儿女极其专横、霸道，他要依照自己的想法来安排儿女的生活，"顺我者昌，逆我者亡"。有一天，他在路上看见随家人出行的小姑娘贝拉·维尔弗，觉得这小女孩可爱极了，就和她的父母商定，待她成年后聘为他儿子约翰的媳妇。他也替女儿找了个对象，可女儿不满意，她已有自己的意中人。老哈蒙便把不听话的女儿赶出门去，以示惩罚。结果，他女儿在贫困中死去。他的十余岁的儿子同情姐姐的遭遇，在父亲面前替她求情，指责父亲做得太过分，结果也惹恼了老哈蒙，被逐出家门。约翰小小年纪便远走他乡，去南非从事种植业和酿酒业，经过奋力拼搏，终于站稳了脚跟，并且攒下一笔资金。约翰进入求爱角色之前的情况便是这样的。

贝拉·维尔弗又怎样呢？她出身于中下层社会。她的父亲雷·维尔弗是新近发家的资产者维尼林所掌管的一家药店的店员。年轻漂亮的姑娘偏偏出

---

① 赫雷·斯东《狄更斯与看不见的世界》，印第安纳大学出版社，1979年，第200~201页。

生在穷困的家庭里，她难免受到周围环境的影响，滋生出嫌贫爱富、爱慕虚荣的思想。贝拉向她父亲承认，她是个贪财的小坏蛋。可是她爱钱、贪财有她自己的一套想法。她对她的父亲说，她爱的不是金钱本身，而是爱那些用金钱所能买到的东西。但是她怎样去获得金钱呢？她不愿意去讨钱、借钱，更不愿意去偷钱，唯一的办法是嫁给一个有钱的人。"假如我能跟钱结婚的话，我就不会穷了。"他父亲听了她这一套掏心挖肺的话，大吃一惊，说："我亲爱的贝拉，在你的年纪说这种话，真是太吓人了。"①

富于戏剧性的是，满足贝拉欲望的机会来了。老哈蒙的仆人鲍芬继承了主人的家产，一夜暴富。鲍芬夫妇没有儿女，因为贝拉是老哈蒙生前认定的未来媳妇，现在虽然小哈蒙没了，但毕竟有这层关系，所以他们想把贝拉当干女儿一样，请到他们家里，和他们一同过富裕的生活。这正中贝拉的下怀，贝拉的父母也同意，于是，贝拉进了鲍芬夫妇居住的"宝屋"，过着养尊处优的生活。

再说约翰·哈蒙在国外听说他父亲已去世，便变卖了资产，冒着九死一生的危险，回国来准备继承遗产。他知道，老哈蒙在遗嘱中规定，儿子必须娶贝拉·维尔弗为妻，才能继承遗产。但是小哈蒙回国准备继承遗产时，首先考虑的是贝拉·维尔弗这个姑娘是否适合做他的妻子，而不是盲目地接受他父亲在遗嘱中规定的条件。小哈蒙化名约翰·洛克史密斯，为了便于接近贝拉，租住了她家的一间出租房，并且当上了鲍芬的家庭秘书。经过一番接触，他发现贝拉的确是个可爱的姑娘，但有嫌贫爱富的不良倾向，根本不把这个充当富人秘书的穷小子看在眼里。但小哈蒙没有放弃她，而是想尽办法去接近她，影响她，甚至试探性地向她表白爱情。遭她拒绝后，他并不灰心。在约翰充当鲍芬家的私人秘书期间，贝拉已被鲍芬收为养女。鲍芬太太眼尖，认出了这个名叫约翰·洛克史密斯的年轻人，就是当年被他专横的父亲赶出

---

① 狄更斯《我们共同的朋友》，智量译，上海译文出版社，1986年，第468页。

家门的那个可怜的小哈蒙。约翰的身份暴露后，他和鲍芬夫妇达成默契，从事"改造"贝拉的工作。鲍芬装扮成一个高傲的守财奴，对穷秘书约翰·洛克史密斯颐指气使、刁难凌辱。贝拉痛苦地发现，原先那么善良、厚道的鲍芬，过上富人的生活后，已变得势利、自私、残酷，成了十足的守财奴。他对那个穷秘书的种种无理行为使她无比气愤。贝拉看见她所尊敬的鲍芬变得这么可憎，深感财富毁了一个人的心灵。而这个穷秘书在"守财奴"面前表现出顶天立地的高贵品格，和傲慢霸道的主人展开有理有节的斗争。她本瞧不起这个穷秘书，对他的求婚不屑一顾。因为鲍芬曾对她明言，她将来要嫁一个有钱人，到时候他要给她一笔可观的嫁妆。现在她见那个穷秘书受欺凌的可怜相对他产生了同情，同时对他的不畏强暴、顶天立地的傲骨表示钦佩，继而对他油然生出爱慕之情。这时她已不把金钱、财富放在心上，打动她的是求婚者的高贵品格、闪闪发光的心灵。贝拉终于深深地爱上了这个穷秘书，厌恶鲍芬的"败行恶德"，不愿在他家继续住下去，毅然换上自己过去的旧衣裳，回到自己那个贫穷的家，继续过清贫的生活。约翰觉得转变后的贝拉显得更加可爱，他们心心相印，私订终身，然后贝拉领着约翰去见她称之为"小天使"的父亲雷·维尔弗。有意思的是，约翰·哈蒙与贝拉·维尔弗结婚后，亮出自己的真实身份，按照他父亲遗嘱的规定，他是遗产的合法继承人。鲍芬夫妇万分高兴地让小哈蒙成为巨大家产的主人，他们只要求得到主人遗嘱里规定给他们的那一份。使贝拉深感惊奇的是，当她已不再迷恋金钱，准备过清贫的日子时，却偏偏成为巨富的女主人。不过，经受生活的教育之后，她以淡定的心情迎接婚后富裕的生活，让她深感幸福的是，她不仅获得了财富，而且获得了比财富价值高百倍的纯洁的爱情。也许狄更斯的初衷是要通过约翰·哈蒙与贝拉·维尔弗的爱情和婚姻，表明只有摆脱金钱关系的影响，以品格、心灵为上，才有真挚的爱情、幸福的婚姻可言。但是，我们看到，约翰与贝拉的情况除了确证这点之外，还表明：财富会使心灵高尚、爱情真挚者的婚姻变得更和谐、幸福。看来狄更斯要告诉人们：高尚的心灵、真挚的爱情和必不可少的物质条件是形成和谐幸福的婚姻的必要因素。

如果说，约翰·哈蒙与贝拉·维尔弗的爱情和婚姻充满了喜剧性的话，那么，构成这部小说情节副线的另一组人物，即丽齐·赫克塞姆和她的两个热情、执着的追求者尤金·瑞伯恩和布拉德莱·海德斯东之间的关系则带有悲喜剧性质。

丽齐·赫克塞姆出身于贫穷的船工家庭。她自幼丧母，几乎充当了弟弟查理的小母亲，并且成为她父亲在泰晤士河上营生的得力助手。她虽然是个文盲，没受过教育，但天赋极高，是个既美丽，又很有智慧、德行的姑娘。她在艰苦的劳动生活中养成了坚忍不拔、勇敢面对困难的精神和善良、高尚的品格。小说在字里行间洋溢着作者对这个人物的同情和赞扬，正如在《雾都孤儿》中作者对不幸的孤儿奥利弗·特威斯特充满同情，并赋予他一贯到底的善良品格一样，丽齐·赫克塞姆成为狄更斯创作中出身下层社会的一个优秀女性。虽然狄更斯对这个人物的某些言行的描写有"拔高"之嫌，但这个人物总的说来还是感人的。

丽齐对两个追求者，即尤金·瑞伯恩和布拉德莱·海德斯东起初都采取拒绝的态度。但是，实际上，她内心深处对尤金·瑞伯恩是怀有好感的，甚至产生了朦胧的爱情。而她对身为小学教师的海德斯东，一开始就产生了反感。关于她和海德斯东的关系，前面已详述，此处不赘，只着重谈她和尤金的关系。

实际上，尤金也像海德斯东一样，起先对丽齐一见钟情。但是他和海德斯东不一样，他从一见钟情开始，经过多次接触，逐渐了解了丽齐的非凡气质和内心世界，从而对她的感情也变得越来越深沉、执着。而且他对丽齐的爱，较少自私的成分，更能体恤她、关心她、爱护她，因此，终于赢得她感情的回应。尤金对丽齐的感情的发展过程是充满戏剧性，并且耐人寻味的。

尤金是名律师。承接一桩谋杀案后，尤金和他的搭档莫蒂默·莱特伍德及探长来到船工杰西·赫克塞姆家，他们没见到杰西本人，却发现他的女儿丽齐在家。尤金一看见她，眼睛便被吸引住了。丽齐不俗的神态和惊人的美貌让他惊呆了，她那勾魂摄魄的魅力让他心旌摇荡。杰西以前的搭档罗吉·赖德胡德是个心术不正的家伙，造谣污蔑杰西谋杀了约翰·哈蒙之后才把他的尸体捞上岸（实际上从河里捞上来的尸体是与约翰·哈蒙外表相似的乔治·拉德福特的），害得杰西和他的女儿蒙受了不白之冤。尤金不相信赖德胡德的话，对丽齐父女深表同情。不久，杰西在河上干活时淹死了，尤金更对丽齐表示关心、同情，有事没事总要逛荡到河滨丽齐的住地，走进屋里和她搭讪几句。丽齐与尤金本是两个天地里的人，丽齐做梦也不敢想嫁给这个绅士，不过，尤金对她诚挚的关怀让她颇为感动，因而她一开始便对他产生了好感。尤金还聘请教师帮助丽齐学文化，丽齐接受了他的帮助。尤金坦言，在整个伦敦找不到比丽齐更好的姑娘。这说明，尤金不仅欣赏她的外表的美，还钦佩她心灵的高贵。他的搭档见他被丽齐迷得神魂颠倒，便率直地问他：

"尤金，你是打算占有这个姑娘，然后再把她扔掉吗？"

"我亲爱的朋友，不。"

"你打算娶她吗？"

"我亲爱的朋友，不。"

"你打算追求她吗？"

"我亲爱的朋友，我什么也不打算。我什么打算也没有。"[①]

尤金内心的真实情况确实像他说的那样。要知道，尤金是个懒散、消极、颓唐，甚至有点玩世不恭的人。他出身富裕家庭，他父亲替他物色了一个对象，但他不满意；他父亲希望他成为一位名律师，可他从业多年，还没办过一件像样的案子。他没有明确的生活目标，整天吊儿郎当混日子。他不是不肯认真做事，而是没事可做，或者说，在他眼里，没有什么事值得他费神、操心。他和《双城记》中的卡顿颇相似，在思想性格上，他们简直是一对孪

---

① 狄更斯《我们共同的朋友》，智量译，上海译文出版社，1986 年，第 428 页。

生兄弟。但是他比卡顿走运，因为他还能得到他钟情的女子的青睐。他的确
不晓得要怎样界定他和丽齐的关系。事实上，他内心深处非常爱丽齐。自从
认识她之后，他觉得生活变得充实有意义了。他觉得他不能没有她，但是，
他若娶她，他父亲会答么？社交界会接受她么？一个富家子弟，有身份地
位的绅士，竟然娶一个船工的女儿，一个没文化、目不识丁的姑娘做妻子，
在上流社会看来，简直是天下奇闻！这是尤金犯难之处。难道他想占有她，
然后抛弃她？上流社会的公子哥儿的确常常干这类勾当，但尤金是个正派的
绅士，这类事有损他的人格尊严，他决不会干。

尤金就是这样受爱的本能驱使，依恋着丽齐。尤金明知不可为而为之，
理智与本能在他心灵深处较劲。丽齐却比他理智、冷静得多。虽然她爱尤金，
但她知道，这种爱是不会有好结果的，她心里明白，他们不般配。于是她决
心躲开他。在善良的犹太老人瑞亚帮助下，她离开了伦敦城，搬到乡下，并
且进了一家造纸厂当工人，但是尤金千方百计探寻她的踪迹，终于通过布娃
娃的裁缝珍妮·雷恩的醉鬼父亲，探查到丽齐工作和居住的村庄。尤金对丽
齐作了最后一次探访。他们互相剖白心迹，丽齐恳求他今后不要再来找她，
尤金答应了。但是，这只是口头上说说罢了，实际上，尤金一直处在两难之
中。"跟她结婚办不到，"尤金说，"而离开她也办不到。危机就在这里。"①
有意思的是，倒是尤金的情敌布拉德莱·海德斯东帮他摆脱了危机。海德斯
东趁尤金和丽齐约会过后心事重重地沿河边往回走的时候偷袭他。头部挨了
重击的尤金又被扔进河里，幸亏他还有意识，还会在水里挣扎、呼救。还没
有走远的丽齐闻声立刻跳进河边停放的一艘小船前去营救他。这一来，丽齐
不仅救了他的生命，而且拯救了他的灵魂。尤金不仅感激丽齐的救命之恩，
而且更深切地领悟到她心灵的圣洁。所以他对好友莫蒂默说，让罪犯逃脱法
律的惩罚吧。他放海德斯东一马，不是出于恻隐之心，而是为了顾全丽齐的

---

① 狄更斯《我们共同的朋友》，智量译，上海译文出版社，1986年，第31页。

面子。经过这一劫难，不仅他和丽齐的心贴得更紧了，而且他的心里豁然开朗：在这个混沌的世界上，有一个圣洁的灵魂照亮了他的生活道路，使他觉得生活还是有意义的，今后他要为生活变得更有价值而奋斗。而通过尤金的劫难，丽齐也觉得，他的确把自己的生命和灵魂都献给了她，他好像是为她而活着，她也要以同样的爱来回报他。所以当尤金要求和丽齐结为夫妻时，她答应了。于是他们就在尤金的病榻前举行了一场世界上罕见的婚礼。

尤金与丽齐的爱情、婚姻，引起绅士、淑女们的一片哗然：一位中产阶级的绅士竟然娶下层阶级的一个目不识丁、干体力活的女子！这在维多利亚时代等级森严、重视贵族资产阶级生活准则的社会，确实被看作是一桩奇闻，一种反主流意识的怪诞行为。

四、社会动荡时期的爱情与婚姻

狄更斯不仅倡导符合人道精神的爱情和婚姻，而且把爱情和婚姻放在动荡的社会生活中，甚至放在阶级斗争的风口浪尖上去表现，例如在《双城记》中，狄更斯便表现了在法国革命时期疾风暴雨的阶级斗争形势下耐人寻味的五种类型的爱情婚姻：

第一种是封建专制统治下的苦难的婚姻——为大爱牺牲小爱的婚姻。

年轻时的马内特医生目睹贵族艾弗勒蒙德侯爵兄弟杀害农民一家四口的暴行，不为利诱，毅然上书朝廷希望能惩罚罪犯，为社会伸张正义。不料，最高专制统治者与地方贵族沆瀣一气，为非作歹者没受到任何惩罚，揭发罪行者反而被逮捕，投进巴士底狱，长达十八年，直到艾弗勒蒙德侯爵失宠，马内特医生才被放出来。而当马内特医生被捕入狱时，他的妻子已怀孕，后来生下女儿露丝，其妻因过度伤心而去世。露丝是在与马内特有密切的业务关系的特尔森银行办事员贾维斯·洛里关照、抚养下长大的。马内特医生出狱后才知道，妻子已去世，女儿已长大成人。他为伸张社会正义而牺牲了家庭幸福，可以说，他为了大爱而牺牲了小爱，尽管这不是他主动的、自愿的行为，但是，作为一个正直的知识分子，他敢于和嚣张、霸道的反动贵族对着干，说明他是个有胆有识的人道主义者。

第二种是貌合神离的婚姻。

艾弗勒蒙德侯爵（老大）的妻子是个出身上层社会，有教养、善良、富于同情心的女子，她看不惯丈夫和小叔飞扬跋扈、横行霸道的不良行为，对他们欺压农民的暴行深感痛心、内疚。她教育孩子，不应该过他父辈那样的罪恶生活，必须洁身自好，过自食其力的生活。在她的影响下，她的儿子查尔斯·达奈长大后便放弃贵族头衔和财产继承权，到英国去过自食其力的平民生活。在作者看来，查尔斯母子的行为是富于人道精神的，值得赞扬的。

第三种是人道主义者第二代——查尔斯与露丝的爱情婚姻。

查尔斯与露丝因相爱而结合。起初，露丝不晓得查尔斯的身世，而查尔斯是知道露丝的苦难童年的。他和露丝相爱后，向马内特医生坦白自己的身世，并取得他的同情和支持。马内特医生出于人道情怀，背弃了在巴士底狱中立下的、诅咒艾弗勒蒙德家族直至它的末代子孙的誓言，与查尔斯达成了默契。

第四种是革命者——德法日夫妇的爱情婚姻。

德法日太太是遭反动贵族艾弗勒蒙德侯爵兄弟残害的佃农家庭的幸存者。她是被寄养在海滨一个渔民家庭才得免于难，长大成人的。她是苦大仇深的劳苦大众的一员。本能的阶级意识使她对统治者、压迫者怀有刻骨仇恨，她和小酒店老板德法日结婚后，一同参加了人民革命运动的地下组织。他们的爱情婚姻可以说是以深厚的革命情谊为基础的。这是狄更斯笔下唯一一对有自觉的阶级意识、有坚实的共同志愿与意趣的情侣。小说写道：有一次夫妇俩在灯下畅谈对革命的感想，德法日对斗争的前景心存疑虑，他的妻子便批评他对革命缺乏坚强的信念，鼓励他坚强起来。革命爆发后，夫妇俩都参与了攻打巴士底狱的斗争，成为英勇无比的骁将。他们为了劳苦大众的自由解放，的确置生死于不顾。作者赞扬他们忠于革命、勇往直前的精神和战友加情侣的特殊情谊。但是，作者对革命胜利后成为新的统治者的德法日夫妇却加以贬抑，把他们描写为良莠不分、滥杀无辜、嗜血成性的疯狂的复仇者。狄更斯对这对革命夫妇的褒扬或贬抑都是基于人道主义原则的。作者描写德法日太太只身前往查尔斯·达奈夫妇的住地，要把露丝和她的幼小的女儿一起捉拿归案，结果扑了个空，她和露丝的忠诚的女仆普洛斯女士扭打起来。德法日太太因随身携带的手枪走火，中弹身亡。这一情节显然暗示：爱将战胜恨。

第五种是西德尼·卡顿被理想化的无私的爱情。

在《双城记》中，最受作者颂扬的是西德尼·卡顿带有浓厚的救世主义色彩的为"大爱"牺牲"小爱"的精神。所谓"大爱"就是对受苦受难的人们的爱、对他人无私的"爱"；所谓"小爱"就是基于个人情感欲望的爱。

西德尼·卡顿本是个悲观厌世、吊儿郎当混日子、一事无成的律师。他和法国贵族后代、以秘密身份移居英国的查尔斯·达奈长相极其相似，他们同时爱上马内特医生的女儿露丝。他自知竞争不过查尔斯·达奈，不可能赢得露丝的芳心，但他明知不可为而为之：一直执着地、诚挚地爱着露丝，直至露丝成为达奈的妻子、当了母亲之后，他仍爱着她。可以说，他是为了这个无望的爱而活着的。他对露丝怀着热烈的、诚挚的爱，却不像海德斯东或贾斯泼一样，把它转化为疯狂的行为，而是很有理智，即使他得不到她的爱，他也仍旧爱她：只要让他看一看她，在她家里坐一坐，或在她家周围走一走，他就心满意足了。他声称，她需要他时，他愿意为她献出一切。卡顿并不纠缠露丝，而是对她彬彬有礼；他也毫不嫉妒达奈，反而希望他们幸福、愉快。他的爱是无私的。狄更斯不顾感情的逻辑、生活的逻辑，把卡顿对露丝的爱表现为圣洁的、真正无私的爱。

这种情感表现的极致，就是卡顿替换达奈上断头台。实际上，卡顿的所谓无私的爱在这里已走了味，蜕变为一种宗教的救世情怀——一种与残酷的、自私的复仇主义相对立的、基督式的大爱无疆的情怀。

第七章　人道精神的大众情结

大众情结是狄更斯人道主义精神的核心，它赋予狄更斯的人道主义思想鲜明的特征，成为指导狄更斯创作的重要思想。

为什么大众情结会成为狄更斯人道主义的核心呢？它赋予狄更斯的人道主义什么特征？它又怎样成为指导狄更斯创作的重要思想？这些是我们探讨狄更斯的创作与人道主义的关系时遇到的重要问题。要真正把握狄更斯创作的底蕴，就必须解答这些问题。

一、狄更斯的大众情结与其人道主义思想

（一）狄更斯的大众情结的形成与发展

狄更斯的大众情结与他本人的生活道路、创作道路有密切的关系。

狄更斯生活、创作的年代是英国资本主义大发展的时代，这时期英国社会的一个显著特点是："古老家族和他们的食客的至高无上的地位，如今已为金钱和机器的主人分享，而贫穷的人照样贫穷。"① 狄更斯的父亲因挥霍无度，

① 埃弗尔·布朗《狄更斯所处的时代》，伦敦：托玛斯·纳尔逊父子有限公司，1963 年，第 11 页。

多次负债入狱，小小年纪的狄更斯也沦为皮鞋油作坊的童工。尽管他在皮鞋油作坊的时间不算长，"但是，那里的邋遢和苦难一辈子在他心里留下心酸的记忆，这在很大程度上决定了他后来写作的形式"①。苦难的童年使狄更斯体验到下层民众的艰辛，因此他对劳苦大众怀有天然的亲近感和同情心。这种朴素的阶级感情，可以说是狄更斯的大众情结的胚胎。随着他阅历的丰富，对社会观察的深入，这种朴素的感情便发展为具有丰富内涵的、坚实的理念，也就是说，狄更斯的大众情结经历了逐渐成熟、丰富的发展过程。

狄更斯创作早期（19 世纪 30 年代），劳苦大众在狄更斯心目中是善良的，不幸的，值得同情、关注的社会群体。所以，一踏上创作道路，狄更斯就把目光投向受苦受难的民众，把笔触伸向社会下层，显示出其不同于前辈和同时代作家的独特的创作风格。

狄更斯创作中期（19 世纪 40 年代），如果说前一时期狄更斯更多把劳苦大众看作不幸的、值得同情的对象的话，这时候，狄更斯从持续不断的"宪章运动"开始注意到劳苦大众有改变自身命运的强烈意愿和惊人的力量，他们绝不只是不幸的、值得同情的可怜虫，他们不仅有力量、有智慧，而且具有值得钦佩的美德。狄更斯认为"衣衫褴褛的人们也会呈现美德，和穿紫着红的人一样"。他说："我相信每天吃最小的一块面包的最穷苦的人，也多少会欣赏美德和大自然的一切美好事物。我相信美德有时穿着鞋，有时也会赤着脚；我相信美德通常在小街陋巷中，而不是在厅堂里。"② 这表明，这时期狄更斯已注意到劳苦大众身上的积极因素：隐藏的力量和美德。前一时期，他更注重善良资产者同情、关怀被侮辱、被损害者的美德和救世济贫的力量，现在他把眼光投向了受苦的穷人。尽管这时候他未必把他们抬到超越善良资产者的地位，但至少已把他们列入和可敬的社会贤达同等的地位了。总括起

---

① 埃弗尔·布朗《狄更斯所处的时代》，伦敦：托玛斯·纳尔逊父子有限公司，1963 年，第 11 页。
② K. J. 菲尔丁编《狄更斯的演讲辞》，牛津：克拉兰顿出版社，1960 年，第 18 页。

来看，这时期，"尊敬、热爱和同情就是他对穷苦人的基本态度"①。

创作后期（19 世纪 50—60 年代），狄更斯看出，"整个社会机构是邪恶的，它是建立在贪婪与阶级的利益的原则上的，这种原则一贯地破坏了大众的福利"②。狄更斯这时候的心态，正如他的挚友福斯特所说："没有一个政党让他满意，他像卡莱尔一样，已对用唐宁街的方法来解决政治的或社会的问题感到绝望，而寄希望于群众中一般人心目中的仁慈意识。他确信，下层阶级不仅比上层阶级好，而且更仁慈，具有更实在的政治本能。正如威廉·赫柯特爵士所说的，受民众欢迎的政府的整个原理基于这样的信仰，即广大群众虽然没受过良好的教育，但是，他们比受过更高教育的统治者会作出更明智的决断。狄更斯宣称：'他对统治者的信任微乎其微，而对被统治者的信任则是无限大的。'"③ 在几乎令人窒息的困境下，"狄更斯对这个世界所抱的唯一真正的希望是人民"④，这就是狄更斯的大众情结的关键所在。人民大众不仅是他同情、尊敬的对象，而且是支撑他的理想主义的力量源泉。

（二）大众情结成为狄更斯人道主义的核心内容

大众情结之所以成为狄更斯人道主义的核心内容，既有主观的原因，也有客观的原因。

从主观方面说，狄更斯对人民大众的态度有积极的一面，也有消极的一面。

积极的一面在于前面所说的，狄更斯小时候遭受的磨难和痛苦，使他和劳苦大众有一种天然的感情纽带，使他理解、同情他们的苦难、要求和愿望，赞赏他们的美德。而且由于他对统治者越来越失去信心，感到唯有人民大众才是世界的希望。

---

① 格雷汉姆·史密斯《查尔斯·狄更斯的文学生涯》，纽约：圣·马丁出版社，1996 年，第 147 页。
② 埃德加·约翰逊《狄更斯——他的悲剧与胜利》，林筠因、石幼珊译，天津人民出版社，1992 年，第 541 页。
③ O. F. 克里斯蒂《狄更斯与他的时代》，伦敦：赫斯·克兰顿有限出版公司，第 158 页。
④ 埃德加·约翰逊《狄更斯——他的悲剧与胜利》，林筠因、石幼珊译，天津人民出版社，1992 年，第 739 页。

但是，狄更斯毕竟是中产阶级的一员，尽管他缺乏系统的理论，但是传统的信念至少有两点在他的思想中是相当牢固的：一是对私有财产的尊重；二是对现存社会秩序的维护，他把社会的稳定看作是性命攸关的头等大事。基于这样的信念，狄更斯和人民大众，特别是其中的主体——无产阶级有一定的距离。说实话，狄更斯较熟悉的是工商业者、城市贫民、小资产阶级，而对产业工人了解不深。恰恰是当时称为人民大众主体的产业工人，在狄更斯后期的思想中占据了重要的地位。我们从《艰难时世》中看到，他既对工人群众的痛苦生活深表同情，对他们的种种美德深表赞赏，对他们要求改变苦难命运的愿望、要求表示理解、支持，却又对他们不满现实、要求打破现存秩序的潜在意识深感忧虑。实际上，狄更斯最感兴趣，最为赞赏、敬仰的是人民大众身上与他的人道主义理念契合的善良、仁慈的品格，而对他们反抗现实的斗争固然理解、同情，但并不完全赞赏。

从客观方面说，在狄更斯生活、创作的中后期，现实形势凸显了人民大众问题。

以争取工人选举权为基本内容的"宪章运动"轰轰烈烈，从 19 世纪 30 年代至 50 年代，出现了三次高潮，前后经历了二十余年，虽然最后以失败告终，但它是英国无产阶级的一次独立的政治运动，它为无产阶级取得政治权利开辟了道路，对英国社会产生了强烈的震动，也为狄更斯关注大众问题提供了现实依据。同时我们还要看到，19 世纪 30 年代至 50 年代是英国的多事之秋：如火如荼的"宪章运动"，加上灾荒、瘟疫、克里米亚战争中英军死伤惨重、此起彼伏的罢工斗争，等等，无不显示了社会矛盾尖锐，英国统治者腐败无能，社会改革一拖再拖，令人失望，人民大众处于水深火热的现实之中。因此，大众问题，不能不成为狄更斯人道主义关注的焦点。

二、大众情结赋予狄更斯的人道主义思想鲜明的特征

由于狄更斯怀有别的人道主义者难得有的大众情结，因此，狄更斯的人道主义具有自身的鲜明特色。这是狄更斯成为 19 世纪西方具有独特品格的一位卓越的人道主义者的原因。

（一）大众情结赋予狄更斯的人道主义鲜明的人民性、民主性

一些资产阶级人道主义者也标榜自己关心、同情劳苦大众，可是他们并不与民众同心同德，只不过居高临下地俯视民众，哀怜他们的痛苦与灾难，为他们的不幸遭遇洒几滴怜悯的眼泪。他们不了解，也不屑于了解群众的内心世界、他们的愿望和要求，不关心他们的命运，更对他们身上隐藏的力量、他们具有的优秀品格一无所知。在这些人道主义者眼里，劳苦大众只是等待社会贤达去解救的一群消极的可怜虫。

狄更斯却不一样。即使与他同时代的、在思想艺术上并非他的同道的著名小说家安东尼·特洛罗普也不得不尊重客观事实，认为狄更斯"在内心上是激进的——完全相信人民，为他们而创作，替他们说话，总想站在他们一边"①。美国著名的狄更斯研究专家埃德加·约翰逊也认为："狄更斯对这个世界所抱的唯一真正的希望就是人民。"②

事实正是这样，狄更斯是一个站在人民大众当中，与他们同呼吸共命运，一起战斗的成员。他不仅熟悉他们的生活，同情他们的苦难，而且对他们身上隐藏的力量感到惊奇，对他们的优秀品德深表敬佩。他对下层劳动群众的苦难感同身受，他不只是对他们的苦难和不幸命运洒同情之泪，他更要为他们争取做人的权利，做社会主人的权利。在他看来，那些受苦受难、被侮辱、

---

① 格雷汉姆·史密斯《查尔斯·狄更斯的文学生涯》，纽约：圣·马丁出版社，1996 年，第 148 页。
② 埃德加·约翰逊《狄更斯——他的悲剧与胜利》，林筼因、石幼珊译，天津人民出版社，1992 年，第 739 页。

被损害的劳苦群众理应享受正常人的生活，因为他们本是世界的创造者，是生活的主人，他们被自视高贵的贵族老爷、资产者踩在脚下，失去了生活的权利，才颠沛流离，挣扎在死亡线上。在早期的《老古玩店》中，狄更斯怀着真挚的同情表现失业工人的痛苦和愤怒。在后期的创作中，他一再表现了劳苦大众的悲惨生活和他们对社会的不满情绪。在《艰难时世》中，他表现了产业工人眼中"一团糟"的现实；而在《荒凉山庄》中，通过主人公伊丝特的探访活动展现了烧砖工人家庭在死亡线上挣扎的痛苦生活。在这些作品中，作者不是以高高在上的旁观者俯视下层群众痛苦生活的心态去表现他们的痛苦和愤懑情绪的，而是站在受压迫者的立场，去表现他们的遭遇和思想感情，所以真实地传达了他们的心声。

（二）大众情结赋予狄更斯的人道主义激进的批判精神

如果只把狄更斯的大众情结归结为对劳苦大众的同情、热爱和尊敬，那是片面的。狄更斯对劳苦大众的同情、热爱、尊敬，只是狄更斯对劳苦大众的基本态度，它不过是狄更斯人生哲学的起点，而他的人生哲学的核心是期望劳苦大众脱离苦难的深渊，实现社会的公正、和谐、幸福。因此，他努力探索劳苦大众不幸的根源。正是基于这点，狄更斯的人道主义体现了对社会邪恶寻根究底的激烈的批判精神。一些狄更斯研究者一谈到狄更斯对社会的批判，就罗列狄更斯揭露的众多的社会问题。但是，如果我们只着眼于狄更斯揭示的社会问题，譬如贫民习艺所问题、贫民窟问题、监狱问题、司法问题，等等，那就无异于只把狄更斯看作是一名报道现实情况的激进的记者。事实上，作为小说家的狄更斯是要从社会问题入手，剖析统治这个社会的那些人的思想灵魂。他从贫民习艺所的大小官员、贼窟的首领费金、私立学校的校长斯奎尔斯、放高利贷的奎尔普、商人拉尔夫·尼克尔贝等人物身上，揭示邪恶之徒的一个共同特征：贪婪、冷酷、自私。这些人个性各异，但他们如出一辙地以卑鄙、毒辣的手段欺诈、残害穷人和可怜无告者，以各种伎俩为自己猎取财富，把自己的快乐建筑在别人的痛苦之上。在英国，乃至整个欧洲文学史上，狄更斯第一次为受苦受难的人民大众鸣不平，对欺压穷人的商人、食利者、官吏等作了无情的鞭挞。我们从狄更斯早期的小说中看出，狄更斯对邪恶势力的憎恨、鞭挞，是和他对穷人、弱小者的爱和同情成正比的；对前者的恨就源于对后者的爱。

早年的狄更斯只把贪婪、冷酷、自私看作是邪恶之徒个人的恶劣品德，而没把它和社会的经济结构联系起来看。从 19 世纪 40 年代开始，他才逐渐认识到，这种如同瘟疫般蔓延开来的邪恶品德原来和资本主义制度有渊源关系，也就是说，资本主义是滋生这种邪恶品德的温床。他在《马丁·瞿述伟》、《圣诞颂歌》、《董贝父子》和《艰难时世》等作品中集中批判资产阶级的利己主义、拜金主义人生哲学及其恶劣影响。从那时开始，狄更斯的社会批判，渐渐超越了单纯揭示善良与邪恶对立的初衷，而"对（社会）偏离人性的原因和解决办法的探寻，越来越成为狄更斯创作的主导思想"①。

随着批判视野的扩大，狄更斯对现实的批判也越来越深入。如果说 19 世纪 40 年代狄更斯侧重从经济领域和精神领域揭示社会的黑暗和邪恶势力的猖獗的话，那么，50 年代英国社会危机四伏、险象环生的状况和他个人生活的种种困扰，使他对社会的黑暗有了更深切的感受。"他逐渐明白了：他所憎恨的一切弊端恶习都是盘根错节地成为一个体系的，它统治着社会的每一个机构。"② 他感到英国社会一团糟，已彻底不相信政府能够解决社会问题，因而对现实深感失望。在《荒凉山庄》、《艰难时世》、《小杜丽》和《双城记》等作品中，狄更斯接连以愤懑、郁闷的心态描写英国黑暗的现实：司法机构是毁灭人的希望、青春和幸福，杀人不见血的机构；议会里充斥着像葛擂梗那样只看重"事实"，扼杀人性的货色；工厂老板像庞得贝一样蛮横、毫无人性。总之，整个英国社会就像被浓雾笼罩、遍地泥泞的污浊世界，人们像是

---

① 约瑟夫·戈尔德《查尔斯·狄更斯：激进的道德家》，明尼苏达大学出版社，第 173 页。
② 埃德加·约翰逊《狄更斯——他的悲剧与胜利》，林筠因、石幼珊译，天津人民出版社，1992年，第 248 页。

生活在一座弥漫着腐败和死亡气息的大监狱里；在那里，官商勾结，政府以"不了了之"为办事原则，整个社会欺骗成风、虚伪透顶。狄更斯以幻想融合真实、高度概括的艺术形象生动有力地揭露了英国社会令人窒息的黑暗、腐败，鞭辟入里地揭示了邪恶势力的腐朽本质。

到了 19 世纪 60 年代，亦即狄更斯创作生活的最后十年，这位当年雄心勃勃的激进主义者虽然锐气犹存，但对社会的批判，锋芒已减。面对人欲横流、拜金主义、利己主义甚嚣尘上的现实，他万般无奈，只能书写充满铜臭味的人生悲喜剧。这时期的作品，总的说来，抗议现实的声音已减弱，对邪恶势力的鞭挞也不如先前有力。

纵观狄更斯长达三十余年的创作生涯，可以说他一直恪守直面社会、关爱人生、心系大众的创作方针，以他的如椽之笔，揭露社会的黑暗，鞭挞形形色色的邪恶势力，为社会、广大民众伸张正义。唯其如此，他赢得广大人民的敬仰，深受广大读者的喜爱。由此可知，狄更斯创作生命力的源泉，就在于它植根于现实，表达了广大民众的心声。

（三）大众情结赋予狄更斯人道主义执着追求理想的精神

狄更斯不仅是个现实主义者，而且是个理想主义者。作为现实主义者，他勇于直面纷扰的、惨淡的人生，揭露社会的黑暗；而作为理想主义者，他致力于改善人生，执着地探寻改造黑暗现实的途径和方法，探寻社会的未来，表现他的理想世界。

正如同他对现实的揭露批判源于他对下层民众的关爱、同情一样，狄更斯对改造黑暗现实的途径和理想社会的探寻，也是源于他对广大民众的关爱、同情。他不只是对下层民众的苦难表示同情而已，他还要进一步探寻清除苦难的办法，让广大民众过上舒心的生活。身为小说家的狄更斯肩负起社会改革家、人民大众精神导师的职责，把他的小说创作当作他执行这一神圣使命的一种手段。

早年的狄更斯把下层民众的不幸和痛苦看成是邪恶之徒的败行恶德造成

的，因此，在他看来，只要把这些受难者从受奴役的困境里解救出来，他们就结束了苦难，过上自由幸福的生活了。那么，谁来解救这些身陷困境的人呢？狄更斯寄希望于善良的富人和绅士。在《雾都孤儿》中，把可怜的孤儿奥利弗·特威斯特从地狱似的贫民习艺所和贼窟解救出来的是善良的、富裕的、有强烈的正义感和社会责任心的绅士布朗洛和梅丽太太。而在《尼古拉斯·尼克尔贝》中，把陷于彷徨歧路、求助无门的尼古拉斯从困境中解救出来的则是善良的、财富雄厚的实业家奇里伯孪生兄弟。狄更斯一直非常重视善良仁慈、富于同情心的富人对可怜无告的弱势群体的解救作用。沦为孤儿、陷入走投无路的困境的大卫·科波菲尔若不是投奔他的善良、富裕，又富于同情心的贝西姨婆，他能有出头之日吗？再往后看，一心想摆脱铁匠学徒地位、成为上流社会绅士的匹普，若没有匿名恩主的赞助，他的梦想能成真吗？

不过，在 19 世纪 40 年代之后，狄更斯发现，资产者一般都是贪婪的、冷酷自私的，能扶危济困的人毕竟是凤毛麟角。可怜无告者很难靠善心的资产者的救助，改变自身的命运。他更发现，资本主义是滋生拜金主义、利己主义的温床；资产阶级的邪恶习性像瘟疫一样传播开来，使社会日益变得非人性化。那么，怎样拯救社会？谁来拯救社会？靠无产阶级和劳苦大众用革命方式推翻资本主义制度、消灭资产阶级么？狄更斯认为，这不是解决问题的恰当方法，在他看来，拜金主义也好，利己主义也好，都是道德问题，只能按道德的方式来解决，也就是说，他要让资产者看到冷酷自私是非人性的、反人道的，它给他们自己、给社会造成极大的危害。那么，谁能担当起拯救这些"迷途的羔羊"的职责呢？在狄更斯看来，只有那些吃一小片面包、穿褴褛衣裳的劳苦大众才能担当起这个职责。因为他们处在社会底层，备尝艰辛，远离了金钱世界的邪恶习气，保持了人类善良的本性，而且他们处在困苦的生活境遇里更能领会人们之间互相帮助的重要，因此，在他们身上显示了善良、富于同情心、乐于助人等美德。狄更斯希望通过他们去影响、感化铁石心肠、冷酷自私的人们。有意思的是，时隔几年，在狄更斯的小说里，拯救与被拯救的角色倒转过来了。这说明，狄更斯的人道主义思想是随着他对社会观察、认识的逐渐深入而发展变化的，不是一成不变的。唯其如此，随着"大众"角色在狄更斯创作中由消极的被拯救者转变为积极的拯救者，狄更斯的人道主义理想也就趋于成熟了。

狄更斯的第一篇圣诞故事《圣诞颂歌》展现了鲜明对立的两种人生观和生活情景。对立的一方是富商斯克鲁奇，他一心钻到钱眼里，自私刻薄、贪财，甚至想从石头缝里挤出油来。平日他"隐秘自守、默不作声、孤单乖僻，好像一只牡蛎"。即使在圣诞节到来之际，他也丝毫不感到节日的快乐、温暖。他的事务所冷冰冰的，即使节日也不让他的办事员加点煤。他的外甥来向他祝贺"圣诞快乐"，他竟然说圣诞节是"胡闹"。两位绅士前来募捐，要为穷苦人买些肉、酒和御寒衣物，他竟一个便士也不给，声称他付的税款已用于维持监狱和贫民习艺所，尽到了自己的责任。他认为，对于过剩的穷人，最好的办法是让他们去死。对立的另一方是普通市民，虽然他们经济拮据，但他们心地宽厚、仁慈，一家人欢天喜地迎接圣诞节到来。当斯克鲁奇说圣诞节是"胡闹"时，他的外甥坚持说"圣诞节是个仁慈、宽恕、慈善、快乐的节期"，是人们友好地、坦诚地、快乐地相处的日子，所以值得庆贺。

小说不仅表现了对于圣诞精神的两种截然不同的看法和态度，而且表现了圣诞精神的强大感化力。在圣诞精神的感召下，斯克鲁奇幡然悔悟。次日醒来，他成了一个具有十足圣诞精神的人。他是那么欢乐、那么富于同情心和仁爱精神。他吩咐人去买了一只特大的火鸡送到他的办事员克拉契家，并且去他外甥家参加他们一家人的节日聚会。他像羽毛一样轻，像天使一样快乐，像学龄儿童一样开心。

这个寓言故事在狄更斯的创作发展史上具有里程碑式的意义。他出现在狄更斯创作的转折时期，绝不是偶然的，它是狄更斯创作思想转变的一个征兆。

在狄更斯早期的作品中，像匹克威克、布朗洛、奇里伯兄弟这些善良、富于同情心和急公好义的富人和像马可·塔里普等品格卓越的下层人物，都是狄更斯的道德理想的体现者。但是，狄更斯的人道主义道德理想，不只是要以善良人物的优秀品德来和邪恶之徒的败行恶德相抗衡，而且要拯救日益非人性化的社会。为此目的，他要营造一个能让人们的心灵有所依托，并且使人们企慕的精神家园。他相信，在这个精神家园的感召、推动下，社会有望回归和谐与人性化。他知道，要构建具有普世意义的精神家园，必须树立更富于概括性的精神境界（他所推崇的道德理想便隶属于这种精神境界）。只有在《圣诞颂歌》这篇寓言里，狄更斯才实现了自己的愿望。

三、体现大众情结的创作风格

狄更斯的创作风格和他的大众情结有直接关系。在大众情结的引导下，狄更斯的创作风格具有两个鲜明的特点，即严肃性与娱乐性结合、高雅性与通俗性结合。

（一）严肃性与娱乐性结合

严肃性表现在：首先，题材不管取自现实生活或历史，都具有重大的现实意义，对读者具有启示、教育作用。其次，主要人物具有一定的典型性，能感动读者、吸引读者，对读者起到启迪或潜移默化的教育作用。再次，道德的纯洁性，特别是在对待两性关系上。正如一位狄更斯研究专家所说："狄更斯认为自己是个著名人物，常常关注公众，留心自己写的东西。他小说的谨慎得到公认。弗雷德里克·赫里逊写道：'在（狄更斯的）40部左右作品中，你会发现没有一页是做母亲的需要避开她的成年女儿的。'曼彻斯特的一位主教在葬礼上布道时说：'在他所写的千万页作品中绝不会有一页是不宜给儿童看的。'"[①] 由于狄更斯重视自己的作品对读者的影响，因此，他非常注意

---

① O. F. 克里斯蒂《狄更斯与他的时代》，伦敦：赫斯·克兰顿有限出版公司，第143页。

不让自己的消极情绪流露在作品里，以免对读者产生不良的影响。即使在19世纪50年代，他处在极度不安、烦躁的情况下，也尽量不让这种情绪流露在作品中。关于严肃性，还有特别值得注意的一点，就是狄更斯对待小说艺术和小说创作极其严肃认真的态度。在维多利亚时代，小说是最不为人们重视的一种文学样式，它的地位不仅不如诗歌，甚至在戏剧之下。因此，有些作家虽然投身小说创作，但往往以漫不经心的态度对待它。以小说创作为谋生手段，或把小说创作当作一项终身职业的作家并不多。狄更斯是这少数作家中出类拔萃的一位。他把小说创作看作是一种神圣的艺术，他表示要为它奋斗终生。他决心通过自己的创作在读者中的影响，提升小说艺术在人们心目中的地位。因此，他对待小说创作总是全力以赴，兢兢业业，从不掉以轻心。

狄更斯不仅以严肃的态度从事小说创作，非常重视小说的社会意义、社会教化作用，而且也非常注重小说的娱乐功能。杰斯特顿指出："狄更斯的作品兼有说教与有趣两个特征。"① 的确，狄更斯是把小说的严肃性与娱乐性结合得最好的小说家。倡导小说的严肃性是英国维多利亚时代文艺批评的主导观点，也是狄更斯所坚持的主张。但是，他和同时代的其他作家不同，他除了坚持小说的严肃性之外，还非常重视小说的娱乐性。他倡导小说的娱乐性也是以有益于大众为着眼点的。杰斯特顿认为："在为人民的快乐呼吁方面，狄更斯依然是绝无仅有的人。现在谁也不维护人民的快乐，不管是激进派还是保守派：保守派蔑视人民，激进派则蔑视快乐。"② 狄更斯在一次演讲中声称："我有个严肃的、谦卑的，而且至死不渝的愿望，就是为世界增添无害的乐趣。"③ 狄更斯在《艰难时世》中有一处谈到，对于劳动沉重、日子艰难、生活枯燥的工人们说来，适当的休息、娱乐是多么重要：

　　……在今日之下，我们这些神志清醒和掌握了数字的人难道还要别

---

① G. K. 杰斯特顿《狄更斯创作欣赏与评论》，肯尼凯特股份出版社，1966年，第170页。
② G. K. 杰斯特顿《狄更斯创作欣赏与评论》，肯尼凯特股份出版社，1966年，第170页。
③ K. J. 菲尔丁编《狄更斯的演说辞》，牛津：克拉兰顿出版社，1960年，第9页。

人来告诉我们，在他们当中有一些幻想要求在健康正常的情况下发泄出来，而不是在痛苦万状中想挣扎出来吗？事实确实如此，他们越是在工作冗长而单调的时候，就越是渴望得到一点休息——舒畅一下，使精神活泼起来，劲头大起来，有一个发泄的机会……除非自然的规律完全可以作废，要不然，他们的这种欲望必须得到充分的满足，否则，就不可避免地会弄出乱子来。[1]

由此可知，狄更斯把文学创作的娱乐作用提高到维护劳苦大众的身心健康、维护社会稳定的需要的地位来考虑。狄更斯晚年长时间四处奔波朗诵自己的作品，也包含了使自己的作品以更直接的方式满足民众娱乐需求的意思。

前面说过，狄更斯是小说的严肃性与娱乐性结合得最好的作家，那么，在狄更斯的小说中，严肃性与娱乐性是如何结合的呢？我们不妨以狄更斯的代表作《董贝父子》为例，来简要地探察一番。

《董贝父子》的主题和题材都是非常富于现实意义的。小说的主旨是批判资产阶级的拜金主义及在其支配下的人与人之间赤裸裸的金钱关系。这一主旨在小说中表现得极其鲜明突出。首先，它主要通过进出口商巨子董贝家庭生活的悲剧表现出来。小说的中心情节并不复杂，甚至相对而言还是比较单纯的，主要包含几种关系：董贝与董贝父子公司的关系，董贝与妻子、儿女的关系，董贝与仆人的关系以及董贝与下属的关系。作者把这几种关系组合成一条清晰的、充满戏剧性的情节线索，表现董贝的金钱大厦的一度辉煌、最后的崩溃以及高居于大厦之上的董贝的傲慢的破灭。对资产阶级拜金主义的批判容易流于抽象化、一般化，可是狄更斯通过充满戏剧性的、隐含无数张力的人物之间的关系，把董贝的拜金主义表现得具体可感、鲜明突出，而且矛盾冲突一环扣一环，使这一中心情节表现的故事生动有趣、跌宕多姿，不仅凸显了主题，而且一点不让人觉得抽象枯燥。其次，从人物形象来看，

---

① 狄更斯《艰难时世》，全增嘏、胡文淑译，上海译文出版社，1978 年，第 31 页。

主要人物董贝作为资产者的典型，塑造得极其成功。作者以讽刺的手法，从董贝对待金钱，对待妻子、儿女、下属和仆人的态度，多角度、多侧面地揭示了董贝拜金主义的世界观、人生观以及作为他的性格核心的傲慢。在董贝和众多人物的关系中，作者凸显了董贝和他的女儿弗洛伦斯、儿子保罗以及董贝和他的第二任妻子伊迪丝、下属卡克尔的关系。在狄更斯的创作中，董贝形象的塑造有其独特之处，作者把董贝置于交错的人物关系的交汇点上，来凸显其性格，因此董贝的形象显得格外生动。而且随着他的金钱大厦的崩溃，他的傲慢失去了支撑，难以为继，董贝变得色厉内荏。之后，在他的女儿弗洛伦斯温情的感化下，他的冷酷的心渐渐软化，变得有人情味了。这样，董贝的性格及其整个形象具有动态感，从而增强了魅力。最后，从叙事来看，《董贝父子》彰显了狄更斯叙事艺术中悲怆与幽默交错、诗性与戏剧性结合的特点。

弗洛伦斯受其父冷遇的可悲处境，特别是保罗受到不良教育的摧残，身心日渐衰弱，他的纯朴的、充满幻想的内心世界以及他的夭折都是充满悲怆意味的。在当时的英美读者群中，保罗之死的悲怆动人，仅次于小耐儿之死引起的轰动效应。但是，除了悲怆之外，《董贝父子》又处处洋溢着诙谐、幽默，特别是对没落贵族斯丘顿夫人，退休军官乔伊·巴格斯托克少校，保罗的大龄同学、弗洛伦斯的追求者图茨以及下层人物、退休的爱德华·柯特船长的描写都是充满诙谐、幽默的，有的描写简直让人忍俊不禁，拍案叫绝。这些诙谐、幽默的描写恰好中和、调节了保罗之死引起的伤感情绪，让爱哭、爱笑的读者各得其所。

从以上对《董贝父子》艺术特点的简要剖析，不难看出它的艺术魅力、娱乐作用之一斑。狄更斯执笔为文，一向非常注重表达的生动性；而对小说创作，他特别注重它的可读性，他要让他的创作连粗通文化的下层民众也爱读，即使目不识丁的劳动者，不能直接看他的作品，也爱听别人朗诵。狄更斯注重小说的娱乐性，不仅为了使作品的内容更易为读者接受，而且要让读者读他的小说像上剧院看戏剧演出一样，能获得审美的享受，让身心放松。

　　（二）高雅性与通俗性结合

　　狄更斯从不自视高贵，从不把自己局限在少数社会精英的圈子里。但是，论文化素养（他基本上是自学成才的）、论他的举世无双的艺术创造能力以及他的社会地位，他是地地道道的社会精英。不过他把自己看作是普通民众的一员罢了。这种精英的资质与草根心态的融合，便是狄更斯小说高雅性与通俗性结合的心理基础。假若狄更斯踏上文学创作道路时，去迎合上层社会的审美需求，他就不可能创作出留给后世的这些文学精品，他也不可能成为一百多年来一直赢得广大读者敬仰、喜爱的伟大文学家。正因为他眼睛往下看，以广大民众为服务对象，并且以普通民众的身份来观察现实、感受人生、表现人生，他的惊人的艺术才能才得以通过朴素的、普通民众能领会的形式表现出来——这就是他的创作高雅性与通俗性结合的途径。

　　什么是高雅性？什么是通俗性？

　　依笔者管见，高雅性意味着作品思想深刻、艺术精致、形式新颖、审美趣味高尚。高雅性的反义是"粗俗"，即形式粗糙、内容庸俗。通俗和"粗糙"、"媚俗"有本质的不同，它不是对上述高雅性的诸方面的否定，也不是为了适应大众的需求，降低作品的思想艺术水平，甚或去迎合大众中某些落后的、低级的审美趣味，通俗性只是要求作品的思想艺术适应大众的审美需求、审美习惯和鉴赏能力，让高雅性的诸方面以大众能领悟、可接受、喜闻乐见的方式表现出来，做到"雅俗共赏"。狄更斯的作品便做到了这点，因此，上自社会精英、下至平民百姓，都喜爱他的作品。所以他的作品一直保持较高的销售量。

　　那么，狄更斯在作品中如何把高雅性与通俗性结合起来呢？我们试以他的《小杜丽》为例来说明。

　　在《小杜丽》中，高雅性与通俗性的结合首先在于深刻的主题通过生动有趣的故事表现出来。

高雅性的首要条件是作品的主题思想深刻，而通俗性的突出表现是故事情节生动有趣。读者中，不管是王公贵族、富商巨贾、社会精英，还是工人、农民、商店的小伙计，谁不爱听故事呢？特别是生动有趣的故事最有吸引力。狄更斯恰恰是编故事、讲故事的高手。打从他还是一名学童时，他就经常以向他的弟弟妹妹和同学讲自编的故事为乐事。他的小说创作在艺术上的一个显著特色便是故事性强，故事有头有尾，而且情节曲折，富于戏剧性与传奇性，极其生动有趣。这是一般民众爱看或爱听狄更斯小说的一个重要原因。但狄更斯和那班思想空虚，一味追奇猎艳、编造耸人听闻的故事以取悦读者的庸俗作家不同，他总是通过生动有趣的故事传达了作品深刻的主题思想。就拿《小杜丽》来说，它的主题在于表现英国社会弥漫着腐败气息，欺骗、虚伪成风，整个社会就像一座沉郁、阴暗、腐败的监狱。为了表达这一主题，作者营造了如下几个主要的故事：

其一是关于威廉·杜丽的故事。威廉·杜丽本是个有教养的、文质彬彬的绅士，因与人合伙投资失败负债入狱，长达二十余年。在马夏尔西负债人监狱的腐败气息毒害下，他从一名正派的绅士堕落为庸俗、自私、追求虚荣的"马夏尔西监狱之父"。他在亚瑟·克莱南等人帮助下获得一笔拖延许久的遗产，一夜暴富。但他清偿债务出狱后，在监狱里形成的邪恶习性不仅没有消失，反而在新的环境下膨胀起来，他变得十分势利，一心巴结权贵，以富豪自居，蔑视穷苦的、社会地位低下的人们。他甚至不愿意再与曾大力帮助过他的亚瑟·克莱南继续交往，认为再与其亲近，有辱他的身份地位。他为了忘却身陷囹圄二十余年的耻辱，举家迁往意大利。可是，不管他走到哪里，监狱的阴影在他心头都难以驱散。在一次众多上流人士出席的宴会上，他突然变得神志昏迷，仿佛仍身处马夏尔西狱，吩咐他女儿去叫监狱长来，弄得举座贵宾莫名惊诧。从此威廉·杜丽一直处于昏迷状态，直至去世。

其二是关于克莱南太太的故事。克莱南太太以极端的宗教思想对待他人，以反邪恶的斗士自居，做了许多亏心事，特别是苛待养子亚瑟·克莱南，隐瞒他的不幸身世，并且霸占了小杜丽名下应得的一份遗产。她患病后，下身瘫痪，长年坐在轮椅里，足不出户，如同身陷监狱。特别是她做了亏心事，心灵不安，仿佛处于一个隐形的监狱里。后来，克莱南太太受到良心谴责，瘫痪之身竟能起立行走，步行至马夏尔西负债人监狱，跪倒在小杜丽面前，把她应得的遗产归还给她，并请求她宽恕。

其三是关于金融界的大骗子莫多尔的故事。关于这个人物，前面（见第三章第四节）已有所论述，此处不赘。

其四是关于"伤心园"房产主人卡斯贝的故事。克里斯托弗·卡斯贝被拖拖拉拉部的巴纳克尔任命为城市代理人。他是"伤心园"房产的主人，靠压榨穷人的血汗致富。但是，他表面上装得很体贴穷人，逢人总是笑眯眯的，摆出一副关心、同情穷人的面孔。暗中他却通过他的房产总管潘克斯用凶狠的手段向"伤心园"的住户催租、逼租，一个便士也不能少。而他给这位总管的佣金却少得可怜。有一天，潘克斯终于忍无可忍，趁卡斯贝在"伤心园"逍遥自在地漫步时，走到他身边，打掉他的帽子，当着众人的面揭穿这个所谓德高望重的大好人的虚伪面目。潘克斯的反戈一击博得"伤心园"居民热烈的喝彩声。

其五是关于拖拖拉拉部的故事。亚瑟·克莱南同情杜丽一家的遭遇，想方设法帮助威廉·杜丽出狱，以便改变小杜丽的悲惨处境。他了解到威廉·杜丽的主要债权人是拖拖拉拉部的一名重要官员泰特·巴纳克尔。于是，他毅然到拖拖拉拉部去拜见这位官员。但是，亚瑟·克莱南一连去了几趟，都没见着泰特·巴纳克尔。最后，一位小巴纳克尔告诉亚瑟·克莱南，他父亲在家里，他可以去求见。亚瑟·克莱南好不容易见到了泰特·巴纳克尔，但是，对方以"不了了之"的方法应付他，结果他还是一无所获。

上述几方面，虽然并未涵盖这部小说的全部内容，而只涉及小说的主要情节，但是，从中不难看出，这些生动的故事已有力地表现了小说的深刻主题。

　　在《小杜丽》中高雅性与通俗性的结合，还表现在具象与抽象两种表现方法的巧妙结合上。从具象方面说，作者通过威廉·杜丽一家在马夏尔西狱里的长期生活，杜丽思想性格的变化，来揭示监狱的腐败、堕落气息如何潜移默化地把威廉·杜丽推向堕落的道路。作者还用大量篇幅描写监狱之外光怪陆离的世界的腐败实质，从而表明，监狱内外本质上是相同的，整个世界就是一座大监狱。为了凸显监狱内外实质上的一致，作者还借助了象征手法，即通过如影随形、无处不在的监狱意象，把监狱内外——有形的监狱与无形的监狱联结成一个整体。而这一象征手法因和生动的写实紧密结合，易为普通的读者所领会。

第八章　人道精神的道德眼光

一、从人道精神出发揭示社会弊端

如前所述，人道主义是狄更斯批判现实的思想武器。在人道眼光审视下，现实中凡是有悖于人道精神的事物都在作者的揭发批判之列。狄更斯的创作，从一开始便显示了亦庄亦谐的风格特点。如果说他的第一部长篇小说《匹克威克外传》诙谐、活泼胜于严肃的话，那么，从第二部小说《雾都孤儿》开始，就在保持诙谐特征的前提下，强化了严肃性，即把对人物性格、命运的描写和对社会问题的揭发、批判结合起来，从而开创了英国批判现实主义小说的先河。在狄更斯之前，小说家并不关注"社会问题"，譬如简·奥斯丁"从她1796年创作《傲慢与偏见》至1817年去世，她都举起敏感的镜子映现人性的弱点，仿佛不存在什么民族或社会问题似的"。"在狄更斯之前，（社会）问题与小说家无关。而狄更斯以新闻工作起家，他一开始便把虚构与有关大众的苦难和不公平的种种事实融为一体，他的故事便成为改革者的需要，同时又供人娱乐。"① 浪漫主义者虽具有反叛精神，但是"诗人和戏剧家依然把他们的目光停留在往昔，而不关注眼前发生巨变的现实，狄更斯结束了这

---

① 埃弗尔·布朗《狄更斯所处的时代》，伦敦：托玛斯·纳尔逊父子有限公司，1963年，第8页。

种情形"①。作为一位激进的人道主义小说家，狄更斯便以揭露批判现实作为他关爱人生、推进社会的出发点。

狄更斯揭露的社会问题之多、涉及的范围之广，令人赞叹。概括起来，他所揭露的问题、涉及的范围主要有如下几方面：

其一，揭露批判社会机构，例如贫民习艺所（《雾都孤儿》）、监狱（《匹克威克外传》、《小杜丽》）和私立学校（《尼古拉斯·尼克尔贝》、《大卫·科波菲尔》）的黑暗内幕。

其二，揭露批判政府机构（《小杜丽》）和法庭（《荒凉山庄》）的腐败。

其三，揭露批判资产者的冷酷自私、惊人的利己主义和拜金主义（《尼古拉斯·尼克尔贝》、《老古玩店》、《马丁·瞿述伟》、《圣诞颂歌》、《董贝父子》和《艰难时世》）。

其四，揭露尖锐的劳资矛盾、食利者与城市贫民之间的矛盾（《艰难时世》和《老古玩店》）。

其五，揭露贫民窟和下层劳动者生活的悲惨情况（《雾都孤儿》、《老古玩店》、《荒凉山庄》）。

其六，揭露批判资产阶级反人道的爱情、婚姻和家庭生活（《马丁·瞿述伟》、《董贝父子》、《艰难时世》）。

其七，对城市贫民的救助（《荒凉山庄》）和对失足妇女的拯救问题（《大卫·科波菲尔》）。

从上述可以看出，狄更斯揭露的社会问题涉及社会生活的方方面面，但最重要的是社会机构的黑暗，行政和司法的腐败，无产阶级、城市贫民和其他劳动者生活的痛苦以及劳资矛盾、社会矛盾的尖锐。狄更斯揭示如此多的社会问题，涉及的社会面又如此广泛，表明狄更斯不仅有丰富的生活积累，而且有敏锐的、深邃的目光。

_____

① 埃弗尔·布朗《狄更斯所处的时代》，伦敦:托玛斯·纳尔逊父子有限公司,1963 年,第9 页。

若问狄更斯为何揭露这些社会问题，一种较为普遍的说法是出于"匡正时弊"的目的。前面引述的埃弗尔·布朗的评论便提到，"他的故事便成为改革者的需要，同时又供人娱乐"，这自然没错。有的评论者正从匡正时弊的角度，责怪狄更斯揭露了那么多社会问题，却提不出一条切实的改革措施来。对狄更斯提出这样的要求，确实让人哭笑不得。狄更斯在他的小说创作中反映的种种问题，的确是有感而发的，正如俄国革命民主主义美学家车尔尼雪夫斯基所说的，他是"捍卫着下层阶级，向上层阶级进行斗争，向虚假与伪善进行讨伐的战士"[①]。其实，不管是为了改革的需要也好，还是出于社会的正义感也好，都是只对狄更斯的创作动机和目的作表面的解说，还未触及深层次内涵。

诚然，狄更斯是个改革派，在某种意义上说，他是个激进的改革派。他参加过一些社会改革活动，还积极协助热心社会慈善事业的富裕贵族的后代库茨小姐所举办的社会公益事业，例如创办贫民子弟免费学校、失足妇女感化院，等等。狄更斯在初期创作中揭露的一些社会问题，的确是当时英国现实中的突出问题。而狄更斯以新闻记者的敏锐目光所反映的现实中的敏感问题，却蕴含着一个激进人道主义小说家的深远目的：重振社会道德，并为人性的完善而奋斗。

二、以道德眼光审视社会问题

狄更斯多年的记者生涯练就了他观察社会问题的敏锐眼光，贫苦出身和丰富的社会阅历使他在英国社会的激烈变革时期，站在改革派一边。但狄更斯毕竟不是政治家或职业的社会活动家。他从记者行业转向小说创作之后，对社会的观察已带有艺术创作形象思维的特点。也就是说，他不是以记者的

---

① 伊瓦肖娃《〈狄更斯的创作〉序言》，载《文史译丛》，1956 年创刊号。

身份去揭示社会问题，而是以小说家的姿态去观照现实、表现现实的。社会问题只是他观照现实的切入点，他关注的是社会问题中活生生的男人、女人，好人、坏人。他不像法国的巴尔扎克那样以法国历史的书记自诩，真实地再现法国社会上演的一幕幕人间喜剧。狄更斯是个悲天悯人的人道主义者，他感兴趣的不是"人间喜剧"本身，不以记录社会历史的演变为目的。说实话，他对历史的演变多半只有模糊的认识，但是他对现实的感受却是精确的、鲜活的。他感兴趣的是充满悲欢离合情调的人生悲喜剧，以及在悲喜剧人生中，男人和女人、好人和坏人的道德面貌和古怪的个性。有评论称："他抨击各种弊端——监狱、寄宿学校、大法官庭——但是他没有正面的改革理论……他所能想到的唯一补救办法便是以怜悯和仁慈软化上流社会冷酷漠然的心和葛播梗们那种凶巴巴的冷漠无情，依靠这种精神激励私人施舍行为的积极生活。"①

事实上，狄更斯不仅不能提出正面的改革理论，而且也无意于此。前面说过，他毕竟不是政治家、社会实践家，在他看来，解决这些问题是主政者的责任，作为文学家，他只能揭露问题，并且揭示问题产生的原因。在他心目中，揭示问题产生的原因比揭露问题来得重要。因为从他揭露的社会问题看来，固然存在体制上的毛病，但更重要的是主政者或机构的掌管者心术不正、道德败坏。因此，狄更斯在小说中很自然地把社会批判转向道德批判，正如有的评论家指出的，"事实上，狄更斯的社会批评都是道德批评"②，"狄更斯对社会的每次批判，矛头所向，经常是精神的变化，而不是社会结构的变化"③。法国批评家泰纳指责狄更斯着眼于道德，把这看作是狄更斯小说创作的弱点。笔者倒认为，这恰恰是狄更斯小说的优点。因为狄更斯肩负起"人类灵魂工程师"的神圣职责，在英国社会剧变时代，面对人欲横流、金钱至上、虚伪欺骗成风的现实，重视心灵的疗救，从社会问题后面看到道德的

① 沃尔特·E. 豪顿《维多利亚时代的思想状态》，耶鲁大学出版社，1957 年，第 274 页。
② 约瑟夫·戈尔德《查尔斯·狄更斯：激进的道德家》，明尼苏达大学出版社，第 3 页。
③ 约瑟夫·戈尔德《查尔斯·狄更斯：激进的道德家》，明尼苏达大学出版社，第 4 页。

危机，并提出补救的办法，这恰恰体现了狄更斯作为人道主义小说家关爱人生的特点。

狄更斯以道德眼光审视社会问题，表现出如下特点：

其一，他认为，在同一社会体制下既有好人，也有坏人，这表明关键是人，而不是体制。在《尼古拉斯·尼克尔贝》中，狄更斯描写了两类资产者：一类是善良的、富于同情心的奇里伯孪生兄弟。他们来自下层，原先也是穷困潦倒，经过打拼，发了财，成为家大业大的老板，但他们并没有因此变得冷酷自私，而是保留了纯朴的、善良的本性，对在穷困中打拼的青年，例如尼古拉斯·尼克尔贝特别富于同情心，给予慷慨的支持和帮助，使其能自立、自强。另一类是尼古拉斯的伯父拉尔夫，此人也以经商为业，可从小就养成了嗜钱如命的恶习。他为了钱，抛弃了情人和孩子。对前来投奔他的弟媳、侄儿和侄女冷漠无情。他和嗜钱如命的犹太商人亚瑟·格赖德及经营私立学校的凶残的斯奎尔斯沆瀣一气，专干伤天害理的事。作者通过上述两类不同品性的商人之间的对立、交搏，表明资产者不是清一色的、铁板一块的。商人并不都是坏蛋、恶棍，问题在于他们能否洁身自好，正确对待金钱、财富。

其二，他认为，即使资产者身处金钱关系中，变得嗜钱如命、冷酷自私，毫无怜悯、仁慈之心，但是，只要他的良心未泯，不凶残暴虐，在一定条件下还是可以变好的。这一定的条件就是他自身遭受了挫折，接受了生活的教训，并且受到好心肠的人（多半是下层社会的人）的怜悯仁慈的感化，从而幡然悔悟，洗心革面，重新做人，例如《圣诞颂歌》中的斯克鲁奇、《董贝父子》中的董贝、《艰难时世》中的葛擂梗就是这类弃恶从善、"人性复归"的典型。

其三，他认为，即使制度、体制改变了，残暴的统治者被推翻了，但新的统治者若不严格自律，照样可能成为凶残的压迫者。《双城记》便表现了这一思想。作品中以艾弗勒蒙德兄弟为代表的贵族阶级残酷地压迫、剥削人民，迫使人民大众揭竿起义，推翻了专制贵族的统治。但是以德法日夫妇为代表的革命人民成为统治者之后，像昔日的专制贵族一样，以残暴的手段对待被推翻的阶级，并且滥杀无辜。狄更斯以此表明，以暴制暴，后患无穷。被压迫人民的反抗斗争固然是正义的、合理的，但在斗争过程中和胜利后，若不分青红皂白地实施暴行，那就失去了正义性、合理性。狄更斯由此得出结论：革命是要的，但重要的不是制度的变革，而是心灵的革命。

阶级斗争论者据此认为，虽然狄更斯揭露批判了资本主义社会的弊端，但不敢触动资本主义制度本身，因此他是对资本主义小骂大帮忙。这种批评有一定的道理，它至少揭示了所谓"狄更斯人道主义思想的矛盾性"。遗憾的是，批判者以20世纪阶级斗争的现实去比附历史，以现当代无产阶级革命派的标准去要求19世纪的作家。只要查阅一下历史和狄更斯的传记材料便明白，狄更斯的道德批判在当时是极其激进的。当时英国工人革命组织的激进派，虽然也曾提出过武装斗争的主张，但并未提出废除资本主义制度，实现无产阶级专政的主张。当时的英国无产阶级还未觉悟到这种程度。那么，我们怎么可以要求狄更斯成为一名社会主义者呢？说他是改良派也好，调和派也好，无不以阶级斗争学说去衡量他、要求他，抹杀了他的基于人道主义思想的道德批评的激进实质：通过道德批评，唤醒人们的道德良知，从而实行心灵的革命，使日趋非人性化的社会重振道德。

说狄更斯不敢触动资本主义制度，也不符合实际情况。即使在19世纪30年代他初期的创作中，狄更斯也塑造了漫画式的高利贷者奎尔普，冷酷无情、嗜钱如命的商人拉尔夫·尼克尔贝和一心搜刮金钱的犹太高利贷者亚瑟·格赖德。通过这些人物形象，他让读者看到，拜金主义和冷酷无情是商人、高利贷者的共同特性。尽管这时期狄更斯还未有意识地把资产者的邪恶品性与资本主义制度联系起来，但至少他揭示了这些商人、高利贷者的贪婪、自私的品性是与人道精神格格不入的，是对人的善良天性的扭曲、背叛。40年代以后，他更通过一系列形象表明，资本主义是滋生利己主义、拜金主义的温床，是道德滑坡、社会日益非人性化的根源。

　　无产阶级革命派根据狄更斯创作提供的、富于深刻意义的社会画面，自然会得出资本主义制度非打破不可的革命结论。也就是说，狄更斯创作所揭示的生活真实，为马克思主义的革命理论提供了生动有力的历史佐证。正因为这个缘故，狄更斯的创作受到马克思、恩格斯的高度重视和赞扬。

　　但是，狄更斯毕竟不是无产阶级革命派，我们也不应该这样要求他。我们所要做的是，还狄更斯作为一个激进人道主义者的真实面目，实事求是地评价他的创作对现实所做的道德批评的意义。

　　因为狄更斯不是无产阶级革命派，而只是一个激进的人道主义者，因此，他没有从他自己所揭示的社会真实中得出革命的结论。恰恰相反，他揭露社会真实，是为了让主政者、社会贤达，包括资产者本身，看到社会问题的症结所在，予以正视，努力补救。说他是资本主义社会的"补天派"吧，那也没错。他的确不希望看到无产阶级、劳苦大众用暴力手段推翻现存制度，他认为那会导致社会的灾难。这不只是牵涉到他个人信仰、个人利益的问题，更多的是为国家、民族利益着想。英国社会避免了一场法国大革命式的灾难，狄更斯的创作起到了一定的作用。因为他的创作警告英国统治者要正视并妥善解决社会矛盾，缓和人民大众的不满情绪。狄更斯还在文章和演讲中一再警告统治者，不要等到人民大众起来造反时才正视社会问题，那时候，人民大众就要用他们自己的方式来解决问题了。

　　狄更斯的确没有从他所揭示的生活真实得出革命的结论，而是按照人道主义方式，从心灵上、道德上着手解决问题。他希望资产者从金钱的奴役下解放出来，挣脱拜金主义、利己主义的束缚，复归健全的人性。为此，他不仅描写资产者如何为金钱所迷惑，变得冷酷无情、自私自利，而且表现他们遭受挫折后能接受生活的教训，幡然悔悟，从此改邪归正。显然，这是带有乐观主义色彩的理想主义。生活中并非不可能出现这样的事例。一向具有浪漫情怀的狄更斯便把生活中的可能性转化为艺术上的现实性。在《圣诞颂歌》中，他用梦幻和寓言手法表现金融资本家斯克鲁奇从金钱奴役下解放出来，接受"圣诞精神",复归健全的人性。而在《董贝父子》中,狄更斯则采用写实手法,表现高傲的董贝在他的金钱大厦倾覆、几乎变成穷光蛋后,又遭受妻子不忠、一向被他视为心腹的下属的背叛这一系列变故的沉重打击,尝到了人世苦难的滋味,感受到女儿对他的纯真的爱的可贵,从而变得通情达理,富有人情味。通过这两个人物的转变,作者表明,人性本善,资产者有如上帝眼中"迷途的羔羊",在适当的引导下,完全可能回归正道。基于这样的想法,在《艰难时世》中,狄更斯希望通过善良的纺织工人斯蒂芬对老板庞得贝关于仁慈、怜悯的一番劝说,实现劳资双方的互相谅解、协作,但是徒劳无益,蛮横的老板根本不听他那一套。这表明,狄更斯并未被浪漫的激情蒙蔽现实感,他清醒地意识到,解决劳资矛盾并非易事,仁慈的说教对顽固不化的资产者来说难以立竿见影。

尽管如此,狄更斯从道德上解决社会问题的方针始终不变,他希望通过自己的创作,在社会上掀起"心灵的革命"。所以,"对偏离人性的原因和解决办法的探寻,越来越成为狄更斯创作的主导思想"[1],而且,"狄更斯逐渐明白,社会性质有赖于个人的品质"[2]。

三、重振道德的终极目标:追求人性的完善

狄更斯以道德眼光看社会问题,希望通过提升全民族的道德水平来改善社会。而且在展现人们的道德面貌过程中,"狄更斯打破了民族的狭隘性,着眼于人性的完善"[3]。"宗教的冲动驱使他试图把基督教的人道主义精神加以升华,把它注入他虚构一个更有人性的世界的渴望中。在狄更斯眼里,基督耶

---

① 约瑟夫·戈尔德《查尔斯·狄更斯:激进的道德家》,明尼苏达大学出版社,第173页。
② 约瑟夫·戈尔德《查尔斯·狄更斯:激进的道德家》,明尼苏达大学出版社,第175页。
③ W. 瓦尔特·克罗奇《狄更斯的秘密》,纽约:赫斯凯尔·豪斯有限出版公司,1972年,第11页。

稣是个完人。他在虚构过程中，对人不能达到完善的同情越来越深切。"①

可以说，追求人性的完善就是狄更斯人道主义的终极理想。但是，在现实中这一理想的难以实现使狄更斯深感懊恼，并且他为之对人类深表同情。人道主义理想与现实的矛盾，便成为贯穿于狄更斯小说创作的内在张力。狄更斯是一个怀抱浪漫激情的理想主义者，但他也是脚踏实地的现实主义者。除了个别情况，一般说来，他并不被浪漫激情蒙蔽了现实感，不为了理想忘记了现实，这是我们在他的创作中难以找到一个十全十美的理想人物的原因。

针对狄更斯对人性的完善的追求，他的后期作品特别值得注意。因为在他的后期作品中，正面人物或理想人物与丑恶环境的对立特别明显，这种对立在理想人物的思想品格上打下了烙印。

在狄更斯的理想人物中有一种叫"自律型"的人物，最有代表性的人物是《荒凉山庄》的主人公伊丝特·萨姆森和《小杜丽》中的主人公艾米·杜丽。她们都处在阴郁、丑恶的环境中，严于律己，使自己的善良品格得到充分的发展。特别值得注意的是小杜丽的形象。小杜丽的律己精神似乎出于本能，而这种本能在监狱的丑恶、腐败的氛围下反而使她身上的善良天性过早地激发出来。作者这样描写艾米·杜丽的身世和精神境界：

> 她还是个很小的孩子的时候，就开始用一种同情与悲哀的目光去注视她的父亲。在她出生之后的八年里，这个马夏尔西狱之女……其实就是带着这种同情与悲哀的目光来对待一切人和事物，不过在对待他的时候，目光中还带有仿佛保护之类的成分。②

> 在那个幼年时期，在她父亲身上，在她哥哥身上，在她姐姐身上，在这牢房里，她那同情的目光，看到了什么，以及承蒙上帝恩典能让她看到多少不幸的事实真相，答案却隐蔽在难解之谜中。不过她受到了激

---

① 约瑟夫·戈尔德《查尔斯·狄更斯：激进的道德家》，明尼苏达大学出版社，第276页。
② 狄更斯《小杜丽》，金绍禹译，上海译文出版社，1998年，第88页。

发，成了与众不同的人；为了其余的人的利益，成了那种与众不同、手脚勤快的人。①

小杜丽光彩照人的崇高品格，使她和充满腐败气息、虚伪与欺骗成风的周围世界形成鲜明的对比。但是她毕竟来自这个世界，她和她的兄姐不同的是，她感受到监狱内腐败堕落的气息和家人身处其中浑然不觉的可悲，所以她以忍辱负重的心态去承受这种不幸与可悲的处境。这是她低调做人的原因。基于这种心态，她只能做到使自己力避腐败与堕落的侵蚀，光明磊落地做人，而无力引导父兄和姐姐警觉起来，堂堂正正处世待人。她不仅对他们的自甘堕落无可奈何，而且对他们的无理指责从不声辩、抗争，只以沉默应对。说到底，在丑恶的环境中，她只能做到洁身自好，而不能开导、救助亲人。这是小杜丽的无奈，也是作者的无奈。也许狄更斯在塑造小杜丽的形象时，已感受到要实现人性的完善多么艰难！这是他的乐观主义和理想主义的内伤，这比他看到实现社会改革困难重重痛苦百倍。

---

① 狄更斯《小杜丽》，金绍禹译，上海译文出版社，1998 年，第 99 页。

第九章　人道精神主导下的人物塑造

一、善恶分明的两极世界

（一）善与恶的对立

如前所述，狄更斯的人性观深受卢梭的影响。在他看来，人性本是善良的，后来因为受到人类自身文明的不良影响，有的人才背离了善良的本性，变坏了。于是，社会上的人就分裂成善良的和邪恶的两部分。它们形成对立互动的关系。在狄更斯的人道主义眼光审视下，社会上的种种矛盾斗争，说到底是善良与邪恶的斗争。

在狄更斯创作的早期，可以说他完全以善恶对立观去观察、分析、表现社会矛盾，因为在他的视野里，不管是在富人中还是在穷人中，都存在善与恶的对立。例如，在《雾都孤儿》里，富人中既有善良的布朗洛先生和梅丽太太，也有邪恶的教区干事班布尔和贫民习艺所的官员；而穷人中，既有善良的孤儿奥利弗·特威斯特，也有邪恶的盗贼。小说便表现以布朗洛为首的善良人物和那些邪恶之徒的斗争。再如在小说《尼古拉斯·尼克尔贝》里，富人中既有善良的奇里伯孪生兄弟，也有邪恶的商人拉尔夫·尼克尔贝和犹太高利贷者亚瑟·格赖德以及办学的商人斯奎尔斯。这部小说描写的种种纷争，归结起来就是以奇里伯为首的善良人士和以拉尔夫为首的一伙邪恶的富人之间的斗争。

而在狄更斯创作的中期（19世纪40年代），他已开始觉察到资本主义工商业是滋生个人主义和拜金主义的根源，富人中保持善良本性的已越来越少，而穷人因其所处的受剥削、受奴役的地位，则绝大多数保持了善良的本性。于是，此后狄更斯的善恶观就带有阶级色彩了。例如在《董贝父子》中，董贝作为资产者的本性，不仅表现为他对金钱的崇拜，极度的傲慢以及受金钱关系制约的婚姻观、伦理观，而且还表现为他对穷人、劳动阶级的蔑视。而在后期创作的《艰难时世》中，善良与邪恶的对立，则直接表现为资产者与工人之间的矛盾。

狄更斯在其后期创作中，还把善与恶的对立，表现为由少数贵族、金融寡头和资产阶级政客所把持的统治机构与人民大众之间的矛盾。

尽管狄更斯各个时期的创作表现了形形色色的社会矛盾、纷争，但实质上贯穿着善与恶的对立这根主线。狄更斯不仅表现善与恶的对立，而且在人道精神指引下，"道德训诲是狄更斯的创作目的。为此，他和大众一样，乐于看到坏蛋受到惩罚"[1]。善良战胜邪恶，自然就成为狄更斯表现善恶对立的必然结果。

善良对邪恶的胜利，表现为下述诸种类型：

其一，具有善良天性的人，历经逆境而不受邪恶环境的侵蚀，能保持其善良的天性到最后。例如《雾都孤儿》的主人公奥利弗·特威斯特虽然在贫民习艺所里长大，又在贼窟里待了一段时间，但他保持善良的天性不变，最终在布朗洛的帮助下，脱离了费金和赛克斯的魔掌，获得了自由。再如《小杜丽》的主人公艾米·杜丽虽然在马夏尔西负债人监狱出生、长大成人，但她从小就具有善良的品性，富于同情心，并且乐于助人。她的父亲和兄姐在监狱的腐败风气影响下都变得庸俗、势利、自私，唯独小杜丽玉洁冰清，经受了环境变化的考验，仍保持善良的天性不变。这些出淤泥而不染的善良人

---

① 乔治·吉辛《查尔斯·狄更斯：批评研究》，纽约，1912年，第38页。

物表明，"狄更斯相信人性的善良和价值，相信人类的智慧和判断的有效"①。

其二，善良人物对邪恶势力的胜利。这主要表现在早期的作品中，最具有代表性的作品是《雾都孤儿》和《尼古拉斯·尼克尔贝》。在《雾都孤儿》中，奥利弗·特威斯特的同父异母哥哥蒙克斯为了霸占奥利弗名下的遗产，勾结贼窟的头领费金和赛克斯，策划了一个陷害奥利弗的阴谋。幸好这一阴谋为女贼南希得悉，她良心未泯，同情奥利弗，把这一秘密泄露给梅丽小姐；布朗洛组织力量，及时应对，粉碎了他们的阴谋，营救了奥利弗。而在《尼古拉斯·尼克尔贝》中，善恶之间的对立、交搏更为复杂，但是二者之间大大小小的矛盾冲突无不以善良人物对邪恶势力的胜利告终。

如果说在上述作品中，善良与邪恶的对立主要表现在行动上的话，那么，《双城记》则已深入到内在精神了。马内特医生状告艾弗勒蒙德侯爵兄弟残害佃农一家的暴行，显示了这位有正义感的年轻医生的人道情怀和无畏精神，而他为此蒙受了十八载的牢狱之灾。这表现了马内特医生实践人道精神的沉重代价。更有甚者，西德尼·卡顿代替查尔斯·达奈上断头台，成为仁爱战胜残暴、善良战胜邪恶的象征，他的悲剧结局凸显了他的自我牺牲精神。

其三，善恶对立的结果还表现为情感世界对金钱世界的胜利。在《董贝父子》中，资产者董贝只看重金钱，一切以金钱为转移，轻视爱情与亲情，变得极其高傲、冷酷无情。而他的女儿弗洛伦斯虽然受到她父亲的冷遇和歧视，但始终在心里爱着他。尽管董贝把保罗和他奶妈波莉的关系看作是纯粹的雇佣关系，但是，这位奶妈把董贝的儿子保罗当作亲生儿子般抚养，并且对弗洛伦斯极其慈祥、疼爱。航海仪器店老板所罗门·吉尔斯因生意不好，家道中落，受到董贝的蔑视，董贝不许女儿与他以及他的外甥来往。可是，当董贝破产，到了众叛亲离、穷途末路时，他的女儿弗洛伦斯和那些一向受

---

① W. 瓦尔特·克罗奇《狄更斯的秘密》，纽约：赫斯凯尔·豪斯有限出版公司，1972 年，第164 页。

董贝轻视的下层人物对他表现出一如既往的热情和关心，使他深深感到人世间还有比金钱更可贵，而且不是金钱能买到的东西——真挚的感情，从而他坚硬冷酷的心开始变软了。

其四，在善恶对立中彰显人的尊严和人格独立精神。在《荒凉山庄》中，约翰·贾迪斯和伊丝特·萨姆森都是有道德操守的中产阶级的代表人物。他们不随波逐流，不卷入祖上遗产继承的纷争，并且诚恳劝导亲友不要对遗产诉讼心存幻想。他们厌恶慈善事业的投机者，真心实意地同情、帮助穷苦的、患难的人们。他们为人处世的态度和济世情怀与周围丑恶的环境形成鲜明的对照。

如前所述，《小杜丽》的主人公艾米·杜丽具有与众不同的高贵品格，她和亚瑟·克莱南意气相投，都有一颗善良、诚挚的心，他们乐于助人，蔑视金钱与权贵，成为劳苦大众和被侮辱、被损害者的真诚的朋友，而且他们在和邪恶势力交搏中，自始至终表现出不同流俗的品格和独立不羁的精神。

（二）善恶分离，泾渭分明

狄更斯认为，一个人在背离善良的本性后，就会变成十足的坏蛋。所以在他的人物画廊里，只有好人和坏人之分，没有亦好亦坏的人。也就是说，他笔下的人物非黑即白，没有中间的灰色地带；好就是绝对好，坏就是绝对坏。因此，在一般情况下，狄更斯的人物性格是单一的。例如《雾都孤儿》中的善良绅士布朗洛是那么仁慈，那么有同情心，对盗窃嫌犯奥利弗没有一句谴责的话，也毫不鄙弃他的卑贱身份，并且绝对信任他。

与布朗洛形成鲜明对照的是赛克斯，他可以说是邪恶的化身，自始至终极其凶恶、冷酷、残暴，打家劫舍、偷鸡摸狗的事都是他和费金一起策划的。如果说费金是残暴而奸猾、笑里藏刀的话，那么，赛克斯是直通通的火暴性子，稍不如意，便恶言恶语、凶相毕露。他和费金一样，身上没有半点仁慈的成分。奥利弗被抓回贼窟后想逃跑，赛克斯要放狗出去咬死他，幸亏被南希制止。可当他发现南希"吃里扒外"，把他们密谋陷害奥利弗的计划泄露给布朗洛等人时，便怒火中烧，狠心地把她杀死。布朗洛和赛克斯可以说是狄更斯笔下善恶两极的样板：一个善良如天使，另一个则邪恶如恶魔。

（三）"怪人"之"怪"

在狄更斯的人物画廊中，有一些怪诞的人物，他们古怪、奇特的性格经常引起读者、评论家的热议。有的评论者把这看作是狄更斯嗜好奇异的事物和人的浪漫作风的表现，为"怪"而"怪"，没有什么宏旨大义深藏其间；况且这些人物，从艺术上说，偏离了现实主义轨道，谁会相信现实生活中有这样的怪人呢？

其实，狄更斯塑造"怪人"的形象，并不是纯粹猎奇，而是有其深刻的用意的。他要通过人物性格的怪诞，更有力地、更含蓄地为不幸者鸣不平。我们只要对几个有代表性的怪诞人物稍加分析，便不难看出这些人物的"怪"有其深刻的内蕴。

第一个值得我们关注的是《大卫·科波菲尔》中大卫的姨婆贝西·特洛乌德小姐。

特洛乌德小姐所做的第一件怪事是：她专程来探望、照料临盆的外甥媳克拉拉，声言外甥媳肯定生一个女孩。但当得知外甥媳确凿无误地生下一个男孩时，她极其失望、不满，愤愤然拂手离去。她所做的第二件怪事是：她以女性的捍卫者自居，让年轻漂亮的姑娘做她的女仆，但有个条件——不许她们谈恋爱，免得她们上居心不良的男人的当。她所做的第三件怪事是：她把自家门前的花圃视为一块圣地，不许外人随意践踏，特别讨厌驴子的入侵。一旦发现驴子闯入花圃，她就向女仆发出警示："珍妮，驴子！"当大卫经长途跋涉到达她家时，就目睹了他的这位性格怪异的姨婆和胆敢牵驴子进入她的"圣地"的少年进行的一场让人惊叹的搏斗。她所做的第四件怪事是：她作为一介女流，胆敢独自驾马车通行闹市，而且神情镇定，腰板挺直，让行人刮目相看。她在待人接物上，还有不少让人惊叹的怪事，比如她把有智障、备受亲属欺凌的迪克先生接到她家住，对其悉心照料、尊重，还把他当作家庭的主事者之一，凡事都征求他的意见。再如，她义不容辞地充当前来投奔她的外甥孙大卫·科波菲尔的保护者和监护人，花巨资送他到多佛求学，不过，她一直把他当女孩看待，以她自己的姓称呼他，昵称他"特洛"。这些特异的表现就凸显了贝西·特洛乌德的怪诞性格。

贝西·特洛乌德的性格何以这样奇异呢？作者没有特地加以说明，但是，我们从作者对她身世的描写中，可以了解其中的缘由。原来，她的独特品性和她不幸的婚姻以及她作为一个有身份、有资产的女人在男权社会处世的艰辛有关。贝西·特洛乌德年轻时爱上一个英俊的年轻男子，她对他的爱情既真挚又深沉。可是这个男子不争气，渐渐堕落了。而且他并不真心爱她，只是看中她的钱财，不断来敲诈她，使她灰心失望。但是她又不忍心看到他沉沦、落魄的可怜相，说是和他断绝了关系，但当他来向她要钱时，几乎有求必应。她从自己不幸的婚姻中得出教训：天下的男人都是靠不住的，恋爱、婚姻不过是女人的陷阱。所以，她以过来人的身份告诫年轻女子：切勿上男人的当。正因为她经历了不幸的婚姻，深深感到，在男权社会，她得以自己的智慧和毅力保护自己人格的独立和尊严。她把自家门前的一块花圃视为不容侵犯的"圣地"，这是她坚决捍卫自身人格独立、尊严的一种象征。谁侵入这块"圣地"，就如同侵犯了她的人格尊严，她坚决不答应。也正因为在男权社会里，没有女性的地位，所以，她要像一名驾车的男性老手一样，独自驾车穿过闹市，她要让世人知道：男人能干的事，女人也能干！她的不幸经历也培养了她对可怜无告者的同情心，因此，她对迪克先生、对大卫，不遗余力地予以帮助。她两次对大卫晓喻为人处世之道，更彰显了她是个外刚内柔、精神境界极其高尚的女士。

第二个值得我们关注的"怪人"是《我们共同的朋友》中那个年轻的侏儒女子——专门制作洋娃娃衣服的珍妮·雷恩。她小时候患了一场病，从此就长不高，成为一个侏儒。但她心灵手巧，成为一名出色的洋娃娃衣服裁缝师。她生性活泼，常去名贵衣服展览场所，观察各种时尚服饰，然后仿制。

所以她制作的洋娃娃衣服都是时尚的款式，深得人们喜爱。她还常去制衣厂，购买名贵衣料的下脚料，这样她制作的洋娃娃衣服不仅式样新颖，质地也是一流的。身为残疾人，她不仅自食其力，而且还要供养酒鬼父亲。她父亲原是工人，失业后，变得萎靡颓唐，干点零活挣到的一点钱都买酒喝了，整天在酒吧里鬼混，常常喝得酩酊大醉回家来。珍妮忍不住常常要数落他。他在外面闯了祸，她还得为他付罚金，把他从警察局领回家来。一个残疾女孩，不仅得不到社会的关心、亲人的爱护，反而要照料一个酒鬼父亲。最后，他父亲在外面闯了祸，被人打死，她独自料理父亲的丧事。她以柔弱之身承受了难以承受之重！她生活在一个充满阴谋、欺诈、残暴的环境里，不能不对人和事时时处处保持警惕，她的口头禅是"我知道你们耍什么鬼把戏"。所以，当尤金·瑞伯恩来到她的住处，向她打听丽齐·赫克塞姆的情况时，她巧妙应付。她在陌生人的印象里，是个鬼灵精的小妖怪；但在和她常相处的人眼里，她是个心地无比善良的小天使。她的古怪、她的鬼灵精是艰辛的生活、充满危机的人世教会她的。

　　第三个值得我们关注的"怪人"是《远大前程》中那个过着退隐生活、如同女巫般的郝薇香小姐。

　　郝薇香小姐所处的荒凉、落寞、黑暗、腐败、丑陋的环境和她的空虚、悲愤，时时寻找机会向社会报复的狠毒心理是一致的。她年轻时受了康佩生的耍弄、欺骗，伤透了心，便与天下男人为敌，决心把养女艾丝黛拉培养成为妖冶的女孩，唆使、激发她去挑逗、玩弄男人。匹普便成为她的阴谋的牺牲品。这不仅害苦了匹普，而且葬送了艾丝黛拉的青春。郝薇香小姐的冷酷自私使人觉得她像个女巫，既可恨又可怕，但她的不幸遭遇、她的满腹辛酸，又使人觉得可怜，值得同情。尽管她被复仇的欲望蒙蔽了理智，扭曲了心态，但她并没有丧失天良，她还能明辨是非，也还有些许同情心。她对那些表面上关心她，骨子里却是想在她死后从她的遗产中分得一杯羹的亲友表示无限轻蔑，而对匹普和朴凯特父子却怀有好感。到最后，看到匹普被艾丝黛拉折磨得那么痛苦，她也流露出悔愧、负疚的心态。而且，她曾应匹普的要求，慷慨资助从事实业、资金短缺的赫伯尔特。

第四个我们不应该忘记的是《远大前程》里的"小怪人"——无名无姓，被匹普称作"裁缝师傅特拉白的小厮"那个古怪的少年。在匹普眼里，那个小厮是个无法无天的家伙：

> 特拉白先生店里雇佣的那个小厮是我们那一带最胆大包天的一个小伙子。刚才我进店时，他正在扫地，干苦差事偏要寻个开心，竟把垃圾都向我身上扫。等我和特拉白先生从里屋出来，他还在那儿打扫，拿着一把扫帚捅遍了所有大小角落，把一切碍事绊脚的东西都敲打遍了。据我看，他简直是在显示他打铁的功夫可以跟古往今来的任何铁匠较量。[1]

当时匹普才交上好运，特拉白的小厮也刚认识他，所以还没怎么为难他。等到匹普发迹后回到家乡来时，那小厮便向他发难了：

> 只见特拉白的小厮正一路走来，手里拿着一个空的蓝布袋在自己身上拍拍打打的。我心里盘算，最好是放得从容自若，装作无意中看见他的样子，那倒可能使他不会生出坏念头来；主意既定，就摆出这副表情走上前去，起初倒也顺利，不料正在我暗自庆幸之际，特拉白的那个小厮忽然两个膝盖磕碰在一起，头发直竖，帽子跌落在地上，四肢抖得好生厉害。他踉踉跄跄走到大路上，见人就嚷："快扶我一把啊！吓死我啦！"装得仿佛是我这副雍容华贵的气派吓得他魂不附体、捶胸跌足、悔恨莫及。我走过他身边时，只见他哆嗦得牙齿震天价咯咯直响，匍匐在尘埃中，极尽卑躬屈膝之能事。[2]

匹普躲也躲不开。那小厮总和他纠缠不休，后面还跟着一群年轻伙伴，他们和小厮一同起哄，匹普狼狈不堪地走出市镇，到了旷野里才摆脱他们。

---

[1] 狄更斯《远大前程》，王科一译，上海译文出版社，1979 年，第 182 页。
[2] 狄更斯《远大前程》，王科一译，上海译文出版社，1979 年，第 293 页。

　　特拉白的小厮嗜好斗闹，具有无限活力，天不怕地不怕的个性的确显得奇特古怪。具有这种奇特个性的人，在现实生活中并不是不可能见到，但这种个性在一个地位卑下的勤杂工身上表现出来，却显得有点怪异，而在怪异中隐含着卑贱者对富贵者无法抑制的仇视心理。这种仇恨情绪却又通过滑稽的、嘲弄的，带几分自卑的形态表现出来，更显得怪诞。英国评论家杰斯特顿以这个形象为例，对狄更斯塑造人物的高超艺术作了精辟的论述，他指出：

　　　　在描写普通的弱点方面，狄更斯像萨克雷描写的那样真实、精致。但是萨克雷也许轻而易举地能像狄更斯所描写的那样真实、精致。以敏锐、温和的眼光去看人类的激情，这是狄更斯所具备的，但是其他人也具备。乔治·艾略特和萨克雷都能描写匹普的弱点，乔治·艾略特和萨克雷无法描写的恰恰是特拉白的小厮的活力。在他们对那个叫人受不了的顽童作描述时会有令人赞赏的幽默和观察力。萨克雷会对特拉白的小厮以轻松的笔触加以描绘，绝对忠实于人物的品格和幽默的色彩……乔治·艾略特在她的早期作品会向我们描述特拉白的小厮的真正方言的、机灵的、地道的片段，正如她给我们描述中部乡村市镇机灵的、地道的谈话一样。在她的后期作品中，她也会对特拉白的小厮作高度理智的解说。但是他们无法给我们的，恰恰是由狄更斯给我们的，是特拉白的小厮的虚张声势；把一个人物身上真正难以制服的冲劲和活力表现出来，这便是狄更斯至高无上、难以形容的伟大之处。

　　　　乔·葛吉瑞和特拉白的小厮是贫民形象，代表英国的民主。乔是个不张扬自己的穷人，而特拉白的小厮是以讽刺为武器、张扬自己的穷人。①

　　问题是，为什么唯独狄更斯能表现特拉白的小厮身上这股冲劲和活力，而萨克雷和乔治·艾略特做不到呢？窃以为，这要从艺术方法之外找原因，

---

① G. K. 杰斯特顿《狄更斯创作欣赏与评论》，肯尼凯特股份出版社，1966 年，第 206 页。

简言之，狄更斯具有其他两位作家所不及的人道精神和民主精神。只有从人道主义和民主主义立场出发，作家才可能理解并把握下层人物对中上层人物的思想情感。小说写到，特拉白见他雇佣的小厮当着客户的面那种漫不经心、吊儿郎当的样子，厉声训斥。大概平日老板对这个顽劣少年也不会有好脸色和好言语，这小厮心里已积满对有钱人的怨愤情绪，而匹普是个年龄和他相近的"新贵"，他的怨愤情绪正好向他发泄。

从以上我们所举的"怪人"形象来看，绝大多数是妇女，她们有的来自中产阶级，有的出身下层社会。在当时男权主义盛行的时代，狄更斯能以充满同情的态度，描写这些妇女的不幸命运，确是难能可贵。曾有评论者批评狄更斯轻视妇女，不知根据何在。

从以上我们对狄更斯笔下几个有代表性的"怪人"的粗略分析不难看出，狄更斯笔下的"怪人"之所以表现出古怪的性格，有其深刻的社会原因。狄更斯通过这些人物被社会扭曲的心理和性格，既表现了对丑恶现实的抗议，又蕴含了对这些人物不幸命运的深切同情。英国作家、评论家乔治·吉辛独具慧眼，对狄更斯笔下怪诞的女性形象作了精当的评论，他指出："这些人物为丑恶的环境扭曲了性格，却又为应对她们的变态负责任的世界所嘲笑。狄更斯以亲切的态度对待她们，让读者在笑中喜欢或尊敬她们。"[①] 狄更斯不仅见怪不怪，反而以亲切的态度对待她们，足见他对这些不幸的妇女有深切的理解和怜悯之情。

（四）转变人物的人文意涵与艺术得失

狄更斯塑造了一些转变人物，无论从思想性或艺术性来看，他们在狄更斯的人物画廊中都占有重要地位。这些转变人物有两拨：一拨是财迷心窍的资产者；另一拨是出身社会下层，受周围环境的不良影响，在人生道路上迷失了方向的年轻人。

---

① 乔治·吉辛《查尔斯·狄更斯：批评研究》，纽约，1912年，第196页。

　　著名的狄更斯研究专家丹尼斯·沃尔德认为："对南希的处理表明，对狄更斯和他的许多同时代人说来，博爱的施予基于对人的天性美德的假设，我们是按照上帝的形象创造出来的；上帝是善良的，所以，在哪怕最腐败的人身上至少也存在一星半点神性。"① 也就是说，狄更斯根据他的人道主义人性观，认为人的本性是善良的，有的人变坏是受了人类文明自身的恶习熏染的结果，但即便如此，他的善良本性也未完全丧失，在一定的条件下，这残存的善良本性会受到激发，逐渐扩大增强，以至克服了邪恶的习性，恢复了人的善良的本性。这所谓"一定的条件"，通常是指这类人物遭受的重大的挫折，思想上、心理上受到巨大的冲击，使其思想观念发生巨变。同时这类人物又受到善良人物的思想感情的强有力的影响。这样，在内因和外因的共同作用下，这类人物才可能实现从邪恶向善良的转变。

　　在狄更斯看来，这"一定的条件"是必不可少的。比如，在《艰难时世》中，作者描写了两个资产者，一个是五金商人兼地区的国会议员葛擂梗，另一个是纺织厂老板兼银行家庞得贝。葛擂梗奉行"事实哲学"。他所谓的"事实"就是和金钱关系有关的实在的事物，而文学艺术和与之相关的情感、幻想、娱乐之类在他眼里都是"非事实"，应予以排除。他认为人的一生就是隔着柜台的买卖关系，如果天堂里没有和买卖有关的政治经济学，那么这个天堂也是要不得的。他就用"事实哲学"教育他的两个孩子。女儿露易莎和儿子汤姆成天被关在屋子里学习矿物学和天文学等与事实相关的科学，他们去偷看马戏团的演出也受到他的训斥。在这样的环境里长大的两个孩子变为精神上畸形的人。露易莎年纪轻轻便滋生了悲观厌世思想。她成年后，由她父亲做主，嫁给了比她大三十岁的庞得贝。虽然露易莎不愿意，但也只好忍了。自然，这样的婚姻对她说来，毫无幸福可言。正当她感情枯竭时，遇见了来焦煤镇考察的花花公子赫德豪士。他也是个厌世者，遇见了妙龄少妇，

---

　　① 丹尼斯·沃尔德《狄更斯与宗教》，伦敦：乔治·艾伦与昂温出版公司，1981 年，第 59 页。

顿生非分的念头。他通过拜访庞得贝，结识了露易莎，从此，想尽办法接近她、勾引她。他给予露易莎的温情，如同一注甘泉落在她枯涸的心田里。但是，爱情的种子刚萌芽，就被柔弱、胆小的露易莎掐断了。她自悔有失为妻之道，向她父亲哭诉她的不幸和痛苦。葛擂梗如遇五雷轰顶，开始认识到他的"事实哲学"教育的失误。此外，他的儿子汤姆因盗窃庞得贝银行现金的事败露，受到司法部门的追查，幸亏在史里锐马戏团演员的协助下逃往国外。含有讽刺意味的是，在汤姆出事之后，葛擂梗碰见在银行任职的小伙子毕周——当年在葛擂梗开办的学校里忠诚于葛擂梗的"事实哲学"的"好学生"。葛擂梗恳求他看在先前他曾在学校里求学的份上，放汤姆一马。想不到，精明的毕周回话说，他上学是付了学费的，自从他毕业后，他们的关系就了结了，他不再欠葛擂梗先生什么情了，他得忠于职守。这无异于以其人之道，还治其人之身。葛擂梗感到，过去被他瞧不起的史里锐马戏团的演员比这精明的"好学生"毕周有人情味。从他的两个孩子的不幸下场，他开始意识到他遵奉的"事实哲学"的缺陷，从此变得通情达理了。

可是，另一个资产者庞得贝却不一样。他是"事实哲学"的忠实追随者，平日对待工人极其冷酷刻薄，对工人的抗议活动恨之入骨，他声言要把煽动罢工的不良分子加以法办，让他们坐牢、充军。而对于不参加罢工的工人斯蒂芬他也没另眼看待，原因是斯蒂芬向他抱怨工人的生活"一团糟"，劝导他不要以对立、仇恨的眼光看工人，老板和工人都要有仁爱之心，互相谅解，通力协作，若是彼此用强硬的、对抗的办法对待对方，情况会更糟。斯蒂芬的抱怨和说教，激怒了他，在他眼里，斯蒂芬和罢工的工人一样坏，于是遭到他的解雇。在狄更斯看来，庞得贝之所以不能接受斯蒂芬的劝导，是因为他所信奉的那套生活法则并没受到冲击，也就是说，他缺少转变的必要条件——他未遭受严重的挫折，缺少来自现实的教训。

狄更斯塑造的转变人物比纯粹的恶棍更具有道德训诲价值，因为这些人物形象让人们，特别是在思想品德上和这些人物相近的那些人认识到，这些人物的思想行为是丑恶的、要不得的，从而激发了他们自我革新的愿望，而且他们可能从这些转变人物的变化看到，改正错误是可能的、有希望的，从而增强了自我革新的勇气和信心。狄更斯的良苦用心基于他的人道主义信念："社会进步基于个人的改变。"这个乐观的信念是他第一次访问美国时从美国作家爱默生那里接受的。① 这个乐观的信念为狄更斯的人道主义理想增补了一块极其重要的基石，因为说到底，"狄更斯教诲的目的不过是为了这个理想：所有的阶级都可能以仁慈之心享受生活"②。显然，没有个人的改变，怎能让全社会的人都怀有仁慈之心呢？

狄更斯描写的转变人物，从艺术得失来看，可以分为如下几种类型：

1. 完全可信的，例如《远大前程》的主人公匹普

匹普属于来自下层的转变人物。从描写人物的转变角度看，匹普的形象是完全可信的，艺术上是非常成功的。乔治·吉辛认为："狄更斯小说中的人物一般缺少发展，有时也写人物的转化，但不可信，唯一写得好的是《远大前程》中的匹普。"③ 吉辛说匹普的转变写得好、可信，是对的，但在狄更斯的小说中，匹普是否是唯一可信的转变人物，值得商榷。

《远大前程》从整体来看是现实主义的，小说的主人公匹普是用写实手法塑造的。因此，我们要判断匹普形象是否真实可信，要从两方面看。首先从文学与现实的关系来看，应该考察匹普的转变是否有现实依据，也就是说，匹普的形象是否真实地反映了现实。其次，从艺术表现来看，我们应考察作者是否把匹普的转变表现得令人信服。

从文学与现实的关系来看，匹普的形象确是真实地反映了现实。在狄更斯生活的年代，特别是在 19 世纪中期以后，英国资本主义迅速发展，拜金主义甚嚣尘上，追求财富、追求绅士式的风雅生活成为许多年轻人的梦想，即

---

① 丹尼斯·沃尔德《狄更斯与宗教》，伦敦：乔治·艾伦与昂温出版公司，1981 年，第 114 页。
② 乔治·H. 福特《狄更斯与读者》，普林斯顿大学出版社，1955 年，第 99 页。
③ 乔治·吉辛《查尔斯·狄更斯：批评研究》，纽约，1912 年，第 119 页。

使像匹普这样生活在农村的劳动者，也难免受环境影响，滋生往上爬的思想。但是，追求财富和风雅生活梦想的年轻人成功者毕竟是极少数，多数人以失败告终。在这些失败者中，有的人从此消极颓唐、自甘沉沦；有的人跌入生活底层；有的人铤而走险；也有的人能理智地看待生活、痛定思痛，总结人生的教训，跌倒了爬起来再干，从此走上人生的正道，成为事业的成功者。匹普应该说属于最后一种类型的人。

从艺术表现来看，狄更斯对匹普转变的描写是真实可信的。拙劣的作家由于欠缺艺术才能，往往在把生活中真实的事情表现得让人觉得不可信。狄更斯却是艺术高手，他能把生活中平凡的事情写得有声有色，让人看起来觉得比生活更真实。狄更斯把匹普的转变表现为人生的悲喜剧，着眼点放在匹普的梦想的形成、梦想的破灭以及梦想破灭后对人生的重新规划几个阶段。

匹普的悲喜剧人生经历了两次大的转折：从好变坏，再从坏变好。这两度转变之所以令人觉得真实可信，首先，是由于匹普转变的幅度不大。最关键的是匹普的第一次转变：从一个纯朴的少年变为势利者，思想落差不大。匹普发迹后，过上了中产阶级的生活，和乔·葛吉瑞变得生分了，这是很自然的事。狄更斯恰当地把握了匹普蜕变的程度。如果他把匹普写得六亲不认、冷酷无情，那就过分了，令人觉得不可信。匹普只是在生活态度上、行事方式上、文化心态上与乔有了差距，觉得他们在身份、社会地位上发生了变化，很难谈得拢，这是合乎情理的。但是，先前匹普与乔毕竟有过如同骨肉般的亲情，乔对匹普一向关爱有加，这是难以割舍的。正是这种纯朴的、天然的情感，维系着他们之间的关系，所以每当匹普对乔采取冷漠的态度时，他心里都感到内疚，觉得对不起乔。这是理智与情感的冲突，是人格分裂的征兆。若是匹普日后飞黄腾达，他的势利之心可能愈演愈烈，他先前的纯朴的思想感情就可能越来越淡薄，以致他成为冷酷无情、六亲不认的人。但是，匹普在小说里还没走到这一步，他还没有完全丧失穷孩子的纯朴本性。这样就为匹普后来回归正道的转变做了铺垫，使人觉得"浪子回头"是可信的。其次，作者对促使匹普转变的因素作了充分的揭示。匹普萌发往上爬的念头是由匹普充当郝薇香小姐的玩伴这一奇异的事件开始的，直接的导因则是艾丝黛拉对他的引诱，虽然这带有十足的浪漫意味，但显得合情合理。而匹普的远大前程成为泡影，是由于匿名恩主身份的暴露、他的受刑罚，匹普失去了经济的支撑。他的命运的逆转虽然也带有十足的浪漫意味，但合情合理，显得真实可信。而在匹普处于危难之际时，乔对他的真诚、热情的关照，不仅使匹普转危为安，而且为他思想的转变、生活态度的转变，注入了强大的力量。

要把一个转变人物写好，令人觉得可信，本非易事。狄更斯笔下的匹普为后人提供了有益的启示：写好转变人物，关键在于要充分揭示人物转变的主观条件和客观因素。而对人物转变因素的揭示应和人物转变前后思想心理的落差成正比：落差大，则人物的转变因素就必须写得更充分些，写得越充分就越使人觉得可信。

2. 想象中可信的，例如《圣诞颂歌》中的主人公埃比尼泽·斯克鲁奇

斯克鲁奇是个守财奴，在他身上，人类正常的感情都被淹没在对金钱的积累、对财富的追求中，连一年一度的圣诞节都被他看作是胡闹。他觉得办事员节日不来上班，使他蒙受了极大的损失。他吝啬到在隆冬季节也不让他的办事员把炉火生得旺一点。可是这样一个毫无人性的守财奴一觉醒来，变成了一个狂热的"圣诞精神"的崇奉者、闪耀着人性光辉的大善人：他请人买一只特大的火鸡，作为圣诞礼物送给他的办事员；原来一毛不拔的他，遇见募捐的绅士慷慨捐了钱，还赶到他的外甥家里和他们一起欢度圣诞节。他快乐得像个小孩子似的，又是欢呼，又是蹦跳。斯克鲁奇变化前后，思想心理状况落差太大，令人难以置信。不是说现实中不可能出现这种发生一百八十度大转变的人，问题是作者要把促使人物转化的因素揭示得充分，才会使人觉得人物的转变是可信的。像斯克鲁奇这样从一个极端的守财奴转变为一个大善人的大跨度发展变化，若用写实手法来表现是极其费事的，即使像狄更斯这样的大手笔也会觉得吃力，所以他采用非写实的手法——梦幻、象征、

寓意的手法，把斯克鲁奇的转变表现为想象的、虚幻的过程。斯克鲁奇听了昔日的合作伙伴马莱的鬼魂的劝诫、警告之后，开始对自己眼下的为人处世方式有所警觉；再由于过去、现在、将来三个圣诞精灵的显现，引起斯克鲁奇对童年和少年时代纯朴生活的回忆，对眼下贫苦人生活状态的了解，对自己将来可悲下场的预见，他的心灵经受了比正常情况下强烈得多的震动，从而在短时间内产生质的裂变、飞跃。作者便通过这种非写实的表现，激发读者的想象力，使读者通过想象，相信斯克鲁奇的转变是可信的。

3. 不可信的，例如《艰难时世》的主人公葛擂梗

葛擂梗是做五金买卖的商人，又是国会议员。他是个比斯克鲁奇和董贝更富于理性的拜金主义者，因为他不仅崇尚金钱关系，坚信金钱的威力，而且把他的一套主张、信仰概括为"事实哲学"，以此作为他处世行事和教育下一代的指导方针。他不仅自己履行这套哲学，而且通过办学加以传播，所以，葛擂梗是个比斯克鲁奇及董贝之流更强硬、对社会更有危害性的拜金主义者。但是，恰恰就是这样一个强硬的拜金主义者轻易被说服、感化了。他听了他的女儿露易莎对自己不幸生活的抱怨、哭诉之后，竟对自己失去了信心，认识到自己从前那套教育方式是错误的，因而开始感到悔恨。

> "有些人主张，"葛擂梗说，"不但理性中有智慧，情感中也有智慧。我一向并不那样想……我一向以为有理性就够了。看起来或许并不够……要是另外那一种智慧是我以往所忽略了的，也是人们天性中所需要的东西的话……"[1]

葛擂梗的转变之不可信，究其原因，在于他转变前后的思想差距太大，作者没有充分展现其转变过程，令人信服地揭示促使其转变的因素。

---

[1] 狄更斯《艰难时世》，全增嘏、胡文淑译，上海译文出版社，1978年，第272~273页。

二、从奥利弗与匹普的形象比较看狄更斯的人物塑造
艺术的发展

(一) 奥利弗：被赋予英雄品格的苍白形象

狄更斯在《雾都孤儿》的 1841 年版序言中说，他"要表现在小奥利弗身上，善良的原则历经磨难最终胜利"[①]。诚然，小奥利弗本身并没有什么能耐，他有的是善良的品格，而善良的奥利弗之所以最终取得胜利，靠的是具有博爱精神的布朗洛和梅丽太太的支持。所以，准确地说，应该是"善良凭借博爱最终取得胜利"，这正是这部小说的主旨。

问题不在于奥利弗是否可能具有善良的天性，而在于他的善良本性为何能够不受邪恶环境的侵蚀而保持不变。奥利弗的这个特性，固然是狄更斯为表现他的人道精神而赋予的，但也和他早期塑造人物的手法有关。我们从狄更斯早期的作品明显看出，人物的性格和环境脱离，至少关系不密切。人物出现时是什么性格，以后即使经历了许多事件，周围的环境也变换了，可是到最后他（或她）的性格还是和当初一样，就是说，人物性格一成不变，环境的变化对人物性格不产生什么影响。奥利弗的善良本性历经磨难而不变正好体现了狄更斯早期塑造人物的特点。

不过，说作者赋予奥利弗英雄的品格，也只限于善良的品性而已。奥利弗稍显英雄气概的行为只有两桩。一桩是，他还在贫民习艺所里时，迫于饥饿，经由抽签决定，他代表所有饥肠辘辘的孤儿，向分粥的大师傅伸出他舔得光溜溜的粥碗，战战兢兢地说了声"我还要"，结果，他被管理委员会的老爷们看作是造反的"逆贼"，遭到当众鞭打和禁闭一星期的惩罚。另一桩是，他在棺材铺当学徒时，听见比他年长许多的伙计用侮辱的言辞谈到他从未见

[①] 丹尼斯·沃尔德《狄更斯与宗教》，伦敦：乔治·艾伦与昂温出版公司，1981 年，第 44 页。

过面的母亲，怒不可遏，本能地为维护母亲的尊严而抗争，终因不堪忍受师傅和伙计的欺负逃离了棺材铺。这两桩事，对于小小年纪的奥利弗说来，是他反抗邪恶的难得的表现，也是切合他的身份的。但他被梅丽太太收留期间，言辞、神态温文尔雅，像是很有教养的样子，就未免超出他的身份，令人难以置信了。说是作者出于人道意愿，有意拔高他，也不过分。整体而言，奥利弗的经历是可信的，但他的含有英雄特性的品性却不可信，因而奥利弗的形象是苍白的。看来狄更斯塑造奥利弗的形象，有两个目的，其一是借奥利弗形象宣扬他的"善良必然战胜邪恶"的人道主义理念；其二正如一位评论家指出的："奥利弗不过是作者的道具，即表现社会讽刺的工具。……通过主人公走过的道路，对社会进行探索性分析——分析它的价值观、它的行为模式、它在人性方面的后果。"[①]

（二）匹普形象的人文意涵与艺术特征

《雾都孤儿》是狄更斯早年的作品，而《远大前程》则是他晚年的作品，两部作品创作的时间相隔将近四分之一世纪。可以说，它们各自代表了狄更斯创作前后期的风格，虽然这两部作品的主人公都取自社会下层，但他们的人文意涵和艺术特征迥异，从中足以看出狄更斯的创作思想和人物塑造艺术的发展变化。

1. 匹普自我意识的形成与发展

如前所述，《雾都孤儿》的主人公奥利弗变为作者的艺术道具。这个人物的某些行为和言辞与他的处境和身份极不相符，可以说，奥利弗没有形成独立的、鲜明的自我意识，他最终只成为作者的人道理念的符号。

匹普却完全不同。他是一个立足于现实土壤的鲜活的艺术形象，他的思想性格与他生活于其中的环境有着血肉相连的关系。小说开头作者描写小匹普在教堂墓地面对从未见过面的父母和小兄弟的坟墓，对自己凄凉身世的追

---

① 约瑟夫·戈尔德《查尔斯·狄更斯：激进的道德家》，明尼苏达大学出版社，第28页。

忆，让我们感到，这是一个不幸的孤儿的自怜。他的自怜，彰显了他内心的
孤独与悲哀。这是一个具有内敛个性，却又多愁善感的小孩才会有的想法。
这样的小孩，绝不可能具有特拉白裁缝师傅的小厮那样自我张扬、刁钻古怪
的性格。匹普在逃犯玛格韦契的威胁下，一一满足了他的要求，并且没向家
人透露半点风声，只独自在内心默默忍受恐惧与愧疚的煎熬。这足见匹普的
善良、诚实、胆小怕事。如果造化不捉弄人，让匹普在这个沼泽地旁的乡村，
平平稳稳地度过他未来的岁月，跟着他姐夫乔·葛吉瑞学打铁的手艺，也许
若干年后，匹普就会成为一名手艺精湛，为人善良、诚实，却又喜欢耍点小
滑头的铁匠。他也许和略有文化的孤女碧蒂结婚，建立和谐、美满的小家庭。

但是，镇上那个性格古怪的、富裕的老小姐郝薇香，通过乔的亲戚、粮
食种子商潘波趣，要让匹普去当她的玩伴。这个职务虽然只要求匹普每星期
到她家一两次，并未让匹普离开家乡和铁匠活儿，但是，匹普在郝薇香小姐
家却见识了一个他从未接触过的世界——中产阶级的世界，并且遇见了一个
和碧蒂截然不同的，让他既着迷又苦恼的姑娘——郝薇香小姐的养女艾丝黛
拉。在沙堤斯庄屋与郝薇香小姐、艾丝黛拉厮混的日子激发了匹普往上爬，
厌恶眼前的劳动生活，对自身的身份、地位深感自卑的意识。他的出发点很
简单——让艾丝黛拉瞧得起他，赢得她的爱。如果匹普只是要求改变自己的
身份、地位，那也罢了，问题是他开始对他所属阶层的人们的行为方式和生
活态度产生了反感，对乔·葛吉瑞的态度发生了变化。原先，乔在他眼里是
那么亲切、可爱，可是，现在他感到，乔的生活是那么卑微、可怜——乔大
字不识一个，整天只知道围着打铁炉转，乔的世界就是他生活的村子，乔对
脾气暴躁的姐姐逆来顺受，待人接物却又那么直率粗鲁。匹普的愿望就是离
开铁匠铺，离开这个卑微、粗俗的家，到艾丝黛拉的世界里去。

匿名的恩主成全了他的愿望。匹普一步登天，被匿名恩主的代理人接到
伦敦接受上流社会绅士的教育，过绅士的生活。虽然他一厢情愿地猜想郝薇
香小姐就是那个匿名的恩主，认为她有意成全他和艾丝黛拉的婚姻，但是，

他却又觉得，艾丝黛拉没有接纳他的意思，对他仍是不即不离。问题不在于艾丝黛拉和她的世界是否接纳匹普，而在于匹普已接受了艾丝黛拉所属的那个世界——中产阶级的生活方式和思想意识，和乔·葛吉瑞显得越来越生分，甚至格格不入了。狄更斯以富于表现力的细节，从匹普的行为到深层意识，深刻地表现了一个劳动阶级的青少年如何在金钱与美色的诱惑下走上与本阶级背离的道路。

2. 匹普形象非英雄化的社会批判意涵与艺术特点

匹普的非英雄化意味着匹普逐渐背离昔日纯朴的品格，日益沉沦。

匹普进了沙堤斯庄屋，特别是到了伦敦，过上准绅士的生活之后，就远离了乔和碧蒂代表的下层阶级的世界，逐渐抛弃并且鄙视那个世界所崇尚的价值观和生活法则。匹普"发迹"后，丧失了人生理想的追求，开始变得挥霍无度，沉迷于奢靡、享乐的生活，为了追求艾丝黛拉，经常和花花公子珠穆尔争风吃醋。同时匹普日渐变得势利，甚至忘恩负义，对一向善待他的姐夫乔·葛吉瑞显得疏远、冷淡。他认为乔粗鄙、没文化，和他谈不到一块，甚至觉得现在彼此的身份、地位悬殊，不适合继续交往了。所以，匹普回到家乡时，住在镇上的旅馆里，而没住在乔的家里，甚至也没去探望他。

狄更斯塑造匹普形象的高明之处在于，他不是描写匹普立马从白变为黑，而是把匹普的沉沦表现为一个渐进式的过程。这才使人觉得匹普的"堕落"和以后的悔悟、转变是合理的、可信的。因为匹普毕竟从小生活在劳动者的家庭里，他的善良、纯朴是根深蒂固的，他"发迹"的时间不长，受金钱世界的影响毕竟还不深。正因为如此，他在沉沦过程中，每下滑一步，心里都展开正与邪的搏斗。当匹普接到乔要到伦敦来看望他的消息时，极其烦恼，心想：要是给他一笔钱，能让他不来就好了。因为他觉得，土包子似的乔让他丢人现眼。他以这种懊恼、纠结的心情接待乔，自然显得不随和，让乔觉得局促不安，以致连帽子都不知搁在哪里合适：乔越要让自己的一举一动得体，就越出洋相。这使匹普看着感到内疚，因而在心里暗暗自责。后来匹普回家乡去和刚从法国回来的艾丝黛拉见面，艾丝黛拉得知他已"发迹"，告诫他现在身份已不同，过去的朋友不适合再继续交往了。于是匹普住在镇上的旅馆里，也没去看望乔。可是过后他在心里责备自己忘恩负义，对不起乔，买了些生牡蛎寄去给他，作为自己情感、礼节上缺失的补偿。这种种表现都显示匹普的善良本性未变，良心未泯。匹普渐进式沉沦过程中人格的撕裂、内心的矛盾凸显了善良世界与邪恶世界在他灵魂中的交搏。

匹普的沉沦、非英雄化，正如同郝薇香小姐的"疯狂"、心灵的扭曲、变态一样，蕴含着对社会的批判：控诉拜金主义、利己主义对人性的腐蚀。

《远大前程》比狄更斯先前的创作更胜一筹之处在于，它凸显了狄更斯的带有浪漫主义色彩的现实主义的威力，它不是通过夸张的、虚张声势的现实描写，而是通过社会受害者心灵的扭曲、人格的分裂、性格的畸变，揭示金钱势力对善良人们的伤害，因而小说对社会的批判显得更深沉、更细腻，也更显威力。

3. 匹普性格的发展与多面性，昭示狄更斯人物塑造艺术的新路向

奥利弗与匹普各自代表了狄更斯早期和晚期塑造人物的特点。把这两个人物的特点加以比照，便更明显看出狄更斯人物塑造艺术的发展，见表9-1。

表9-1 奥利弗与匹普人物特点比较表

奥利弗	匹普
具有英雄品格	非英雄
始终善良	从善良向邪恶转化，又回归善良
性格始终不变	性格有发展变化
性格单一、抽象	性格多面、具体
人物性格与环境关系不密切	人物性格与环境关系密切
以戏剧化手法（通过人物的言语、行为）塑造人物	以戏剧化手法与心理分析相结合的方法塑造人物
通过人物经历的事件批判社会	通过人物形象的悲喜剧命运批判社会

从以上两个人物的比照看出，狄更斯过去塑造人物的路数是：人物性格单一、扁平，没有发展；人物性格与环境关系不密切；主要通过人物的言语、行为表现人物性格（诚然这在一定程度上也显示了人物的心理特征），欠缺对人物内在心理的分析、显示。

从匹普的形象看来，他的性格是有发展变化的：他从善良、纯朴变为势利、忘恩负义，从安分守己变为一心往上爬。形势变化，吃了苦头之后，他通过反思，认识了自己的过错，决心在未来的岁月中重塑自我，打造新的人生，因此匹普的性格有发展、变化，从而打破了狄更斯先前小说人物性格静止不变的格局。而且匹普从小就显示了性格的多面性：他纯朴、善良、诚实，但有时也难免耍点小滑头。比如他第一次到郝薇香小姐家给她当玩伴之后，回到家里，面对家人的询问和一双双好奇、急切的眼睛，便胡诌瞎吹，把他一时间的幻想当作亲身经历的事说给家人听，以至一向待他凶巴巴的姐姐也听得入了神。但他的老实巴交的姐夫乔却心存疑虑，过后他们单独会面时，乔旁敲侧击地告诫匹普：一个人要想使自己不平凡不能采取投机取巧、弄虚作假的办法，而必须从一件件平凡的小事做起。匹普机灵，对姐夫的告诫心领神会，终于向他坦承：他所讲的全是胡编乱造，他只是推着郝薇香小姐坐的轮椅在屋子里转悠，没有经历什么奇特的事。匹普"发迹"之后，虽然在沉沦的阶梯上往下滑，但他不是一下子走向相反的一极，成为恶棍，只是开始变得有点势利、稍显忘恩负义罢了。而且他不是麻木地往坏处走，而是对自己的行为有所警觉，感到内疚，暗暗责备自己。但是，"远大前程"的诱惑，新的环境的推动，消损了他自我控制的意志力；他反而把"自责"当作一帖良心的安慰剂。要不是最后匹普从"发迹"的高枝上摔下来，他会不会从此沉沦下去，成为黑心肠的恶棍，就难说了。他重新变得一无所有之后，不得不赤手空拳去面对惨淡的人生。他没有成为强盗或混迹江湖的瘪三，尚未泯灭的善良天性促使他到海外去投靠挚友，凭自己的智慧和努力，打造美好的新生活。这样，出现在读者面前的匹普既不是英雄，也不是恶棍，而是亦好亦坏，处于发展变化中的人物。

匹普形象的艺术特征，显示了狄更斯人物塑造艺术的新路向——揭示人物性格的多面性，并在人物与环境的紧密联系中展现人物性格的形成和发展变化。其实，在匹普之前，《小杜丽》的主人公威廉·杜丽的塑造就开启了这一新路向。

三、巾帼胜于须眉：狄更斯笔下的女性英豪

有评论称，狄更斯有轻视妇女的思想，因评论者未提出有力的证据，这一判断便难以令人信服。笔者细读狄更斯的作品，倒发现他笔下的女性英豪为数不少，比较突出的就有《双城记》中的女革命者德法日太太、《小杜丽》中的艾米·杜丽。

德法日太太是狄更斯塑造的女性形象中最富于阳刚之气的女革命者形象。虽然从艺术角度看，这个形象显得较粗糙，但在表现女性的英勇气概方面，德法日太太是个很突出的形象，她像是在暴风雨中翱翔于天际的一只雄鹰。

她是法国大革命前一个惨遭封建贵族蹂躏的农民家庭劫后余生的孤女，她被送给海滨渔民抚养，才幸免于难。苦大仇深，自然就培育了她强烈的阶级意识和革命精神。在法国大革命酝酿过程中，她成为下层民众秘密革命组织的一个积极分子。她用编织毛衣的方式记录封建统治者的一桩桩罪行。革命的准备过程漫长而艰难，她的丈夫、小酒店老板德法日对革命何时到来，他们能否看到革命的胜利，信心不足。德法日太太批评丈夫革命意志不坚定，她用革命必胜的坚定信念鼓舞他、激励他，要他振作精神，积极投入斗争。

法国大革命爆发后，德法日太太英姿飒爽，在攻打巴士底狱的战斗中，率领女革命者活跃在火线上，用大无畏的英雄行为履行了她的革命誓言。狄更斯以饱满的热情、赞赏的态度描写德法日太太令人感动的革命气概和大无畏精神。

作者把德法日太太的英雄气概和无畏精神与她根深蒂固的复仇主义联系起来。而这种复仇主义随着革命的发展，在她和她的同党身上发展到登峰造极的地步，以致他们不分青红皂白，滥杀无辜，革命变成了疯狂的屠戮。狄更斯认为，这种和复仇主义相关联的疯狂行为违背了人道精神。这样，本来是正义的革命便蜕变为非正义的了，德法日太太也从"英雄"蜕变为"恶魔"，作者让她在和普洛斯女士搏斗中死于非命，以此表示对她的批判。

相较于充满阳刚之气、锋芒毕露的德法日太太，艾米·杜丽则显得极其阴柔内敛。如果说德法日太太是在苦难中成长的，那么，艾米·杜丽则是在屈辱中成长的。

她出生、成长于马夏尔西负债人监狱，出生后不久，母亲便去世了。因为她是"马夏尔西狱之父"威廉·杜丽的第三个孩子，在全家中最小，又长得瘦小，人们便给了她"小杜丽"的昵称。又因为她是在监狱内出生、长大的，人们称她为"马夏尔西狱之女"。

她可以说是监狱大墙内的一朵奇葩。一向喜欢发掘平凡事物的奇异之处的狄更斯，赋予这个平凡的监狱之女以不平凡的英豪气概。

小杜丽具有忍辱负重、舍己为人的精神。

她以羸弱之躯承受着全家的生活重担和难言的屈辱。她从小就对不幸的父亲怀着特别的同情和敬意。她有很强的自律精神和毅力，通过刻苦学习，掌握了读写的能力。年纪稍大，她在克莱南太太家当佣工，赚取全家的生活费。她悉心侍候父亲，照顾他的饮食起居。有时候，她父亲还对她发脾气，她都忍了。她还为她不争气的哥哥姐姐操够了心。她日夜为亲人操劳，却很少为自己费神。她为亲人付出了许多，却没有从他们那里得到赞扬和感激的回报。她对此并不介意，似乎她生来就是为了承受这个不幸之家的重担和屈辱的。

小杜丽富于同情心和博爱精神。

小杜丽不仅对亲人具有无私的奉献精神，而且对穷苦阶层和弱小者怀有深厚的同情心。她是个不折不扣的博爱主义者。她对泥水匠普洛尼希和他的身处贫民习艺所的老岳父南迪像对自己的亲人一样关心、体贴；而对残疾姑娘玛吉情同亲姐妹，以至玛吉亲昵地称她为"小妈妈"。小杜丽自己身处逆境，所以她能体会穷苦人和弱势群体的痛苦，总以自己的绵薄之力为他们排忧解难；即使在无能为力、爱莫能助的情况下，她也以和善、热情、亲切的态度对待他们。她是穷苦人和弱者的贴心人。

小杜丽具有贫贱不卑、富贵不骄的崇高气节。

小杜丽的为人和外秀内柔的品格深受人们的称赞、喜爱。马夏尔西监狱看守鲍勃打从艾米·杜丽幼小时候便很疼爱她。他的儿子约翰·奇弗利喜欢上了小杜丽，正式向她求婚。威廉·杜丽成为"马夏尔西狱之父"，享受特殊的待遇，显然和监狱看守鲍勃对他的器重、照顾有关。小杜丽深爱她的父亲，她若为父亲着想，或者她有些许虚荣心，这门亲事应该说是求之不得的。可是小杜丽以恳切、委婉的言辞当面谢绝了约翰·奇弗利的求爱。即使由此招来她父亲的责难，她也不改变自己的态度。尽管约翰·奇弗利为人不坏，但她并不爱他。她坚决不同意以没有爱情的婚姻换取优裕的生活待遇。她父亲在获得了一笔遗产，偿清了债务，走出监狱之后，以上流人士自居，变得十分势利庸俗，认为他们若再和社会地位低下的穷苦人交往就有失身份。她父亲甚至告诫她，连热心帮助过他们的亚瑟·克莱南也不宜再多交往。小杜丽却仍旧保持低调为人处世的态度和纯朴的作风，她照样和穷苦人往来，对亚瑟·克莱南关怀备至，甚至还穿着过去的破旧衣裳，她为此屡屡招来父亲和兄姐的责难。可是，她对他们的责难置若罔闻，依然按照自己的意愿和习惯行事。

小杜丽身上最可贵的一点是，她注重人的精神品德，而不以金钱、地位取人。正因为这个缘故，她不因自己家庭一夜暴富而变得不可一世，而在她处于穷困屈辱地位时，也不想高攀监狱看守。正是基于她的这个处世态度，她对投资失败、负债入狱，成为"马夏尔西监狱弟子"的亚瑟·克莱南倍加关心体贴。当她父亲投资莫多尔企业血本无归，她家又复归贫穷时，她来到身陷囹圄的亚瑟·克莱南身旁，以此告慰他，现在他们的处境一样，没有优劣之分了。正在这时，霸占小杜丽名下的遗产多年的克莱南太太已经悔悟，把小杜丽名下的份额归还给她，并恳求她原谅。小杜丽在和亚瑟·克莱南前往教堂举行婚礼之前，要求亚瑟·克莱南把一份文件烧掉。亚瑟·克莱南照办后，她告诉他，那是他母亲归还给她的遗产证书。现在他们同样贫穷，但他们在精神上是富有的。他们以纯朴、赤诚之心，携手打造幸福的未来。

把德法日太太和小杜丽稍加比照便不难看出，狄更斯所推崇的女性英豪是像小杜丽这样在平凡、纯朴中闪耀着人道光辉的女性。

四、"厌世者"的新生
——狄更斯笔下的"多余人"形象

在 19 世纪俄罗斯文学中，"多余人"是引人瞩目的形象系列。上自普希金笔下的欧根·奥涅金、莱蒙托夫笔下的毕却林，下至屠格涅夫笔下的巴扎洛夫和罗亭，他们是在 19 世纪前期俄国封建制度行将崩溃、资本主义正在崛起的历史转折关头，一群开始觉醒但找不到自己在生活中的位置、彷徨歧路的贵族知识分子，他们成为生活中"多余人"的写照。19 世纪的英国，情况迥然不同。如前所述，狄更斯时代的英国已成为欧洲首屈一指的先进资本主义国家。正因为资本主义工业化在 19 世纪中期的英国已取得巨大的成就，所以，资产阶级与无产阶级的矛盾，在英国就比在欧洲其他国家来得突出、尖锐。资本主义的发展对人类文明而言是把双刃剑，它既极大地推进了人类的物质文明，又使人类社会陷入了金钱关系的泥潭之中。在劳资矛盾尖锐化的影响下，一些中产阶级有良知的知识分子看出资本主义的种种弊端，同情无产阶级和广大劳苦大众的苦难，在传统人道主义思想激发下，产生了对本阶级的不满情绪。可是他们无力挣脱本阶级的思想羁绊，站到劳苦大众方面来，于是陷入了内心的矛盾、痛苦，成为"厌世者"。应该说，狄更斯对这部分人有较多的了解、较深刻的体会，《我们共同的朋友》中的律师尤金·瑞伯恩便是这类人的写照。

尤金·瑞伯恩以律师的身份出现，绝不是偶然的，这既是情节的需要，也是因为律师是中产阶级最有代表性的职业。从事律师工作的人，对社会政治、经济和各阶层的情况一般有较多的了解，因此他们较容易感受到社会矛盾斗争的冲击，心理反应较为灵敏。

尤金·瑞伯恩悲观厌世，觉得生活没有意义。他没有明确的生活目标，不知道为何活着。通常人们孜孜以求、为之奋斗的事业、工作，在他看来毫不足道，不值得他为之费神尽力。因此他总是萎靡不振，吊儿郎当地混日子。他出身于富裕家庭，生活无忧，可是他觉得事事不如意。家里为他物色了一个有钱人家的姑娘，可是他不中意。他父亲希望他成为一名出色的律师，可是他和莫蒂默·莱特伍德合作开业以来，还没有办过一件像样的案件，直到他们接到一件谋杀案。大概这个富于刺激性的案件激发了他的热情，他对受心术不正的合伙人诬陷的打捞工杰西·赫克塞姆深表同情，不相信他是谋杀者。杰西在河上作业失事死去后，他对杰西的女儿丽齐先是出于同情，对她表示关心、爱护，后来被她的美貌和非凡的气质深深地吸引，不由自主地爱上了她。他有事没事总要逛到河滨丽齐的住地，和她聊几句。从丽齐这方面说，她很清醒，深知她和这位绅士是两个天地里的人，她做梦也不会想到嫁给这个绅士。不过她对尤金诚挚的关怀很感激，从一开始便对他产生了好感。尤金特地聘请教师帮助丽齐学文化，丽齐接受了他的帮助。尤金对丽齐的依恋越来越深，但是他心里没个准：他们之间到底是什么样的关系。他若娶她，他父亲会答应吗？上流社会能接受她么？若是逢场作戏，占有她之后便抛弃她，又会怎样呢？尤金不屑于干这样缺德的事。他不知道该怎么办，唯一明白的是，他离不开丽齐，所以他不停地追求她：丽齐躲到哪里，他就追到哪里。和她在一起，他就觉得踏实、愉快。丽齐却比他理智、冷静得多，也果断得多。虽然她爱尤金，但她明白，他们是两个世界的人，他们不可能结合，所以她总设法躲开他。但是，即使丽齐躲到乡下，进了一家造纸厂当工人，尤金还是设法找到了她，和她见上一面。就在这次最后见面过后，尤金遭到他的情敌，小学老师布拉德莱·海德斯东的几乎致命的袭击。这一袭击倒使尤金、丽齐和海德斯东三者的关系发生了戏剧性的逆转：海德斯东行凶作案的秘密被看管河闸的工人罗吉·赖德胡德发现（不要忘记，此人也是诬陷杰西·赫克塞姆的家伙），因受不了他的纠缠、敲诈和他同归于尽。尤金在生死关头，为丽齐所营救。丽齐不仅拯救了他的生命，而且拯救了他的灵魂，由此丽齐在尤金心目中成为至圣至洁的女神，是他命运的主宰者、生活的指引者，他生生世世都离不开她。所以，当他的身体稍复原时，他便向她求婚。这时，他的强烈的心愿涤荡了一切世俗的忧虑。而他对丽齐执着的、真诚的爱也深深感动了丽齐，使她抛开了疑虑和不安，对尤金以身相许。他们在病榻前举行的最简朴，却又最神圣的婚礼，宣告真挚而执着的爱情能超越阶级、社会地位和世俗偏见的藩篱，闪耀着绚丽的光彩。而经历了这场生死恋之后，尤金看到在混沌的人世中存在让人心醉神迷的东西，从而克服了悲观厌世的消极思想，开始振作起来，决心在不远的将来，携丽齐到东方去谋求新的生活。

从尤金的新生，笔者联想到，在狄更斯的创作中，有两个与尤金的命运相关的问题特别值得注意。

其一是，狄更斯在创作中经常表现强烈的爱情所产生的惊人的魔力对主人公命运的影响：它或者使主人公的精神境界得到提升，生活变得幸福；或者使主人公走向疯狂、毁灭。主人公的不同命运和他或她对爱情的动机有密切关系。

无私的、纯洁的爱能使人变得高尚、幸福。在《董贝父子》中，有个名叫图茨的出身富裕家庭的年轻人，曾是弗洛伦斯的弟弟保罗的同学。这个善良、天真、诚实，总是乐呵呵的年轻人，真诚得有点傻，因他是保罗的好朋友，有机会接触弗洛伦斯，便对她一见钟情，爱得热烈而真诚。可是弗洛伦斯并不爱他。她的保姆苏珊曾告诫图茨，弗洛伦斯不可能爱他，要他死了这条心，可是图茨并没死心，他一直暗恋着弗洛伦斯；她幸福、快乐，他也感到幸福、快乐。弗洛伦斯和沃尔特·盖伊结婚时，他衷心祝愿他们幸福。他始终把她看作最亲爱的朋友，而这种爱是超越友谊的爱。图茨和苏珊结婚后，当他们谈起弗洛伦斯时，图茨坦率地说，他最爱的是弗洛伦斯。苏珊一点不嫉妒，图茨和苏珊照样成为恩爱、幸福的夫妻。显然狄更斯在小说中，以浪漫情怀表现理想的友谊和无私的、真诚的爱情，表明无私的、纯洁的爱情能使人幸福、快乐。在《双城记》中，狄更斯以浪漫的、夸张的手法表现了无私的、纯洁的爱情的极致。西德尼·卡顿是个律师，他比尤金·瑞伯恩显得更颓唐、悲观。他爱上了马内特医生的女儿露丝，可是露丝并不爱他，而钟情于法国贵族移民查尔斯·达奈。卡顿自知露丝不会爱他，可是他仍执着地、热烈地爱着她，而不求她回报。他表示，为了她的幸福，他愿意献出自己的一切，乃至生命。他果真言必信，行必果。当达奈被法国革命政府以逃亡贵族罪名判处死刑时，卡顿以其相貌酷似达奈的天然条件，买通监狱看守，潜入监狱中，救出达奈，而他冒充达奈从容赴死。卡顿以自己的生命换取了他所爱的女子的幸福。他从一个悲观厌世者，一跃而为闪耀着人道主义光辉的"圣者"，因为他以伟大的、无私的爱对抗践踏人道的残暴。和图茨、卡顿比较而言，尤金对丽齐的爱似乎不是绝对的无私，因为尤金之所以爱丽齐爱得那么忘乎所以，不仅赞赏她的非凡的气质，而且更为她的迷人的美貌所诱惑，也就是说，潜在着情欲的驱动。但是，尤金在期望占有她的同时，衷心希望她幸福。更重要的是，尤金从纯洁的爱情中，领悟到生活的意义，从而摆脱了厌世、颓唐、消极的情绪，开始振作起来。

但自私的、以占有对方为目的而不为对方的幸福着想的爱情，自然得不到对方感情的回报；这样，追求者的感情越强烈，就越痛苦，最终免不了走向疯狂或毁灭。例如《我们共同的朋友》中的小学教师布拉德莱·海德斯东爱丽齐爱得发狂，遭丽齐拒绝后，迁怒于丽齐的另一追求者尤金，以致对他下毒手，随后又和趁机敲诈他的看闸工人结怨，两人在斗殴中同归于尽。《德鲁德疑案》中的主教座堂的领唱歌手、音乐师约翰·贾斯泼颓废、厌世，除了吸毒，还想在爱情中寻求精神的慰藉，暗恋上外甥德鲁德的女友罗莎。他不知道外甥已和女友解除婚约，为了独占对罗莎的爱，他决心除掉成为情敌的外甥，结果酿成一场惨痛的悲剧。

狄更斯通过上述两种爱情表明，爱情是人类的一种奇妙的激情，它的魔力既能造福于人，也能使人陷入灭顶之灾，就看你以什么态度对待它。只有无私的、高尚的爱情，才能孕育幸福的果实。

其二，和尤金命运相关的另一个值得我们注意的问题是：狄更斯每每在他的创作中让他的主人公踏上新生道路时，总是把他们打发到东方去。在《远大前程》中，遭遇重大挫折之后的匹普，决心到埃及去投奔好友赫伯尔特，若干年之后，终于事业有成，荣归故里。《小杜丽》中，不堪忍受养母苛待的亚瑟·克莱南到中国去，跟随父亲经商二十年，直到父亲去世，已届不惑之年的亚瑟·克莱南，才以一个饱经世故的中年商人身份回到如同一座巨大监狱的大都会。而在《我们共同的朋友》中，约翰·哈蒙被专横的、经营垃圾致富的父亲逐出家门，小小年纪只身前往非洲打拼，终于成为一个略有资产、心地宽厚、仁慈的商人回到阔别多年的故园，成为巨大家财的合法继承人。而尤金获得新生之后，也决心和妻子一同到东方去打造未来的人生。在狄更斯笔下，东方是与充满灾难的、混沌的西方迥异的希望之乡。狄更斯像许多浪漫主义诗人、作家一样，把遥远的、神话般的、他从未见识的东方美化了。其实，那时候亚非许多国家已沦为大英帝国的殖民地或半殖民地。不过，满目疮痍的东方正孕育着新的与西方迥异的文明之花，它也许通过神话般的传说，让充满幻想的大师感受到了异域文明的魅力吧。

五、对人类恶习
——虚伪的挞伐：狄更斯笔下形形色色的伪君子形象

在欧洲近代文学史上最早成功地揭露人类恶习——虚伪的，恐怕要推 16 世纪英国的戏剧大师莎士比亚，他在悲剧《奥赛罗》中，塑造了一个奸诈、狡猾、心如蛇蝎、两面三刀的人物——奥赛罗的旗官易牙戈。他的虚伪、奸诈迷惑了心地善良、易冲动的奥赛罗，造成了惊人的悲剧。易牙戈可以说是近代欧洲文学史上第一个伪君子的典型。接下来，17 世纪法国古典主义的喜剧大师莫里哀在他的经典喜剧《伪君子》中，塑造了答尔丢夫这个不朽的伪君子形象。莫里哀把伪君子的产生放在 17 世纪法国君主专制制度下的特定时期：人们对教会的盲从，对所谓"良心导师"的迷信，为打着宗教旗号，以"良心导师"面目出现的答尔丢夫之流的产生提供了适当的气候、土壤。莫里哀以其高超的喜剧手法，把答尔丢夫的虚伪、狰狞的面目表现得栩栩如生，给人留下难忘的印象。

狄更斯在继承前辈的光辉传统基础上，把对人类恶习——虚伪的揭露批判提升到一个新的水平：赋予"虚伪"这一人类的恶习以丰富的时代内涵，揭示了"虚伪"产生的社会根源及其形形色色的表现形态。

狄更斯创作中具有"虚伪"特征的人物形象有两类，一类是资产者，例如《马丁·瞿述伟》中的裴斯匿夫和蒙太古·提格，《董贝父子》中的詹姆斯·卡克尔，《小杜丽》中的金融家莫多尔、"伤心园"房地产主人卡斯贝；另一类是从下层往上爬的人物，例如《大卫·科波菲尔》中的尤里亚·希普。

以上所举的资产者形象，不仅个性各异，其虚伪的表现形态也有别。《董贝父子》中，董贝的属下、亲信詹姆斯·卡克尔是易牙戈式的阴险人物。他以能干、恭顺、忠诚，取得董贝的信任，被董贝视为心腹，以致董贝让他介入家庭隐私，让他担当董贝与其闹别扭的妻子伊迪丝之间讯息的传递者。这正好给了卡克尔施展其离间手段的机会。卡克尔貌似对董贝恭敬、顺从，实际上他很不愿意屈居其下，并且自以为比董贝能干。他不仅想夺取董贝的产业，还企图趁董贝与妻子不和的机会，把伊迪丝夺过来，与她私奔。不料他为伊迪丝所玩弄，不仅没达到目的，反而在逃避董贝和司法人员追捕时，葬身火车轮下。

《小杜丽》中，"伤心园"的房产主人卡斯贝则以大善人的面目出现在"伤心园"的租户面前，人们都把他看作大好人，认为坏的是他手下的总管潘克斯，因为潘克斯催起租来，凶巴巴的，分文不让。殊不知，卡斯贝和潘克斯一个在扮红脸，一个在扮白脸。暗地里，卡斯贝强令潘克斯催租要催得紧，不仅收租时间不能拖延，而且租金一便士也不能少。他不仅让潘克斯扮白脸，而且给他的工资少得可怜。有一天，卡斯贝出现在"伤心园"里，脸上堆着和善的笑容，大摇大摆装出一副悠然自得的样子时。潘克斯火从心头起，上前打掉他的帽子，当着"伤心园"里众人的面，一五一十揭露卡斯贝伪善人的丑恶面目，引来大伙一阵阵的喝彩声。虽然小说对卡斯贝虚伪面目的揭露富于喜剧色彩，但卡斯贝的形象显得比较单薄。相比之下，《马丁·瞿述伟》中裴斯匿夫的形象显得比较丰满、突出。

裴斯匿夫是作者以重彩浓墨描绘的"伪君子"形象。作者以大量生动的细节，多角度地揭示裴斯匿夫的"虚伪"。首先，作者撕开裴斯匿夫重情义、不爱财、讲道德、轻情欲的画皮，揭示其贪财好色的真面目。他和退休的富商老马丁沾亲带故。老马丁在养女玛丽·葛兰陪伴下出外旅游，途中身体不适，住在镇上的旅馆里。裴斯匿夫第一个得知老马丁生病的消息，前去旅馆慰问老马丁。他想抢在头里，向老马丁表明他是最关心老马丁的人，好让老马丁对他留下好印象，给他一些好处。看到和老马丁有些瓜葛的人纷纷前来讨好，目的都是想在老马丁的遗产里分得一杯羹，裴斯匿夫便大骂这些人都是贪财好利的小人，唯有他是看重情义的人。老马丁的堂弟安敦尼·瞿述伟看他这样虚伪造作，当面骂他"伪君子"。老马丁身边唯一的亲人、他的孙子小马丁犯了他的禁忌，爱上玛丽·葛兰，被老马丁逐出家门。他来投奔裴斯匿夫学习建筑。裴斯匿夫起先不知道小马丁已失宠于他的祖父，一心想拉拢他，对他宠爱有加，不仅让他住在自己家里，还准备将来把女儿许配给他。裴斯匿夫心里盘算，这样一来，老马丁的遗产就不至于落到别人手里了。不料，老马丁向他通报小马丁忤逆的消息，裴斯匿夫见小马丁已没有利用价值，便对他下逐客令，小马丁无奈，只好到大洋彼岸的美国去寻求出路。

　　裴斯匿夫为了牢牢抓住老马丁这个财神爷，避免他的遗产落到他人手里，竭力讨好、巴结老马丁，还以便于照顾为名，让老马丁和他的养女玛丽·葛兰住到自己家里。为了博取老马丁的欢心、信任，裴斯匿夫对他的确殷勤备至。殊不知老马丁已识破他的用意，顺水推舟，假装糊涂，任由裴斯匿夫摆布，接受他的"好心"照顾，但事事留心，伺机揭穿对方的阴谋。裴斯匿夫满以为已把老马丁攥在手心里，便渐渐放肆起来，以安全为由，对他的行动严加管束。鳏居多年的裴斯匿夫对玛丽·葛兰起了色心。一向标榜自己是道德模范的他，在私下里竟放肆调戏玛丽·葛兰，起初以言语挑逗她，继之对她动手动脚。玛丽·葛兰以为老马丁已被裴斯匿夫迷惑，不敢向他告发裴斯匿夫的非礼行为，只得向小马丁的挚友、裴斯匿夫的佣人和学生汤姆·贫掐诉苦。贫掐一向把裴斯匿夫看作圣人，老实巴交的他一向对自己的老师兼主人服服帖帖，现在听了葛兰的告发，才知道裴斯匿夫是个人面兽心的伪君子，不免义愤填膺，当面向裴斯匿夫提出抗议。裴斯匿夫宣称这是对他的污蔑，立即宣布开除贫掐。

　　裴斯匿夫以建筑师、测量师自居，招收学员，赚取高额学费。其实他不学无术，从不向学员授课，只叫他们自己去看书、学绘图。他把一位学员的设计窃为己有，得了国内的设计大奖，从此以著名的设计师自居，到处招摇撞骗。

　　裴斯匿夫标榜自己笃信宗教，注重德行，讲究修身养性，连他的两个女儿也取了带有宗教色彩的名字，一个叫慈善，一个叫慈悲。有一次，他和女儿乘车出行，在车上对女儿大谈为人处世应遵从上帝的教诲，以慈善为本，一边谈话，一边眼里涌出"虔诚"的泪花。这时，他瞥见一个乞丐正攀上车厢后面，大概要向他们乞讨，他便凶狠狠地向那个乞丐晃拳头。这个富于典型性的细节，生动地凸显了裴斯匿夫的伪善。

记得有位大作家说过，荷马也难免有打瞌睡的时候。这话用到狄更斯身上也颇合适。一向擅长描写喜剧性场面的大师，最后在暴露裴斯匿夫的"伪君子"面目时，输给了法国的喜剧大师莫里哀。后者在《伪君子》剧中让答尔丢夫暴露其伪君子面目之前，做了大量铺垫，最后以令人拍案叫绝的"当场显原形"的十足喜剧场面让答尔丢夫出乖露丑。虽然狄更斯在小说中为暴露裴斯匿夫的虚伪也做了大量铺垫，但到最后暴露其虚伪面目时却露出了败笔：作者不是让主人公以喜剧方式自行暴露，而是让自身也带有一定虚伪性的老马丁充当揭发者，煞有介事地当众宣布裴斯匿夫的"罪行"，这样处理毫无喜剧性可言。我们还看到，两位大师对伪君子的面目暴露后的处理方式也有轩轾。莫里哀剧中的答尔丢夫像是一只受了重伤的猛虎抬头向打虎者反咬一口：他声称他已掌握这家主人奥尔恭性命攸关的政治秘密；他若把这秘密抖出来，奥尔恭必死无疑。最后却因国王英明断案，奥尔恭化险为夷，答尔丢夫遭到应有的惩罚。莫里哀这样处理答尔丢夫的结局，固然出于当时古典主义歌颂英君明主的政治需要，但是从艺术上看，这样的喜剧收场是有力的。反观狄更斯的小说对裴斯匿夫的最后处理却黯然失色。裴斯匿夫责怪老马丁忘恩负义，他一向善待老马丁，却招来以怨报德的结果。他说，他相信老马丁终有悔悟的一天。这让读者觉得裴斯匿夫的"反控"有理，裴斯匿夫值得同情。因为裴斯匿夫为了讨好老马丁，的确花了血本。何况老马丁木人也显出几分虚伪：他一面谴责金钱害人，一面自己依仗财力对他人颐指气使。让这样一个角色来充当裴斯匿夫的控诉者的确欠妥。尽管作者对裴斯匿夫结局的处理有些失当，但作为一个"伪君子"形象来看，裴斯匿夫这个人物还是颇有典型性，作者对他的描写也极其生动自然，它让人们看到，"虚伪"这一恶习是资产阶级的拜金主义、利己主义和人与人之间尔虞我诈关系的一种折射。

如果说卡斯贝和裴斯匿夫是以善良、无私的假面具掩饰自己邪恶、贪婪的真面目的话，那么，在《大卫·科波菲尔》中，从底层爬到中产阶级地位的尤里亚·希普，则以谦卑掩饰他的狡猾奸诈。他是威克菲尔律师的合伙人，平日装得极其勤勉、恭谨、谦和。在大卫·科波菲尔面前，他老是把自己的卑微出身挂在嘴上，似乎要对人表明，安分守己、勤劳刻苦是他这种人的天职。他一直给人以低调做人、安分守己、谦恭得过分的印象。正是这种夸张的矫饰，引起正直的大卫·科波菲尔的反感、警觉。大卫从种种迹象看出，希普有僭越威克菲尔，觊觎他的女儿、大卫的亲密女友艾妮斯的狼子野心。直到希普的助手米考伯不堪忍受其欺压，站出来揭发他时，大卫才明白，希普的确施展了种种诡计排挤、欺骗善良、忠厚的威克菲尔，以便最后霸占威克菲尔的律师事务所，并图谋娶艾妮斯为妻。更使大卫震惊的是，他的姨婆特洛乌德小姐的破产，也是希普一手造成的。依据大量确凿的罪证，希普终被绳之以法。

和以上所举的以谦谦君子面目出现的伪君子不同，《小杜丽》中的金融巨头莫多尔则是以高超的欺骗手段赢得荣耀的光环，成为人们膜拜的显要人物的。正因为莫多尔心知肚明，自己的庞大产业和崇高地位都是骗取来的，所以，他惶惶不可终日，不知道那把正义的利剑何时落到自己头上。最后因骗局难以为继，他的心理承受力已垮，而不得不以自戕了结此生。

狄更斯塑造的形形色色的伪君子形象表明，资本主义金钱关系的狂潮已冲垮人们的道德防线和心理防线，虚伪正取代诚信。这样，社会的非人性化是不可避免的。为了重振道德、净化社会，必须挖掉虚伪——这个长在社会肌体上的毒瘤。

六、独特的人物塑造艺术

（一）人物塑造类型

爱·摩·福斯特在其小说美学专著《小说面面观》中宣称，小说的人物有"扁平型"和"浑圆型"两种类型。所谓"扁平型"人物就是指性格单一，而且性格没有发展变化的人物；而"浑圆型"人物则是性格复杂、多面，而且性格有发展变化的人物。他把狄更斯笔下的人物基本上归为"扁平型"人物。事实上，狄更斯笔下的人物并不全是扁平的，正如有的评论者指出的，"老杜丽、匹普、布拉德莱·海德斯东都是性格有发展的人物，表明狄更斯后期获得了表现人物的新技巧"[①]。如果我们把"性格有发展变化"说得宽泛一点，那么，狄更斯中期作品的人物，例如斯克鲁奇、董贝的性格最后都发生了变化。诚然，不只是狄更斯早期的作品，就连他中后期作品的许多人物都还是"扁平型"的。

为什么狄更斯笔下的人物大多是"扁平型"人物呢？分析起来，这大概有两个原因。

首先，狄更斯的人物塑造受到他的善恶对立人性观支配。狄更斯把善与恶看作势不两立、泾渭分明、互不相干的两极。善良人物就是绝对的善，邪恶人物就是绝对的恶，这样，人物性格就是绝对单纯的了。不过，善恶绝对化的观念不是狄更斯固有的，而是维多利亚时代英国社会颇为流行的一种观念，"维多利亚时代流行一种教条主义习气：绝对正确的法则不分时间、地点均正确、适应。它涵盖了多门学科。"在这种教条主义习气影响下，"维多利亚时代的人看问题比较片面、单纯，在他们眼里，人和世界万物只有善恶、好坏之分：好就是绝对的好，坏就是绝对的坏，不存在中间状态"[②]。

---

① 乔治·H. 福特《狄更斯与他的读者》，普林斯顿大学出版社，1955 年，第 83 页。
② 沃尔特·E. 豪顿《维多利亚时代的思想状态》，耶鲁大学出版社，1957 年，第 145 页。

　　其次，狄更斯的人物塑造受到浪漫主义文艺观的影响。浪漫主义者不承认人物性格受环境的支配和影响。他们强调人物的主体性，倾向于塑造与丑恶环境对立的人物。而且这种与环境对立的人物，其性格往往是恒定不变的。狄更斯的善恶对立的人性观与他的浪漫主义倾向正合拍。我们知道，狄更斯不仅勇于面对现实、表现惨淡的人生，而且有难以割舍的浪漫情怀。他除了喜爱挖掘、表现平凡事物富于浪漫意味的一面之外，总在主人公身上寄托自己的意愿。因此，他笔下的主人公既来自现实，又不同程度地富于浪漫意味。他塑造的善良人物或理想形象固然生活在具有很强的现实性和典型性的环境里，但是，他们的思想性格往往和他们所处的环境格格不入，与其说他们是环境的产物，不如说他们是环境的对立物。

　　举例来说，匹克威克是作者塑造的第一个善良的资产者形象。他像是上帝派来巡视凡间的使者，始终是那么善良、正直、无私、疾恶如仇；尽管他是个退休商人，但在他身上没有商人的自私习气和铜臭味，他纯洁得像刚出生的婴儿，即使他被妩媚的妇女们围住，受她们宠爱，也不会滋生丝毫邪念。他对流浪艺人金格尔的败行恶德痛恨至极，但是，当匹克威克在监牢里看到他一副穷困落拓的模样，而且言语间流露出悔悟之意时，不仅不奚落他，反而花大力气帮助他偿清债务，使他得以出狱，然后出资让他到海外谋求新的生活。善良的匹克威克对世俗事务是那么无知，因此在漫游中屡屡闹笑话。匹克威克的这些特点与他作为一个打拼多年、事业有成的资产者的身份、地位是不相称的。匹克威克的善良品格和无知状态仿佛是与生俱来的，而不是在他漫长的生活过程中形成的。这样，匹克威克的性格当然是一成不变的，他成为一个"扁平型"的人物也就毫不奇怪了。

　　但是，"扁平"并不意味"单薄"，"扁平型"人物不等于是单薄的形象，关键在于人物性格所显示的内涵。就匹克威克形象而言，他的疾恶如仇思想显示了一个正直的资产者的强烈正义感和社会责任心，而他的极端善良、仁慈和乐于助人的品格，寄托了作者的人道主义道德理想。

匹克威克之所以成为一个不朽的艺术形象，不仅因为这个形象具有丰富的内涵，而且还在于作者通过许多生动的细节，显示了这个老好人的天真、无知，他闹的许多笑话博得了读者的爱和同情。正如陀思妥耶夫斯基所说："堂吉诃德和匹克威克是可能的绝对善良的人物罕见的例子。他们之所以是可能的，因为他们是可笑的，读者同情并不知道自己价值的极其可笑的善良人物……唤起同情，便是幽默的奥秘。"①

幽默不仅使像匹克威克这类显现出"扁平"特征的善良人物具有"浑圆"的效果，而且使班布尔、费金（《雾都孤儿》），斯奎尔斯（《尼古拉斯·尼克尔贝》），奎尔普（《老古玩店》），裴斯匿夫（《马丁·瞿述伟》）这类具有"扁平"特征的坏蛋表现得生气勃勃、喜气洋洋。他们都代表邪恶和形形色色的不愉快的事物，但是他们又富于激发出恐惧和乐趣的特征。这样，"扁平"的坏蛋变得浑圆、复杂了。"奎尔普和他的妻子之间那种不可思议的幽默场景也许意味着奎尔普是个不可信的坏蛋，却是个更可信的人物。……狄更斯的大多数坏蛋都是以相似的方式构想的，他们结合了喜剧与认真的角色。作为一条规则，只有当他成功地获得这种结合时，他的坏蛋才是生气勃勃的、可信的。不可信的坏蛋，例如纯粹情节剧式的卡克尔和某些他的阴暗时期的小说中的坏蛋，都是坦率地扮演的。"②

乔治·H. 福特认为，狄更斯在同一个人物（不管是好人还是坏蛋）身上混合使用认真与幽默两种不同的表现风格，就使人物的扁平性得以缓和，从而使"扁平"的人物具有"浑圆"的效果，并且使人物变得更可信。福特指出："正因为这个缘故，他的纯粹高尚的人物，例如小耐儿、艾妮斯和小杜丽，好像是不可能的，因为她们的扁平性并未得到缓和。假如我们比较一下小耐儿决心不抛弃她的外祖父和狄更斯的另一个人物（指米考伯太太——引

---

① 乔治·H. 福特《狄更斯与他的读者》，普林斯顿大学出版社，1955年，第140页。
② 乔治·H. 福特《狄更斯与他的读者》，普林斯顿大学出版社，1955年，第139页。

者）宣称'我永远不抛弃米考伯'，可以看出其中存在明显的差别。"[①]

总的说来，在狄更斯的作品中，"扁平型"人物占了绝大多数，它成为狄更斯人物塑造的一个显著标志。而称得上是"浑圆型"的人物确实不多，而且这些带有"浑圆型"特征的人物几乎都出现在他后期的作品中。

狄更斯作品中真正称得上具有发展变化特征的人物，恐怕要推匹普（《远大前程》），威廉·杜丽（《小杜丽》），布拉德莱·海德斯东和贝拉·维尔弗（《我们共同的朋友》）这几个人物。

前文（见第三章第四节）已指出，老杜丽的形象显示了腐败、丑恶的环境对人的心灵的毒化，对人的性格畸变所起的作用，而在《我们共同的朋友》中，布拉德莱·海德斯东的悲剧则显示了可怕的激情是如何使一个体面的小学教师蜕变为凶残的杀人犯的。海德斯东自以为条件比丽齐优越得多，又曾帮助她的弟弟查理求学、找工作，暗自认为向丽齐求婚没有不成的道理。他一点不懂得如何去赢得女人的欢心，却平白要求对方爱他、嫁给他，自然得不到对方感情的回应。于是他再一次和她谈判，简直是向她发出哀的美教书似的，结果遭到对方明白的拒绝。海德斯东求爱失败后，不反思自己求爱的方式是否得体，却迁怒于他的情敌尤金·瑞伯恩，以致对他下毒手。要不是丽齐救援，尤金必死无疑。海德斯东的凶残手段，反而促成了尤金与丽齐的结合。而他作案的秘密被看守河闸的工人罗吉·赖德胡德发现了，后者以此讹诈他，对他纠缠不休，这迫使海德斯东走上绝路，和赖德胡德同归于尽。尽管作者对海德斯东激情的表现有些夸张，但小说生动地表现了烈焰般的激情是如何驱使他丧失理智，走上不归之路的。

（二）人物塑造模式

1. 自然天成模式

著名的狄更斯研究专家 K. J. 菲尔丁认为："小说中最好的东西不是有

---

① 乔治·H. 福特《狄更斯与他的读者》，普林斯顿大学出版社，1955年，第140页。

意为之的，而是自然天成的。甘普太太和裴斯匿夫都是以狄更斯自己未料到的方式出现的。谈到他们时，他写道：'至于他们展现的方式，那是心灵在这类创造力中最令人感到惊奇的作用。不管是人们熟悉的，还是不熟悉的，反正出现了；我绝对肯定它是真实的，就像我对万有引力定律确信一样——假如这种事是可能的，那它是更可能的。'福斯特则一语道破：'他的全部重要人物的创造过程就是这种情况。'甘普太太和裴斯匿夫都是以真实的人物为模本的，根据对他们的了解，狄更斯觉得他能依照自然法则表现他们在任何可能的情境中的言行。"①

"自然天成"可以说是狄更斯最具现实主义本色的人物塑造方式。有的评论家诋毁狄更斯塑造的人物是"傀儡"、"儿童玩具式的木马，一点不真实"。一谈起狄更斯的人物塑造就是"夸张"、"漫画化"。似乎狄更斯塑造的人物全是夸张、漫画化的产物。其实不然，这是以偏概全，是对狄更斯人物塑造艺术的误解、曲解。"夸张"、"漫画化"不过是狄更斯塑造人物的一种模式。狄更斯笔下的人物不全是夸张的、漫画化的，有相当数量成功的人物形象，特别是一些著名的典型形象是按照现实主义原则塑造的，堪称"自然天成"的形象。乔治·吉辛指出："从《巴纳比·鲁吉》到《我们共同的朋友》，狄更斯描绘了许多女孩子的形象。裴斯匿夫的两个女儿——慈善和慈悲，一点没有夸张，言语、动作都很真实，两姐妹的形象相联系、对比得多好！人物性格也有发展，从这点来看，狄更斯是现实主义的典范。""她们是早期维多利亚文学留给我们的最值得珍贵的事物。"吉辛还说，"芬妮·杜丽这类姑娘（芬妮·杜丽是《小杜丽》中的人物，小杜丽的姐姐——引者）在他的时代随处可见，狄更斯不一定见过很多，但描写得很准确。"② 此外，像大卫·科波菲尔、匹普、绰号叫侯爵夫人的小女仆、甘普太太、裴斯匿夫、贝拉·维

① K. J. 菲尔丁《查尔斯·狄更斯评传》，伦敦，1958 年，第 76 页。

② 乔治·吉辛《查尔斯·狄更斯：批评研究》，纽约，1912 年，第 201 页。

尔弗、约翰·贾迪斯、潘波趣、朴凯特夫妇等都是获得评论家们好评的"自然天成"的人物。

2. 夸张模式

在狄更斯的作品中，除了上面所说的"自然天成"式的人物之外，的确也有不少采用夸张、甚至漫画化手法塑造的带有某些浪漫主义色彩的人物（其中包括一些具有"怪诞"特征的人物），例如金格尔、斯狄金丝牧师、奎尔普、斯奎尔斯、毛奇小姐、特洛乌德小姐、乔大嫂、珍妮·雷恩、郝薇香小姐，等等。这类夸张式的人物都有极其鲜明、突出，甚至怪诞的性格特征，他们中有好人，也有坏蛋。狄更斯夸大他们身上的奇异特征，使他们的性格、行事方式不同凡响，所以这类人物或多或少都带有一些浪漫色彩。狄更斯夸大人物身上奇异特征的目的，主要是寄托自己对这类人物的强烈感情：表示愤怒或同情，或觉得滑稽，同时希望引起读者强烈的反应。

对狄更斯塑造人物的夸张手法，欧美评论界有不同的反应。有一派评论家对它竭力加以指责、否定。狄更斯的同时代人，身为律师的沃尔特·巴吉哈特是新古典主义在维多利亚时代复活的最有代表性的人物，他认为，狄更斯作品的一个主要特征就在于"不规则、非对称"；"他的世界是不相连接的"。在巴吉哈特看来，这是"可悲的弱点"，是"他同时代人的病态审美趣味的昭示"。他发现这种最可悲的不规则性存在于狄更斯的"夸张的漫画手法"中，特别是《大卫·科波菲尔》之后的那些小说。巴吉哈特不把这种疯狂的、不可能的东西归因于有力的想象，而是把它归咎于狄更斯缺乏适当的教育，缺乏良好的审美趣味。这种见解代表了学院派对待狄更斯小说的态度。

而 G. H. 刘易斯则代表现实主义者的观点。他综合泰纳和巴吉哈特的观点的前提（即"诗的想象近乎疯狂"），认为"狄更斯只是个教育不良的疯子"。

刘易斯打从狄更斯创作生涯开始时就认识他，他们相处得很愉快。但是，刘易斯看到狄更斯的书架空空如也，一直感到震惊。"他的创作令人惊讶地缺乏思想，我相信，翻遍他的 20 卷创作，难以发现一句对生活或人物有思想见地的评论……和菲尔丁或萨克雷的作品比较起来，他的作品只具有动物的智慧……他从来不是，永远也不会是名学者。"① 在《关于狄更斯的评论》一文中，刘易斯把狄更斯的世界看作是幻想的荒谬的世界。他认为，狄更斯凭借他的催眠的力量使易受骗的大众相信虚假的东西是真实的，可是，刘易斯说，我们是受过教育的批评家，知道得更清楚。我们可以凭经验检验他的人物。"它们只是人性的漫画和变形"，大众接受它，只因为"它们表现得栩栩如生"。"正因为这些类型是不真实的、不可能的，所以说的话是在日常生活中从未听过的，经常像简单的机械装置一样按一种方式移动（而不是整个机体摇曳多姿地移动……）。这些不真实的形象却以逼真的生动性感染着没有评判能力的读者。"②

亨利·詹姆斯对狄更斯的人物塑造也持激烈的批评态度。他认为："狄更斯看不见隐藏在事物表面下的东西，他便成为肤浅的小说家中的佼佼者。"在他看来，"人性是……人与人之间的共通性，而不是他们所具有的特性"，因此，他认为，狄更斯的人物缺乏人性。③ 他还认为："狄更斯是个即兴表现者，对他说来，写作实践就是无规则的想象和狂欢。"④ 但是，詹姆斯极其赞赏狄更斯惊人的想象力。他认为，巴尔扎克与狄更斯有明显的相似之处："在想象力的强烈方面他们几乎是相同的。由于他们以幻想的眼光看事物，使其他人看这些事物也显得同样生动，因此他们的作品具有唤起可见的对象和形象的力量。"⑤

但是，另一派批评家却给了狄更斯人物塑造的夸张手法客观公允的评价。

---

① 刘易斯《关于狄更斯的评论》，《双周评论》，1872 年，第 17 期，第 151 ~ 154 页。
② 刘易斯《关于狄更斯的评论》，《双周评论》，1872 年，第 17 期，第 145 ~ 146 页。
③ 乔治·H. 福特《狄更斯与他的读者》，普林斯顿大学出版社，1955 年，第 205 页。
④ 乔治·H. 福特《狄更斯与他的读者》，普林斯顿大学出版社，1955 年，第 205 页。
⑤ 乔治·H. 福特《狄更斯与他的读者》，普林斯顿大学出版社，1955 年，第 206 页。

他们的评论起到了纠偏、恢复狄更斯应有的文学声誉的作用。首先应该提到的是英国著名小说家、评论家乔治·吉辛的见解。吉辛指出："漫画一般说来是个贬义词。"他不同意有的批评家把狄更斯称为漫画家。他认为，他们在赞扬狄更斯的幽默时，完全抛弃了他。"在我看来，在他的全部非常优秀的作品中，他所追求的理想，无论从何种意义上说，都和漫画扯不到一块。他在某种情况下和漫画家一样采用强调的手法，但是，凭借他的高超、独特的人物塑造艺术和目的的真诚，他的形象和拙劣的漫画有别。若说甘普太太是漫画，简直是乱弹琴，把裴斯匿夫和尤里亚·希普称为漫画也同样不妥。他偶尔也会达不到预期的效果，使他的作品蒙受这类批评；有的时候，他是有意采用文学的夸张手法来塑造形象，这种夸张和大大小小的职业漫画家的铅笔画相似。他的最优秀的幽默和最成功的讽刺则是属于另一种类的艺术。"[1]

吉辛是个从 19 世纪后期过渡到 20 世纪初的现实主义作家，他擅长描写下层社会，但是他的带有自然主义色彩的描写下层社会悲惨状况的小说不大受读者欢迎。他根据自己对现实主义盛行时期的读者大众的观察，得出结论：没有读者会欣赏对沉闷生活的客观表现。他认识到，尽管幽默扭曲了现实，但是它至少使现实在某种程度上适应读者大众的需要。狄更斯为了取悦读者，常常扭曲现实，吉辛为此深感苦恼。

美国现代著名批评家艾德蒙德·威尔逊以全新的观点阐释狄更斯创作的象征意涵。英国批评家杰克·林赛则继威尔逊之后，对狄更斯的人物塑造方法予以高度赞扬。他指出："狄更斯的力量在于以一种强烈的诗的精练方法刻画人物，从而赋予这些人物以社会的典型和情感的象征，同时又是形象的、精确的个人。这是一种称之为夸张或漫画化的方法，为此他遭到浅薄的知识分子、市侩式的自然主义者以及视'心理'为'内省'的那些人的攻击。"[2]

---

① 乔治·吉辛《查尔斯·狄更斯：批评研究》，纽约，1912 年，第 168 页。

② 杰克·林赛《查尔斯·狄更斯》，纽约，1950 年，第 170 页。

3. 奇特性格的平实表现模式

这是狄更斯塑造人物最常见的模式，它介于"自然天成"与"夸张"模式之间。这类人物像自然天成的人物一样，写得自然、平实，但人物性格却比较奇特；不过它的奇异特征不像夸张式人物那样被渲染、强调到失去常态的地步。狄更斯小说中的人物属于这种类型的为数不少，其中有些是著名的典型形象，例如，匹克威克、董贝、威廉·杜丽、艾米·杜丽、乔·葛吉瑞、米考伯以及尤里亚·希普，等等。

正因为这类形象介于"自然天成"与"夸张"之间，所以，有时很难把他们截然分开。例如把乔·葛吉瑞归到"自然天成"类也未尝不可；而作者对尤里亚·希普的怪癖作了近乎夸张的描写，因此，把他归到夸张的，甚至怪诞的人物圈里去，似乎也说得过去。总之，上述分类不是绝对的，只是对狄更斯的人物塑造特点进行一次尝试性的梳理，以便深入了解狄更斯人物塑造的独特性。

（三）人物塑造手法

"从奥斯丁和亨利·詹姆斯这类成功地应用戏剧情节的小说家看出，小说形式为探测人物行为的动机提供了特殊的办法，因此，人物的发展似乎是可能的。可是狄更斯摒弃这种带有分析意味的特殊办法，他所仰仗的不是小说式戏剧的办法，而是舞台剧的办法，更常用的是舞台情节剧的办法。狄更斯说过：'每位小说创作者虽然不采用戏剧形式，可是他为舞台而创作。'实际上，这不仅减少作者（对人物）的评论和分析，而且使小说得以依仗舞台动力。"①

按照舞台情节剧的方式表现人物——这是狄更斯塑造人物的独特手法，它有如下主要特点：

1. 人物的思想、性格和心理状态通过人物自己的言语、行动表现出来

狄更斯基本上通过人物的言语、行为，表现其自身的思想、性格和心理，

---

① 乔治·H. 福特《狄更斯与他的读者》，普林斯顿大学出版社，1955 年，第 142 页。

除了描写外貌特征之外，作者几乎不对人物加以介绍、分析、评论，这样，人物至少获得了相对的独立自主性。

由于人物的言语、行为是表现人物自身思想、性格和心理的独一无二的手段，因此，狄更斯非常注重表现人物言语、行为的个性化特征。他笔下的人物有他们各自说话的习惯，他们的用语和表达方式都不一样。我们一听油腔滑调、言语不连贯，却又颇带幽默的话，就知道这是《匹克威克外传》里那个流浪戏子金格尔说的；而一听半带讥讽、诙谐，半带凶狠口气的话，则知道这是《老古玩店》里那个具有虐待狂怪癖的丑陋矮子奎尔普说的。我们读狄更斯的小说时，读了前面的部分，对人物有了印象之后，读到后面，即使把说话人的名字盖住，多半也猜得出来，这是哪个人物说话的口气。狄更斯人物语言的个性化，和我国古典名著《红楼梦》、《水浒传》人物语言的个性化有异曲同工之妙。

人物的行为比言语更能体现一个人的个性，所以狄更斯常常以传神的细节凸显人物的行事方式。试看《老古玩店》中那个丑八怪奎尔普和他的岳母金尼温太太相处的一个场面：

> 奎尔普先生现在走到一面镜子的前头，立在那里，系上颈巾，这时碰巧金尼温太太站在他背后，很想对准暴君般的女婿挥动拳头。这本来是一刹那间的姿势，但是当她怒目相向地把拳头抬起来的时候，正碰上他镜子里的眼睛在注意着她的动作。她对着镜子一看，一个又狰狞可怖又丑怪不堪的面孔反映出来，舌头还向外吐着；在紧接下去的一瞬间，矮子扭过脸来，面色完全温和、平静，使用一种充满感情的声调问道："现在怎么样了，我亲爱的老乖乖？"

> 这虽然是一件不足道而又可笑的意外，却使他看起来格外像一个小恶鬼了，同时还显得那么敏捷又狡黠，以致老太婆害怕得连一个字都说不上来，只好听凭他特别有礼貌地把她拉到早餐桌上去。

通过奎尔普一系列非同寻常的言语、行为，作者揭示了这个人物狠毒、狡诈、极端任性、情绪化，又不失诙谐、幽默的性格和恣意妄为、任意作践他人的怪诞心理。

如果说奎尔普的形象是以夸张手法塑造的，多少带有超越现实的象征意味的话，那么，《大卫·科波菲尔》中的尤里亚·希普则完全是以写实手法塑造的否定形象。

前面说过，尤里亚·希普和裴斯匿夫是狄更斯所塑造的两个伪君子形象。相比之下，尤里亚·希普的形象似乎比裴斯匿夫的形象更突出、鲜明，给人的印象更深刻。其中的原因，主要是因为希普的言语、行为更富于个性特征，他的虚伪表现得更充分，他的真实面目的暴露也更带戏剧性。

尤里亚·希普可以说是贯穿《大卫·科波菲尔》全书的一个负面形象（《大卫·科波菲尔》共计六十四章，希普的形象开始出现于第十六章，以后出现在第十七章、三十五章、三十九章、四十二章、五十二章和六十一章），是大卫所面对的邪恶营垒里的一个重要角色。大卫的挚友艾妮斯（她后来成为大卫的第二任妻子）曾向大卫指出，大卫的好朋友斯蒂福是隐藏在他身旁的恶魔，她却没发觉，尤里亚·希普是隐藏在他们中间的恶魔，这是因为希普善于伪装，而斯蒂福却恣意妄为，毫不掩饰自己的本色。大卫从小与他相处，对他情深意切，在斯蒂福未作出伤害艾米丽及其家庭的丑恶事情之前，自然难以识破他的浪荡公子的丑恶面目。

尤里亚·希普与斯蒂福不同，他来自下层社会，要往上爬、出人头地，不仅要靠努力，而且要有心计。所以，希普不仅勤勉钻研法律著作，而且以低调处世、谦卑待人掩饰自己的野心和欲望。他的过分谦卑和惹人生厌的外表与习惯特别引起大卫·科波菲尔的反感。作者一而再，再而三，不厌其烦地描写希普自称卑贱，并且让希普自己说出他为何要谦卑做人的道理：他出身卑微，他父亲就因为能谦卑做人，才在社会上站稳脚跟，所以他父亲把自己的经验传授给他。而在学校里，教师也教导出身卑微的人要学会谦卑做人。有意思的是，希普的母亲也把自己的卑贱挂在口头上。这样，作者不仅表现了人物鲜明的性格特征，而且揭示了这种个性特征产生的社会根源。但是，"卑贱"、"谦卑"只不过是希普的护身符或挡箭牌，他的野心和复仇的欲望便隐藏在它后面。而为了实现自己的野心，满足自己的欲望，他在坚持自己的伪装方面，表现出极大的耐心，以至于显示出坚忍不拔的精神。一个有力的例证就是，大卫·科波菲尔出于义愤，重重甩了他一巴掌，希普仍保持谦卑、忍让的态度，不仅不生气，还一再声称，尽管大卫看不起他、恨他，但他一向把大卫当作朋友看待，今后还是这样。可是，他的忍耐也有极限，或者说他的伪装总有败露的时候。当他实现了野心——成为威克菲尔律师事务所的合伙人和实际控制者，威克菲尔已被他攥在手心里时，他终于露出凶恶、狰狞的面目，当面骂大卫是一度流浪街头的"狗崽子"，并且承认他一向对大卫没有好感。这样看来，希普的性格不仅极其鲜明，而且是浑圆的。

2. 通过人物之间的对比，凸显各自的性格特征

狄更斯塑造人物的戏剧化手法，非常注重人物性格的对比，他正是通过不同思想、性格的人物之间鲜明的对比，来凸显各自的性格特征。这就像通过黑与白的对比，使彼此的差异表现得更鲜明一样。

这种对比手法几乎贯穿于狄更斯的全部创作中，例如，在《匹克威克外传》中，作者把匹克威克的善良、忠厚老实与金格尔的狡诈、奸猾加以对比，并且通过他们之间思想性格的差异引起的对立，引发出一连串富于喜剧性的冲突。而就在匹克威克与他的仆人山姆·维勒之间，也显示出鲜明的性格对比：匹克威克是在深宅大院里长大的，对现实无知，除了做生意，其他都外行，他是个善良、天真、幼稚的"傻老头"；而山姆·维勒是在街头长大的，对现实事务了如指掌，无比精明能干，办事能力极强，他善良，却圆滑世故，常常不免对他人耍点小滑头，但深为匹克威克的高尚人格所吸引，对其无限崇拜，也无限忠诚，甚至当匹克威克因不愿受无行的律师敲诈而进监牢时，主动陪伴他坐牢，以便服侍主人。这主仆二人性格虽相异，但相辅相成，相得益彰。再如在《马丁·瞿述伟》中，作者通过几组人物的对比来凸显各自

的性格特征。首先是善良的人物和邪恶的人物之间的正反、黑白的对比。马丁家族老少都染上了利己主义的毛病，只是各人表现的程度和形式不同而已；而作为小马丁的仆人和朋友的马可·塔里普却善良、热情、乐于助人，且坚强乐观。小马丁赴美国闯荡、冒险时，幸得他的帮助才闯过了艰难险阻。而在利己主义者中，也因各自性格不同，他们的利己、自私也有不同的表现形式：有老马丁的"牛心左性"，唱高调的利己主义；有约那斯·瞿述伟的穷凶极恶、赤裸裸的利己主义；有蒙太古·提格的善于玩弄权术、伎俩，奸诈狡猾的利己主义；还有裴斯匿夫的伪装慈善、无私的利己主义。即使裴斯匿夫的两个女儿慈善和慈悲，性格也形成鲜明的对照：慈善的性格显得文静、内敛、软弱，慈悲则显得外向、活泼、刁钻、要强。

3. 重复表现人物性格的主要特征

狄更斯善于通过对人物某种习性的重复表现来强化人物的性格特征，例如在《匹克威克外传》中，作者通过匹克威克一再闹笑话的细节、场面来凸显其天真无知，甚至迂腐的性格特征。在《大卫·科波菲尔》中，作者一再表现米考伯的善于言辞、华而不实，不善于处理生活，用度无节制，老是对未来寄托虚无缥缈的希望，悲喜无常、自以为怀才不遇的习性来凸显其性格特征。作者还描写米考伯太太老把"我永远不会抛弃米考伯"挂在嘴上，来凸显其贫贱夫妻恩爱深的心态和喜欢表露自己情感的性格特征。还有，作者一而再，再而三表现尤里亚·希普的"自卑、谦逊"，通过希普张口闭口称自己如何"卑贱"，来凸显这个来自社会下层的人物特有的"虚伪"。正因为狄更斯把握了人物性格中最具特性的因素，并且加以强调（这和他的夸张艺术有异曲同工之妙），所以，即使他笔下的人物性格单一，且没有发展，但由于人物的个性特征得到强化，他们也给读者留下难忘的印象。每当我们记起"我永远不会抛弃米考伯"这句口头禅时，脑海里便会浮现出那个无限钦佩、眷恋丈夫的米考伯太太的形象，即使我们对她的容貌体态毫无印象，她说这句话的神态也会栩栩如生地浮现在眼前，这样，我们对米考伯太太还是获得了鲜明的印象。这是狄更斯让他的人物深深地吸引读者的奥秘。

4. 人物心理的展现

有评论指责狄更斯只描写人物的言语、行动，不展现人物的内心世界。这种指责显然不完全符合事实。诚然，在表现人物的内心世界方面，狄更斯不仅远远落后于 20 世纪的小说家，即使和托尔斯泰相比，也大有逊色。但是绝不能说狄更斯没表现人物的内心世界，只是他对人物内心世界的表现别具一格而已。如果说狄更斯早期的作品在表现人物的内心世界方面存在明显不足的话，那么，从《董贝父子》开始，已有所加强。

狄更斯表现人物心理的方法有如下几个特点：

其一，叙述者对人物心理的透视分析。

《董贝父子》第二十章，描写保罗死后，董贝为了排遣内心的痛苦，在乔伊·巴格斯托克少校陪伴下前往疗养胜地赖斯顿旅游。他在上火车之前，在车站上遇见保罗最先的奶妈波莉的丈夫、火车司机（原先是司炉工）图德尔。董贝发现他的帽子上缠着黑纱，这显然是为自己死去的儿子保罗戴孝。图德尔还痛苦地说，他的上磨工慈善学校的大儿子走上了邪路。董贝对少校说，是他让这个人的儿子去上学的。董贝上了火车后，叙述者这样展现他的心理活动：

> 董贝坐在车上，感到痛苦，不仅因为他感觉到了磨工公会采取的可贵的教育制度的失败，而且他刚才在那个男人的粗陋的帽子上看到一条新的黑纱。根据那人的态度和回答看，那人是在为他的儿子服丧。

> 可不是！从上到下，家里或者外面，从他那个大宅子里的弗洛伦斯到正在给他们前面冒烟的炉子加煤的粗鲁的下等人，每个人都自认为有这种或那种权利同他那死去的儿子拉关系，来同他对抗！难道他能忘掉那个女人（指保罗的奶妈波莉——引者）俯在他儿子枕头上哭泣，把他儿子叫作她自己的孩子！或者能忘掉他儿子从睡梦中醒来要找她，她进

来时他儿子就满怀喜悦地从床上撑起身来！①

上面这段描写表现的是董贝内心难言的纠结：他视他的儿子如同自己的生命那样宝贵，不是因为保罗是他的亲骨肉，是他的血脉的承传，而是因为有了保罗，董贝父子公司才实至名归。让他感到奇怪的是，他那么重视他的儿子，可保罗并不喜欢他，不亲近他，而喜欢他的姐姐弗洛伦斯和奶妈波莉。董贝不理解其中缘故，其实道理很简单：她们给了保罗真挚的爱，这种爱表现在她们对小孩的眼神、言语和动作上；而董贝对保罗却是冷冰冰的。小孩只能凭直觉来判断他人对自己的态度。但董贝不理解这点，他因旁人僭越了他视为自己专有的爱，而感到痛苦、愤恨。

接着上面引述的描写，作者通过情景交融的手法，进一步展现了董贝更深层的内心活动：

> 他在旅途中不感到快活也不感到轻松。这些思绪折磨着他，他与单调同行，穿过一掠而过的风景，不是在富饶多变的乡村中，而是在毁了的计划和令人痛苦的嫉妒中冲向前方。火车像旋风似的向前奔驰，嘲笑那生命的迅疾的进程。那生命被稳步地、无情地带到了那早已注定的终点。有一种力量迫使它自己在它那钢铁的道路——它自己的道路——上前进，不顾一切大路小路，穿过每个障碍物的中心，把各个阶级、各种年龄和地位的活人统统拖走。那力量是一种得意洋洋的怪物：死神。②

上面这段描写深刻地揭示了董贝在遭受了最近的打击之后内心的痛苦。他坐在风驰电掣般向前奔驰的火车上，面对车窗外一闪而过的景物，觉得命运无常，人世莫测，一股茫然、困惑的情绪占据他的心头。

其二，通过人物对外部事物的感应，表现其心理活动。

《董贝父子》第五章描写董贝的小儿子保罗的受洗礼。他们带着小保罗，

---

① 狄更斯《董贝父子》，祝庆英译，上海译文出版社，1998年，第348页。
② 狄更斯《董贝父子》，祝庆英译，上海译文出版社，1998年，第349页。

与董贝同行的有董贝的姐姐和姐夫契克先生，还有陶克斯小姐。董贝不大瞧得起他的姐夫，作者这样描写他们相见时的情景：

> 他像怕触电似的向董贝先生伸出手去。董贝先生握住那只手，仿佛握的是一条鱼，或者海带，或者什么黏糊糊的东西似的，立即高傲而客气地放开它。①

当他们所乘的马车到了教堂前时，"董贝先生先下车，扶太太小姐们下车"，当董贝扶陶克斯小姐时，作者这样描写这位小姐的心态：

> 陶克斯小姐的手哆哆嗦嗦地伸进董贝先生的臂弯，觉得自己被带上台阶，前面是一顶三角帽和一个巴比伦镜子。有一刹那，这看起来像是另一个庄严的仪式。"你愿意嫁给这个人吗，卢克丽霞？""是的，我愿意。"②

陶克斯小姐在董贝挽着她的手臂走进教堂时，为什么会产生好像是她和董贝在举行结婚仪式的联想呢？因为陶克斯小姐一直对董贝敬爱有加，董贝太太去世后，她一心想要填补董贝夫人的空缺。董贝出于礼貌，待她虽不算热情，但总算还客客气气，因为她是他姐姐的好友，现在又做了董贝儿子保罗的教母，自然对她多了一份情意。当董贝挽着她的手臂走进教堂时，她自然受宠若惊，难免会产生以上的联想。

其三，通过环境、氛围的描写，烘托人物的心理。

这是狄更斯在展现人物心理时，采用最多的手法。早在他初期的创作中，他就开始采用这种手法。例如在《老古玩店》中，一开始作者描写坐落在偏僻的街区的老古玩店里种种稀奇古怪的古玩，以营造一种梦幻般的环境、氛围，用来烘托小耐儿的恬淡、纯洁，远离现实的天真的胸襟。而奎尔普在河滨的房舍的粗陋，家具、用品破败不堪的景象与他的粗暴、凶恶的性格，虐

---

① 狄更斯《董贝父子》，祝庆英译，上海译文出版社，1998 年，第 68～69 页。
② 狄更斯《董贝父子》，祝庆英译，上海译文出版社，1998 年，第 70 页。

待狂的心灵是一致的。在《尼古拉斯·尼克尔贝》中，作者对犹太高利贷者亚瑟·格赖德老头阴暗、闭塞的住房和陈旧破败的家具的描写也营造了一个寒酸、丑陋的环境氛围，来烘托格赖德吝啬、狠毒的性格、心理。

这种手法用得最普遍、也最成功的，当推狄更斯后期的杰作《远大前程》。这种手法的运用，几乎贯穿全书，例如小说的开头描写小匹普在教堂墓地闲逛时，以墓地凄凉、寂寥的景象烘托小匹普凝视他的父母兄弟的坟墓时茫然、孤寂的心态。接下来，匹普与家人、亲友吃圣诞大餐时，饭桌上喜气洋洋的气氛反衬匹普惶恐的心态。因为他偷拿了家里珍藏的肉饼和酒给逃犯，这时生怕被性情粗暴的姐姐发现。而平日里，打铁铺里熊熊的炉火和欢快的锤声，营造一种温馨祥和的氛围，它起到烘托铁匠乔·葛吉瑞的乐观、恬淡、知足的心态的作用，使人一听见那锤声，一看见那火光，就产生安宁、祥和的感觉，而这感觉是和那个善良的劳动者联系在一起的。

其四，戏剧化手法，即通过人物的言语和动作表现人物的内心感受，这是狄更斯最富于特征的刻画人物心理的手法。

狄更斯小说中人物之间的对话，很有舞台戏剧的意味；特别是表现人物之间冲突时的对话，很能显示人物的性格和心理特点。例如《董贝父子》第四十章描写新婚的董贝和他的第二任妻子伊迪丝之间的一场小冲突：

> 有一天夜里，听到她很晚回家，他就到她的房里去找她。她一个人在那里……
>
> "董贝太太，"他一边走进去，一边说，"我必须请你允许我同你说几句话。"
>
> "明天。"她答道。
>
> "现在最好，太太，"他答道，"你把你的地位搞错了。我一向是自己选择时间，不是让别人给我选择时间，我看你根本不了解我是谁，我是干什么的，董贝太太。"
>
> "我看，"她回答，"我很了解你。"

……　……

他感觉到他的劣势，这感觉流露了出来。

……　……

"董贝太太，我们之间应该取得谅解。我不喜欢你的行动，太太。"

她只是又瞥了他一眼，然后把眼光转过去；但是，哪怕她说上一个小时话，她也不可能把意思表示得比这更明白。

"我再说一遍，我不喜欢。我曾经及时请你改正。现在我坚持这一点。"

"你第一次告诫时选了一个合适的机会。先生，你第二次告诫时又用了一种合适的态度和合适的话语。你坚持！对我！"

"太太，"董贝先生用他最惹人生气的神态说，"我已经娶你做我的妻子，你用的是我的姓。你同我的地位和名誉有关。我不想说，人们一般都认为你有了这种关系就有了光彩；可是我要说，我习惯于对与我有关的人，和靠我生活的人'坚持'。"①

上面节录的董贝与他妻子伊迪丝之间这场剑拔弩张的对话，完全像舞台情节剧的台词，它活脱脱地显示出对话者的性格与心态：董贝高傲专横，颐指气使，完全蔑视对方的人格独立、尊严；伊迪丝则倔强反抗，为了维护自己的人格尊严，无所畏惧。

5. 描写重要人物初次出现时作者有意识地营造一种氛围，以戏剧化手法凸显其性格特征，以便让该人物给读者留下更深刻的印象

例如，在《匹克威克外传》中，匹克威克和他的社友们初次出外旅行考察，就像戏中人物登台亮相一样。匹克威克乘马车前往指定的地点和社友们相会时，老于世故的车夫向这位天真的绅士胡诌了一段他那匹驾车的马的神奇事迹，说是这匹马已经42岁了，只要把它压在车辕下，它就能拉着车子一

---

① 狄更斯《董贝父子》，祝庆英译，上海译文出版社，1998年，第694~696页。

直往前跑，但若把它从车辕上解下来，它就要倒下，从此再也爬不起来了。匹克威克听得出了神，觉得这匹马实在神奇，于是慌忙掏出本子来把车夫的话记下。不料车夫误以为这老头是当局派来的密探，说不定在记自己的车牌号码，以后好找他算账呢。于是到了目的地，匹克威克给他车钱时，他把钱扔在地上，还往他脸上挥去一拳，把他的眼镜都打落了，连过来劝架的几位社友也挨了车夫的老拳。正在难解难分之际，从围观的人群里走出一位瘦高个子、穿一件半旧的绿上衣的年轻人，三言两语就平息了车夫的怒气，把他打发走了。惊魂甫定的匹克威克对这位给他解围的年轻人感激不尽。这个名叫阿尔弗雷德·金格尔的年轻人在言谈中透露出他是个见多识广的旅行者，声称他的大批行李已由水路运走了，这会他手里只提着一个袋子，与匹克威克等人同乘一部马车。途中，金格尔大谈他的海外经历见闻，其中讲到一则关于狩猎的奇闻：

> "我从前有只狗——细毛猎狗——惊人的本能——有一天出去打猎——进围场的时候——打了唿哨——狗站住不动——又打唿哨——庞托——不中用：木头似的，喊它——庞托，庞托——动也不动——钉在地上似的——眼睛盯着一块牌子——我一抬头，看见一块告示牌——'猎场看守人奉命，凡进入本围场之狗，一概打死'——去不得嘛——了不得的狗呵——可爱的狗呵——非常之可贵啊。"

> "真是独一无二的事情，"匹克威克先生说，"允许我记下来吗？"[①]

显然，匹克威克吸取了上次挨车夫揍的教训，煞有介事地征得金格尔的同意之后，才记下这则奇闻。

狄更斯以极其精练的手法，只通过一个小小的喜剧式场面，以车夫为媒介，让小说的主人公和他以后的死对头同时亮相上场。在这喜剧式场面里，各人的性格一下子展现出来：车夫的老于世故和粗暴；金格尔的圆滑、能言

---

① 狄更斯《匹克威克外传》，蒋天佐译，上海译文出版社，2001 年，第 11～12 页。

善道、善于应付突发事件；匹克威克的善良、天真无知，甚至有些迂腐，一下子全都让读者获得了鲜明的印象。更奇妙的是，匹克威克和金格尔以这小事为契机，从此结下不解之缘。狄更斯的这种写法，和 17 世纪法国伟大喜剧家莫里哀的不朽杰作《伪君子》的开头有异曲同工之妙。在那部喜剧里，主人公答尔丢夫一上场就大声吩咐他的仆人劳朗把他的教鞭收好（这是禁欲的用具），说要是有人来找他，就说他替穷人募捐去了。这个伪君子先声夺人：简单几句话就表明，他是个虔诚的信徒，不仅没有私欲，而且全心全意为穷人谋福利。可是以后的事实证明，他是个既贪财又好色，心地狠毒的伪君子。我们不晓得狄更斯是否受到这位喜剧先辈的启发，但是，他把这种先声夺人的手法用在小说创作中，的确非常富于创造性。德国文豪歌德曾高度赞扬莫里哀的《伪君子》开头的写法，说这是从未有过的、非常好的开头。

类似的写法在《远大前程》中也运用在逃犯玛格韦契、学者朴凯特夫妇及其儿子赫伯尔特的出场亮相上。

匹普小时候在教堂公墓闲逛时与逃犯玛格韦契邂逅，出现在他面前的是一个衣衫褴褛、戴着镣铐、冻得瑟瑟发抖、面目狰狞的中年汉子。逃犯用威胁恐吓手段命令匹普给他送一把锉刀和一些食物来，并且声明，他若敢走漏风声，就要挖他的心吃。在凄寂的气氛下，遇见这可怕的人物，又被授予艰巨的任务，这令匹普永志不忘，也使读者把逃犯玛格韦契和恐怖、悲惨景象联系起来，获得了深刻的印象。

此后，匹普和玛格韦契结下不解之缘。

和匹普关系极其密切的朴凯特一家的亮相也颇有特色。其实，匹普最先认识朴凯特夫妇的儿子赫伯尔特，那是他还在沙堤斯庄屋给郝薇香小姐当玩伴的时候。朴凯特是郝薇香小姐的亲戚，他的儿子来沙堤斯庄屋做客。一天，匹普干完了"活"，在荒芜的花园里遇见一个白脸、瘦弱的少年绅士在闲逛，他的年纪和匹普不相上下，初次见面，他竟要和匹普比试拳术。匹普不懂得拳击的规矩，但也只好应战，交手不多久，匹普就把对方打倒。那白脸少年用水洗了脸上流血的伤口，承认输了。匹普正过意不去，想向他表示歉意时，对方却显得洒脱大方，令匹普很吃惊。过了若干年之后，匹普受匿名的恩主提携，到伦敦接受绅士教育，那匿名恩主的代理人贾格斯律师替他物色了一名老师朴凯特先生，并安排他和这位先生的公子赫伯尔特同往一个公寓房。匹普到了那幢冷落荒凉的公寓楼，等了半天，朴凯特先生的公子才两手提着水果之类的东西回来。匹普帮他提东西，两人要进屋时，门却打不开，只好合力撞门。好不容易把门撞开了，他们相视而笑，这时彼此才发现，他们早已认识。匹普大吃一惊，原来站在他面前的这个人就是当年被他打倒的那个白脸少年。匹普与赫伯尔特的两次见面都富于戏剧性，这不仅增强了情节的生动性，而且凸显了赫伯尔特的善良、纯朴、乐观、随和的个性以及匹普和赫伯尔特建立友谊的奇异经历。

更富于喜剧性的是匹普初次拜见他的老师马修·朴凯特的情景。在小朴凯特的引导下，匹普来到朴凯特家，在小花园里见到了朴凯特夫妇和他们的大大小小的孩子。朴凯特先生一脸迷惘，头发花白蓬乱。有趣的是，大大小小的一群孩子围在朴凯特太太周围，可她对孩子毫不关心，只专心看她的书。她出身贵族世家，娘家却家道中落了，她不谙世事，却因出身名门世家，十分高傲，自尊心特强。朴凯特先生更不谙理家之道，两个年轻的保姆又不善于带小孩，于是，小孩子老是出问题。朴凯特太太对家事不闻不问，朴凯特先生对她毫无办法，烦恼之下，常常抓自己蓬乱花白的头发，像是要把自己拎起来似的。紊乱无序的家政，朴凯特先生的烦恼、迷惘、无奈神气和朴凯特太太身为贵族后裔的清高气派，在这场短短的喜剧性会见场面中凸显出来，不仅令匹普见了世面，深感惊讶，也给读者留下难忘的印象。

第十章　与人道精神相呼应的叙事艺术

一、现实与幻想融合的叙事途径

　　现实与幻想都是小说创作叙事的对象。在小说创作的叙事中，二者的确很难截然分开，因为文学创作不像摄影那样直录客观事物。将客观事物转变为艺术的表现对象，离不开艺术家的想象，甚至幻想。不过，不同流派的小说创作，对现实与幻想各有所侧重，至少从作家主观上说是如此。比如现实主义小说家注重反映社会现实，而浪漫主义小说家则侧重表现幻想。但在狄更斯的创作里，现实与幻想受到同样的重视，因而现实与幻想的融合成为狄更斯小说叙事的显著特点。其实，现实与幻想的融合不过是狄更斯的浪漫现实主义方法在叙事层面上的表现。那么，在狄更斯的创作里，现实与幻想如何融合呢？二者的融合又给狄更斯小说的叙事带来什么特点呢？只有弄清楚这些问题，才能真正把握狄更斯小说叙事艺术的特点。

　　（一）现实与幻想融合的途径

　　在狄更斯的创作里，现实与幻想的融合采取如下途径。

　　其一，揭示熟悉的事物富于浪漫意味的一面，使现实带有奇异的特征。狄更斯在《荒凉山庄》的序言中声称，此书写作，故意考虑熟悉事物富于浪漫意味的一面。他在给朋友的信中，也坦言："在一个大众的、黑暗的时期，要维护大众所喜爱的文学可能要依靠那种富于幻想的处理方法。"① 可见他以浪漫手法赋予平凡事物以奇异色彩的方法，并非纯粹出于个人的爱好，更主要的是为大众的审美需求考虑。他深信，这种"富于幻想的处理方法"能使生活变得柔和，使读者在想象中获得安慰。这是苦难中的大众的审美需求。现实疏离法，或者叫陌生化手法，就是这种"富于幻想的处理方法"之一种，而且是被狄更斯创作广泛应用的一种。

狄更斯的第一部长篇小说《匹克威克外传》便纯熟地运用了现实疏离法。在这部小说中，作者描写的主要人物和事件几乎都让人看到现实生活中奇异的一面。试想，在现实生活中，即使在狄更斯生活的时代，有哪一个中产阶级上了年纪的人物像匹克威克那样善良、天真得像一个傻小子一样？有哪一个中产阶级人物像他一样在旅行中一连串闹了那么多笑话？又有哪一个仆人像山姆·维勒那样既善良可爱、聪明能干，又对主人忠心耿耿，与主人情同手足？有哪一个年轻的绅士像文克尔那样浮夸、吹牛成性，却又一无所能，屡屡出乖露丑？有哪一个商人地主像华德尔一样善良慷慨、热情好客，对他人心无半点芥蒂？又有哪一个地方像华德尔的庄园——丁格莱谷马诺庄园那样如同仙境般快乐、和谐、温馨？狄更斯那奇妙的、丰富的想象力和创造天才不能不使读者折服。

即使狄更斯晚年最富于现实主义特征的杰作《远大前程》，也给读者展现了一个令人惊讶不止的奇异的世界：匹普人生的沉浮起落、绅士梦和春梦的破灭；逃犯玛格韦契的苦难身世和不幸结局；令郝薇香小姐心碎的婚姻，她的愤世嫉俗的畸形生活。这些无一不令人觉得新奇。而在这光怪陆离的世界上活动的男男女女，大都显露出奇特的个性：匹普的心浮气躁、伤感自怜，铁匠乔·葛吉瑞的温顺憨厚，乔大嫂的暴躁凶悍，郝薇香小姐的愤世嫉俗、阴沉乖戾，艾丝黛拉的玩世不恭、刁钻古怪，与常人相比，的确显得怪异。

---

① 罗经国《狄更斯评论集》，上海译文出版社，1981 年，第 177 页。

其二，采用具象与抽象，亦即写实与象征结合的手法，提升所表现的生活的内涵，并使其带有某种虚幻的意味。作为现实主义作家，毫无疑问，狄更斯基本上采用写实手法描写生活，但是，有时候他也把象征手法和写实手法巧妙地结合起来，使其所表现的生活呈现出虚幻、奇异的色彩。例如《荒凉山庄》开篇描写的大雾、泥泞，固然展现了伦敦作为雾都的惯常情状，但又起到象征作用：暗示荒谬的法律就像大雾、泥泞一样，把世界搞得混乱黯淡、险象环生。接着，作者便揭示大法官庭罄竹难书的罪恶，表明貌似公正、执法如山的法官们正在制造一桩桩惨绝人寰的悲剧，这个世界简直是一座人间地狱。大雾、泥泞的象征意象既提升了具体的现实生活情景的内涵，又赋予其普遍性的特征：这大雾弥漫、遍地泥泞的世界有如《圣经》里描写的大水浸淫的洪荒世界，而约翰·贾迪斯——一个善良、仁慈、旷达的绅士所在的"荒凉山庄"犹如挪亚方舟。在他和他的管家伊丝特·萨姆森的管理下，"荒凉山庄"成为秩序、和谐、光明的象征；而德洛克爵士的"切斯尼山庄"则是混沌世界的缩影，充满罪恶、荒淫、腐败、衰朽的迹象，散发出死亡的气息。它和"荒凉山庄"正好形成遥相映衬的两极，凸显了作者二元对立叙事的艺术思维。

在《小杜丽》中，监狱的实体与象征意象是紧密关联的。小说上卷第一章"阳光与阴影"对法国马赛的监狱和其中两个囚徒——老奸巨猾的骗子里高和善良的约翰·卡瓦列托作了细致的描写，除了凸显监狱的阴郁丑恶之外，还表明在监狱中也是善恶并存的。第二章"旅伴"写克莱南和其他旅客在检疫所逗留了一段时间之后终于被放行出关，他们难免有囚犯被释放走出监狱的感觉，这是小说第一次显示的监狱的意象。第三章"归家"写克莱南回到阔别二十载的伦敦，住在旅馆里，从窗口眺望周围密匝匝的栉比鳞次的房屋，回想起小时候在伦敦的生活，觉得住在这些密集的房屋里的住户有如关在监狱里的囚徒。这是小说第二次显示的监狱的意象。作了这些铺垫之后，作者便深入细致地描写马夏尔西监狱的腐败和"马夏尔西狱之父"威廉·杜丽日益堕落的生活，并且表现克莱南太太那个像是监狱的家以及她因半身不遂足不出户，如同囚徒似的生活。小说还表现她因做了对不起亚瑟·克莱南和艾米·杜丽的亏心事，心里藏着不可告人的秘密，越来越受到良心的谴责，她的心灵受到痛苦的禁锢、煎熬，因而她的生活更像是囚徒的生活。这样，克莱南太太畸形的生活和扭曲的心灵以及她的破旧、阴暗、带有神秘色彩的房子使监狱的实体和象征意象获得奇妙的融合。

在这之后监狱的象征意象一再出现。最突出的是威廉·杜丽出了马夏尔西监狱，过上富裕生活，混迹于上流社会之后，仍摆脱不了监狱阴影的侵扰，哪怕他去拜访金融巨头莫多尔时，乍一见他家个子高大、神态严厉的总管家，也不由得心里一怔，仿佛面对的这个人是监狱看守。事实上，老杜丽的灵魂已受到无形的监狱的禁锢，永远出不来了。最后，他在罗马出席莫多尔太太的告别宴会时，终于在监狱阴影的重击下，变得神志不清，仿佛又回到了马夏尔西狱。在杜丽家族中，即使最清明、最有理智和仁慈胸怀的艾米·杜丽，也难免不时受监狱阴影的侵扰。当她随同家人出外旅游时，在阿尔卑斯山顶上，来到一座古老的修道院时，乍一看，她觉得这是一座与世隔绝的监狱。小杜丽上了修道院的楼上，一路走去，"只见一处处光溜溜的白墙上都有一扇铁栅门，她一面走一面在心中想，这个地方颇有点像一座监狱"①。

狄更斯在描写金融骗子莫多尔做贼心虚的心理时，也采用了象征手法，凸显了监狱的意象。作者写莫多尔得了一种奇怪的病，但医生查不出他得的是什么病。经常给他看病的名医问他："今天好些吗？""没有，"莫多尔先生答道，"我没好。"出席他家宴会（他经常举办豪华的宴会招待上流社会的要人）的主教和律师在议论莫多尔是否得了神经系统和消化功能方面的毛病，可那位名医认为，莫多尔先生的身体好得很，他没有病，"他也许有某种藏得很深的隐疾，我说不出"。这些议论只为了凸显莫多尔患的"心病"，暗示莫

---

① 狄更斯《小杜丽》，金绍禹译，上海译文出版社，1998年，第614页。

多尔惶惶不可终日，心灵已被关进无形的监狱。与此相呼应，作者描写莫多尔在他的总管家面前，总像罪犯在严厉的狱卒面前一样，胆战心惊、畏畏缩缩，他在恍惚中觉得，目光严厉的总管家好像已洞悉他的"心病"。作者还描写莫多尔不管在什么场合，总是穿着一件袖口僵硬的外套：这双硬邦邦的外套袖口紧紧地箍住他的手腕，使他活像戴上了"手铐"，正准备走进监狱似的。

在《小杜丽》中统领全书的"监狱"意象表明，世界就是一座监狱，而英国是这座监狱里最糟糕的一间。这个意象也许受到莎士比亚的著名悲剧《哈姆莱特》的启发。悲剧主人公哈姆莱特就把世界比喻为一座监狱，称丹麦是其中最坏的一间。但是，《小杜丽》中的"监狱"这一象征意象有它独特的含义。此书的中文译者金绍禹认为："监狱这一象征的真正含义是社会的腐败与堕落，虚伪与欺骗。"[1] 笔者要补充一点：产生这一现象的社会根源，是金钱与权势。小说中有几处通过人物的口点破了这个社会病征的由来："我们人人都在自己欺骗自己——这就是说，就人的行为动机而言，除了我们的内心深处之外，人们普遍都是在自己欺骗自己。"[2] 巴纳克尔家族年轻一代的代表人物费迪南德说得更为露骨："我们少不了欺骗，我们大家都喜欢欺骗，没有欺骗，我们就过不了日子。"[3] 但是，导致腐败与堕落、虚伪与欺骗的是什么呢？金钱与权势。人们为了追求金钱与权势，不惜出卖自己的灵魂，不惜采取伪装和欺骗手段，所以才变得腐败与堕落。人们也慑于有钱有势的人的淫威，拜倒在他们的脚下。不是么？号称对国家作出杰出贡献的金融界巨头莫多尔就是采取欺骗手段搜刮民脂民膏，从一个穷光蛋摇身一变为大富翁，受到人们的顶礼膜拜。号称德高望重的地产商人卡斯贝则在大善人的幌子下，凶狠地盘剥"伤心园"的住户。而威廉·杜丽对"马夏尔西狱之父"的

① 狄更斯《小杜丽》译本序，金绍禹译，上海译文出版社，1998年，第17页。
② 狄更斯《小杜丽》，金绍禹译，上海译文出版社，1998年，第198页。
③ 狄更斯《小杜丽》，金绍禹译，上海译文出版社，1998年，第1029页。

虚名沾沾自喜，这头衔使他忘却了牢狱生活的耻辱、心酸，心安理得地接受同监犯人的进贡和敬意。对虚荣的倾心使他变得虚伪、自私、势利。

正是在金钱与权势的欲望驱使下，马夏尔西狱和它外面的世界都沉浸在腐败与堕落、虚伪与欺骗的污秽中，从而使人感到，即使出了马夏尔西狱大门，也仍旧像待在监狱里一样。这样，监狱这一象征意象不仅使小说对马夏尔西狱中生活的描写与对监狱外纷纷扰扰的社会生活的展现联结成统一的、有机的整体，而且使这部作品对现实的多方面的揭露批判归结到一点：世界是一座监狱。这无疑使小说的主题变得更为深广，使这部小说成为狄更斯创作中最为阴暗低沉的作品之一。

其三，写实与夸张结合。采用夸张手法，不仅为了凸显人物、事件的特征，表现作者对该人物、事件的强烈感情，而且使表现的生活增添了奇异、虚幻的色彩。

夸张变形是狄更斯描写事件、表现人物常用的手法。从人物塑造来看，"使典型不同于自然形态的人乃是狄更斯的一贯做法：他不仅使自然形态的人表现得更丰满、更逼真，而且把他们的品质加以扩大和强化，使之带有普通生活蕴含的神秘、隽永的特征，奇异地诉诸我们的心灵。但这些人物形象说普通的言语，他们的言行植根于我们日常生活经验"[①]。

夸张变形固然是狄更斯常用的手法，但在狄更斯的创作中，这种手法运用得最频繁，而又最成功的，当推早期的《老古玩店》和晚期的《远大前程》。

在《老古玩店》中，善与恶的对立得到夸张的表现。

主人公耐儿是个14岁的美丽的小姑娘。她长得"又瘦小又娇弱"，"却早熟地具有青年人的神情"。她善良、聪明，具有非同一般的耐心和坚毅精神。

---

① W. 瓦尔特·克罗奇《狄更斯的秘密》，纽约：赫斯凯尔·豪斯有限出版公司，1972年，第204页。

在这个古旧、黑暗、阴沉的古玩店里，在一堆废物、破烂东西和衰残的迹象当中，"那个美丽的女孩子一个人酣睡着，脸上浮起了笑容，在做着轻快而又充满了阳光的好梦"①。

耐儿给这个衰颓、阴沉的古玩店带来温馨和青春的活力，她的温柔的话语和灿烂的笑容打破了阴沉的气氛。她已习惯了老古玩店的宁静、平和的生活和外祖父的温厚慈爱。但是，她没有料到，有一天，宁静、平和的生活突然被恶魔似的高利贷者丹尼尔·奎尔普搅乱了，一向对她温厚慈爱的外祖父也变得隔膜、陌生了。

这一切都只因吐伦特老头幻想通过赌博赢得金钱，使耐儿日后衣食无忧、幸福安康。但是，事与愿违，他每赌必输；越输越不甘心，渴望投下更多赌资，而他的赌资来自高利贷。终于有一天，高利贷者奎尔普发现了他频繁借贷的秘密，不仅拒绝了他继续借贷的要求，而且要以吐伦特的全部不动产来抵押他先前的借款。奎尔普串通律师，霸占了吐伦特的房屋、家产，限期强迫吐伦特祖孙俩离开。更有甚者，奎尔普垂涎耐儿，一心要娶她为妻。

尽管耐儿是个娇弱的少女，但是她有纯洁高尚的心灵、坚强不屈的意志和非同一般的聪明才智。面对恶魔似的奎尔普的迫害，她毫不屈服，毫不畏惧。她宁愿流浪遭难，也不愿做奎尔普的第二任太太。在祖孙俩逃走的那天清晨，当她发现大门锁着时，竟敢独自走进奎尔普睡觉的房间，从他身旁取出大门钥匙。在流浪途中，尽管她遭受了难以想象的磨难、痛苦，但她默默地忍受，从不向外祖父抱怨。她在外祖父面前倒像个大人，她外祖父反而像个小孩；她不仅关心他、照料他，而且对他嗜赌的恶习不加责备，只是耐心地劝说、告诫。在流浪期间，为了生存，她想尽办法去挣钱，能不乞讨便不乞讨。作者确是怀着无比的热情，赋予这个少女以罕见的美德和智慧。

作者以同样的浪漫激情，凸显奎尔普从外貌到内心的丑陋、卑劣。奎尔

---

① 狄更斯《老古玩店》，许君远译，上海译文出版社，1998 年，第 5~6 页。

普心地狠毒，凭借他的殷实的财富，横行霸道，虚张声势，无恶不作；同时他又极其阴险奸诈，他与布拉斯律师兄妹勾结，操弄法律手段，霸占吐伦特的财产，还要强娶耐儿为妻。他还与布拉斯一伙策划阴谋，栽赃陷害吐伦特原先的佣人吉特。在狄更斯的作品中难得见到像耐儿与奎尔普这样鲜明对照的人物。他们一个圣洁如天使，另一个恶毒如魔鬼；一个崇高，另一个卑劣、渺小；一个感情丰富、心地坦荡，另一个狠毒薄情、阴险狡诈。

耐儿的死归根结底是奎尔普的迫害造成的。她的命运带有悲剧性。作者表现她在反抗邪恶、陪伴外祖父逃出伦敦这个罪恶之城时，在流浪途中忍受了无比的痛苦与辛酸，终于在宁静、祥和、幸福的气氛中走完了她短促的人生旅程。耐儿的悲剧饱含着悲怆情调，感动了当时无数的读者。狄更斯在渲染耐儿命运的悲怆情绪同时，赋予耐儿的出逃以班扬笔下的主人公基督徒朝圣的意味，借以强调耐儿的圣洁。而邪恶的奎尔普被作者赋予极其诙谐滑稽的品性，他可以说是狄更斯创造的负面人物中最有幽默感的一个，他因陷害吉特的阴谋暴露，害怕吃官司，在漆黑的夜晚从他河滨的办事处仓皇出逃，失足跌落河中淹死了。他成为悲喜剧人物。

狄更斯是具有非凡想象力的小说家。他的夸张手法便是表现其惊人的幻想的一个得心应手的手段。这种夸张手法在《远大前程》中也突出地表现在人物塑造上，最显著的是郝薇香小姐的形象。作者用夸张手法渲染沙堤斯庄屋令人惊诧的奇异格调和使人透不过气来的散发出衰败、死亡气息的氛围，目的是烘托郝薇香小姐的疯狂心理和怪诞性格。

匹普第一次进沙堤斯庄屋时，跟着来开门的女孩艾丝黛拉穿过屋子往里走的那一会儿，只见一派空旷、荒凉、死寂的景象：

> 院子里铺石的地面，收拾得很洁净，不过缝缝隙隙里长着小草。还有一条小小的通道通向酒坊，通道口木门敞开着，那头的酒坊也是门窗大开，一直可以望见对面的高高的围墙。里面寂寥无人，荒凉冷落。这里的风似乎比外面还冷，尖声呼啸，从酒坊敞开的门窗里穿进穿出，响

得简直和海上摧樯裂帆的狂风没有两样。①

匹普跟着艾丝黛拉穿过了院子，从边门走进室内，使他感到惊讶的是：

> 过道里一片漆黑，只点着一支蜡烛，是她刚才放在那里的。她随手拿起那支蜡烛，和我一块儿又走过几条过道，上了楼梯，一路上依旧一片漆黑，全靠那支蜡烛照明。②

这简直是哥特式小说里描写的情景！郝薇香小姐就像藏在神秘而幽深的山洞里的女巫。匹普眼前出现一个坐在梳妆台前，形容枯槁，全身穿着白里泛黄的新娘礼服的老小姐：

> 这位穿着新娘礼服的新娘，岂止身上穿的服装、戴的花朵都干瘪了，连她本人也干瘪了：除了凹陷的眼窝里还剩下几分神采，便什么神采都没有了。我还看出，穿这件礼服的原先是一位丰腴的少妇，如今枯槁得只剩皮包骨头，衣服罩在身上显得空落落的。③

郝薇香小姐所处的荒凉、落寞、黑暗、腐败、丑陋的环境和她的空虚、悲愤，时时寻找机会向社会报复的狠毒心理是一致的，这种环境与其说是她的心理形成的导因，不如说是她的内在心理的外化。

匹普第二次到沙堤斯庄屋时，应郝薇香小姐的要求，到对面的一个房间去，扶着她在屋子里转悠。这个颇大的房间，也是不见天光，屋子里空气混浊，一股味儿叫人喘不过气来，壁炉里生着微弱的火，散着烟，壁炉上几支蜡烛影影绰绰地搅动了满屋子的黑暗。屋里有几件物件依然可辨，全都霉尘密布。最惹眼的是一张铺着桌布的长桌，桌布中央放着一件类似装饰品的玩意儿，结满了蛛丝，根本看不清它的本来面目。桌布上蜘蛛四处爬动。老鼠在护壁板后面吱吱地叫着，跑来跑去，黑甲虫在壁炉四周缓缓爬动。身处这奇异的情境中，匹普简直傻了眼。忽然，郝薇香小姐的一只手落到他的肩上；

---

① 狄更斯《远大前程》，王科一译，上海译文出版社，1979年，第65页。
② 狄更斯《远大前程》，王科一译，上海译文出版社，1979年，第66页。
③ 狄更斯《远大前程》，王科一译，上海译文出版社，1979年，第67页。

她另一只手里挂着一根丁字头的拐杖，他觉得她"活像是住在这里的女巫"。①
她告诉他，桌上那个布满蛛网的东西就是当年她的结婚蛋糕。她还说，这张
摆着蛋糕的长桌，待她死后就要停放在上面，让亲友们都来瞻仰她的遗容。
匹普上次来到她的卧室时就曾发现，所有时钟的指针都停在 8 点 40 分的位
置。他后来知道，就是这时刻，急切期盼结婚喜筵开始的郝薇香小姐接到负
心的情人的绝交信，他（康佩生）捞走了一大笔钱财后，表示不愿意和这个
酒坊老板的千金结婚了。在这晴天霹雳似的重击之下，郝薇香小姐在震惊之
余心碎了。她命令全家人把所有时钟的指针都停在这个令她心碎的时刻，新
娘的礼服照样穿在身上，结婚的喜筵照样摆在那里，永远不动。因为她的心
已在那个时刻碎了，死了，她的生命也在那个时刻冻结了。在狄更斯看来，
只有运用这种真实与幻想融合的方法，通过大胆的想象、夸张，才能凸显郝
薇香小姐在遭受沉重打击之后极其悲愤、伤感的心态。

对于狄更斯的夸张手法，英美评论界见仁见智，褒贬不一。爱伦·坡完
全肯定狄更斯的夸张手法，他认为："要恰如其分地描绘真理本身，一定程度
的夸张至为重要；任何一条批评原则都不会比这一条有更坚实的理性基础。
我们不能把一个东西画成真的而是要把这件东西画得在观众看来像是真的。
设若我们以丝毫不差的精确性来描摹自然，那么被描摹的事物就会显得很不
自然。"②

19 世纪中后期，英国读者和评论家的审美趣味发生了很大的变化，有些
评论家质疑狄更斯小说描写的生活的真实性，认为他的夸张手法歪曲了生活。
"狄更斯小说的评论者反复告诫他，在描写现实生活时，要避免夸张和想象性
的扭曲，要在自然的寥廓的天空下，而不要在金碧辉煌的艺术之宫中施展自
己的才华。"③ 在这些评论家看来，狄更斯的小说对现实的描写是对现实千方

---

① 狄更斯《远大前程》，王科一译，上海译文出版社，1979 年，第 100 页。
② 罗经国《狄更斯评论集》，上海译文出版社，1981 年，第 9 页。
③ 乔治·H. 福特《狄更斯与他的读者》，普林斯顿大学出版社，1955 年，第 130 页。

百计的扭曲。他们认为，小说不同于其他文学样式，它是现实生活未经改动的副本，就像历史一样精确和未加渲染。事实上，维多利亚时期的许多批评家都在现实主义与自然主义的分界线上徘徊（当时一种观点认为，自然主义是具有科学原则的现实主义）。刘易斯是率先使用现实主义这个术语的英国文学批评家，他和其他批评家联合起来，对狄更斯的带有浪漫主义色彩的现实主义，表示明显的敌意。他们认为，狄更斯的世界充斥着"怪诞的、不可能的事物"。

20世纪的文学批评家超越了实证的、自然主义的局限，更多从文学表现生活的效果方面肯定了狄更斯的夸张手法，例如著名的狄更斯研究专家克罗奇便对狄更斯的夸张手法赞赏有加，他指出：

> 他被指责表现夸张，我们承认这是事实。正如诗人得到许可一样，艺术家也应该享受特权。画家可以随自己高兴在画面上涂上无论多浓的色彩，只要整幅画表现得和谐、匀称就行。也许人物的表现被夸大了，他也许依据喜剧或悲剧的眼光对人物的行为和结果加以夸张，但是只要恰到好处就行。只要这个缩小了的世界中的事物显得均衡，整体就良好；只要景色和生活之间协调一致，整个气氛和色彩和谐，自然和人的关系具有个性，那么夸张就会融化，表现为艺术的强烈印象，画面照样显得有力而真实。

> 艺术家可以在人们认可的、合理的限度内产生、实现他的效果。狄更斯难得超越这些限度。他的技艺经常获得批评家们适当的赞许。他采用现实和传奇，结合理想与现实；在如此的结合中，他并没有超越艺术公认的界限，没有打破艺术的法则，却加强了效果，达到了伦理的与戏剧的结局。

> 事实上，仅仅模仿或再现自然，是缺乏艺术的。狄更斯的戏剧的直觉告诉他这一点。于是，他加上导致变形和理想化的有魔力的笔触。喜剧的例子是米考伯，悲怆的例子是小耐儿；悲喜剧的例子是奎尔普；或

者纯悲剧的例子是费金和赛克斯。①

其四，写实与隐喻结合。狄更斯在创作中较多采用象征，很少采用隐喻，但在《圣诞颂歌》中，他把写实与隐喻结合得水乳交融般自然、和谐，巧妙地表现了满身铜臭的资产者斯克鲁奇打破金钱的束缚，实现人性的复归。原先斯克鲁奇一心钻在钱眼里，成为薄情寡义的守财奴，连圣诞节也被他看作是胡闹。狄更斯用精确的写实手法凸显了斯克鲁奇的守财奴个性。在狄更斯看来，斯克鲁奇的本性是好的，他原先是个善良纯朴的小伙子，后来受到资本主义金钱势力的毒害、迷惑，一心追求金钱，才渐渐变成一个为金钱而生活的守财奴。但是，狄更斯认为，只要让他清醒地认识到对金钱的追逐如何使他走向一条不幸的道路，将来会有怎样可悲的结局，他是能悔悟过来，重新过上健康的、人性化的生活的。但是，若用写实手法表现他的醒悟过程，肯定是极其费事而艰巨的，狄更斯便以梦幻的形式来表现现实中发生的过程。因为在梦幻中，可以打破时间、空间的局限，并让幻想与现实融为一体。这样，斯克鲁奇的梦就成为他实现人性复归的一种隐喻。

其五，童话与现实融合。狄更斯从小受到口头的和书面的童话故事的影响，童话可以说是狄更斯幻想的养成所。所以，他从事小说创作时，自觉或不自觉地以童话思维来观照现实，以童话形式表现现实。"狄更斯的习惯的核心是对生活进行幻想的变形，这种幻想的习惯已经固定了。""狄更斯看世界的方式：现实的，却是变形的；世俗的，但是理想的。""童话故事的幻象经常出现，但是有不同的形态、不同的着重点、不同的密度。"② 童话对狄更斯创作的意义在于："童话与现实的融合——狄更斯最终获得的一种融合方式——并非根源于对童话现实性的要求，而是源于利用童话的深刻见识和合乎

---

① W. 瓦尔特·克罗奇《狄更斯的秘密》，纽约：赫斯凯尔·豪斯有限出版公司，1972 年，第 203～204 页。

② 哈里·斯东《狄更斯与看不见的世界——童话、幻想与小说创作》，印第安纳大学出版社，1979 年，第 70 页。

情理来加强、扩大意义。"①

　　狄更斯在《匹克威克外传》中，虽然插入了一些童话式的故事，但是作为主体的、描写现实生活的故事与插入的超现实的故事是分离的。在这部小说中，现实与超现实成分比他的其他小说分隔得更明显。狄更斯在童话式故事中把日常生活转化为无拘无束的幻想。这些插入的故事与其说为了丰富小说的主题，不如说成为一种变化方式。因而它们增强了小说主体故事的变化和多样性。狄更斯相信，尽管在这些插入的故事中，无拘无束的想象、萦绕于心的梦魇与主体故事的叙述不相适应，但是从扩大小说的视野来看，它们不能被排除。《匹克威克外传》越到结尾，插入故事的影响变得越深刻，而故事的数量却越来越少（在小说前半部，插入的故事有七个；而在后二十一章中，却只插入一个故事；最后八章，一个也没有）。狄更斯的基本倾向是把日常生活与幻想结合起来，而不是把它们分开。但是日常生活与幻想如何结合？狄更斯在他的早期作品中，一再寻找一种能容纳日常事物与奇异事物的形式。这并不是说狄更斯有意写一种新的，融合现实与幻想的小说，而是说他试图给予他的想象两个巨大的孕育中心——现实与幻想——令人满意的、和谐的表现。

　　在历史小说《巴纳比·鲁吉》中，狄更斯把狂放的幻想纳入小说的现实主义主流中——把巴纳比·鲁吉和他父亲的童话式故事纳入戈登暴动历史的叙述框架中。巴纳比这个人物与其说是现实的摹写，不如说是幻想的诗意表现，这是一个被赋予人形的童话的虚构物。他的父亲鲁吉以及巴纳比和他的渡鸦不离不弃的亲密关系都是童话式的虚构。巴纳比的父亲更富于哥特式的意味。渡鸦和巴纳比父子在狱中相会是小说童话式高潮之所在。在这部小说中，童话式的幻想与暴烈的历史事件相左，尽管狄更斯努力使它们协调一致，

---

　　①　哈里·斯东《狄更斯与看不见的世界——童话、幻想与小说创作》，印第安纳大学出版社，1979年，第84页。

竭力使超自然的事物通俗化、现实化，但是，《巴纳比·鲁吉》这部小说从整体上说，幻想与现实没有形成有机的统一，而是图解式的。

"狄更斯早期的小说，关于善恶之间的斗争以地地道道的童话关系来构想。"①

《雾都孤儿》的童话的中心是费金这个人物，他是撒旦式的父亲。以费金为首的盗贼是黑暗世界的居民，是为害者，奥利弗生活在他们的阴影之下。费金和奥利弗的同父异母兄弟蒙克斯以及费金的助手赛克斯与奥利弗之间的斗争是邪恶与善良的斗争。最终善战胜恶，这纯粹是童话的构想。奥利弗的童话角色与现实世界的关系，应从作者早年的身世、早年的心理创伤去求得解释。也就是说，狄更斯把自己小时候的不幸经历、体验演绎成奥利弗的痛苦遭遇。奥利弗虽屡遭不幸，但他始终是纯洁的，他代表着一种善的原则取得最后的胜利。奥利弗的好运气实际上是狄更斯儿时遭遇的一种期望的反映。这是小说对善的势力和恶的势力加以夸张、寓言化的原因。

奥利弗形象的真实性在于，他不仅是现实中苦难儿童的写照，而且更是作者自身儿时痛苦经历和心理的投射，也就是说，作者把自己早年的不幸和期望通过奥利弗表现出来。童话本是现实世界的颠倒，作者把自己在早年的遭遇中所向往而无法实现的东西通过自己所创造的童话式的世界来加以实现。

狄更斯常常回避或掩盖现实与幻想之间的对立，而以提升其意义的种种方式来融合现实与超自然的事物。在《雾都孤儿》中，他却以不同寻常的方式消除了现实与幻想二者之间的对立，小说渗透性的童话力量并非技巧的演变，而是寓言与实际生活结合的结果。

《老古玩店》和《雾都孤儿》一样，是《董贝父子》之前狄更斯小说中童话与现实、主观与客观结合最为突出的小说。在《老古玩店》序言中，狄

---

① 哈里·斯东《狄更斯与看不见的世界——童话、幻想与小说创作》，印第安纳大学出版社，1979 年，第 83 页。

更斯阐明了他的创作思路：幻想与现实的融合。这部小说包含一系列对立的因素：青年与老年，美与丑，乡村与城市，生命与死亡。作者原先只打算写一个短篇，后来才扩展成长篇。被奉若神明的小孩带领堕落的老人（犯罪男人的意象），穿过充满惊骇事物的生活之林——这就是祖孙俩漫游的含义，整个故事就是一部寓言。在小耐儿和她外祖父流浪过程中，围绕她的是现实与幻想混杂的各式各样的人物。越写到后面，狄更斯越把小耐儿和他的死去的妻妹玛丽·霍格思联系起来，小说成为表达个人感情的工具。"旧的伤口在流血"，狄更斯在给友人的信中说。

事实上，现实童话化不只是叙事方法问题，"狄更斯的童话格调不只是格调，它们是被感知事物的概念的要素，是对现实感知的要素"①。

（二）现实与幻想融合的叙事特点

1. 现实性与传奇性结合

现实与幻想融合的叙事的最大特点是现实性与传奇性结合。这表现在人物、事件和场面描写等方面，它们既富于现实性、真实性，又带有浓厚的传奇色彩，显示出奇异的特征。

从人物描写来看，例如米考伯这个人物，他的开朗、乐观、放任自由的性格，是现实中常见到的一类人的特点，因而这个人物有很强的现实性。但是米考伯只顾今天，不顾明天，奉行"今日有酒今朝醉，明日愁来明日愁"的极端享乐主义，他的喜怒无常、极端情绪化以及老是期望明天碰上好运气、时来运转的盲目乐观思想却又是奇特的、罕见的。再如郝薇香小姐这个人物，从她在爱情、婚姻上受到严重挫折、打击，因而伤心、厌世的情况来看，是现实中常见的，不足为奇，但是像郝薇香小姐那样愤世嫉俗、自我折磨，过着与世隔绝的生活，处于半是疯狂、半是清醒的状态，并且誓与天下男人为

---

① 哈里·斯东《狄更斯与看不见的世界——童话、幻想与小说创作》，印第安纳大学出版社，1979年，第117页。

敌，把一个天真、漂亮的养女培养成引诱、折磨男人的妖精，却是奇特的、罕见的，她简直成了没人性的怪物。狄更斯笔下经由幻想与现实融合的人物，总显得似真似幻，既像是从现实中来的，又和现实中的人不一样。

再从小说描写的事件来看，也具有真实和奇异相结合的特点，比如匹普向往成为绅士，他的梦想一度实现了，后来又破灭了，这在现实中是可能的，甚至是常见的。但是像匹普这样滋生绅士梦的缘由，他的梦想实现，后来又破灭的原委却是奇特的、罕见的。正因为这样，匹普在造化捉弄下表演了一场怪味十足的人生悲喜剧。狄更斯总是关注人物命运沉浮起落后面的奇异之处，他让匹普表演一出非同寻常的悲喜剧。现实性与传奇性结合成为狄更斯小说情节的一个显著特色。它总是以奇异的形态，显示生活的真实，通过表现生活的绚丽色彩，增强叙事的效果。

那么，在狄更斯的创作过程中，叙事的现实性与传奇性是如何结合的呢？

总的来看，狄更斯的创作是指向现实的，他在表现现实过程中竭力发掘现实中的传奇因素，把它加以强化，从而使表现的现实带有传奇色彩，例如《匹克威克外传》、《雾都孤儿》、《尼古拉斯·尼克尔贝》、《马丁·瞿述伟》、《董贝父子》、《大卫·科波菲尔》、《荒凉山庄》、《小杜丽》、《艰难时世》、《双城记》和《远大前程》大体上都是这样。但在狄更斯的创作过程中也可能出现这样的情况：他在幻想引导下，对某种富于传奇色彩的人物和事件产生了强烈的兴趣，然后，把这种幻想的、传奇的因素和现实结合起来，这样的创作往往是传奇性压倒了现实性，例如《巴纳比·鲁吉》、《老古玩店》、五部圣诞故事、《我们共同的朋友》和《德鲁德疑案》等作品基本上属于这种类型。

不管是着眼于现实，还是从幻想入手，只要达到现实与幻想的真正融合，那么，叙事的现实性与传奇性就可能和谐地结合。应该说，狄更斯的大部分创作是实现了这一要求的，特别是《老古玩店》、《董贝父子》、《大卫·科波菲尔》、《远大前程》和《小杜丽》，它们在叙事的现实性与传奇性和谐结合方面，堪称狄更斯创作的代表。而《巴纳比·鲁吉》和《我们共同的朋友》则是叙事的现实性与传奇性结合得较差的作品。

我们先来看《大卫·科波菲尔》中，现实性与传奇性结合的情况。我们知道，《大卫·科波菲尔》是一部自传性小说，小说主人公大卫·科波菲尔是以作者自己为原型塑造的。狄更斯一生中的重要事件几乎都包含在里面了。例如小时候由他母亲教他认字母、学拼写，上学和当童工的情形；在律师事务所打杂，学习速记；在议会作辩论的报道；还有从事写作，成为知名的作家；等等。小说几乎涵盖了狄更斯人生历程中重要阶段的特征。但是小说主人公大卫·科波菲尔和狄更斯本人的身世很不同。大卫是个孤儿，实际上靠他姨婆抚养成人，而狄更斯的父母直到他成名后都还健在。狄更斯在塑造大卫的形象时，显然搀入了想象乃至幻想的成分。而这想象、幻想的成分，既和真实的成分密切相关，又催生了小说叙事的传奇色彩。显然，大卫当童工这段生活是作者童年不幸遭遇的写照，但大卫不堪忍受囚徒似的童工生活，毅然出走，前往多佛寻求未曾谋面的姨婆的帮助，并且终于如愿以偿，得到善良的姨婆的悉心照料、呵护，从此大卫过上自由、幸福的生活，得以健康成长。这显然是狄更斯童年遭遇不幸时希望得到拯救的愿望的反映和补偿，正如同《雾都孤儿》中身陷困境、始终保持善良本性的奥利弗得到善良绅士布朗洛的拯救一样，都是作者童年梦想的折射，或者说是作者儿时心理创伤的一种幻想性补偿。而这种幻想性补偿被作者演绎为一段富于传奇色彩的叙事，那就是大卫前往多佛途中饱含悲怆与幽默的曲折遭遇：遭到坏心肠的骡夫的劫掠；在餐馆被滑稽的侍者揩油；半路上身无分文，只得典当身上唯一一件外衣，与怪诞的破烂收购者打交道的奇特情景；一路风餐露宿的辛酸，到达多佛濒海的小山上姨婆家时富于喜剧性的情景；等等。这些确是富于传奇色彩的，堪称叙事的一绝。主人公身世的真实写照与其包含的传奇性可以说浑然天成、水乳交融。

再从《大卫·科波菲尔》描写的几组爱情、婚姻来看，也是既富于现实性又彰显了传奇性的。例如：大卫母亲克拉拉的两次不幸婚姻（第一次婚姻算是比较幸福的，但不幸的是她的丈夫英年早逝，她年纪轻轻便守了寡；而第二次她嫁给摩德斯通，有如身陷地狱）；大卫自己与朵拉甜蜜与苦涩参半的恋爱、婚姻，最后大卫与艾妮斯的幸福结合；大卫的姨婆贝西·特洛乌德小姐因对花花公子的错爱而遭受的不幸；大卫的同学汤米·特拉德的浪漫婚姻；裴果提与车夫巴吉斯的纯朴爱情和婚后平淡苦涩的生活；斯特朗博士老夫少妻婚姻的不幸以及渔民哈姆与艾米丽的悲剧性婚姻；等等。它们既真实地表现了人生的悲喜剧，又显示了生活的多彩多姿。

而在《巴纳比·鲁吉》中，叙事的现实性与传奇性却结合得很勉强。早在1836年，狄更斯就想写一部关于戈登暴乱的历史小说。在《博兹特写集》出版后，狄更斯就与出版商麦克罗恩签订了写作历史小说《伦敦锁匠盖布里·瓦登》的合同，后来因忙于别的创作任务，他就和出版商商量，把这个合同取消了。直到1840年，他才重新投入这部历史小说的写作，不过书名已改为《巴纳比·鲁吉》。从书名的更换，可推想狄更斯关于这部作品构思的变化。起先他似乎要突出那个耿直、正派、厚道的锁匠盖布里·瓦登，将其当作与戈登暴乱密切相关的重要人物来写，后来他的注意力转向了暴乱的核心人物，想根据传说把从疯人院逃出来的三个精神病患者作为暴乱的领导者，但他的想法遭到挚友约翰·福斯特的反对，这才改为现在小说中的三个人："五朔节柱"客栈的马夫休、职业刽子手丹尼斯和白痴巴纳比·鲁吉，特别是最后一位成为小说的中心人物。从这部小说构思过程的一波三折可以看出，狄更斯关于这部小说构思的着重点已从再现历史真实转向它的传奇性。白痴巴纳比这个中心人物和他的父亲都是传奇色彩极其浓厚的人物。作者硬是把原本和戈登暴乱毫无关系的鲁吉父子与这桩历史事件挂上钩，并且把白痴巴纳比置于暴乱的中心，这不仅给戈登暴乱增添了传奇色彩，而且使巴纳比的身世显得更奇特。但是，把巴纳比这个奇异人物置于戈登暴乱的中心，不仅削弱了戈登暴乱的历史真实，而且降低了巴纳比这个人物的可信度，也破坏了他身上原先让人觉得有几分诗意的童话色彩。

2．戏剧性与诗性结合

幻想与现实融合的叙事途径，赋予狄更斯叙事另一个明显的特征是戏剧性与诗性的结合。

狄更斯叙事中戏剧性与诗性结合的特点和狄更斯本人的艺术气质密切相关。狄更斯打从儿童时代起，就显露出两方面的艺术天才：一是善于编造、讲述故事；二是擅长表演，嗜好戏剧。他长大后，一度想当专业演员，因突然患病，错过了面试的机会，以后又没再去应试，当专业演员的愿望终于落空。但他一辈子是个热心的票友，不仅爱看戏，而且多次登台演出，还几次组织临时戏班子作慈善义演。维多利亚女王曾看过他的演出，并且要接见他。狄更斯以戏装在身不宜晋见为由，没谒见女王。虽然他没当上专业演员或剧作家，但是戏剧之魂总萦绕于他作为小说家的心胸，戏剧艺术的因素被吸收进他的小说创作之中。他曾说："每位小说创作者虽然不一定采用戏剧形式，但是实际上他为舞台而创作。他也许永远不写剧本，但是，他的真实情况和激情必然或多或少反映在他向自然举起的那面巨大的镜子里。"①

再者，狄更斯是个感情充沛、富于诗人气质的小说家，他的叙事不仅带有很强的主观性，而且字里行间洋溢着澎湃的激情，这使他的小说带有田园抒情诗的韵味。

幻想与现实融合的叙事方法既适应了狄更斯艺术气质的需求，又成为催生其叙事的戏剧性与诗性的温床。"戏剧性"与"诗性"本是不同艺术样式的特性，但在狄更斯的创作中，二者竟水乳交融地结合在一起，彰显了狄更斯叙事的独特性，试看下面从《双城记》第二章"邮车"节选的一个段落：

整个凹地，山谷一片雾气腾腾，雾气凄凉地缓缓升上山坡，好像一

---

① W. 瓦尔特·克罗奇《狄更斯的秘密》，纽约：赫斯凯尔·豪斯有限出版公司，1972 年，第 65～66 页。

个恶鬼，想歇歇脚又找不到歇处似的。黏糊糊的冰凉的雾气，在空中慢慢飘动，泛起明显可见的一个接一个又相互弥漫的微波，一片于健康有害的海水泛起的波浪往往像这样。大雾浓得挡住马车灯的光，只能照见雾缓慢飘动和前面几码远的路：劳累的马冒出的热气，也融入雾中，仿佛这大雾就是它们造成的。

…… ……

多佛邮车仍像平常那样和谐：警卫怀疑乘客，乘客互相怀疑，也怀疑警卫，大家都怀疑别人，而车夫只信得过那几匹马。说到这些牲口，他可以凭那两部《圣经》问心无愧地发誓说：它们不适宜拉这趟车。

"吁！"车夫吆喝道，"得！再加把劲就到山顶，该死的，把你赶上山让我费老劲了！——乔！"

"唉！"警卫答道。

"几点啦，乔？"

"十一点刚过十分。"

"真他妈的！"着急的车夫突然叫道，"这时候还没到山顶？咳！走吧！"

那匹倔强的马挨了一鞭，却拗着性子偏不听话，突然停了一下，才又坚决地使劲往山顶爬去……

最后加的这把劲，终于把邮车拉上山顶……

"嗨，乔！"车夫用警告的口气叫道，一边从他的座位上往山下瞧。

"你看有什么情况，汤姆？"

他俩注意听着。

"我看有一匹马慢跑上来啦，乔。"

"我看有一匹马在飞跑呢，汤姆。"警卫答道，放开把住车门的手，敏捷地登上他的岗位。"先生们！凭国王的名义，全体上车！"

他匆匆发过话之后，搬起霰弹枪的枪机，摆好防卫的架势。

……　……

只听得一匹疾驰的马飞奔上山。

"吁!"警卫放开嗓门吼叫道,"喂!站住!我要开枪啦!"

马蹄声突然放慢,随着……脚的踩水声,有人在雾中喊道:"是多佛邮车吗?"

"你甭管什么车!"警卫驳斥道,"你是什么人?"

"是多佛邮车吗?"

"你打听它干吗?"

"如果是,我要找一个乘客。"

"哪个乘客?"

"贾维斯·洛里先生。"

……　……

"待着别动,"警卫向雾中的喊声叫道,"因为,要是我犯了错误,就没法在你活着的时候改正。叫洛里的先生,马上回答。"

"什么事?"于是那位乘客用微微发颤的声调问道,"谁找我?是杰里吗?"

……　……

"是的,洛里先生。"

"什么事?"

"那边有个急件送给你。特尔森公司的。"

"我认识这个信差,警卫,"洛里先生说着,从车上下来……"他可以过来,没有问题。"

"希望没问题,不过我可没有那么大的把握。"警卫口气生硬地自言自语,"喂!"

"怎么啦?喂!"杰里比刚才更沙哑地说道。

"慢慢骑过来,听见没有?要是你那个马鞍上有手枪套,别把手靠近它。因为，我这人最容易犯错误，一犯错误，就是枪子儿出膛。那么，让我瞧瞧你。"

一个人骑着马的影子慢慢穿过旋卷的雾气，来到车旁那位乘客站的那一边。骑马的人俯下身子，一边翻眼看了看警卫，一边交给那位乘客一张折叠的小纸条。他的马喘着气，马和骑马的人，从马蹄到他的帽子满是泥。

"警卫！"那位乘客以办事沉着自信的口气说道。

右手握着枪机的霰弹枪的枪托，左手握着枪筒，正留神提防的警卫，简短地应道："先生。"

"没有什么可担心的。我在特尔森银行工作。你一定知道伦敦特尔森银行。我去巴黎办事。给一克朗酒钱。我可以看这封信吗？"

"要是这样，就请赶快看，先生。"

他就在那边的车灯的灯光下打开信看，先自己默念，接着出声念道："'在多佛等候小姐。'你瞧，并不长，警卫。杰里，你说我的答复是，起死回生。"

骑在马上的杰里吃了一惊。"这回答也太出奇了。"他用最沙哑的声音说道。

"你带回这个口信，他们就知道我收到信了，跟我写了回信一样，尽快赶回去。晚安。"

说罢，他打开车门，上了车；同车的乘客谁也没扶他一把，因为他们急忙把手表、钱袋藏在靴子里，这时都装着睡觉。这不过是怕招致某种行动，避免出事罢了。[①]

尽管笔者删去了原书中不少说明性的文字，但读者从以上节选的段落已足以了解叙述的事件和人物之间的关系，特别是可以感受到其中紧张、神秘

---

① 狄更斯《双城记》，石永礼、赵文娟译，人民文学出版社，2004年，第4～6页。

的氛围：这些都由生动而略带幽默、风趣的语言叙述的。这种奇特的氛围让人感受到浓浓的诗意，而且人物之间的紧张关系、他们富于特征的动作和语言、人物之间一连串简短的对话，又让人觉得像是情节剧的片段。包含诗意和戏剧性的叙事在狄更斯的小说中比比皆是，上面节录的只是较有特色的一则罢了。这种诗意和戏剧性融汇于一体的叙事，自然给读者带来赏心悦目的乐趣，这是狄更斯的叙事富于魅力的一个重要因素。

二、寓庄于谐的叙事风格

狄更斯小说最富于魅力之处是它的寓庄于谐的叙事风格。"寓庄于谐"，不言而喻就是以喜剧方式表现严肃的或可怕的题材，以诙谐幽默手法来表现人物、事件。

狄更斯是个具有幽默气质的艺术家，他总是喜欢从一般人不大经意的事物，特别是严肃认真的、可怕的事物中看出它的可笑之处。他的这种秉性或嗜好发展成为他的小说创作独树一帜的叙事风格。英国小说家、评论家乔治·吉辛指出："若是舍弃幽默，他纯粹作为一个故事讲述者，决不会这么受欢迎……幽默是他的创作的灵魂，就像一个人的灵魂一样，渗透到活生生的肌体中。要不是它的富于创造力的精神，这个肌体就不可能存在。"①

（一）庄与谐结合的形态

1. 以幽默手法讽刺貌似庄严的事物和人

以幽默手法描写庄严的事物或人，就无异于消解了这事物或人的严肃性。例如《匹克威克外传》第三十四章描写巴德尔控匹克威克案的审判过程，这里面没有包括任何对英国司法程序的公开批评；就它的司法程序而言是极为确切的，可是作者对这一司法程序准确、冷静的描写却是颠覆性的，因为它

---

① 乔治·吉辛《查尔斯·狄更斯：批评研究》，纽约，1912年，第216页。

揭示了这一案件本身的荒谬和法官、原告律师操弄法律程序的卑鄙伎俩。匹克威克从未向他的房东巴德尔太太求过婚，他只告诉她，不久她家要增添一个人（就是新近招来的仆人山姆·维勒），巴德尔太太却误以为她所心仪的这位退休商人、房客不久将成为她的丈夫，高兴得几乎晕倒。好心的匹克威克先生慌忙把她扶住，她却顺势倒在他的怀里，弄得匹克威克尴尬万分。正在此时，他的社友文克尔等人来找他，看到这惊人的一幕。匹克威克从未有过娶巴德尔太太的念头，这一幕虽然使他难堪，但过后也就算了。巴德尔太太却误以为他变心，便告他赖婚。律师道孙和福格抓住这机会，怂恿巴德尔太太控告匹克威克，他们想借此敲匹克威克的竹杠。

下面是替巴德尔太太辩护的大律师不知弗知辩护的开始。

不知弗知站起来，和道孙耳语几句，和福格略作商谈以后，把长袍往肩上拉了拉，整理好假发，开始对陪审官诉说。

他一开始就说在他的律师生涯中，从他学习法律的头一天起，他从来没有像这次一样感情激动地受理过一个案子，思想上感到有如此沉重的责任。可以说，倘若他不是被一个信念支撑的话，他永远也不会承担这个责任。这个信念是强烈的，可以说就是确信不疑。他确信正义的诉讼，或者换一个说法，他的委托人的诉讼，他的受骗上当的、无辜的、受折磨的委托人的诉讼，一定会说服他面前的陪审席上的十二位高尚而明智的人们。

"现在，先生们，我再补充一点。我们幸好找到两封信，被告承认信是他写的，这两封信比成卷的材料还说明问题。这些信披露了写信人的性格。信不是用公开的、雄辩的、热情的、透露温情蜜意的芬芳的语言写成的，不是这样，信中充满谨慎、狡猾、遮遮掩掩的词语。不过，幸好这样比充满最炽热的、最诗情画意的语言更使人难以忍受。这些信必须用怀疑的目光来审视，因为它们是匹克威克用来蒙骗第三者的，如果信落到这些人手里的话。先生们，我念一下第一封信：'加来维^①，中午。
亲爱的巴德尔太太——斩肉^②和番茄酱。你的匹克威克。'先生们，这是
什么意思？斩肉和番茄酱。你的匹克威克！斩肉！我的天！还有番茄酱！
先生们，难道一个敏感的轻信的女子的幸福就可以被这样无耻的骗人把
戏轻易破坏吗？第二封信没有日期，这本身就值得怀疑：'亲爱的巴德尔
太太——我要到明天才能回家，车误点了。'而下面这一句是非常值得注
意的话：'你不要为长柄暖床炉费心了。'暖床炉！嘿，先生们，谁会为
一个暖床炉费心呢？什么时候有过一个男子或者女子的平静的心境会被
一个暖床炉搅乱了呢？这东西本身是个无害的、有用的，而且我还要说
是个令人舒服的家庭用具啊，先生们！为什么要这样热心地嘱咐巴德尔
太太不要为了这个暖床炉动感情呢？如果（其实毫无疑问）这句话不是
作为一个掩藏的欲火的暗示，不是某种甜言蜜语、某种讨人喜欢的承诺
的代用品，又会是什么呢？这一切是匹克威克按照预先商定的通讯方法
写的，而且是他为了实行预谋的遗弃而狡狯地想出来的……"

在对这场辩护出色的描摹之后，是一个略带夸张的场景，描写英国律师
在询问证人时咄咄逼人的情景，他们的拿手好戏是让证人手足无措，无后退
之路，最终落入他们设计的圈套。下面是史金平律师把这套伎俩施展在匹克
威克的朋友、可怜的文克尔身上的情况：

于是史金平先生就把文克尔先生盘问一番……对于这样一个大家都
知道是偏袒对方的证人，当然是急于要弄得他狼狈不堪了。

"喂，先生，"史金平先生说，"请你让法官大人和陪审官们知道你叫
什么吧，好吗？"史金平先生边说边把头歪过去，同时丢给法官们一个眼
色，意思似乎是说文克尔先生天性喜欢违背誓言，这完全可能使他说出

<hr/>

① 加来维是英国康希尔著名的咖啡店，开办于 16 世纪至 18 世纪中期，历经二百余年。
② "斩肉"一词多义，可作排骨肉、肠子、牙床、商标等解，但也含有"变心"、"变节"之意。

一个假名字。

"文克尔。"证人回答。

"教名叫什么，先生?"矮法官怒冲冲地问。

"那生聂尔，先生。"

"丹聂尔——还有别的名字吗?"

"那生聂尔，先生——不，大人。"

"那生聂尔·丹聂尔呢，还是丹聂尔·那生聂尔?"

"不是的，大人，只是那生聂尔，根本没有丹聂尔。"

"那你为什么对我说是丹聂尔呢，先生?"法官问。

"我没有说，大人。"文克尔先生答。

"你说了，先生。"法官答，严厉地皱皱眉头。"要不是你对我说过，我怎么会在簿子上记了丹聂尔呢，先生?"

这个论证当然是无可辩驳的。

"文克尔先生的记性不大好，大人。"史金平先生插嘴说，又对陪审官们瞥一眼。"我敢说，我们要想法子恢复他的记性，才能跟他说得下去哪。"

"你还是小心点好，先生。"矮法官说，对证人恶狠狠地盯一眼。

可怜的文克尔先生鞠了一躬，努力装出若无其事的样子，但在那种惶惑的心情之下，那样子反而叫他像个当场被抓住的狼狈的扒手。

"那么，文克尔先生，"史金平先生说，"请你听我说，先生，为了你个人的利益，我劝你记住法官大人的训诫。我相信你是被告匹克威克的一个知己，是不是?"

"我认识匹克威克先生，据我现在这时候所能记忆的，差不多——"

"对不起，文克尔先生，不要回避问题。你是不是被告的一个知己?"

"我正要对你说——"

"你愿不愿意回答我的问话呀，先生?"

"如果你不回答问话，你就要被关起来，先生！"矮法官大声喝道，同时从记录本上抬起眼睛。

"说吧，先生，回答还是不回答？"史金平重复道。

"是的，我是。"文克尔先生说。

"唔，是的。那你为什么不立刻说出来呢，先生？或许你也认识原告吧——呃，文克尔先生？"

"我不认识她，不过，我见过她。"

"啊，你不认识她，但是你见过她？那么，请你把这句话的意思告诉陪审席上的绅士们吧，文克尔先生。"

"我的意思是说我和她不熟悉，不过我到高斯维尔街去看匹克威克先生的时候见过她。"

"你见过她多少次呀，先生？"

"几次？"

"是呀，文克尔先生，多少次？我可以把这句话重复十来次，假使你需要的话，先生。"这位饱学的绅士说了这话，坚定不移地皱一皱眉，两手插腰，怀疑地向陪审席上微微一笑。

于是就来了那一套富有启发性的"用疾言厉色来威吓的办法"，那是这种事情上常有的。一开始，文克尔先生宣称，要他说见过巴德尔太太多少次，是完全不可能的。于是史金平先生就问他，他看见巴德尔太太有没有二十次，他就回答说："当然有——还不止。"随后又问他，他看见她有没有一百次——他能不能发誓说见过她不止五十次——他能否确定说见过她不止七十五次，等等。最后所得到的满意的结论就是他还是小心点好，不要忘记他是在干什么。证人就这样被他们用这种方法搞得陷入一个他们所希望的、紧张的、恐惧的状态之后，询问继续进行。①

在英国，审理完一个案子之后，法官要向陪审团小结辩论的情况。下面就是匹克威克一案的小结：

> 法官史太勒先生按照早就确定了的成规和最妥善的形式作总结了。对于这么短的一篇告示他尽可能加以阐述，把他的简短的摘录念给陪审官们听，一面念一面随时把一些证据加以解释。假使巴德尔太太是对的，那显而易见匹克威克先生是错了；假使他们认为克勒平斯太太的证词值得置信，那么他们就相信它；而假使他们不这么认为，那么就不相信。假使他们确信那是毁弃婚约的犯罪行为，那么他们就替原告要求一笔他们认为适当的赔偿金；而假使，相反的，他们觉得并没有毁约的存在，那么他们就根本不要替原告要求任何赔偿金。陪审官们于是退席，到他们的私室里讨论这件事，审判官也退到他的私室里，用一盘排骨羊肉和一杯白葡萄酒提提精神。②

以上节录的关于匹克威克一案的审判过程，作者只是冷静地描摹，而不作评判。当然，这里面有讽刺，是冷峻的幽默里蕴含的嘲讽。"这种讽刺借助于一种对现实稍作变形的移植。"③

在《我们共同的朋友》中，狄更斯也以幽默中蕴含冷峻的讽刺手法，通过资产阶级的代表人物波茨纳普的形象对当时英国社会盛行的自大狂作了辛辣的讽刺。作者同样只是客观地介绍人物，描摹人物的言谈、动作、神态，而没有流露任何谴责的言辞。

> 波茨纳普先生是个富裕的人，因而在波茨纳普先生自己的心目中评价极高。他先是继承一笔很大的遗产，后来又通过婚姻要到一笔很大的

① 狄更斯《匹克威克外传》，蒋天佐译，上海文艺出版社，2001年，第466~468页。译文略有改动。
② 狄更斯《匹克威克外传》，蒋天佐译，上海文艺出版社，2001年，第476页。
③ 安德烈·莫洛亚《狄更斯评传》，朱延生译，山西人民出版社，1984年，第150页。

遗产，并且在海事保险方面大发其财，因此他非常之满足。他从来不能理解，为什么别人都不能非常之满足，他感觉到，他为社会树立了一个对大多数事物都特别感到满足，尤其是对他自己感到满足的光辉的榜样。

波茨纳普先生如此幸福地认识了他自己的优点和重要性之后，便决定，凡是他所不予理睬的东西他都不允许它存在。用这种方式排除不愉快，是一种高贵的、干脆利落的办法——且不说它又是非常方便——这样一来，更是大大有助于使波茨纳普先生在波茨纳普先生满意的心目中确立一席崇高位置。

"我不想知道它；我不去谈它，我不允许它！"由于经常使用这样的办法把一切极其麻烦的问题从世界上清除掉，波茨纳普先生的右胳臂甚至养成了一种特殊的戏剧性动作，可以把这些问题一扫而空（当然是扫除得一干二净），一边嘴里还说着上面这几句话，同时面孔涨得通红。因为这些问题惹他生气。

波茨纳普的世界从思想上来讲并不是一个很大的世界，甚至从地理上来讲也不是很大。尽管他的事业是建筑在与他国贸易的基础上的，除了这重要的一点，他认为其他国家根本不该存在。关于他们的姿态、他们的服装，他发表了带总结性的看法："不像英国。"并且，他脸色微红，胳膊一甩，这些国家就被抹去了……

在他举办的一次晚宴上，来宾中有一位外国绅士，是波茨纳普先生经过长久的自我论争才邀请来的。不仅波茨纳普先生本人，而且所有在场者都表现出一种稀奇古怪的倾向，都把这位先生当作一个耳朵不灵的小孩子来对待……

"你喜欢伦敦吗？"波茨纳普先生这时以东道主的身份问道，那口气仿佛他是在给这个聋孩子喂点儿药水或药粉。这位外国绅士表示他极其喜欢伦敦。

"您觉得伦敦很——大——吗？"波茨纳普先生一字一顿地说。这位外国绅士觉得伦敦很大。……

"您是不是发现，先生，"波茨纳普先生严肃地说下去，"在伦敦的街道上，有许多我们不列颠宪法的迹象，给您深刻的印象？"这位外国绅士请他再说一遍，但还是没有全部听懂。……

"我的问题不过是指我们的宪法，先生。"波茨纳普解释道，"我们英国人很为我们的宪法感到自豪，先生。它是上帝赐给我们的。哪个国家也没有我们受惠于上帝如此之多。"

"其他国家呢，"外国先生说，"它们怎么样？"

"它们嘛，先生，"波茨纳普先生庄严地摇摇头说道，"他们嘛——对不起，我只好这么说了——勉强混混吧。"

"上帝也多少有点儿特别，"外国先生笑着说，"彼此相隔也不远呀。"

"毫无疑问，"波茨纳普先生表示同意这一点，"但是确乎如此。这叫作天命国祚。我们这个国家就是命中有福，先生。和其他诸如此类的国家——不管哪个国家吧——相比，我们国家都是得天独厚。假如在场的都是英国人，我就会说，"波茨纳普先生接着说下去，同时向他的同胞们环视一圈，郑重其事地大肆发挥，"英国人兼有许多高尚的品质，谦虚、从容、负责、宁静，同时没有任何一点可能让一个年轻人脸红的东西，而在世界上其他任何一个民族身上，您都不会发现他们能兼备这些美德的。"

做了这番小小的概括发言之后，波茨纳普先生的脸涨红了，这时，他想到任何其他国家的任何一位生不逢辰的公民同时拥有这些优点的可能性是太渺茫了，于是，他用他那得意的挥舞右臂的动作，使欧洲其他地区和整个的亚洲、非洲、美洲都不复存在。①

---

① 狄更斯《我们共同的朋友》，智量译，上海译文出版社，1986年，上卷，第185~186页、190~193页。后半段译文有删减、改动。

以上所举两例，都是狄更斯拿手的蕴含冷峻讽刺的幽默，它表现为"某种使人感到压抑的严肃的形式，不论这个形式是虚伪的，还是学究气的；是残酷的，还是虚荣的"。莫洛亚在谈到这种讽刺方式时指出："法国的道德家或滑稽作家从外部向它进攻，这里可以用一个古老的比喻，他向它'发射利箭'；他是敌方的弓箭手，从平地上瞄准城墙上假严肃的庄重的护卫者。狄更斯和一切幽默家（不论他们是否是英国人）试着潜入城市，使对方的行动自动地变得滑稽可笑，然后从内部消灭他。在'喜剧精神'反对'虚假严肃'的战争中，幽默是'特洛伊木马'。"①

2. 以喜剧形式表现善良可敬或凶狠可怕的人

前面说过，狄更斯作品中的人物，非善即恶。这些人物无不揭示了生活的真实，表现了作家对现实的看法。这些人物有的让人过目不忘，留下深刻的印象，有的却没给人留下什么印象。为什么呢？其中一个重要原因就在于作者是否凸显了人物的个性，而且个性的表现能否成为激发读者情感的兴奋点。譬如，《大卫·科波菲尔》中大卫的女友艾妮斯（后来她成为大卫的第二任妻子），是作者着力塑造的具有英雄品格的女性形象，但是，这个形象并不感人，也没给人留下什么印象，除了大卫所说的"她永远向上指"这一象征性的符号之外，我们不懂得她身上还有什么吸引人的特征。这样一个冷冰冰的过于理性的人物，恐怕更适合于充当良心导师，做妻子却显得缺乏情感和性感。艾妮斯这个人物不感人不只是因为她过于理性，而且还因为作者未能揭示艾妮斯的理性的特殊表现方式。相反，大卫的前妻朵拉却吸引人，并且给人留下难忘的印象，这不仅因为她是个性感的人物，还因为作者以幽默手法表现朵拉这个"娃娃妻"的鲜明个性。朵拉不善于理家，大卫要求她学记账，她不耐烦；大卫富于拼搏精神，每天五点便起床工作，朵拉不理解他的心思，责怪他何必这么折磨自己；每当大卫严肃地对她谈起生活中的事务时，

---

① 安德烈·莫洛亚《狄更斯评传》，朱延生译，山西人民出版社，1984年，第152页。

她便撒娇，哀求大卫别这么狠心折磨她。她并不是不懂事，她自知不会生活，为此感到内疚。朵拉与其说是性感的女性，不如说是情感型的、浪漫型的女性。而大卫是个富于现实感的、理性胜于情感的男子。狄更斯根据自己年轻时的恋爱经验，通过大卫与朵拉（朵拉身上有狄更斯的初恋情人玛丽亚·贝德奈尔的影子）之间个性的碰撞，以幽默、诙谐的方式表现爱情、婚姻的甜蜜与苦涩，把青年男女之间无限的柔情蜜意与生活的苦恼、焦虑，表现为一场人生的悲喜剧。朵拉的无知、撒娇、自责都以喜剧的方式显示了"娃娃妻"的鲜明个性，它便成为激发读者情感的兴奋点。所以朵拉的形象使读者激动，读过这部名著许久之后，朵拉娇美的形象、她的音容笑貌仍活生生地浮现在读者心头。可是谁会记得艾妮斯呢？谁又会被她感动呢？固然，朵拉的形象，如前所述，是作者以其初恋情人玛丽亚为原型来塑造的，狄更斯在朵拉的形象中融入了自己的真情实感，因而这个形象显得厚重生动。而艾妮斯的形象多半是想象的产物，充其量，注入了狄更斯所钟情的妻妹玛丽·霍格思的某些特征，但更主要的还在于，作者塑造这两个形象的手法不同。作者以严肃的态度表现艾妮斯的富于理性的品格（这可能和狄更斯对妻妹玛丽心怀敬意有关），而以喜剧方式表现朵拉的性感迷人（这可能和狄更斯要在朵拉身上再现玛丽亚的迷人特征有关）。不管怎样，这些都说明了狄更斯以他的人物征服读者的秘诀：每当狄更斯以幽默手法塑造人物时，他就能让他的人物显得喜气洋洋、活灵活现，使人难以忘怀，不管他塑造的是好人还是坏人，他们都永远活在你心里。

试想，岂不是匹克威克和他的伙伴们在旅行考察途中闹的一连串笑话让我们开怀大笑，并且牢牢记住这个善良、滑稽、可爱的绅士的吗？但是，笑过之后，我们觉得这个胖嘟嘟的圆脸上架着一副闪光的眼镜，脸上闪着和蔼可亲的笑容的绅士不仅可笑、可爱，而且可敬。因为我们透过他的滑稽可笑的行为举止，看到了他的闪光的心灵。他的令人发笑的遭遇，或者由于别人的误会，或者由于他自己行事笨拙，或者由于坏蛋的愚弄。他表演的大大小小喜剧，不仅没污损他的品格，反而彰显了他的善良、正直的品质和急公好义、疾恶如仇的精神。譬如他中了金格尔仆人的奸计，以为晚上金格尔会来诱拐女子学校的某个女教师私奔，便守在花园里，以便及时制止这桩丑恶的行为。不料，他等了老半天，不见金格尔的影子，天又不作美，下起雨来，可怜的匹克威克先生淋得像只落汤鸡。他去敲女子学校的大门，要让学校当局知道这起阴谋，不料学校领导反把他的出自好意的通报看作胡言乱语，并且认为他雨夜闯入学校有图谋不轨的意图，因而把他当作坏蛋抓起来，准备送交官府法办。幸好路过此地的乡绅华德尔先生得知此事，把他保释出来。

再譬如，《大卫·科波菲尔》中主人公大卫的姨婆特洛乌德小姐，她之所以让我们经久不忘，就因为她的怪脾气和一连串的奇异的行为。

不管是匹克威克先生，还是特洛乌德小姐，都是作者竭力赞颂的善良人物。可是作者在赞颂他们的高贵品格时，连带揭示了他们身上的可笑之处。他们不是供奉在神龛里的神，而是有种种弱点或可笑脾性的凡胎俗骨。他们既可笑，又可亲、可敬、可爱。他们和西班牙伟大作家塞万提斯笔下的堂吉诃德是血缘相近的角色。正因为狄更斯以幽默手法来塑造他所赞颂的善良人物，所以即使是性格单一，而且性格没有发展变化的人物也让读者觉得他们的形象浑圆、饱满。

邪恶人物也是如此。读者所熟悉的《老古玩店》中的高利贷者奎尔普便是个极其滑稽可笑的恶魔。他凶狠残忍，不管是对妻子、岳母，还是对仆人、客户，都毫无仁爱之心。吐伦特老头还不起借款，他便串通律师，霸占他的住房，使吐伦特祖孙俩无家可归，还要强娶小耐儿为妻，逼得吐伦特祖孙出外流浪，最后倒毙于伦敦郊区。若是作者只揭示这个人物身上凶残的一面，那么，奎尔普便是十足狰狞的恶魔，只会让人觉得可怕，谁也不会对他感兴趣。可是，作者并没采取这种单一化的方式，而是采用漫画化的夸张手法，把奎尔普表现为滑稽可笑的丑八怪。"这种方法的结果是把妖怪扔回到非现实的范畴中去。妖怪被改变了形态，被夸大了，不再适合我们的尺度了，也就不使我们感到害怕了。这就是狄更斯乐观主义的秘密之一。"① 这样一来，不仅增强了读者对这个人物的兴趣，而且人物的"扁平"性格，因黑中带白而取得了"浑圆"的效果。

3. 以滑稽诙谐缓和严峻的真实

在这方面，英国评论家乔治·吉辛作过精辟的论述，他以《老古玩店》为例分析道："萨丽·布拉斯走进地下室厨房给那个小奴隶食物时，她切下一块两英寸见方的冷羊肉，叮咛她的受害者，别说在那幢房子里从没吃过肉。这使人发笑。谁能忍得住不笑呢？假如作者避开夸张，向我们展现那个衣衫褴褛、饥肠辘辘的孩子狼吞虎咽地吃下放在她面前的那份食物，谁受得了？这是理解狄更斯的天才和他为大众喜爱的关键之处。那个'两英寸见方'就使得令人痛苦的现实主义和普遍能接受的幻想之间有极大的差异，这是狄更斯的小说魅力永存的秘诀。"他又举了另一个例子："《荒凉山庄》中的朱迪·斯摩尔韦德同样有个受她虐待的小奴隶；而这个孩子同样赢得我们极大的同情，我们谁都不忍心看其受虐待；可是朱迪·斯摩尔韦德是个喜剧式的人物，她这么滑稽，没有人会认真看待她所做的事。本来我们面对真实时会哭的，可是刺耳的言语和碎肉却又惹人发笑。从狄更斯的目的来看，他采用的方法多么高明！人们在快乐之后会想：多么可耻啊！此后读者就会怀着同情心想到受坏蛋压迫或在稍好的境遇中做工的小姑娘。若是舍弃了诙谐，这个故事就会变得使人觉得不愉快，也就难以记住了。"②

4. 以幽默诙谐缓和悲怆

在狄更斯的叙事艺术中，与幽默诙谐密不可分的是悲怆。有时候狄更斯故意设置悲怆的场景，并且加以强调和重复，例如关于乔的死亡（《荒凉山庄》、小耐儿的死亡（《老古玩店》）和保罗的夭折（《董贝父子》）。这种饱

---

① 安德烈·莫洛亚《狄更斯评传》，朱延生译，山西人民出版社，1984 年，第 152 页。
② 乔治·吉辛《查尔斯·狄更斯：批评研究》，纽约，1912 年，第 220 ~ 221 页。

含悲怆情调的叙事，常常遭到一些评论家，特别是 20 世纪的评论家的訾议。但是，就上面所举的例子而言，说它们是令人厌恶的，恐怕不很恰当，对乔的死亡的悲悼，不只是悲怆，还包含对社会愤激的控诉。至于后两例，有的评论家已加以辩驳。乔治·吉辛认为："不能把对保罗的死的描写看成是令人厌恶的。"在谈到乔和保罗的死亡之后，他说："在狄更斯的时代，儿童的生命和幸福的确是很不值钱的，狄更斯有意强调，他们有权利引起人们的关心。至于把《老古玩店》的女主人公看成是悲怆的人物而加以嫌弃，在我看来是不明智的。她是一个传奇中的孩子，她的死纯粹是一种象征，意味着可爱的、天真的、娇嫩的生命的过早结束。"①

对狄更斯叙事中的悲怆如何评价是一回事，至于它何以成为狄更斯叙事的一大特色，又是另一回事。窃以为，狄更斯对悲怆的癖好，有几个值得注意的原因。其一，它和狄更斯本人的气质、身世有关。狄更斯不是个多愁善感的人，但他易激动、具有诗人般的气质，童年的磨难不仅对他的心灵造成很深的创伤，而且影响了他对人生的看法：他不仅对不幸者、弱势群体怀有一种天然的、诚挚的同情和关切，而且总觉得世事难料，人生充满了悲喜剧。在他看来，生活征途中有喜亦有悲，也就是说，悲怆本身就是生活的反映。所以书写人生悲喜剧成为他的叙事的一个显著特色。其二，它和狄更斯所处的时代有关。狄更斯所处的时代是从农业社会向工业社会过渡的时代，是新旧文化思想交替、社会矛盾错综复杂的时代，因此维多利亚时代的人特别多愁善感。这种时代氛围不能不影响身处世代旋涡中的作家，反过来说，他所书写的悲怆也适应了当时广大读者的审美爱好。其三，它和狄更斯承受的文学传统有关。他深受 18 世纪英国的感伤主义作家劳伦斯·斯特恩和奥利弗·哥尔德斯密斯的敏感性和亲善、仁慈思想的影响。他不仅富于创造性地专注于表现下层社会家庭的亲善关系（例如在《马丁·瞿述伟》中对贫掐兄妹的

---

① 乔治·吉辛《查尔斯·狄更斯：批评研究》，纽约，1912 年，第 230 页。

描写，在《老古玩店》中对吐伦特的帮工吉特家庭的描写），而且以浓郁的悲怆情调表现被侮辱、被损害者的不幸遭遇。

但是，狄更斯不愿意让他的读者过分沉溺于悲怆的情调中，何况，前面说过，在他看来生活本来就是一场悲喜剧，因此，他不仅要表现悲剧性的事件和人物所释放的悲怆情感，还要以幽默的笔触来表现悲戚的人物和事件，以此缓和它的悲怆情调。试看《雾都孤儿》第一章开头作者描写奥利弗·特威斯特出生时的情景：

> 外科医生本来一直面对炉火坐着，不时烘烘手又搓搓手。一听到那年轻女人讲话便站起身来，走到床头边，用一种出人意外的柔和的声音说：
>
> "哦，你现在还不是该说死的时候。"
>
> "上帝保佑，她可别说死！"那女护士插嘴说，匆匆把一个她刚才躲在一个旮旯里一直显然十分满意地从中呮饮的绿色瓶子塞进衣服口袋里去。"愿上帝保佑她，等她活到我这个年岁，先生，自己生下十三个孩子，除了两个外全都死了，那两个也和我一起在这习艺所里生活，那她就会懂得点人事，不会再那么个腔调了。上帝保佑她！想一想做妈妈是个什么滋味，瞧，多么可爱的一只小羊羔！想一想吧。"
>
> 很显然这一番有关做妈妈的美好前景的安抚性的描述并未产生任何效果。产妇摇摇头，向孩子伸出一只手去。
>
> 医生把孩子放在她的怀里。她用她的苍白、发凉的嘴唇热情地吻着孩子的额头；用双手摸摸脸；呆呆地向四周望望；哆嗦了几下；忽然倒下——死去了。他们揉搓她的胸部、她的双手和太阳穴；但血液已经永远停止流动了。他们谈论希望和安慰，而这些东西和她已是长时间久违了。
>
> "一切全了结了，辛格米太太！"医生终于开口说。
>
> "啊，真可怜呀，全了结了！"那女护士说，顺便拾起了刚才她弯腰

抱孩子时掉落在枕头边的那个绿瓶子的塞子，"真可怜呀!"

....

医生弯下身去，举起她的左手。"又是老一套，"他摇摇头说，"没有结婚戒指，明白吗? 啊! 晚安!"

这位看病的先生自去吃他的晚餐了；那个护士再次对着那绿瓶子的嘴嗑了一口之后，在炉火前的一张矮椅子上坐下来，给孩子穿衣服。

在上面援引的例子里，狄更斯用精练、幽默的笔触勾勒了一幅人间惨剧：一个中产阶级的年轻女子，在贫民习艺所里生下一个男婴，她在断气之前，要求医生、护士把她的孩子放在她的怀里，她以苍白的、发凉的嘴唇给了她的骨肉以圣洁的一吻，然后撒手人寰。若不是作者以幽默的笔触叙述这幕惨剧，谁受得了这份悲怆! 作者的幽默贯穿于整个叙述过程中：有经验的医生见怪不怪，以冷静的、理性的、例行公事的态度处理完事情之后，"自去吃他的晚餐了"，只留下上了年纪的看护妇护理这初生的婴儿。这护士饱经忧患，她希望这年轻的母亲能像她一样面对人世的艰辛，她对死去的年轻女子充满同情。她缓解愁闷的法子便是不时嗑一口绿色瓶子里的饮料。最后，作者又以调侃的口吻谈到奥利弗的不幸命运被注定了。这洋溢于字里行间的幽默诙谐无疑起到了缓和悲戚惨痛的氛围的作用。[①] 这渗透于悲怆里的幽默，与长歌当哭，有异曲同工之妙。

在更多的情况下，幽默与悲怆的交融贯穿于情节的发展过程中，例如，《大卫·科波菲尔》和《董贝父子》的叙事大体上便是这样。

(二) 庄与谐关系的发展变化

总体而言，寓庄于谐是狄更斯叙事风格的基本特征。但是，庄与谐的比重在狄更斯各个时期的创作中是不同的，因而狄更斯的叙事风格呈现出发展变化的特点。

---

① 参阅第四章第一节 (一)。

1. 早期创作谐胜于庄

谐胜于庄是狄更斯早期创作（1836—1841 年）叙事风格的基本特点。

19 世纪 30 年代，英国社会矛盾错综复杂，除了日趋尖锐的劳资矛盾之外，资产阶级激进派和统治集团中的保守势力之间的斗争也正处于白热化状态，席卷全国的声势浩大的改革浪潮成为这一时期英国鲜明的时代特征。青年狄更斯便是在这样的时代氛围里踏上文学创作道路的。

狄更斯刚开始创作时，既看到英国社会日新月异、欣欣向荣的情景，也感受到社会的不公[①]，看到下层社会民众的贫穷和苦难以及社会机构中的腐败和堕落。所以这时期他的创作表现出现实主义与理想主义交织的特点：既热情展现光明，讴歌理想，又勇于揭示惨淡的人生，痛砭时弊，不遗余力地揭露批判现实的阴暗面。但是，狄更斯刚踏上创作道路时，毕竟还太年轻，他的第五部长篇小说《巴纳比·鲁吉》出版时，他刚达到而立之年。尽管他目光敏锐，具有很强的观察力，但是，他对纷纭复杂、波诡云谲的社会生活还缺乏足够的辨别力、穿透力，对现实的反映较多停留在表面现象上。他的浪漫情怀和乐观主义也促使他以轻松的方式去表现社会矛盾，追求喜气洋洋的和谐气氛，以喜剧方式表现富于传奇色彩的人物和事件，以期对读者的视觉和情感造成情节剧的效果。尽管这时期他对文学的社会作用已有清醒的认识，但是和文学的严肃性相比，他更注重娱乐性，时刻关注作品的销售量，追求作品在读者中的轰动效应。所以，尽管狄更斯早期的创作已开始显示寓庄于谐的风格特点，但是总的说来，谐胜于庄。

最能体现狄更斯早期创作风格的是他的第一部长篇小说《匹克威克外传》。这是在特写创作上已赢得巨大声誉的狄更斯应查普曼与霍尔出版公司约请撰写的一部作品。出版商本意请他为著名漫画家罗伯特·西摩即将出版的连环画写说明文字，结果狄更斯反宾为主，他要写各式各样的人的滑稽故事，

[①] 参阅第四章第一节（一）。

希望西摩来给他创作的故事配画。他和出版商敲定，将要写的这部小说，故事应该是有趣的、很有吸引力的，小说的风格情调应该是诙谐幽默的。这就在创作宗旨上为即将问世的这部小说确定了谐胜于庄的创作方向。从以后写成的作品来看，作者和出版商预期的目的完全达到了。的确，匹克威克征服了读书界和评论家。所有刊物和报纸都对《匹克威克外传》（以下简称《外传》）作了肯定的评论。到处都出现匹克威克这个胖乎乎的、穿着紧身裤、圆滚滚的笑脸上架着闪光眼镜的招人喜爱的形象。福斯特在《查尔斯·狄更斯传》中写道："不论是法院的法官还是街头的孩童，不论是庄重的人还是嘻嘻哈哈的人，不论是老者还是少年，是入世未深的年轻人还是行将就木的老头，都认为它有无法抗拒的魅力。"①

的确，《外传》以其开心的、轻松的幽默著称。英国评论家杰斯特顿认为，《外传》"整部作品的情调是诙谐风趣"，"这部小说的悲怆是有节制的，而幽默却是洋溢的、拓展的，以后狄更斯犯了个错误：让悲怆膨胀"②。事实的确如此，在幽默方面，狄更斯的作品没有一部超过《外传》。这是因为它所展现的幽默不只是一种叙事风格，而且是作者内在精神的表现。正如杰斯特顿所说，狄更斯在创作《外传》时，"要尽量展现他的品格和才华"③。从气质上看，狄更斯是个乐观的、充满上进心、不畏艰难险阻的人。尽管早年的狄更斯也看到社会的阴暗面，但他为英国欣欣向荣、日新月异的局面所鼓舞，他个人的事业也正处于蓬勃发展时期，他意气风发、豪情满怀，内心充满幻想和创造的欲望，迫切需要表现自己的才情和愿望。他要表现快乐的英格兰，当然不是对历史上那个英格兰的迷恋，而是要表现一个令他心驰神往、生机勃勃、幽默风趣、快乐和谐，既富于传奇色彩，又充满喜剧精神的现实世界。

---

① 约翰·福斯特《查尔斯·狄更斯传》（纪念版），伦敦：查普曼与霍尔出版公司，1911 年，第 1 卷，第 77 页。

② G. K. 杰斯特顿《狄更斯创作欣赏与评论》，肯尼凯特股份出版社，1966 年，第 23～24 页。

③ G. K. 杰斯特顿《狄更斯创作欣赏与评论》，肯尼凯特股份出版社，1966 年，第 17 页。

在他看来，充当这个世界的中心角色的，只能是他在打拼过程中接触较多，也比较了解的中产阶级人士。所以，毫不奇怪，他让退休商人匹克威克充当《外传》的中心人物，而和他一同外出游历考察的社友科普曼、史拿格拉斯和文克尔都出身富裕家庭。

《外传》的人物虽有善恶正邪之分，但是善良人物不是正经刻板、不苟言笑、超凡入圣的神奇人物；固然他们善良、品格高尚，但行为举止时时露出可笑之处。而邪恶之徒也不一定是面目狰狞、凶相毕露的恶棍，而是既可憎，又滑稽可笑的"小丑"。因此，《外传》中的人物，不论是正面人物，还是反面人物，都显得诙谐风趣。

就拿匹克威克来说，他处处显示出匹克威克社领导者的风范，在品德上他确是出众的，但是他有一个致命的、实际上最不适宜充当领导角色的弱点：幼稚无知、不懂世务、不了解现实。所以他经常处于身为"领袖"却无能，必须面对现实却对现实无知的矛盾之中。匹克威克的诙谐风趣就是通过他陷入这种矛盾的、尴尬的处境表现出来的。直到闹了许多笑话之后，匹克威克才真正认识他所处的这个世界。但是待到这个"老小孩"成长时，匹克威克社的游历考察使命完成了，他无须再面对现实、处理自身与纷纭复杂的现实之间的关系了，他已退隐了。从此他赢得了众人的敬仰，真正生活在快乐而和谐的世界中。

匹克威克的几位社友也具有可笑的共同特征：外表与内在的不一致。号称情场老手的科普曼虽然经常处于恋爱状态中，但没有一次成功，直到最后他仍独身；虽然他获得无数单身的老妇人的赞美，但他再也没有向任何女人求过婚。史拿格拉斯一直在朋友和熟人中间享有大诗人的名声，但从没见过他写出一行诗。他一直是个享有盛名的空头文学家。至于一向以游艺专家自居的文克尔，打猎时连猎枪也不懂得放，经人指点，他才放出一枪，可没打中树上的鸟儿，却打伤了一位社友的肩膀；在滑冰场上，他一穿上冰鞋，便寸步难行，以致一向待人和蔼的社长匹克威克也气得骂他是个吹牛的骗子。

即使反面人物阿尔弗雷德·金格尔也显得极其诙谐风趣。虽然金格尔为人虚伪狡诈、诡计多端，但是在吃了苦头、接受了教训之后，经过匹克威克规劝、帮助，还能改恶从善。金格尔的转变起到反衬匹克威克人格的作用：匹克威克以德报怨，以德服人。从这里看出，狄更斯在他的长篇处女作里开始把改善社会、济世救人的希望寄托在中产阶级神仙教父般的人物身上。金格尔给人的深刻印象不在于他的斑斑劣迹，而在于他的行事机灵、话语幽默：他说起话来，言辞不连贯，但词锋锐利，诙谐幽默，每每叫人忍俊不禁。

总之，《外传》以喜剧形式褒扬善良、高尚的品格，表现以正压邪、以善敌恶的思想。从庄与谐关系来看，这部小说在主题思想上，严肃的成分还不多，也就是说，作者在立意谋篇时，并未把反映现实、批判社会放在重要位置上，因此对监狱惨状的揭露、对司法审判的讽刺分量有限，即使以较大篇幅来写的、被当作邪恶人物代表的金格尔也不是危及社会的重要角色。作者并不是要通过这个人物批判现实，而是把他当作一个滑稽角色来营造喜剧气氛。如前所述，狄更斯在接受这部作品的创作任务时，压根儿没想到要表现一个严肃的主题，从题材和人物来看，都只从诙谐有趣考虑，所以，《外传》严格说来，还不算真正体现狄更斯寓庄于谐叙事风格的作品。作为这一叙事风格发端的，其实应推《雾都孤儿》。

《雾都孤儿》是狄更斯第一部严肃的社会小说，但是它仍旧带有浓厚的传奇性和喜剧性。作者以幽默手法表现主人公奥利弗富于传奇色彩的出生和成长的苦难经历，以此揭示社会现实的阴暗面，并且通过主人公从悲惨的遭遇转向幸运的结局这一喜剧性的变化，表现作者对现实人生的积极乐观态度。

由于作者以喜剧方式、幽默诙谐的手法表现严肃的主题，展现主人公苦难的经历，因此，阴暗、惨淡的气氛得到缓和。但是这部小说中的幽默和《匹克威克外传》中的幽默迥然不同。《匹克威克外传》的幽默是轻松的、开心的，而《雾都孤儿》的幽默是沉重的、苦涩的或带讽刺的。这是因为前者以喜剧表现快乐的人生，而后者用喜剧表现悲哀的人生。正如英国著名的狄更斯研究专家 K．J．菲尔丁所说："以喜剧方式处理可怕的、严肃的题材，在喜剧中蕴含严肃的目的，现在是狄更斯小说的主要成分。"① 因此，《雾都孤儿》才真正成为狄更斯寓庄于谐叙事风格的发端。

在《雾都孤儿》中，大凡表现奥利弗苦难经历时的幽默都带有几分悲怆情调，让读者感到心酸苦涩。例如前面谈过的小说第一章描写奥利弗降生的情景，作者用略带调侃的语言揭示教区收容所的孩子、贫民习艺所的孤儿的悲惨命运，表达作者对这些苦难孩子的无限同情，对草菅人命的习艺所主管人员的无比愤懑。

接着，作者又用饱含讽刺、诙谐的笔调描写奥利弗在贫民习艺所的监护人曼太太的"托婴所"里度过的童年生活，作者把曼太太跟一位实验哲学家相比照：

> 这位哲学家提出了一个伟大的理论，认为一匹马什么都不吃，也可以活下去。他用自己的马十分成功地作出示范，做到使它一天就吃一根稻草了，而且若不是它有幸只尝到第一餐空气美食之前二十四小时便一命呜呼，他准能把它养成一头什么东西也不要吃的精力旺盛的烈性牲畜了。对受托精心照看奥利弗·特威斯特的这位太太来说，不幸的是，她的探索活动也只能产生同样的结果；因为，每当一个孩子尽力只靠少量的、最稀薄的食物活下去的时候，他十之八九总会或者由于缺吃少穿病倒了，或者由于照顾不到掉进火里了，或者由于意外被憋个半死了；在上述不论哪种情况下，那可怜的小东西一般总会被召唤到另一个世界去，在那里去和他在这个世界上从未见过的先辈团聚。②

可是，作者在描写奥利弗的悲惨童年时，他的诙谐幽默终究掩盖不住内心的不安和辛酸，作者写道：

---

① K．J．菲尔丁《狄更斯评传》，伦敦：朗曼斯与格林出版公司，1958 年，第 46 页。
② 狄更斯《雾都孤儿》，黄雨石译，人民文学出版社，2001 年，第 4～5 页。

我们也不能希望这种寄养办法将会产生非常出色或丰盛的成果来。在奥利弗·特威斯特过九岁生日的那天，个头儿矮小，浑身无肉。不过造化或遗传却让奥利弗·特威斯特有一副坚忍、刚毅的性格。①

当作者写到教区董事会时，幽默的语言却饱含讽刺。奥利弗被董事会的官儿们问了一通话之后，被领到一间大房子里去睡：

在那里的一张脏乱的硬板床上，他哭泣着终于睡着了。这对于充满人情味的英国法律是多么出色的一个证明啊！它竟然容许一些靠救济活着的孩子睡觉！②

作者不仅用正话反说的手法讽刺英国法律的反人道性质，而且用同一手法揭示"新济贫法"的残酷：

要知道这个董事会的成员都是非常明智、思想深刻、洞察事理的人，当他们把他们的注意力转向贫民习艺所的时候，他们立即发现了一个一般人难以发现的问题——穷人都很喜欢这个地方！对于较贫苦阶层的人民来说，这是一个正常的公共的游乐场所……一年到头由公家供给早餐、午餐和晚餐，……在这里整天游玩却什么工作也没有。"啊哈！"董事会显出深明内情的神态说，"我们这些人一定要对这种情况加以纠正了，我们一定得马上结束这种状况。"因此他们立下一条规矩，所有的穷人都可以在——待在习艺所里缓慢地饿死，或者离开这里立即饿死——二者之间作出自己的选择（因为他们决不强迫任何人，那是肯定的）。③

上述表明，即使在叙述严肃的，甚至悲剧性的内容时，作者仍采用诙谐幽默的语调。但是，和《匹克威克外传》比较起来，由于表现的内容和主旨的差异，幽默的形态和功能发生了变化：前者是轻松的、快乐的，后者是沉重的、苦涩的。前一种幽默增强了喜剧气氛，使人觉得开心；后一种幽默则

① 狄更斯《雾都孤儿》，黄雨石译，人民文学出版社，2001年，第5页。

② 狄更斯《雾都孤儿》，黄雨石译，人民文学出版社，2001年，第10页。

③ 狄更斯《雾都孤儿》，黄雨石译，人民文学出版社，2001年，第11页。

起到缓和悲剧气氛的作用，减轻了眼前景象的刺激性。

以喜剧形式、诙谐幽默的语调表现严肃的，甚至悲剧性的内容，像是苦中作乐，这是狄更斯以其乐观主义精神面对严酷的现实所特有的表现形式，是狄更斯早期创作的鲜明特征，也是狄更斯有别于或优于同时期其他英国小说家之处。

正因为在《雾都孤儿》中，作者以幽默缓和严峻的真实，以喜剧形式缓和悲剧气氛，加之主人公奥利弗的命运从逆境走向顺境，最终以喜剧收场，所以，从读者的感受说来，这部作品不仅寓庄于谐，而且以谐淡化了庄所形成的心理压力，给人以谐胜于庄的感觉。作者早期的其他几部作品（《尼古拉斯·尼克尔贝》、《老古玩店》）和《巴纳比·鲁吉》）大致也是这种情况。

2. 转折时期创作庄与谐处于均衡状态

1841—1850 年是狄更斯创作的转折时期，即从乐观情调高涨、洋溢着喜剧精神的早期向乐观情调大幅下降、悲剧精神膨胀的高峰时期过渡的阶段。

19 世纪 40 年代，英国处于动荡不安之中，这时期被称为饥饿的 40 年代。从 1837 年至 1847 年十年间，爆发了两次经济危机，工商业处于萧条状态，大量工人失业，就业工人的工资也大幅下降，加上农业歉收，全国普遍遭遇饥荒。40 年代初期和后期，宪章运动两度掀起高潮，但都以失败告终。这时期狄更斯的思想发生了巨大的变化，这除了现实的触发、他本人对社会的深入观察和思考之外，还因为受到激进派思想家卡莱尔和美国作家爱默生的影响。卡莱尔对宪章运动的同情、肯定，对虚伪、傲慢的贵族阶级的憎恶，认为社会的振兴不能依靠经济原则，而必须依靠国民道德情操的提升等观点都对狄更斯思想的发展产生了深刻的影响。40 年代初，狄更斯自称他已成为一名激进主义者。他在访问美国期间，对美国资本主义发展带来的金钱至上主义有深刻的感受，并且深受美国作家爱默生如下观点的影响："社会的进步基于个人的改变。"① 这一观点对狄更斯探寻现实的出路是个重要的启示。他通过对现实的观察，感到社会的非人性化越来越厉害，资产阶级的拜金主义和利己主义成为善良人性的腐蚀剂；而商业主义又是拜金主义和利己主义产生的温床。他意识到，要净化社会、拯救世界，就必须批判利己主义，深挖拜金主义这个病根。所以，他在这时期的重要作品《马丁·瞿述伟》、《圣诞颂歌》、《董贝父子》和《大卫·科波菲尔》都不同程度地涉及对利己主义和拜金主义的揭露批判。特别是前三部作品，这一主题显得更为鲜明突出。从这时期的代表作看来，无论是题材的现实性、严肃性，还是主题的深刻性都大大超过了早期的创作。它们在叙事风格上也有较大的变化：喜剧与悲剧融合，幽默与悲怆交织，而幽默往往包含辛辣的讽刺，在逗笑中让人警觉，不过它也和早期创作的幽默一样，起到缓和悲怆的作用。这时期的作品悲怆情调也有所增强，常常在悲怆中蕴含愤激的情绪和对人世质疑的精神。总的说来，这时期的作品，无论是庄还是谐都比前期作品前进了一步，而且二者关系达到比较均衡的状态。具有代表性的作品是《董贝父子》和《大卫·科波菲尔》。关于《大卫·科波菲尔》的叙事风格，前节已涉及，这里只谈一谈《董贝父子》。

从叙事角度看，《董贝父子》显示了幽默与悲怆交织、喜剧与悲剧融合的风格特征。

诚然，如前所述，狄更斯的早期创作已包含幽默与悲怆、喜剧与悲剧二者结合的因素。但是，早期作品除了《老古玩店》之外，基本上以喜剧因素为主，只含有某些悲剧因素，真正显示幽默与悲怆交织、喜剧与悲剧融合的作品是《董贝父子》和其后的《大卫·科波菲尔》。

《董贝父子》发扬了《老古玩店》以幽默、诙谐映衬、缓和悲怆的风格。在《老古玩店》中，狄更斯以悲喜剧人物奎尔普映衬悲剧人物小耐儿。作者

---

① 丹尼斯·沃尔德《狄更斯与宗教》，伦敦：乔治·艾伦与昂温出版公司，1981年，第114页。

描写奎尔普时所采用的喜剧方式和诙谐幽默，不仅缓和了这个人物妖魔似的邪恶，而且缓和了小耐儿悲惨命运所释放的悲怆。但是《董贝父子》中的喜剧人物，例如乔伊·巴格斯托克少校、柯特船长、斯丘顿夫人和图茨并不是坏蛋，有的倒是善良可爱的人物（例如柯特船长和保罗的同学图茨），即使是巴格斯托克少校和斯丘顿夫人也只是具有不良习性而已，于人无害。作者以不同的态度和手法表现他们身上的喜剧特征。对图茨和柯特船长，作者以其行事方式的奇特、滑稽凸显他们的高贵品格；对巴格斯托克少校，作者则凸显其待人接物的粗鲁、直率、热情大方，嘲讽他圆滑、爱吹牛的品性；而对斯丘顿夫人则以饱含讽刺的幽默揭示其作为没落贵族的可笑品性。她以门第自傲，却囊中羞涩，便凭借其姿色、才华出众的女儿攀附财力雄厚的资产者董贝；她年轻时以美貌自傲，坐在车上的姿态被画家誉为具有当年埃及艳后克利奥帕特拉倚在军舰上的风度；五十年后，她已年老色衰，坐在轮椅上也还要摆出当年卖俏的姿态；更可笑的是，她患了中风之后，"已被除去身上一切伪装"，脸色焦黄，她便嘱咐侍女换上玫瑰色的帷帘，以便医生来给她诊病时让她的容颜显得好看一点。

　　弗洛伦斯，特别是保罗则是悲剧式的人物。他们以不同的方式成为他们的父亲董贝的拜金主义的牺牲品。在董贝眼里，女孩"不过是一个不能用来投资的货币"，所以弗洛伦斯成为他的感情的盲点，董贝一直以冷漠的态度对待她。尽管弗洛伦斯很想亲近他，特别是在保罗去世之后，她很想尽女儿的职责，去安慰他，但是董贝不让她有亲近他的机会，对她始终冷若冰霜。伊迪丝对弗洛伦斯的亲善、热情，更使董贝忌恨弗洛伦斯，仿佛她是他的不共戴天的死敌。伊迪丝出走后，弗洛伦斯再次去见他，希望能给他些许安慰，不料却遭到他的怒斥和打击。弗洛伦斯不得不出走，与善良的柯特船长相依为命。不过，弗洛伦斯的不幸遭遇释放的悲怆却为她后来与海外归来的沃尔特喜结良缘，建立了幸福的家庭的喜剧结局所缓和。

　　弗洛伦斯的弟弟保罗是十足的悲剧人物。表面上他比他姐姐幸运，因为他得到他父亲董贝的宠爱。但是，董贝之所以爱儿子，是因为儿子使董贝父子公司获得实在的意义，儿子代表公司的未来和希望。出于这种想法，他完全无视儿子身心的健康发展，采取揠苗助长的办法，把他送到收费高昂的贵族式学校里，接受有损儿童身心健康的所谓"严格教育"。保罗进了勃林勃尔博士的学校后，在烦琐乏味的功课重压下变得毫无生气，不仅越来越古派，而且身体也越来越虚弱，终于一病不起，不久便夭折了。作者凸显保罗命运的悲剧性，它所释放的悲怆情调，使许多读者深为感动。

作者所讽刺、抨击的中心人物董贝，其实也是个悲剧人物。董贝的悲剧在于他成为金钱的奴隶，他的罕见的傲慢完全建立在对金钱的占有和对金钱威力的盲目崇拜上。所以，当他丧失了金钱，并且无法使他的事业起死回生的时候，他的傲慢便成为丧失支撑的幽灵。他的可悲在于不仅精神支柱轰然崩塌，而且丧失了名誉、地位，以致连生存也成问题。正因为董贝是个悲剧人物，所以，他有别于奎尔普、斯奎尔斯这类靠残忍榨取他人血汗以自肥的狠毒的恶魔式人物。由于作者没有把董贝妖魔化，因此也就没有必要以喜剧方式缓和他身上令人难以接受的可怕特征，只需要以平实的写实手法一步步揭示董贝的傲慢赖以存在的基础如何崩塌就得了。尽管作者在描写董贝财迷心窍和偏执的傲慢恶习时，偶尔也采用包含辛辣讽刺意味的幽默手法，但因为作者赋予董贝的个性是古板的、严肃的、拘谨的，所以诙谐幽默手法用在董贝形象的描写上并不多。

不过，狄更斯依旧使董贝的悲剧性得到缓和。除了通过董贝新结交的朋友、充满喜剧性的乔伊·巴格斯托克少校的形象来和董贝的形象相映衬之外，狄更斯主要采取幻想与现实相结合的方法，使董贝的悲剧命运发生喜剧性的逆转。这一逆转的先决条件是弗洛伦斯悲剧命运的先期逆转，即前面所说的弗洛伦斯与沃尔特结为夫妇，到中国从事商业，在事业有成之后，他们携带取名保罗的新生儿归来。弗洛伦斯高姿态地请求董贝宽恕她。在弗洛伦斯无与伦比的温情感化之下，董贝低下了高傲的头，请求女儿原谅他先前的所作所为。父女和解、团圆，结束了各自的孤寂、悲伤，开始了喜气洋洋的新生活，于是悲剧气氛一扫而光。像狄更斯一贯的风格一样，到最后，小说中的善良人物，有情人皆成眷属。一向也以高傲著称、和董贝决裂的伊迪丝，不仅移居意大利，开始新的生活，而且通过弗洛伦斯传达了她对董贝愿意采取和解、宽容态度的讯息，条件是他必须认识到自己先前的错误。特别值得一提的是，弗洛伦斯又添了一个女孩，以她自己的名字命名。董贝不仅爱外孙保罗，而且对新添的外孙女弗洛伦斯怀有特别的感情。

3. 高峰时期创作庄胜于谐

1850—1859 年为狄更斯创作的高峰时期。所谓"高峰"不是指创作的数量，而是指创作的质量，正如埃德加·约翰逊所说："在艺术上，这时期里他的能力正处在最高峰。他的作品呈现出意味深长的新面貌：结构更严密，理解更深刻，对社会的批评更尖锐，就连想象力也更丰富了。"①

值得注意的是，这时期的作品，不仅主题更深广，而且艺术风格也明显有别于先前的作品。埃德加·约翰逊指出："狄更斯给他扩大了的写作目的带来了更冷酷、更广泛的构想，使这些小说充满阴郁的色彩。虽然他对滑稽事物的感受一直是灵敏的，但引人不禁发笑的情节不像过去那样大量地出现了。讽刺性的人物都是以极端尖酸刻薄的笔法来描绘的。……如果说旧日的兴致勃勃的气氛，不那么常常闪现在后来这些书里，这些书却有一种新的强烈情感和完整结构，既丰富，又阴沉、辛辣，使每一句话都有分量，像剑一般锋利。"②

在这时期的作品中，作者面对盘根错节的社会矛盾仍希望以爱和同情的人道精神加以化解，但这不过是他的愿望而已。尽管这时期的作品所反映的

---

① 埃德加·约翰逊《狄更斯——他的悲剧与胜利》，林筠因、石幼珊译，天津人民出版社，1992年，第507页。
② 埃德加·约翰逊《狄更斯——他的悲剧与胜利》，林筠因、石幼珊译，天津人民出版社，1992年，第508页。

社会矛盾得不到解决，因而作品中流露出低沉阴郁的情调和浓厚的悲剧气氛，但是，作者常常通过善良人物在恶劣境遇中的顽强拼搏精神和对弱小者的同情、帮助让人觉得黑暗中闪现出一线光明。与此相应的是，这时期的作品幽默成分相对少了，即使出现幽默，也不是先前作品中使人感到轻松、开心的那种，而是包含辛辣的讽刺，或是以诙谐、挪揄方式使邪恶的人和事物的可怕程度得到某种缓和。

促使狄更斯创作风格变化的原因是多方面的。大致说来，有社会的因素，也有个人的因素。

从社会因素方面看，虽然这时期英国工业化已取得巨大成就，但社会两极分化严重，社会矛盾尖锐，英国政府中保守势力居于统治地位，社会改革严重滞后，国计民生问题堆积如山，可是政府拿不出解决问题的切实措施来，事事都"不了了之"。这使狄更斯彻底失望。特别是英国政府在克里米亚战争期间的种种腐败丑闻更使狄更斯义愤填膺。他看透了腐败无能的英国政府，对未来不再抱任何希望。而这时期，由于社会两极分化日益严重，下层人民表现出强烈的不满情绪，这使狄更斯看到英国社会面临重大的危机。更可怕的是，统治者对此熟视无睹，社会上一些短视浅见者也只对英国社会表面的繁荣和物质文化方面的成就津津乐道，大唱赞歌，而不注意解决尖锐的社会问题，这更使狄更斯感到社会问题的严重性，使他如坐针毡，惶惶不安。这种思想情绪不能不影响他的创作风格。

从个人因素方面看，50年代中期，狄更斯和他的妻子凯瑟琳·霍格思的婚姻破裂了，而他和爱伦·特南也陷入感情的纠葛中。他不仅失去了家庭的安全感，而且要面对一些好事之徒不怀好意的造谣中伤，这不能不加重他的烦躁不安情绪。

从上述看出，在19世纪50年代，不管是国事还是家事都让狄更斯焦虑不安。对现实中种种问题的关注，无形中扩大了他的社会视野，而他随着对社会问题思考的日渐深入，对未来不免忧心忡忡。这一切都使他这一时期的创作形成独特的格局。

从叙事风格方面看,《荒凉山庄》是狄更斯创作高峰时期很有特色的一部作品,而且也是狄更斯创作中,除《双城记》之外,悲剧色彩最浓重,色调最阴暗,气氛最阴郁、低沉的一部作品。悲剧气氛和悲怆愤激的情调成为这部作品叙事风格的一个显著特征。在它里面几乎看不到喜剧色彩,幽默的成分也不多,偶尔出现的幽默也包含辛辣的讽刺。

总的说来,这部小说通过富于讽刺的,或饱含愤激情绪的,或沉郁、悲怆的故事来表现混沌、阴暗的现实。

其一,揭示大法官庭制造的种种惨剧、悲剧。

小说一开始就把大法官庭和迷蒙的浓雾、满街的泥泞联系在一起。它具有深刻的象征意涵和讽刺意味:英国资产阶级的法律就像使整个世界陷于迷茫之中的浓雾一样,人们别想弄清楚事情的真相,从中得出确切的、令人满意的结果,因此它使人们陷于混沌、痛苦之中,谁也无法挣脱。在这个寓意深刻的象征引导下,作者用愤激的语言控诉大法官庭的罪行:

> 各个郡里都有被它弄得日渐破落的人家和荒芜了的土地;各个疯人院里都有被它折磨得不成样子的精神病人,每块教堂墓地里都有被它冤死的人;此外,还有被它弄得倾家荡产的起诉人……它给有钱有势的人以种种手段去欺压善良;它就这样耗尽了人们的钱财和耐性,荡尽了人们的勇气和希望;它就这样使人心力交瘁、肝肠寸断;因此,在这法院的辩护士当中,那些仁人君子少不了要这样对人告诫——而且一定是这样告诫:"纵有天大的冤屈,还是忍受为上,千万不要到这里来!"①

小说写到,每逢大法官庭开庭时,总有一个男子出现在法庭里,直到闭庭还迟迟不肯离去,可大法官根本不知道有他这么个人。这个希普罗郡人名叫格里德利,他出身农家,他弟弟因和他争夺父亲的遗产,提出了一份起诉

---

① 狄更斯《荒凉山庄》,黄邦杰等译,上海译文出版社,1979年,第7页。

书，他便不得不到大法官庭那里去。可是这么一个简单的案子，居然有十七个人成为被告，过了差不多两年，才第一次开庭。接着又耽搁了两年，因为那个推事竟用这么长时间来调查他是不是他父亲的儿子。后来又发现少了一个被告，因此，一切必须重新开始。这时他们花去的诉讼费已经是遗产的三倍。他说，这场打不完的官司给他招来了痛苦、破产、绝望和别的许多灾难。这就是他今天落到这个地步的原因。他说，二十五年来，他一直好像是被人家拖着从烧红的地板上走过来的。他说，将来进了天国，"也要在天国永恒的法庭上，面对面地控诉每一个利用这种制度来折磨我的人"①！

小说在揭示大法官庭的罪恶时，凸显贾迪斯控贾迪斯案的荒谬，作者写道：

> 贾迪斯控贾迪斯案一拖再拖。随着时移日转，这件吓唬人的讼案变得这样错综复杂，以致世上活着的人都不知道这是怎么回事了。案子的双方当事人尤其莫名其妙；而且据说，不论大法官庭哪位律师，一谈到这个案子，往往不到五分钟就会对它所有的前提完全各执己见，相持不下。多少孩子一诞生就和这场诉讼结下不解之缘，多少青年一结婚就和这场诉讼拉上关系，多少老人直到死后才算是从这场诉讼中得到解脱。好几十人发现自己成了贾迪斯控贾迪斯案的当事人，都吓得魂飞魄散，根本不知道怎么被牵连进去的，为什么被牵连进去的；这场官司叫多少人家把祖上的宿仇承袭下去。②

每当大法官庭开庭时，人们常常看到一位名叫弗莱德小姐的疯疯癫癫的老太太出现在法庭上，她常来探听案子是否已有结果，她已被这场官司折腾得失去了青春、美丽和希望。她家里养着二十笼鸟，她给鸟儿取名希望、快乐、青春、和平、憩息、生命，等等。案子没结果，她就把这些鸟一直关在

---

① 狄更斯《荒凉山庄》，黄邦杰等译，上海译文出版社，1979 年，第 282 页。
② 狄更斯《荒凉山庄》，黄邦杰等译，上海译文出版社，1979 年，第 8～9 页。

笼子里。最后，她得知贾迪斯控贾迪斯案已有结果，但她什么也没有得到。她哭着打开鸟笼，让这些鸟飞向天空。

这部小说的书名"荒凉山庄"也有其深刻的寓意。山庄现在的主人约翰·贾迪斯的叔祖托姆·贾迪斯当年因沉迷于诉讼，结果邸宅变得荒芜破败了，所以传到约翰·贾迪斯，他就给它取名"荒凉山庄"。当年，他的这位叔祖因被诉讼逼得走投无路，在法院小街的一家咖啡馆里开枪自杀了。约翰·贾迪斯吸取前辈的教训，置身于讼案之外，以冷漠的态度对待它。他清醒地认识到，贾迪斯控贾迪斯这桩讼案之所以拖得这么久，弄得纠缠不清、贻害无穷，都出在制度上。所以他告诫他的亲戚理查德·卡斯顿，千万别沾上这桩讼案的边；谁沾上它，谁就没有好下场。但是这位年轻的亲戚不仅不听从他的劝告，反而认为他居心不良，别有用心地阻拦自己。卡斯顿先后选择了好几份职业，但他心猿意马，没有一份工作能安下心来好好干。最后，他埋头钻研贾迪斯控贾迪斯案的有关文件，相信这场诉讼能给他带来可观的收益。每当看到案情对他不利时，他便怀疑贾迪斯在捣鬼，弄得善良的贾迪斯很伤心，连伊丝特·萨姆森在一旁看了也感到非常难过。卡斯顿在讼案中越陷越深，变得焦躁不安，健康状况越来越糟。最后，他盼来了贾迪斯控贾迪斯案的审理结果，但是，诉讼双方谁都没得到什么好处，因为旷日持久的诉讼已耗尽了全部遗产。理查德·卡斯顿伤心至极，一听到这消息便口吐鲜血，不久病故了。小说通过卡斯顿的遭遇，进一步控诉了大法官庭的罪恶。

大法官庭的腐朽，不只是因为它的审案程序太烦琐，更主要的是，它作为封建社会的残余，阻碍了社会的发展。英国资产阶级革命本不彻底，从经济基础（贵族仍占有大量土地）到上层建筑都保留了许多封建残余成分。大法官庭就具有封建特权的形态，它专门承办有关遗产、契约方面的纠纷，它只承认"公法"，不受英国普通法律的约束，而以自己的程序为至高无上的法则，因而它成为保护贵族特权的工具。时至 19 世纪中期，英国工业化正在蓬勃发展，工业资产阶级已取得统治地位，它必然要求改革一切不相适应的机构和意识形态。狄更斯以其敏锐的观察力，看到社会的症结，顺应了时代发展的要求，把大法官庭的罪恶，作为一个重大的社会问题提出来，给予严厉的批判。

其二，表现与大法官庭有牵连的德洛克夫人的悲剧命运。

德洛克夫人的悲惨下场，从另一个角度揭示了法网下的悲剧。因为德洛克夫人名下的财产是贾迪斯控贾迪斯案官司里的那一部分遗产，所以，德洛克爵士的家庭法律顾问图金霍恩，这个资产阶级法律的卫道士，德洛克爵士的知己、"臣仆"，不时把讼案的有关文件带来给德洛克夫妇过目，让他们了解官司审理的情况。有一次，德洛克夫人从抄写的法律文件中认出了自己昔日的情人霍顿队长的笔迹（他如今化名尼姆，已落拓潦倒至极，以抄写法律文件为生），异常震惊；精明的图金霍恩从夫人脸上一闪而过的惊愕表情看出其中的蹊跷，于是，他从这一迹象入手，步步深入侦查德洛克夫人的生活隐私，终于发现那个法律文本的抄写者、落魄的霍顿队长就是德洛克夫人昔日的情人。这关系到德洛克爵士和他的贵族世家的荣誉问题。而对德洛克夫人说来，她和昔日情人之间私情的暴露，则是性命攸关的问题。图金霍恩像个复仇女神似的，对德洛克夫人昔日的风流韵事（而且她和昔日情人之间的爱情结晶——一个非婚生女已长大成人，成为她的"耻辱"的见证）紧追不舍，最后竟威胁她，要把她的"丑史"向她丈夫公开。这迫使德洛克夫人只好一走了之。而对于一个上层阶级的妇女而言，只身出走便意味着走向死亡。她的确选择了和已逝的昔日情人在一起的归宿——人们发现她倒毙在她的情人的墓地栅栏外。德洛克夫人的悲剧是贵族阶级的悲剧，它表明资产阶级法律的反人性，也显示了贵族阶级的虚伪。

其三，表现主人公伊丝特·萨姆森的凄凉、悲苦的身世和她的高尚的品德以及勇敢面对生活的精神。

伊丝特·萨姆森从小受到她姨母的宗教思想的影响，总怀着一种负罪感，为人处世低调谦卑、严于律己，遵循利他主义的处世方针。作为一个"孤儿",她从姨母的絮叨中,感到自己的身世不光彩,因此越发觉得自己这辈子命该受苦受难。这反而使她勇于面对人世间的磨难和痛苦。她时时鞭策自己要有克服困难的决心和勇气,所以在学校里念书时,她非常努力刻苦,成绩优异。后来她受到约翰·贾迪斯青睐,被接纳为他的两个远房亲戚的伴侣和"荒凉山庄"的管家。在她的管理下,这个先前荒凉、混乱的山庄,不久便变得繁荣、祥和、安宁、井然有序。她不因自己的私生女身份而妄自菲薄,她有向善的坚强意志和自强不息的精神,时时处处注意自己的言行,努力以自己的绵薄之力给周围的人带来幸福和快乐。她不愧为光明的使者、希望的象征,她的人生道路和高贵精神给阴沉、灰暗的世界抹上一片亮色。最终她和善良的外科医生阿伦·伍德科特结合,迎来幸福的婚姻,从而给这个充满悲剧的世界增添了一丝喜剧色彩。

其四,表现城市贫民的苦难,讽刺资产阶级慈善事业的虚伪。

19 世纪中期,英国城镇化迅速发展,大量失去土地的农民涌入城市,城市贫民队伍日益扩大,失业问题、住房问题、城市卫生问题日益严重。伦敦东区的贫民窟成为社会阴暗面的一个突出现象。早在《雾都孤儿》中,狄更斯便通过主人公奥利弗的流浪经历,展现了伦敦贫民窟的惊人惨状。在随后的《老古玩店》中,狄更斯又通过吐伦特祖孙两在伦敦郊外的流浪经历,描写了贫困农民和失业工人的痛苦情景,甚至表现了工人的抗议活动。但是,这些毕竟还只是作为主人公生活背景来展现的。唯有在《荒凉山庄》中,作者才把伦敦下层社会的悲惨生活、下层群众的愤怒情绪当作一个严重的社会问题正面表现出来。虽然在这部小说中关于这方面的描写所占篇幅还不算很多,但作者通过一些场面和人物的描写,把这方面的问题揭示得极其鲜明、深刻。

作者通过帕迪戈尔太太和杰利比太太两个否定形象,鞭辟入里地揭露了资产阶级慈善事业的荒唐可笑!相比之下,约翰·贾迪斯和伊丝特却不声不响地尽力帮助身边有困难的人。作者表明,他们才是穷人真正的贴心人,但是，即使如此，他们的慈善行为也无法解救处于水深火热中的无数像乔和烧砖工人那样的贫苦大众。我们从贾迪斯和伊丝特这些善良人士面对贫民窟里的凄惨景象，痛心疾首却万般无奈、爱莫能助的情形可以看出，这时的狄更斯已意识到，资本主义发展带来的两极分化、劳苦大众的贫困化的确不是几个善心人士可以解决的。这是这部作品悲剧压倒喜剧，悲怆愤激情调压倒幽默、诙谐情调的根本原因。这时期狄更斯的其他几部著名的长篇小说《艰难时世》、《小杜丽》和《双城记》，虽然各有特色，但从叙事风格来看，无不表现出庄胜于谐的特点。

4. 晚期创作（1859—1870 年）庄与谐的关系达到新的均衡

1859—1870 年是狄更斯创作的晚期。这时期他的重要著作有《远大前程》、《我们共同的朋友》和未完成的《德鲁德疑案》。

狄更斯创作生涯的最后十年，无论从大环境（英国社会状况）来看，还是从小环境（狄更斯本人的生活）来看，都发生了较大的变化，这不能不促使他的创作风格发生变化。

1859 年以后，英国已摆脱克里米亚战争时期的困境，经济很快得到恢复，工业和贸易创造了前所未有的财富，英国进入了繁荣鼎盛时期，它不仅成为世界工厂，而且是世界的金融中心。铁路网络密布英伦三岛，殖民地遍布世界各地。英国统治者不仅依靠从殖民地搜刮来的财富发展本国经济，改善国计民生，而且从中拨出一部分资金用来收买工人中的上层分子，使他们成为"工人贵族"。在这部分工人中形成了一种只注重经济利益，忽视政治权利的所谓"工联主义"思潮，它成为工人运动的腐蚀剂。这是英国工人运动在这时期走向低潮的一个重要原因。随着阶级斗争的相对缓和，社会批判思潮日趋低落；而在经济高涨的浪潮中，社会上物欲横流，拜金主义甚嚣尘上。

狄更斯并没有被英国社会表面的繁荣景象所迷惑，相反，他那双慧眼敏锐地看到资本主义繁荣景象后面令人窒息的黑暗现象。他举目四望，到处只见同样令人感到失望的事情。他对国家深感失望，唯独对人民大众仍然有信心。1869 年 9 月 27 日，他在伯明翰的一次演讲中说："我对统治者的信任，总的说来，是微乎其微的；而对于被统治者的信任，总的说来，是无限大的。"

19 世纪 50 年代后期，他和妻子的离异，使他饱尝痛苦与心酸。对爱伦·特南的苦苦追求也没有得到令他满意的回应。老朋友的不断离世，使他倍感孤独。他外表的宁静难以掩盖内心的不安。

狄更斯一向非常注重读者对他的作品的反应。《双城记》的社会反响不佳，读者已对他的辛辣讽刺、漫画式夸张的风格感到厌腻了。为了适应读者审美需求的变化，他意识到有必要改变一下自己的创作风格，把他过去书写人生悲喜剧的传统加以发扬光大。

但是，前期那种喜气洋洋的喜剧风格难以复活了。他晚年悲凉凄清的心境驱使他在这时期的创作中表现出一种更为严肃、更为微妙的悲怆。同时他又尽可能在某些人物、情景中展现或含讽刺，或带善意调侃的幽默。总之，他在书写悲喜剧人生中，竭力使他的叙事显示出与之相适应的幽默与悲怆和谐均衡的状态。为了缓和更为严肃、深沉的悲怆，他必须采用更为隽永的幽默。这时期最能表现他的创作风格特点的作品当推《远大前程》。

《远大前程》在叙事风格上有如下两个显著的特点：

首先，悲怆与幻灭情绪交织。

这部小说的几个主要人物，匹普、郝薇香小姐和逃犯玛格韦契的悲喜剧人生都贯穿着悲怆与幻灭交织的情绪，其中以匹普显得最为突出。

匹普本是个穷苦的孩子，要不是遭遇一连串意想不到的事件，也许长大后，他和他的姐夫乔·葛吉瑞一样成为一名铁匠。可是他被镇上那个富裕的、脾气古怪的郝薇香老小姐招去当玩伴，受到她的养女、美丽而刁钻古怪的艾丝黛拉的挑逗、诱惑，对她产生了朦胧的爱情。为了能赢得她的芳心，他决心要洗脱自己身上的"粗俗"，成为一个有文化、有地位的绅士。正当他苦于上进无路、无计可施时，一位匿名的恩主委托伦敦的名律师贾格斯来到匹普的村庄里，给他办理解除他和他的姐夫学铁匠手艺的合同，马上移居伦敦，去接受绅士的教育。匹普以为这匿名的恩主肯定是郝薇香小姐，推想她有意成全他和艾丝黛拉的婚姻。可是，艾丝黛拉对他一直不即不离。当他正式向她求婚时，被她明确拒绝了，说是不久她就要嫁给匹普所厌恶的那个花花公子珠穆尔。这事不仅宣告了匹普的"春梦"的破灭，而且证实了郝薇香小姐不是匿名的恩主。不久，在一个风雨交加的夜晚，真正的匿名恩主出现在匹普面前，他就是匹普小时候曾帮助过的逃犯阿伯尔·玛格韦契。这逃犯在流放地澳大利亚经过艰苦奋斗，已挣下可观的家业，他要把在他最艰难的时候帮助过他的那个善良的孩子培养成为一名上流社会的绅士。如今，他冒着九死一生的危险回国来亲眼看看他栽培的这个绅士。看到匹普的绅士模样，他高兴极了。可匹普却觉得极度的失望、恶心、惊恐。原来支持他实现绅士梦的恩主竟是这个逃犯！但是，匹普听了玛格韦契的苦难身世并了解了他的善良的愿望之后，不仅渐渐克服了对他的厌恶感，而且对他怀着几分同情和热爱的情感，细心保护他，并且安排他离开英国。但因出逃的计划败露，玛格韦契被官方追捕归案，判了死刑，病死于狱中。他的财产全被没收充公。匹普终于又成为两手空空的穷光蛋，他的绅士梦随之彻底破灭了。匹普碰壁之后，想回归故里，和先前的女友碧蒂再续前情。可是他没料到，他到家那天，碧蒂正和已成为鳏夫的乔喜结良缘。无奈之下，匹普远走他乡，谋求新的生活。

匹普梦想的形成和破灭，他的盛衰荣枯，成为一出典型的悲喜剧。匹普在遭受梦想破灭的打击时，尝到了人世的辛酸，在悲苦伤感中，难免对人世产生幻灭的情绪。但是这种幻灭感没有压倒他，反而成为激励他弃旧图新的一种精神动力。

相比之下，郝薇香小姐和玛格韦契的悲喜剧人生带有消极得多的情调。郝薇香小姐在遭受康佩生的欺骗之后，悲愤欲绝，从此过着愤世嫉俗的隐居生活。当她受了一个坏男人的欺骗后，就把天下男人都看作坏蛋，采取以牙还牙的报复手段：把养女艾丝黛拉当作她向男人报复的工具，让养女去揉碎求婚者的心。匹普不幸就成为她的一个受害者。小说第四十四章有个细节值得注意——当匹普明白了郝薇香小姐并不是有意促成他和艾丝黛拉结合，而是引诱他、耍弄他时，悲愤地指责郝薇香小姐：

"这也算是好心待人吗？"

郝薇香小姐用拐杖敲着地板，突然大发雷霆，吓得艾丝黛拉也抬起头来，吃惊地望着她，只听得她嚷道：

"我是什么人？老天爷呀，我是什么人？我干吗要好心待人？"①

在悲怆、愤激、幻灭交织的情绪包围下，郝薇香小姐几乎变得疯狂，她那畸形的生活和心态让人觉得可怕，同时又值得同情。

而玛格韦契的不幸遭遇，显得更为凄惨——他关于自己身世的申述，无异于对这弱肉强食的社会的血泪控诉。他想用自己的血汗钱把善待过自己的小恩人培养成为上流社会的绅士，以此来和欺凌他、压迫他的上流社会相抗衡，让自己得以扬眉吐气。但是，他的愿望也终于落空了，因为他的悲惨结局，也连带让匹普的梦想成为泡影。

虽然上述三个人物的悲喜剧人生蕴含的悲怆情绪有差别，但它所产生的幻灭感是相同的。这种悲怆和幻灭交织的情绪正体现了晚年狄更斯的心境。

其次，以幽默的语言、喜剧式的人物和场景来缓和悲怆，以田园牧歌式的生活情景来缓和幻灭感。

狄更斯常常以幽默的语言来叙述伤感的、悲怆的事物。例如小说开头，小匹普在教堂公墓面对去世的父母和五个小兄弟的坟墓在沉思默想时，作品叙述道：

看了父亲墓碑上的字体，我就有了个稀奇古怪的想法，认定他是个皮肤黝黑的矮胖个儿，长着一头乌黑的鬈发。再看看墓碑上"暨夫人乔治安娜"这几个瘦骨嶙峋的字样，便又得出一个孩子气的结论，认为母

---

① 狄更斯《远大前程》，王科一译，上海译文出版社，1979 年，第 435 页。

亲脸上一定长着雀斑，是个多病之身。父母的坟墓边上还有五块菱形小石碑，每块约有一英尺半长，整整齐齐列成一排，那就是我五个小兄弟的墓碑（在芸芸众生谋求生存的斗争中，他们很早就一个个偃旗息鼓，撒手不干了）；见了这些石碑，我从此就有个不可动摇的看法，我相信这五个小兄弟出娘胎时一定都是仰面朝天、双手插在裤袋里的，而且一辈子也没有把手拿出来过。①

再如小说第二章开头：

> 我的姐姐，也就是乔·葛吉瑞大嫂，要比我大二十多岁。我是由她"一手"带大的；不光是她自己老爱拿这件事自赞自夸，连街坊邻舍也都这样夸赞她。那时候，我怎么也弄不明白这"一手"两个字是什么意思，只知道她的手生来又粗又笨，动不动就要啪的一下落到她丈夫和我的身上，我就想：大概乔·葛吉瑞和我两个人都是她"一手"打大的吧。

> 我姐姐的模样长得并不好看，我总是有这么一个印象：乔·葛吉瑞竟会娶上她，一定也是她"一手"创造的杰作……②

固然这部小说的中心情节是由匹普、玛格韦契和郝薇香小姐这几个带有悲剧色彩的人物的事件构成的，因而悲怆的情调难免居于主导地位，但是这些人物释放的悲怆情调被乔·葛吉瑞、粮食种子商人潘波趣等富于喜剧色彩的人物的言谈举止及与其相关的富于喜剧色彩的场面缓和了。而贯穿于匹普等主要人物身世的幻灭感，也为乔·葛吉瑞与碧蒂婚后田园牧歌式的欢乐、和谐情景，以及朴凯特夫妇家洋溢着喜剧情调的生活情景所缓和。

如果说《董贝父子》的幽默与悲怆、悲剧与喜剧处于较均衡的状态的话，那么，《远大前程》的更显力度的幽默与带有幻灭情调的、更深沉的悲怆的融合，则达到更高层次的均衡状态。

---

① 狄更斯《远大前程》，王科一译，上海译文出版社，1979年，第1页。
② 狄更斯《远大前程》，王科一译，上海译文出版社，1979年，第5页。

三、作者主体性的或扬或抑与叙事方式的变化

狄更斯创作叙事方式的变化与其主体性有密切关系。狄更斯的主体性高扬时，通常采用无人称的全知叙事方式，这时，叙述者就成为作者的代言人；而当他的主体性得到一定的抑制时，通常采用所知有限的叙事方式，这时，叙述者往往是作品的主人公或某个人物。由于充当叙述者的人物按照自身的思想观点和情感来叙述，就不一定充当作者的代言人，因而叙述呈现出独特的视角和情调，不一定完全符合作者的意图，相对而言，这样的叙事具有较强的客观性。

总的说来，在狄更斯的创作中，作者的主体性高扬的作品占了多数，因而，主观叙事成为其叙事方式的基本特点，而客观叙事的作品只占极少数。

在狄更斯早期的作品中，作者的主体性是高扬的，它一般采用无人称的全知叙事方式，叙事呈现出较强的主观性。

举例来说，在《雾都孤儿》中，作者从"善良终将战胜邪恶"的意愿出发，表现主人公奥利弗·特威斯特在历经磨难之后，终于为善良绅士布朗洛所营救，过上幸福的生活，而且他的善良本性历经逆境而不变。正因为作者操纵主人公的命运，叙述者便撇开主人公，用自己的眼光观察、自己的语言叙述主人公经历的场景，例如奥利弗在"溜得快"引领下路过贫民窟，向贼窝走去时，叙述者这样描写眼前的情景：

> ……他从没见过有这么脏乱和凄惨的地方。街道非常狭窄，而且泥泞不堪，一阵阵臭气熏天。街上有许许多多的小店铺，但所经营的唯一商品似乎就是一堆堆的孩子，他们甚至在这夜深时候，仍不停地在门口爬进爬出，或从屋里传出一阵阵喊叫声。在这遍布的凄凉中，唯一有些光明的地方似乎是那些酒馆，在那里，那些最下层的爱尔兰人正没命地争吵不休。从一条条由主道引出的石子路和庭院边能看见一簇簇低矮的小房子，在那里烂醉的男人和女人真的是在污水坑中打滚；从几处门洞

里正小心翼翼地走出一些外貌可憎的高大男人，他们一望而知决非要去干什么光明正大或于人无害的事。①

显而易见，以上描写的情景，是叙述者，也就是没出面的作者代替主人公叙述的。其中，除了"他从没见过"这样的说明之外，几乎已把主人公置于场景之外。这并不使人觉得奇怪，因为这是作者在讲述故事，主人公不过是他讲述的对象。除了人物的语言非得考虑人物的身份之外，其他关于人物的一切，都可以由叙述者，也就是作者来操办。

狄更斯中后期的创作，因为作者的主体性得到一定的抑制，人物的主体性得到彰显，所以即使作者仍旧采用无人称的全知叙事方式，其叙事的客观性也比前期的作品强得多，这突出地表现在人物刻画和情节安排方面。作者按照人物的思想性格及其与周围环境的关系来安排人物的命运和情节的发展。诚然，难免存在不尽如人意之处。例如，在《董贝父子》中，董贝和卡克尔是作者所厌恶的人物，沃尔特也不为他所喜欢。作者安排卡克尔死于非命，明显带有斧凿的痕迹。按照狄更斯的挚友福斯特的说法，狄更斯原来设想沃尔特的结局很悲惨：他遭遇海难后没能死里逃生从海外归来，自然也就没能和弗洛伦斯结婚，董贝也就难以有转变的契机和平静舒适的晚年了。狄更斯之所以要改变沃尔特的命运，为的是顺应一部分读者的要求。在维多利亚时代，有相当多读者都喜欢看到文学作品里的人物"善有善报，恶有恶报"的结局。于是，作者改变安排董贝悲剧下场的初衷，"强使沃尔特从海外归来"，"强使董贝后悔并在弗洛伦斯家里住下"。俄国剧作家奥斯特洛夫斯基用"强使"两个字批评狄更斯生硬的安排。高尔基对这部小说有很高的评价，但他也指出董贝的转变显得虚假做作，是狄更斯企图让道德获得胜利才这样处理的。②

---

① 狄更斯《雾都孤儿》，黄雨石译，人民文学出版社，2001年，第58页。
② 祝庆英《〈董贝父子〉译本序》，见《董贝父子》，祝庆英译，上海译文出版社，1998年，译本序第7页。引文略有改动。

相对说来，《大卫・科波菲尔》、《远大前程》和《荒凉山庄》的叙事显得比较客观。

《大卫・科波菲尔》是狄更斯的带有自传性的作品，叙述者是作品的主人公大卫・科波菲尔。作品主要表现大卫在善恶交搏的情境下的成长历程。这部作品采用第一人称所知有限的叙事方式，通过主人公大卫的所见、所闻和所感来表现大卫和周围环境的关系，展现他的成长历史。这样，这部作品的叙事自然具有较强的客观性。

狄更斯晚年的杰作《远大前程》，在叙事的客观性上比《大卫・科波菲尔》前进了一大步。它和《大卫・科波菲尔》一样，主人公充当叙述者，以第一人称所知有限的叙事方式叙述故事。但它的叙述者在所知有限方面显得更严格，而且充当叙述者的主人公随着叙事的展开，思想性格发生了明显的、令人信服的变化，他的个性比其他人物鲜明，他的形象比其他人物突出。《远大前程》可以说是狄更斯的创作中叙事较为客观的一部作品。

从叙事客观性来看，《荒凉山庄》也是值得注意的一部作品。它在叙事客观性方面增强的原因在于全知叙事方式与所知有限叙事方式的混合使用。作全景式叙述的是那个时隐时现的全知叙述者。他在展现"荒凉山庄"和"切斯尼山庄"两组人物的活动、刻画人物形象和事件的发展时，是以隐蔽的、旁观者的身份出现的；而在直接控诉大法官庭的罪行和对流浪少年乔的死亡表示哀悼时，这个隐蔽的叙述者不再隐蔽了，他让人觉得他就是作者本人。但是，在这部小说中，除了那个以旁观者身份出现的、无人称的全知叙述者之外，还有一个以第一人称身份出现的所知有限的叙述者，这就是主人公伊丝特・萨姆森。

作为叙述者，伊丝特・萨姆森只客观地叙述她的所见所感，她从不对她所观察的事物加以主观的推测或夸大。她的叙述语调徐缓，带一点感伤的情调。虽然伊丝特为人处世谦卑低调，但她对生活仍充满憧憬，大胆追求爱情。她让人觉得，尽管人世间充满艰辛险阻，但生活还是美好的，只要我们勇敢面对困难，多为他人着想，就会生活得愉快、幸福。

　　而那个无人称的全知叙述者却向我们展现一个混乱、荒唐，上演着一幕
幕悲剧、惨剧，色调阴暗、气氛阴郁的世界。不过，在一个短暂的间隙中，
他也以欢快的语调叙述"钢铁大王"朗斯威尔和他的儿子富于健康气息的人
生片段，预示他们是未来生活的主人，并且以欣喜而又略带伤感的语调叙述
约翰·贾迪斯、伊丝特·萨姆森和阿伦·伍德科特等人较为健全的人生。但
是，总的说来，他的语调是愤激的、充满讽刺的。这个全知叙述者时而以幽
默讽刺的语言叙述上流社会的人和事，时而又以悲愤、伤感的语调叙述下层
社会惨绝人寰的生活。虽然他通过描写朗斯威尔、约翰·贾迪斯和伊丝特·
萨姆森等人的健全人生和有意义的活动，展现了混沌世界的一线光明和希望，
但是总的说来，他呈现的是一个阴暗、渺茫的世界。

　　我们读这部小说时，觉得两种声音、两种叙述语调交错回响。实际上，
两种叙事方式混合使用，不是单纯的叙事技巧变革，而是源于作者对现实的
矛盾态度。正如著名的狄更斯研究专家丹尼斯·沃尔德所说："第一人称伊丝
特·萨姆森的信念与全知叙述者具有腐蚀性的绝望之间的张力反映了狄更斯
的最后态度的矛盾。"① 狄更斯何以对现实抱着矛盾的态度呢？要知道，19 世
纪 50 年代初，狄更斯在内心深处对社会现实开始感到焦虑不安。当时，保守
势力顽固地统治英国，自由派对英国的改革和经济上、科学技术上的成就大唱
赞歌，但是千百万劳苦大众却在死亡线上挣扎。资产阶级虚伪的慈善家只以虚
幻的宗教思想安抚痛苦的民众，于他们处境的改善毫无裨益。贵族资产阶级无
力，也无心思解决尖锐的社会矛盾。狄更斯心里明白，日益严重的社会问题用
他先前单纯的善恶概念已解释不了，点滴的慈善行为也无助于堆积如山的社会
问题的解决。民众的不满情绪在迅速增长。他的乐观主义趋于崩溃，悲观情绪
开始抬头。但是，狄更斯作为有高度社会责任感和深深地热爱人民的作家，不
愿意以自己的悲观情绪去影响大众，却又不愿意以虚假的浪漫主义调和矛盾或

---

　　① 丹尼斯·沃尔德《狄更斯与宗教》，伦敦：乔治·艾伦与昂温出版公司，1981 年，第 145 页。

以虚幻的希望安抚人心。这样，他需要两种叙事方式、两种叙述语调来表达自己内心矛盾的感受：以伊丝特的略带伤感，却充满青春健康气息和奋发向上精神的叙述来缓和无人称的旁观叙述者所做的阴郁的叙述。

这种以不同叙事方式所传达的讯息，可以说是多声部叙事的萌芽。有的评论家赞赏陀思妥耶夫斯基小说的多声部叙事，殊不知，多声部叙事的首创者是狄更斯。我们知道，陀思妥耶夫斯基深受狄更斯创作的影响，他的多声部叙事或许从《荒凉山庄》受到启发也未可知。

结　语　狄更斯的永恒魅力

　　狄更斯高举人道主义大旗，向一切非正义、非人道、与人民大众敌对的邪恶势力作不妥协的斗争，为实现符合人道理想的、人性化的社会而不懈努力。他是黑暗社会的激烈抗议者，邪恶势力的鞭挞者，被侮辱被损害者的忠诚卫士，精神家园的探寻者、缔造者，社会福音的传播者，时代的预言家，大众娱乐的提供者，英国民族精神的表现者、重塑者。

　　狄更斯不是哲学家，也不是社会学家，但是他对社会现实有深切的理解、感悟，他深谙人性。无论是对现实的批判，还是对理想的探寻，他都没停留在表面现象上，也不只是从政治、经济着眼，而是深入到人性。他心目中的道德，与其说是伦理关系的体现，不如说是人性的表征。他对邪恶之徒的鞭挞，就是对丑恶人性的剖析；他对高尚品德的赞颂，就是对美好人性的张扬。他批判现实、探寻理想的目的，不只是要实现一个公平、合理、和谐的社会，而且要彰显善良的人性。

　　狄更斯对可怜无告者的关爱，不只是怜悯他们、同情他们，他更要为他们被剥夺了的生存权进行抗争。从这方面说，狄更斯是个人权斗士！

　　狄更斯的艺术世界不仅是他那个时代的缩影，而且是一个具有永恒魅力的世界。

　　狄更斯的每一部创作都揭示了现实中的重大问题，反映了五彩缤纷的社会生活。它们集合起来，就是一部恢宏的民族史诗。因为狄更斯对社会的描写深入到人性中，所以他创作的这部民族史诗，不只是英国民族在特定时代的缩影，而且是丰富多彩人性的展现，它给世世代代读者提供的不只是历史认识，而且是对人性的认知。这个画廊虽然呈现出时代色彩，但魅力不衰，因为它成为人性的一面镜子，世世代代读者都可以凭借它增进对人类自身的认识。例如，读者从斯克鲁奇、董贝、庞得贝和葛擂梗等形象看到对金钱的贪婪如何毁了人的灵魂，使人变得自私、狭隘、卑琐；从裴斯匿夫和希普的形象看到伪君子的可憎面目；从山姆·维勒、波莉大娘和乔·葛吉瑞的形象看到善良劳动者的可爱。再如，我们从匹克威克、波兹纳普和甘普太太这些不同社会阶层的典型形象，感受到人性的有趣表现。狄更斯从社会现象深入到人性殿堂的中介是人物形象。而狄更斯塑造人物的一个绝妙手法是凸显人物性格的主要特征，甚至对它反复强调，所以他的人物形象深深印在读者脑海里。我们甚至记住人物的一句话，例如米考伯太太常挂在口头的"我是个贤妻良母，我永远不会离开米考伯先生"，这时米考伯太太的温良的形象便会浮现在我们的脑海里。

　　狄更斯是个擅长说故事的小说家，他有超强的想象力，善于用幻想与现实融合的方法表现五彩缤纷的世界。他的创作故事情节生动曲折，富于戏剧性与传奇色彩。所以，上自王公大臣，下至普通百姓都爱看他的小说。也正因为这个缘故，他的小说具有历久不衰的魅力。

　　狄更斯是个感情丰富的小说家，他的语言诙谐幽默，这使他的叙事生动、隽永。他用幽默缓和悲怆情调，用幽默缓和严肃的真实和可怕的人物、事件，使其易为读者所接受。

　　尽管狄更斯的时代过去了，狄更斯离开人世也已一百多年了，但狄更斯的创作将永远为世界各地的读者所阅读、喜爱；狄更斯将永远活在人们心里！

后 记

去年，拙著《狄更斯评传》出版后，我自以为狄更斯研究这个项目在我算是了结了。不料，过了一阵，我渐渐不安起来，觉得关于狄更斯的人道主义与他的创作的关系，我还有话要说，而且必须说。虽然这个问题在《狄更斯评传》中有所涉及，但远远没有说清楚。人道主义思想是狄更斯创作的精髓，是狄更斯小说艺术的灵魂，需要专门论述才能把它说清楚。而在这方面，中外狄更斯研究者也鲜有专门的论述。

在"左"的思潮肆虐年代，庸俗社会学的文学批评理论甚嚣尘上，资产阶级人道主义作家被当作无产阶级革命的对立面来批判，狄更斯也难免被批得灰头土脸，难以认识其真面目。我之所以要专门剖析狄更斯的人道主义思想与其创作的关系，就为了展现狄更斯的真实面目，揭示其创作的精髓与魅力之所在。我自问，我是力求科学、客观的，但我的论述呈现的毕竟是我心目中的狄更斯。不妥之处欢迎读者、专家批评指正。

生有涯，而学无涯，我的狄更斯研究该画上句号了。

2013 年 3 月 21 日
记于厦门大学北村蜗居

拙著脱稿后，已历时两年，现在终于要面世了。在拙著付梓之际，我要对厦大出版社的领导和编辑说声谢谢。特别是对热心支持拙著出版的蒋东明社长和责编牛跃天先生，我更要借此机会对他们表示我的谢忱和敬意。

2015 年 2 月 28 日又记